KB238043

한국문학대표작선집 13

감자 외

김동인

文學思想社

김·동·인·단·편·선

감자 외

▲본격적인 단편소설의 터전을 마련한 김동인

김·동·인·단·편·선

감자 외

▲묘소 앞 김동인의 친필이 새겨진 비문
(1933년 어머니의 임종을 앞두고 아내에게 보낸 엽서)

▶평양 서문 밖 예배당에서 거행된 두 번째
결혼식. 상대는 첫 부인과는 달리 신교육을
받은 재원 김경애 여사(1930년 4월 18일)

한국문학대표작선집 13

감 자 외

■

김 동 인

■

작품해설

소설가를 신의 자리에 올려놓은 작가
김윤식
뛰어난 관찰력으로 그려낸 시대의 고민
김치수
김동인 작품의 카인 콤플렉스
이규동

(주) 문학사상사

차 례

일러두기

〈김동인 단편선〉에 실린 11편의 작품은, 발표 연대순에 따라 배열했다. 발표 당시 원전의 맛을 충분히 살리기 위해 방언, 고어, 사어 등의 경우에도 원전대로 두되 이해하기가 어려운 부분은 주를 달아 처리했다. 그리고 발표 당시의 신문·잡지의 원문과 단행본 초판본을 비교하여 누락된 부분을 보충했다.

그러나 의미상의 차이가 없는 부분에 대해서는 독자들의 이해를 돕기 위해 현행 한글 맞춤법에 따라 일부 표기를 표준어로 바꾸었다.

그 구체적인 내용은 다음과 같다.

첫째, 김동인이 평안남도 출신임을 고려해 작품 본래의 분위기를 살려 주는 방언은 원전의 표기에 따랐다.

예: 기름자(그림자), 거러지(거지), 구먹(구멍), 멜한가(뭣하나), 던차(전차) 등

둘째, 1920년대부터 1930년대에 이르는 시대상을 반영하기 위해 시제 표기('-었었다' 꼴), 매개모음('으'나 '어'), 외래어('장음' 및 '경음' 표기) 등은 원전대로 두었다.

예: 멎었었다(멎었다), 가늘으나마(가느나마), 내어쫓다(내쫓다), 기쇼오(기쇼), 따뉴브(다뉴브) 등

셋째, 고어(古語)와 사어(死語)를 살려서 원전의 분위기를 느낄 수 있도록 했다.

예: 내음새(냄새), 머구리(개구리), 미릿생각(예상, 豫想), 이맛(이만한), 저품(두려움), 얼핏·걸핏(얼른) 등

넷째, 현대 독자들의 이해를 돕기 위해 의미·느낌의 차이가 없는 경우에는 현행 맞춤법에 따라 표준어로 바꾸었다(띄어쓰기 포함).

예: 못하리만큼(못할이만큼), 바이거니와(바이어니와), 곁의 사람(곁엣사람), 왼손(외인손), 일찍이(일찌기), 김연실(김 연실) 등

작품해설

소설가를 신의 자리에 올려놓은 작가
김 윤 식

■

뛰어난 관찰력으로 그려낸 시대의 고민
김 치 수

■

김동인 작품의 카인 콤플렉스
이 규 동

소설가를 신의 자리에 올려놓은 작가
― 김동인 소설의 근대적 성격 ―

김 윤 식
(문학평론가 · 서울대 교수)

1 《창조》의 자리

김동인 문학은 순문학 동인지 《창조》(1919~1921)로 대표된다. 3 · 1운동이 일어나기 한 달 전, 동경에서 간행된 《창조》는 오늘날 우리가 생각하기 쉬운 문학 동인지와는 썩 다르다는 점에 우선 유의할 필요가 있다.

《창조》는 그 창간호에서부터 1921년 6월, 9호로 폐간되기까지 우리 근대문학의 중심부였던 까닭이다.

김동인이 중심이 되고, 상해 임시 정부에서 활동하고 있던 이광수, 주요한을 양쪽 날개에 단, 평양 출신 중심의 일본 유학생 그룹으로 뭉쳐진 《창조》의 자부심이 어떠했는지는, 《동아일보》 창간 (1920. 4. 1)을 두고, 흡사 아우의 탄생을 어른답게 축하하는 투의 환영사를 편집 후기에 실은 사례로서도 짐작할 수 있는 일이다(《창조》 6호 후기). 적어도 《창조》 간행 동기가 독립 운동과 맞먹음에 있다는 점이 지적될 수 있다.

「정치 운동은 그 방면 사람에게 맡기고 우리는 문학으로」라는 표어가 《창조》 탄생의 동기였는데, 정치에 대응되는 무게와 의미를 문학에 두었다는 것은 곧 《창조》 세대와 그 전세대를 구별하는 지표의 하나를 이룬다.

《창조》 이전 세대에서도 최남선, 이광수, 현상윤, 최소월 등의 문학이 없었던 바가 아니지만, 그것은 계몽주의의 일환이었을 뿐만 아니라 그 계몽주의적 성격이 다분히 문명 개화 예찬론 일변도에 빠진 낙관주의에 지나지 않았다.

「아무거나 배워야 한다, 배우기만 하면 된다」(《청춘》 창간호)라는 계몽주의와 《창조》가 지향하는 문학은 뚜렷이 달랐다. 《창조》가 지향하는 문학 역시 계몽주의의 범주에 속하는 것이었으나, 그 계몽주의적 성격이 이른바 예술지상주의였음은 문학사적 사건이 아닐 수 없었다(김윤식, 《김동인 연구》, 민음사, 1987 참조).

2 소설의 시점 도입

예술지상주의적 성격 또는 순문학적 지향성이란 구체적으로 어떤 점을 가리키는 것일까? 이런 물음 속에는 《창조》의 문학사적 의의와 함께 김동인 소설의 본질적인 측면이 내포되어 있다.

김동인 자신이 평양에서 손꼽히던 부호의 차남이라는 점이 우선 지적될 수 있다. 집안의 귀공자로서의 그의 환경적 측면과 더불어 그의 교육적 환경 역시 귀족적이었던 것으로 볼 수 있다.

곧 미션계 중학 교육과 미술 교육에의 편향이 그것이다. 당대 일본의 대표적인 화가이자 미학 이론가인 후지지마 다케지〔藤島武二〕밑에서 근대적 미학 공부에 접할 수 있었다는 사실은 강조될 필요가 있다.

《창조》지에 대해 그가 지닌 집념이 어떠했는가는, 불세출의 조선인 화가 김관호를 《창조》의 동인으로 끌어 넣고자 그가 그토록 애쓴 점에서도 잘 드러난다. 미술 학교·출신의 김환이 중요한 동인 필자였음도 이 사실을 뒷받침해 준다.

그러나 무엇보다도 김동인의 예술지향주의적 성격의 특출함은 그의 소설론이 지닌 근대성에 있다.

첫째, 예술가(소설가)는 곧 창조자라는 신념이다.

「소설가 즉 예술가요, 예술은 인생의 정신이요, 사상이요, 자기를 대상으로 한 첫사랑이요, 사회 개량, 신인(神人) 합일을 수행할 자」(〈예술에 대한 조선 사람의 사상을〉, 《학지광》 1918. 8, 전집 6, 삼중당, p. 265)라고 젊은 김동인이 주장했을 때에는 물론 계몽주의적 성격을 띤 것이다. 조선인의 예술관이 이와는 정반대임을 비판한 까닭이다.

김동인의 이 주장은 「예술가는 곧 신」으로 요약된다. 소설가를 신의 자리에 올려 놓은 것은 이 땅에서는 김동인 이전에는 없었던 생각이며, 김동인 이후에도 이처럼 뚜렷한 경우란 없었던 것이다.

더욱 중요한 것은 이러한 생각을 그가 작가 생활 전체에서 일관해 왔다는 사실이다. 이 신념이 그의 창작 세계를 제한해 왔음도 사실로 지적될 수 있음은 새삼 말할 것도 없다.

둘째, 인형 조종술을 창작 방법론으로 삼았다는 점이다. 톨스토이와 도스토예프스키를 비교하는 마당에서 김동인은 전자가 후자보다 위대하다고 주장하고, 그 이유를 이렇게 적은 바 있다.

톨스토이, 그는 범을 그리노라고 개를 그린 화공과 마찬가지로 참 인생과는 다른 인생을 창조하였다. 그러고도 그는 그 인생에 만족하였다. 그리고 그 인생을 자유자재로, 인형을 놀리는 사람이 인형 놀리듯 자기 손바닥 위에 놓고 놀렸다. 거꾸로도 세워 보고 바로도 세워 보고 웃겨도 보고 울려도 보고 자기 마음대로 그 인생을 조종하였다…… 톨스토이의 위대한 점은 여기에 있다. 그가 창조한 인생은 가짜든 진짜든 상관없다. 예술에서는 이런 것의 구별을 허락치 않는다. 뿐만 아니라 자기의 요구로 말미암아 창조한 그 세계가 가짜든 진짜든 무슨 상관이 있을까.

—《창조》 1920.7. 전집 6, p. 269

이것이 유명한 그의 인형 조종술이다. 예술가는 창조자이며, 신이 세계를 창조하듯 그러한 자리에 설 수 있다는 생각이야말로 김동인 소설을 해명하는 열쇠인 셈이다.

이러한 주장이 개성의 자각을 모든 것에 우선하는 생각에서 말미암는다는 것은 새삼 말할 것도 없다. 여기에는 매우 난처한 자기모순이 가로 놓여 있었다.

원래 인간이 바로 신의 자리에 놓일 수 있다는 주장은 낭만주의자들의 사상이었다. 무한이라든가, 영원이라든가, 완전한 것에 대한 동경이 바로 그러한 것으로 될 수 있다는 신념을 낳아, 자기 황홀증에 빠진 것이 낭만주의의 허상이었다.

한편 인간은 이성적 동물이며 이성으로써 모든 것을 지배할 수 있다는 사상이 전개되었는데, 이 역시 이성중심주의적 세계관이다. 이 합리주의적 이성이 낳은 결과 중 하나가 갈릴레이의 측량술로 대표되는 자연주의다. 인간이 곧 신이라는 비유가 낭만주의의 속성에도, 자연주의의 속성에도 함께 적용될 수 있었던 것이다.

김동인의 인형 조종술이 놓인 자리가 이러한 모순된 비유 속에 섰던 것이며, 이를 당시의 용어로 바꾸면 개성의 자각이 된다.

이 점을 김동인이 자란 환경적 특성과 개인의 성품이라든가 기질 쪽에서 설명하는 일, 가령 귀공자로서의 오만성에 연결시키는 것은 보편성을 띠기 어렵다. 시대 정신으로서의 사상에 관련시킬 필요가 있음은 이 때문이다. 자연주의를 그와 연결시키는 이유가 바로 여기에 있다.

셋째, 시점의 도입을 들 수 있다. 이 점이 김동인 소설의 최대 성과랄까, 특징이라 할 수 있는 것으로, 이른바 일원 묘사 A형식이 그것이다.

김동인에 따르면 시점(그는 이를 문체라고 불렀거니와)에는 (가) 일원 묘사 A형식, (나)일원 묘사 B형식, (다)다원 묘사 등이 있다.

일원 묘사 B형식은 작가가 주요인물 A, B, C, D 등을 번갈아 가면서 묘사하는 것으로 현진건의 〈지새는 안개〉가 그러한 사례에 해당된다. 작품 전체를 여러 토막으로 끊어서 한 토막씩 그 토막의 주인공을 선택한 경우다.

한편 다원 묘사란 염상섭, 나도향 등이 잘 사용하는 것으로, 작가가 때와 장소 구별 없이 작중 인물의 전부를 자유롭게 묘사하는 것이다. 오늘날의 용어로는 전지적 시점에 해당된다.

김동인의 시점은 이와는 달리, 일원 묘사 A형식에 속하는데 바로 여기에 김동인 소설의 특출함이 있다. 일원 묘사 A형식이란 구체적으로 어떤 것을 가리킴일까.

간단히 말해 일원 묘사 A형식이란 「경치든 정서든 심리든, 각종 주요 인물의 눈에 비친 것에 한하여 작가가 쓸 권리가 있지, 주요 인물의 눈에 벗어난 일은 아무런 것이라도 쓸 권리가 없는 그런 형식」(《소설 작법》,《조선문단》1925.7, 전집 6, p. 219)이라 규정된다.

이러한 시점에 의해 씌어진 중편이 〈마음이 옅은 자여〉(《창조》 3~6호)이다. 「약한 자여 그대 이름은 여자」라는 햄릿의 대사에서 표제를 딴 이 작품의 어떤 점이 그러할까.

가령 절망에 빠진 주인공 K와 그를 구하고자 하는 친구 C가 함께 경원선을 탔을 때, 작가는 K의 시점으로만 풍경이나 주변을 묘사할 뿐이다. 감기가 들어 정신이 어지러운 K의 시점으로만 C도, 풍경도 그려질 뿐이다. 이러한 시점은 오늘날의 용어로 바꾸면 일종의 관찰자 시점에 해당된다.

서사문학에 있어 이 시점의 무게가 톨스토이의 전 사상에 준한다고 주장한 것은 시점의 주창자 헨리 제임스였거니와, 소설에서의 예술성의 으뜸된 근거가 시점에 있음을 이론적으로 체계화한 것이 P. 라보크의 《소설의 기법》(1921)임을 염두에 둔다면, 김동인의 그러한 시점 도입과 시점에 대한 날카로운 인식은 아무리 강조해도 지나침이 없다. 이 순간 우리 근대소설이 그 형식면에서 성립된 까닭이다.

> K는 C를 보았다. C도 눈에 난란한 빛을 내고 아침빛에 빤짝거리는 반사광에 낯을 쪼이면서 퍼졌다 줄어졌다 하는 바다의 해와 만년의 비밀을 감추고 있노라는 새파란 바다의 속사임을 듣고 있다.
> 「아——」
> K는 돌아섰다.
> ——〈마음이 옅은 자여〉, 전집 5, p. 78

이처럼 C가 아무리 그 만년의 비밀을 감추고 있노라는 바다를 바라보았다 할지라도 K는 C를 향하지만 않으면 작가는 그것을 쓸 권리가 없다는 것이다.

김동인 자신은 「일원 묘사 A형식이란 '나'라는 것을 주인공으로 삼은 일인칭 소설의 그 '나'에게 어떤 이름을 붙인 자」(전집 6, p. 220)라고 요약하고 있다.

그러기에 〈마음이 옅은 자여〉의 주인공 K를 '나'로, 〈약한 자의 슬픔〉의 주인공 강 엘리자베트를 '나'라는 이름으로 고치면 바로 일원 묘사 A형식이 되고 만다.

주인공을 통해서만 모든 국면을 볼 수 있고, 주인공이 미처 못본 일이라든가 주인공 이외의 인물의 심리 등 주인공이 헤아리지 못한 사물 등은 작가 역시 헤아리지 못한다는 이러한 소설 인식이 김동인 소설 쓰기의 출발점이었다는 것은 당시로서는 놀라운 일이라 할 것이다.

작가, 곧 창조자(신)라는 신념과 작가의 능력이 이처럼 엄격히 제한되어 있다는 인식이 동시적으로 공존한 곳이야말로 그 놀라움의 근원이 아닐 것인가.

그가 소설에 대한 자의식이 얼마나 강했으며, 소설을 얼마나 엄격하고도 신성한 것으로 보았으며, 따라서 그가 왜 소설에 전 생애를 걸었는가는 이로써 어느 정도 드러났을 것이다.

김동인은 《창조》지에 소설을 쓸 수 있는 자격자로 전영택만을 인정했을 뿐, 동인인 이광수는 물론 김환을 비롯한 그 누구도 인정하지 않았다. 이광수, 김환 등은 기껏해야 《창조》지에 잡문 나부랭이만 쓸 자격이 주어졌을 뿐이다.

이러한 강렬한 신념이 그의 소설을 특이하게 수준 높은 것으로 만들었음도 사실이 아닐 수 없다 소설 장르가 하도 잡스럽고 다양한 것이기에 그의 이러한 신념은 늘 쟁점이 될 수 있다.

③ 제도적 장치로서의 소설과 그 한계

김동인 문학에서 가장 중요한 문제점은 무엇일까? 이 물음은 소설사적이자 그 이상이란 점에서 찾아야 할 것이다. 그 이상이란 정신사 또는 사상사에 관련된다.

소설 쓰기가 단순한 이야기가 아니라 세계 인식의 한 가지 방식이라는 점에서 그것은 사상사적 과제가 아닐 수 없다. 이러한 세계 인식이란 알게 모르게 근대성에 관련되었음에서 논의될 성질의 것이다.

모두가 아는 바와 같이 김동인의 첫 작품은 〈약한 자의 슬픔〉(《창조》 1~2호, 1919)이다. 이 작품의 문장이라든가 문체는 누구나 주목하지 않을 수 없게 되어 있다. 어떻게 해서 그러한가를 알아보는 일이야말로 근대성 논의의 출발점이라 할 것이다.

家庭教師妻엘니자벳트는 가르침을굿내인다음에自己방으로도라왓다. 도라오기는하엿지만 이잿것快活한兒孩들과마조유쾌히지난그는씀씀하고갑갑한自己방에도라와서는無限한寂寞을깨다랏다.

「오늘은 왜이리갑갑한고? 왜이리두근거리는고? 마치 이世上에나 혼차나마잇는것갓군. 엇지할꼬──어대갈까. 말까. ──아. 혜슉이안테 나가보자. 이즈음멧칠가보지도못하엿는데」그의머리에이생각이나자, 그는 갓다나갑갑하든거시더甚하여지고 아모래도혜슉이한테가보여될것가치생각된다.

──《창조》창간호. p. 53

〈약한 자의 슬픔〉의 이러한 문장이란 물론 국한문 혼용체이다. 이광수의 《무정》이 한글체로만 되어 있음과 비교할 때 이 사실은 과연 무엇을 말해 주는 것일까?

이런 물음을 던질 줄 모른다면 결코 김동인 소설의 본질에 육박할 수 없다. 이 국한문 혼용체가 당시의 일본 근대소설의 문체에 그대로 이어져 있다는 점이야말로 지적되어야 할 의미 있는 대목이다.

일본 근대소설의 문체에 그대로 이어져 있음이란 무슨 뜻인가? 곧 일본 근대소설의 시각이랄까. 수준에서 씌어졌음을 가리킴이다.

1910년대의 일본 근대소설의 시각이나 수준에 이어졌음이란 또 구체적으로 무엇을 뜻하는 것일까? 근대소설의 방법론적 인식 위에서의 소설 쓰기를 가리킴이 아니고 무엇이겠는가. 이 점에서 14세의 소년이 도일하여 배우고 공부한 일본 소설이 그대로 소설 자체였음이 판명된다.

그는 다음처럼 정직하였다.

「소설을 쓰는 데 가장 먼저 봉착하여──따라서 가장 먼저 고심하는 것이 용어(用語)였다. 구상은 일본말로 하니 문제 안되지만, 쓰

기를 조선글로 쓰자니······」(전집 6, p.19)

일본말로 구성을 하고 그것을 조선글로 쓴다는 것은 무슨 뜻인가? 일본어로 사색하고 그것을 조선말로 번역한다는 뜻이 아니겠는가? 이 점에서 폐허파의 두목격인 염상섭은 한층 철저하였다.

〈표본실의 청개구리〉(《개벽》 8~10호)에서 염상섭은 국한문 혼용체뿐만아니라 김동인, 이광수 등이 남녀공용 3인칭 단수를 '그'로 한 것을 깡그리 무시, 일본의 그것인 '彼, 彼女'를 태연히 쓸 정도였다.

염상섭의 출현을 두고 제일 놀란 것이 김동인이었다. 자기보다 한 수 높고 강력한 작가의 탄생을 그만이 직감할 수 있었던 것이다 (전집 6, p.33).

이러한 일본 근대소설에의 연속성이 그대로 일본 문화의 유입이라 할 수 있을까? 이 물음 속에 우리 근대문학의 역설과 아픔이 있다. 임화의 저 악명 높은 〈이식문학사〉의 명제가 바로 이 문제에 관련된다. 김동인, 염상섭에서 보듯 그것은 제도적 장치로서의 근대소설이었던 것이기에, 일본 근대문학사상사의 연속선상에 놓이기 때문이다(김윤식, 《한국근대소설사연구》, 을유문화사, 1986 참조).

이러한 사실을 직접적으로 말해 주는 것이 김동인의 단편 〈명문〉(1925)이다. 예수교에 깊이 빠져 있는 외아들 전 주사가 자수성가한 아버지에게 예수교를 전하려 하자 아버지의 대답이 이러하였다.

「천당? 사시에 꽃이 피어? 참, 식물원에는 겨울에도 꽃이 피더라, 천당 안가도······ 혼백이 죽지 않고 천당엘? 흥, 이야긴 좋다. 네, 내 말을 잘 들어라. 사람이 죽는다는 것은 혼백이 죽느니라. 몸집은 그냥 남아 있고······ 몸집이 죽는 게 아니라 혼백이 죽어.」

「사람이 죽는다는 것은 혼백이 죽는다는 것이다」라는 명제는 김동인 자신의 고백이라 할 수 있다. 신이란 것도 한갓 미신이라 보는 사상은 어디서 유래하는 것일까. 기독교 장로의 둘째 아들이자 집안의 귀공자인 김동인이 일본 유학에서 배운 것은 영혼이란 당초 없다는 사상이었다.

이를 두고 자연주의라 부른다. 갈릴레이로 대표되는 합리주의가 과학 사상을 낳았고, 이 과학 사상에 따라 이른바 근대가 전개되었던 것이다. 합리적으로 또는 과학적으로 설명될 수 없는 모든 것은 미신이거나 죄악으로 몰아붙이는 사상이 자연주의라면 김동인 문학이야말로 그러한 사상을 대표하는 것이다.

「신이 죽었다」고 말해질 때 인간은 신과 더불어 보고 느꼈던 저 자연과 하늘의 무궁무진한 신비에서 멀어질 수밖에 도리가 없었다. 합리적으로 설명되지 않는 삶의 중요한 것들이 미신이란 이름으로 사라질 처지에 이른 것이다.

한편 1940년대 《문장》지에 발표했던 〈김연실전〉은 실화에 바탕을 둔 모델 소설이라고 할 수가 있다. 근대 자유 연애 사상과 그것의 허실을 파헤친 김동인다운 중요한 작품의 하나다.

김동인 문학이 놓인 자리는 어디쯤일까? 근대가 결정적으로 파산되었다고 말해지는 1930년대에 이르면 김동인 문학의 자연주의는 참으로 난처한 것이 아닐 수 없었다. 합리적 과학 사상으로는 세계를 설명할 방도가 없다고 말해지는 시대가 다가오면 다가올수록 김동인 문학이 비판의 대상이 되는 것은 이 때문이다.

그렇지만 미신과 무지로 가득 찬 어두운 시대에는 근대라는 이름의 자연주의적 사고를 이렇게 도입하고, 그것의 순수한 형식의 일면을 문학 속에다 끌어들인 김동인의 업적은 문학사적 사건이라 평가되어 마땅하다. 근대의 의미가 무엇으로도 깡그리 해명되지 않음이 그 증거가 아니겠는가.

뛰어난 관찰력으로 그려낸 시대의 고민
― 동인의 유미주의와 리얼리즘 재고(再考) ―

김 치 수
(문학평론가 · 이화여대 교수)

1 문학사 기술 용어의 재고

최근에 와서 한국 문학은 과거의 작가에 대한 재검토를 통해서 한국 문학의 독창적인 흐름을 발견하려는 노력이 보이고 있다. 그것은 문학이 고정되어 있는 것이 아니라 끊임없이 변형·생성되고 있음을 의미하는 동시에, 문학의 흐름을 문학 자체에 국한시키지 않고 우리의 정신사의 맥락으로 파악하려는 노력의 표현인 것이다.

이러한 태도는 문학 작품이나 작가에 대해서 새로운 해석을 시도하고 있다는 점에서 이론의 다양성에 기여할 수 있을 뿐만 아니라 한국 문학의 새로운 가능성의 발견에도 도움을 줄 수 있을 것이다.

특히 우리나라처럼 작가에 대한 연구가 많지 않은 경우에는 문학 이론 자체가 일종의 가설로 떨어질 뿐, 그 구체성을 상실하게 된다.

어느 사회에 있어서나 문학 이론은 작가론으로부터 출발하지 않으면 안된다. 그런데 그 작가에 대한 평가가 몇 개의 용어로 결정되어 있다면, 그것은 그 용어 자체에 대한 재고로부터 출발하지 않으면 안된다.

왜냐하면 그 용어가 어떠한 문맥 속에서 사용된 것이며 그것이 한 사회의 문학의 변화법칙을 제대로 파악한 것인지 알지 않고는 그 작가에 대한 해석이 정당한 것으로 인정될 수 없기 때문이다. 김동인에 대한 평가도 그러한 데서부터 출발하는 것이 타당한 일이라고 생각된다.

김동인에 대한 지금까지의 평가는 대개 세 가지로 나눌 수 있다. 첫째는 김동인을 탐미주의(耽美主義) 작가로 보는 경우이고, 둘째는 그의 작품을 자연주의(自然主義) 계열로 보는 경우이고, 셋째는 김동인을 중심으로 문장 혁신을 높이 평가하는 경우이다. 이러한 태도는 그 구체적인 예로써 얼마든지 찾아볼 수 있다.

(예1) 이러한 김동인의 낭만적인 경향은 1925년대의 〈감자〉나 〈명문〉의 자연주의적인 경향을 거쳐 1930년대에 이르러서는 탐미주의적인 경향으로 심화 혹은 발전되었다. 물론 〈배따라기〉에도 탐미주의적인 특성은 그 강한 낭만주의적인 분위기와 함께 이미 싹터 있었다. (중략) 〈배따라기〉의 낭만적인 분위기 속에 이미 싹터져 있었던 이러한 그의 탐미주의적인 경향은 〈광화사〉와 〈광염 소나타〉에서 그 절정을 이루었다.

(예2) 〈감자〉·〈명문〉·《수양》·〈김연실전〉 등은 김동인의 자연주의적인 경향을 대표하는 작품들이다. 〈감자〉와 〈명문〉은 1925년대 작품이요, 〈김연실전〉·《수양》 등은 1940년대의 작품인 것을 보면, 1930년대의 〈광염 소나타〉나 〈광화사〉를 통한 탐미주의적인 경향의 우세에 앞서 1930년대의 〈배따라기〉의 낭만적 분위기에 뒤이어 곧 자연주의적인 경향에 들어섰던 것을 짐작해 볼 수 있으며, 1930년의 탐미적인 경향의 우세기에 있어서는 〈발가락이 닮았다〉로써 대표

되는 인도주의적 경향과 《운현궁의 봄》·〈붉은 산〉 등으로써 대표되는 민주주의적인 경향의 혼류(混流)를 거쳐 1940년대에 이르러서는 다시 자연주의적인 경향으로 귀일(歸一)된 경로를 짐작해 볼 수 있다.

(예3) 그것(자연주의)은 1919년, 우리 신문학이 김동인·전영택 등의 창조파에서 싹트기 시작하여 1920년 이후의 약 10년 동안에 걸쳐서 전성기를 이루었다. 따라서 우리가 한국의 자연주의를 이야기하기 위해선 이 20년대를 중심해서 그 작가와 작품들, 가령 김동인의 〈감자〉, 전영택의 〈화수분〉 (중략) 을 대상으로 삼아서 그 내용을 검토하는 일이 되겠으나 (중략) 그 부분에 대한 토론은 생략한다.

(예4) 김동인 등의 창조파가 신문학(新文學) 운동을 일으킨 또 한 가지의 중요한 조건은 문장(文章) 운동이었다. 문장은 전(前)시기에 있어서 육당·춘원 등에 의하여 이미 기초적인 것이 개척되었으나, 말할 것도 없이 신문학의 문장됨이 그것으로 족할 수 없었던 것이며 신문학의 딴 문제가 그러한 이상으로 문장은 실로 그 뒤의 대담한 개척과 꾸준한 노력을 기다리던 사실이었다.

이와 같은 예문에서 볼 수 있는 것처럼 김동인의 〈배따라기〉·〈광염 소나타〉·〈광화사〉 등의 작품은 탐미주의로 규정되고 있고, 〈감자〉 등의 작품은 자연주의로 규정되고 있으며 그 밖에도 인도주의·민족주의 등 여러 가지 주의가 등장한다.

그러나 여기에서 생각하지 않으면 안되는 것은 그러한 터미놀로지(terminology)가 과연 무엇을 의미할 수 있는 것이냐 하는 문제다.

여기에서 우선 탐미주의에 관한 이들의 정의를 보면 「인생의 목적을 유토피아에 두고, 그 유토피아의 개념이 인생에의 향락인 점을 보여 주고 있는 것은 무엇보다도 탐미적인 특성을 보여 주는 것이 아닐 수 없다」고 되어 있다.

이 글은 이어서 「〈광화사〉는 천하의 추물인 천재적 화가 솔거가 천하의 미인이었던 그의 어머니를 그려 보려고 하는 탐미적인 노력이 그 일관된 주조(主調)로 되어 있다」고 쓰고 있다.

이것은 탐미주의라는 말이, 어떤 아름다움을 작가가 의식적으로 추구한 경우를 이야기한다는 것을 알 수 있게 한다. 또한 인생에의 향락을 탐미적인 특성으로 파악하고 있는 것이다. 그렇게 되면 이때의 탐미주의는 일종의 소재주의에서 나온 것이기 때문에 이 작가나 작품에 대해서 아무런 평가도 내리지 못하고 있는 것이다.

다시 말하면 탐미주의 작가가 되기 위해서는 주인공으로 하여금 아름다운 음악, 아름다운 그림을 얻도록 노력하게 하는 것만으로 충분하다는 것이다.

이것은 '아름다움'에 관한 인식 체계가 극히 소박한 단계에 머물고 있음을 의미한다. 문학 작품에 있어서 아름다움은 주인공이 그것을 추구함으로써 나타나는 것이 아니라, 주인공의 고뇌와 갈등 그리고 비극적인 삶 자체가 아름다움으로 나타날 수 있는 것이어야 한다.

이러한 태도는 민족주의에서도 나타나고 있다. 「김동인의 민족주의적인 경향을 대표하는 것은 〈붉은 산〉으로서, 만주에 유랑된 동포들의 고난을 그림으로써」 나타나고 있다고 하는 것이 그것을 말한다.

어떤 문학 작품이나 그 민족에 대한 이야기를 하는 것이 대부분이다. 따라서 민족주의는 민족을 주인공으로 내세움으로써 가능한 것이 아니라 작가가 작품 안에서 민족의 수난과 의지를 보여 줌으로써 가능한 것이다.

이것은 작가의 의식을 강조한 것으로서 작가에 있어서 일종의 역사 의식인 것이다. 그렇기 때문에 그것은 작가의 세계관을 이야기하는 것임에도 불구하고 여기에서는 작가가 다룬 소재에 불과하고 있다.

또한 「〈발가락이 닮았다〉와 〈K박사의 연구〉는 그의 인도주의적인 경향을 대표해 주는 작품이다」라는 구절에서 인도주의도 아무런 내용을 담고 있지 않은 말이다. 왜냐하면 자신의 생식(生殖) 결함에 대한, 아내의 부정(不貞)에 대한 주인공의 태도를 인도주의라고 한다면 그것은 아무런 내용이 없는 것이다.

이와 같이 소박한 차원에서 인도주의를 이야기하게 되면 인도주의 작품이 아닌 것이 없을 것이다.

그리고 앞의 예문 2와 3에서 볼 수 있는 자연주의에 관한 내용도 마찬가지다. (자연주의에 관해서는 졸고 〈염상섭재고〉에서 자세히 설명한 바 있다.) 모든 터미놀로지는 그 외연(外延)과 내포에 관한 철저한 인식 없이 사용되었을 때 그 의미를 잃게 된다.

김동인에 관해서뿐만 아니라 일제 시대의 대부분의 작가에·관해서 이야기할 때 지금까지 너무나 많은 용어의 남용이 있어 왔다. 특히 그 용어의 한국적인 의미가 무엇인지 검토하지 않는 태도는 앞으로 지양되어야 할 것이다.

② 이질 문화(異質文化) 수용의 해석

이처럼 도식적인 용어로 파악하지 않은 김동인의 세계는 그러면 무엇일까.

첫째, 식민지 시대의 한국인의 정신적 상황에 관한 것이다. 한 예수교인의 삶을 그린 〈명문〉에서 주인공 전 주사는 전통적인 가문 ─ 양반이요 부자요 완고한 아버지의 집안 ─ 출신으로 우연히 기독교의 교리를 듣고 일종의 맹신자(盲信者)가 된다.

그리하여 그는 아버지와의 충돌을 경험하면서도 자기의 신념대로 살아 나가다가 결국 어머니를 살해하고도 아무런 죄의식을 느끼지 않는다. 이것은 이른바 기독교의 전래 이후 한국인의 정신 속에 잘못 자리잡은, 정신의 샤머니즘을 이 작가가 인식하고 있었음을 이야기하는 것이다.

전 주사의 이러한 태도는 기독교를 알게 됨으로써 이 땅에서 미신을 추방하려 하지만 또 하나의 미신을 갖게 되는 과정에 관한 고찰임을 알 수 있게 된다.

「평화롭고 점잖고 엄숙하던 이 집안에는, 예수교가 뛰쳐들어오자부터 온갖 파란이 일어나」는 것은 바로 전통적인 것과 외래적인 것의 상충(相衝)에서 오는 정신의 혼란기를 이야기하는 것에 다름아니다.

사실 한말에 전개된 기독교는 이 땅에서 새로운 종교로서 받아들여졌지만, 그러나 그것을 수용하는 자세는 기독교의 본질에 대한 탐구의 과정을 거쳐서 얻어진 것이 아니라 지금까지 있어 온 토속적 신앙의 질서 속에서 대상만을 바꾼 것이기 때문에 기독교의 전래는 처음부터 그 모순을 드러내고 있는 것이다.

따라서 전 주사가 미신을 싫어하는 아버지와 충돌하게 되는 것은 불가피한 경우가 될 것이다.

전통적인 것과 외래적인 것의 충돌은 〈약한 자의 슬픔〉에서도 적나라하게 드러나고 있다. 이름부터 '엘리자베트'라는 외래적인 것을 갖고 있는 이 작품의 주인공은 '상놈' 출신으로서 신문화 이후의 교육열에 힘입어 「조선의 선각자로 자부하는」 K남작의 집에 가정교사로 있으면서 학교에 다닌다.

그녀는 전통적인 여자로서는 불가능한 일(거리에서 만난 남자에 대한 연모의 정)로 괴로움을 느끼다가 어느 날 「내외의 절(節)과 안

방과 사랑의 별을 폐」한 바 있는 남작과 정을 통하게 된다.

그리하여 임신을 하고는 시골의 오촌모 집으로 간다. 거기에서 자신의 행위가 자기의 삶에 어떤 비극을 가져올 것인가를 생각하게 되자 K남작을 고소한다. 그러나 변호사 하나 없는 그녀는 재판에서 패배하여 자기 신세를 한탄하며 돌아온다.

유산 뒤에 그녀는 「나도 시방은 강한 자이다. 자기의 약한 것을 자각할 그때에는 나도 한 강한 자이다」라고 고백한다. 이러한 고백이 이야기하는 것은 엘리자베트가 지금까지 자기의 삶을 착각하고 살고 있었음을 이야기하는 것이다. 그것은 남녀 평등, 자유 연애, 신식 교육 등으로 대표되는 것으로서 외래적인 것의 오도된 수용 자세를 말함과 동시에 두 이질 문화의 상충에서 야기되는 정신적 풍속의 혼란을 이야기하는 것이다.

이러한 도덕관의 변천에 관한 고찰에다가 외국 유학 권장의 풍속의 모순을 이야기하는 작품이 〈김연실전〉이다. 1920년대 한국의 신여성임을 자처하는 김연실은 평양 감영의 이속(吏屬)이었던 김영찰과 그의 소실이었던 퇴기 사이에서 태어나 신식 학교인 진명 여학교에 다닌다.

그러나 그 학교가 운영난으로 문을 닫게 되자 김연실은 동경 유학을 준비한다. 동경 유학을 위해 일어를 배우다가 열다섯의 나이로 처녀를 빼앗긴 그녀는 그러나 아무런 정신적 타격을 받지 않는다.

집에서 돈을 몰래 빼낸 그녀는 일본에 가서 유학생의 연설을 듣고 감동하고 「선각자가 되리라. 우리 조선 여성을 노예의 처지에서 건져 내리라. 구습에 젖어서 아직 눈뜨지 못하는 조선 여성을 새로운 세계로 끌어내리라」고 결심한 다음, 새로운 학문에 대한 아무런 인식 없이 자유 연애 사상에 젖어서 여러 남자에의 편력을 거친다.

귀국한 그녀는 여류 문학자로, 여성 선각자로 행동하다가 모든 남자로부터 버림받고 최초의 '이성'이었던 사람과 동거하게 된다.

그녀가 보여 주는 삶은 전통 사회에 대한 아무런 인식 없이 새로운 문물에 대한 맹목적인 동경과 형식적인 수용에서 야기되는 이 땅의 비극, 그것인 것이다.

이와 같은 기독교의 수용과 자유 연애의 구가와 외국 유학의 동경은 춘원 문학의 기본 테마였었지만, 김동인에 있어서 그것들은 이 땅의 정신적 풍속 속에 자리를 차지하게 되는 이질 문화의 상충과 모순을 야기하는 원인이었다. 그것은 바로 김동인 자신이 춘원 문학의 압도적 영향력에 힘입은 서양 문화의 피상적 인식을 깊은 우려의 눈으로 보았음을 의미하며, 동시에 그 시대의 모순을 꿰뚫어보았음을 의미한다.

둘째, 식민지 조국의 현실에 대한 인식이다. 그것은 〈감자〉에서 가장 극명히 드러나는 것으로서 생존권을 박탈당한 식민지 백성의 비극적인 삶이다.

원래 농민 출신이었던 복녀는 농토를 빼앗기고 소작농의 생활을 하다가 평양의 막벌이꾼으로 전전한다. 남편의 게으름 때문에 스스로 벌어야 했던 복녀는 송충이 잡기에서 편안하게 돈을 벌 수 있는 방법을 발견하고, 그때부터 자기의 몸을 파는 것이다. 일종의 배금주의(拜金主義)에 의해 남편은 복녀의 매춘 행위를 묵인한다.

복녀는 중국인 왕 서방의 감자를 훔치다가 왕 서방과도 똑같은 관계를 유지한다. 그러나 왕 서방의 결혼을 계기로 그녀는 질투의 본능을 발휘하다가 왕 서방에게 살해당한다.

이것은 식민지 시대에 농촌 출신의 한 여자가 생존권을 박탈당한 채 비극적인 삶을 살고 있음을 이야기한 것이다. 그들에게 있어서는 생명 자체에 대한 아무런 보장도 있을 수 없었던 식민지 시대에서, 복녀의 죽음은 삼십 원으로 거래되었던 것이다.

김동인의 이러한 세계는 〈붉은 산〉에서도 드러나지만 식민지 시대를 산 많은 작가들—최서해·채만식·나도향 등—과 같은 현실 인식에 속해 있음을 이야기한다.

그러나 이 작품에 있어서 더욱 주목해야 할 것은 복녀라는 한 개인의 비극을 통해서 민족적 빈곤의 비극을 이야기하는 사실일 것이다.

삶의 기본적인 바탕 자체가 박탈당한 그들에게 있어서는 윤리도 도덕도 있을 수 없으며 생존 자체에 도움을 줄 수 있는 일이라면, 다시 말해서 한 끼니를 먹을 수 있는 일이라면 어떤 행위도 감수할 준비가 되어 있는 것이다.

이러한 사람들에게는 생존의 문제를 해결해 주는 것이 급선무였음에도 불구하고 식민지 시대에서는 이러한 것이 도외시되었을 뿐만 아니라 오히려 민족적 빈곤을 가져오도록 만들었던 것이다.

그러나 이러한 비극이 아름다움으로 느껴지는 것은, 비극 자체의 철저성을 그릴 수 있는 이 작가의 능력 때문일 것이다.

③ 장인(匠人)으로서의 자각

셋째, 장인의 세계에 있어서 하나의 작품을 만드는 데 필요한 고통의 세계이다. 〈광염 소나타〉에서 한 천재적인 음악가의 아들은 가난으로 인해 도둑질을 하다가 어머니의 임종도 보지 못한 채 복수심에 사로잡혀 불을 지르기 시작한다. 그리고 그 불을 통해서 자신의 광기를 음악으로 표현한다.

이렇게 시작한 그의 야성은 방화에서 살인으로까지 발전한다. 이것은 자기의 모든 욕망이 금지된 상태의 인물이 범죄를 통해서 자기의 욕망을 발산하면서, 그 발산을 하나의 아름다움으로 표현한 경우에 해당한다.

정상적인 사고를 하는 사람에게 있어서 그의 행위는 정신병자의 그것에 지나지 않지만, 자기의 욕망을 발산할 수 없는 그 당시의 상황으로 보면 본능적인 자기 표현인 것이다.

물론 이때 그의 범죄적 행위를 정당한 것이라고 이야기하는 것은 아니다. 그러나 타고난 자신의 재질이라든가 본능적인 욕망이 발산될 수 없는 폐쇄된 상황에서의 그의 정신병적인 자기 발산은, 바로 그러한 상황 때문에 갈등의 소산이 될 수 있으며 그 때문에 아름다움으로 느껴질 수 있는 것이다.

그러한 경우는 〈광화사〉에서도 잘 드러난다. 자신의 얼굴의 추함 때문에 여러 여자로부터 버림받은 화공은 자기 어머니와 같은 미녀의 그림을 완성시키기 위해, 왕후 친잠(王后親蠶))에 쓰이는 뽕밭에서 오랜 세월을 두고 절세 미인을 보기 위해서 기다리다가 어느 소경을 만난다.

그 소경을 통해서 아내상으로서의 미녀를 그리다가 그녀의 죽음과 함께 마지막 눈동자를 그리게 된 그는 결국 광인이 된다는 이야기다.

일종의 장인으로서 예술가를 파악한 이 작품에서도 현실적으로 자기의 욕망을 충족시킬 수 없는 자의 고통스런 창작 과정을 보여주고 있는 것이다. 그런 점에서 이 작품도 〈광염 소나타〉와 같은 계열의 작품임을 알 수 있을 것이다.

여기에서 작가의 예술에 대한 태도가 드러난다. 즉 하나의 작품은 자기 안에서 나오는 욕망의 소산이라는 것이다. 그리고 그 욕망이 하나의 작품으로 실현되기 위해서는 정상적인 정신의 단계를 넘어서 '미침'이 필요하다는 것으로서 이 작가의 창작 태도를 설명하고 있는 것이다.

물론 이러한 태도가 전적으로 옳은 것은 아니지만, 그러나 자기 자신을 던진다는 점에서는 주목할 만하다. 특히 예술이나 문학에 대한 태도가 확립되지 않은 그 당시로 보면 이 작가가 전통 사회의 예술인을 정확하게 포착한 것임을 알 수 있다.

④ 정신사적 통찰력과 정직성

김동인의 이상의 작품을 보면, 춘원에 대한 안티테제로서의 자아 인식을 김동인 자신이 너무 지나치게 의식하지 않았나 하는 생각을 갖게 한다. 그러나 그렇게 보는 것은 동인의 세계를 춘원 위주로 파악하는 것이 될 것이다.

이들의 작품을 통해서 동인이 보여 준 가장 주목할 만한 것은, 식민지 사회에 있어서 우리 민족의 각 계층이 어떤 변화를 감수하지 않으면 안되었나 하는 점이다.

다시 말하면 전통 사회에서 자리를 잡았던 계층 가운데 전 주사는 기독교에 의해서 정신의 혼란을 경험하게 되었고, 엘리자베트는 전통 사회에서 제대로 자리잡지 못한 계층 출신으로서 자유 연애와 신학문에 대한 동경을 갖고 있다가 자기 파멸의 길로 되돌아가는 계층을 이야기하고 있고, 김연실은 서자 출신으로서 자유 연애와 외국 유학의 노예가 되어서 자신을 선각자로 자처하다가 원점으로 되돌아가는 이야기다.

이것은 결국 전통적인 것과 외래적인 것의 상층이라는 혼란 속에서 식민지 사회는 우리 민족으로 하여금 계층적인 이동을 불가능하게 했다는 것이다.

엘리자베트가 시골의 오촌모에게 돌아가는 것이라든가, 김연실이 그의 오랜 편력에도 불구하고 마지막에는 첫 번째 사내에게 돌아간다는 것이라는가, 복녀가 더 잘 살지 못하고 죽고 만다는 것이 그것을 말한다.

이러한 작가의 관찰은 상당히 정확한 것이다. 그런 점에서 김동인은 보수주의 성격을 띠고 있다고 할 수 있을 것이다.

그러나 그의 작품들이 외래적인 것과 전통적인 것의 충돌에서 객관적 입장을 취할 수 있으면서도 이러한 사회 계층에 관한 고찰을 동반할 수 있었던 것은, 전적으로 이 작가의 뛰어난 관찰력에 힘입고 있음을 주목해야 한다.

　이때에는 그에게 탐미주의라든가 자연주의라든가 민족주의라든가 인도주의라든가 하는 어떠한 주의를 부여하는 것이 그의 문학 내용을 호도하는 결과를 가져온다는 사실을 알 수 있을 것이다. 그는 그가 산 시대의 고민을, 지금 보면 소박하지만 그 시대로서는 정당하게 표현하려고 노력한 작가인 것이다.

김동인 작품의 카인 콤플렉스
―단편 〈배따라기〉를 중심으로 한 고찰―

이규동
(신경정신과 전문의)

〈배따라기〉는 김동인의 단편소설의 하나다. 1921년 《창조》지에 실렸는데 문학사적으로도 그의 대표작 중의 하나지만, 정신분석학적 으로도 그 내용이 퍽 흥미롭다.

'배따라기'의 어원은 '배 떠나가기'라 한다. 배 떠나갈 때 부르는 노래가 '배따라기'의 속뜻인 것이다.

바슐라르(1884~1962)는 「죽음은 최초의 대항해자(大航海者)였다」고 말한다. 즉, 관(棺)은 최후의 배가 아니라 최초의 배였을 것이란 것이다. 죽음은 최후의 여행이 아니라 최초의 여행이었을지 모른다는 것이다.

그의 논리에 따르면 '배따라기=배 떠나가기'에서 세상에 태어나서 죽어가는 인류의 보다 큰 운명적인 만남과 떠남의 드라마가 느껴진다.

① 죽음 의식한 몽환적 분위기 묘사
〈배따라기〉의 줄거리를 얘기하기 전에 그 도입부를 보면, 과연 죽음의 바다를 항해하는 듯한 몽환적(夢幻的) 분위기가 풍긴다.

좋은 일기이다. 〔……〕 나는 잠시도 멎지 않고, 푸른 물을 황해로 부어 내리는 대동강을 향한, 모란봉 기슭 새파랗게 돋아나는 풀 위에 뒹굴고 있었다.

이런 광경은 모태복귀원망(母胎復歸願望)에 젖어 어머니인 대지(大地, mother-earth)에 누워 있는 작가의 모습을 엿보게 한다. 그 다음 구절을 보자.

「다스한 봄정에 솟아나리다. 다스한 봄정에 솟아나리다.」
나는 두어 번 소리나게 읊은 뒤에 담배를 붙여 물었다. 담뱃내는 무럭무럭 하늘로 올라간다.
하늘에도 봄이 왔다.
하늘은 낮았다. 모란봉 꼭대기에 올라가면 넉넉히 만질 수가 있으리만큼 하늘은 낮다. 그리고 그 낮은 하늘보다는 오히려 더 높이 있는 듯한 분홍빛 구름은, 뭉글뭉글 엉기면서 이리저리 날아다닌다.
나는 이러한 아름다운 봄 경치에 이렇게 마음껏 봄의 속삭임을 들을 때는, 언제든 유토피아를 아니 생각할 수 없다.

이 글귀에서도 「하늘이 낮다」라던가 그 「하늘보다 더 높은 곳에 있는 듯한 분홍빛 구름」 따위는 무의식적 언어로 얼마든지 해석이 가능하지만 여기에서는 생략하고, 다만 이 글의 끝머리에 나오는 '유토피아' 란 말을 작가의 표현대로 인용해 본다면, 「역시 유토피아를 생각할 때는 언제든 그 '위대한 인격의 소유자' 며 '사람의 위대함을 끝까지 즐긴' 진나라 시황〔秦始皇〕을 생각지 않을 수 없다」는 것이다.
왜냐하면 우리가 어찌하면 죽지 아니할까 하여, 소년 삼백을 배에 태워 불사약을 구하러 떠나 보내며, 한 유토피아를 세우려던 진

34

시황이야말로 실로 전무후무한 위대한 인물이었다는 것이다.

아무튼 그가 그런 봄의 도연함 속에서 유토피아적 환상에 젖어 있을 때, 바로 그때 기자묘 근처에서 무슨 슬픈 음률이 봄 공기를 진동시키며 날아오는 것이 들렸다.

처음에는 무심코 듣고 있다가 작품의 주인공 나는 마침내 참지 못하고 벌떡 일어서서 소나무 가지에 걸었던 모자를 내려 쓰고 그곳을 찾으러 모란봉 꼭대기에 올라섰다.

'어딘가? 기자묘? 혹은 을밀대?'〔……〕 왼편이구나 하면서, 소리 나는 곳을 더듬어서 소나무 틈으로 한참 돌다가, 겨우 기자묘치고는 그중 하늘이 넓고 밝은 곳에, 혼자서 뒹굴고 있는 그를 찾아내었다. 〔……〕 '얼굴, 코, 입, 눈, 몸집이 모두 네모나고— 그의 이마의 굵은 주름살과 시꺼먼 눈썹은 고생 많이 함과 순진한 성격을 나타낸다. 〔……〕 좋은 눈이었다. 바다의 넓고 큼이, 유감없이 그의 눈에 나타나 있다. 그는 뱃사람이라 나는 짐작하였다.

프로이트(1856~1939)는 작가의 특질 중에서 백일몽(白日夢)을 꼽는다. 그는 작가를 백주(白晝)의 몽상가에 비교했다.

보통 우리가 공상이라는 원천에서 떠올리는 쾌감의 양은— 억압의 감시가 엄격하기 때문에—퍽 제한되어 있어서 우리는 간신히 의식화가 허용된 범위 내에서만 만족할 수밖에 없는데 반해서 작가는 자기의 백일몽을 손질해서 거기에 포함된 너무나도 개인적인 요소를 빼고, 또 그 내용을 부드럽게 함으로써 무의식적 갈등을 쉽사리 알지 못하게 각색, 작품화하는 능력이 있는 사람이라는 것이다.

그 뱃사람에게서 들은 얘기가 곧 〈배따라기〉의 내용인 것이다.

2 작중 주인공 형제의 심리적 갈등이 줄거리

이 작품의 주인공인 '그'는 영유 고을에서 멀지 않은 어느 어촌에서 태어났다. 「그의 부모는 모두 열댓에 났을 때 돌아갔고 남은 사람이라고는 곁집에 딴살림을 하는 그의 아우 부처와 자기 부처뿐이었다. 그들 형제가 그 마을에서 제일 부자이고 또 제일 고기잡이를 잘하였고 그 중 글이 있었고 배따라기도 그 마을에서 빼나게 잘 불렀다. 말하자면 그 형제가 그 동네의 대표적 사람이었다.」

그런데 이 소설의 주인공 '그'에게는 다른 사람과 잘 지껄이고 즐기며 웃기 잘하는 아름다운 아내가 있었다. 그는 그런 아내를 시샘하고 못마땅하게 여겨서 딴 남자들과 지껄이는 아내에게 발길질을 했다. 그럴 때면 형은 싸움을 말리러 온 아우 부처에게까지도 매질을 했다.

「그의 아우는 촌사람에게는 쉽지 않게 늠름한 위엄이 있었고, 맨날 바닷바람을 쏘였지만 얼굴이 희었다. 이것뿐도 시기가 된다 하면 되지만, 특별히 아내가 그의 아우에게 친절히 하는 데 이르러서는, 그는, 억울하도록 시기를 하였다.」

이쯤부터 형제간 갈등의 대비적 관계가 묘사되기 시작한다. 그런 중 이 소설의 압권은 아무래도 다음과 같은 장면이다.

그가 어느 날 장에 가는데 아내가 쫓아나오며 거울을 사다 달라고 부탁을 한다.

「당손네 집에 있는 것보다 큰 거이요. 닞디(잊지) 말구요.」

그에 대해서 주인공도 선선하게 대답하고 집을 나선다.

그런데 그가 아내가 원하던 거울을 사들고 집에 돌아왔을 때, 그의 눈앞에는 뜻밖의 광경이 벌어지고 있었다.

방 가운데는 떡상이 있고, 그의 아우는 수건이 벗어져서 목 뒤로 늘어지고, 저고리 고름이 모두 풀어져 가지고 한편 모퉁이에 서 있

고, 아내도 머리채가 모두 뒤로 늘어지고, 치마가 배꼽 아래 늘어지
도록 되어 있으며, 그의 아내와 아우는 그를 보고 어찌할 줄을 모르
는 듯이, 움쩍도 안하고 서 있었다.

세 사람은 한참 동안 어이가 없어서 서 있었다. 그러나 좀 있다가
마침내 그의 아우가 겨우 말했다——

「그놈의 쥐 어디 갔나?」

「흥! 쥐? 훌륭한 쥐 잡댔구나!」

이런 말과 함께 형은 아우와 아내를 닥치는 대로 치고 아우를 집
밖으로 내어던지고 아내를 꺼꾸러뜨리고 함부로 내리찧은 후 집 밖
으로 내쫓았다.

하지만 그것은 엄청난 오해였다. 혼자 어두운 방에서 불을 켜려
고 성냥을 찾는데 헌 솜뭉치 속에서 정말 쥐가 튀어나와서 그를 놀
라게 만들었던 것이다.

형은 크게 후회하면서 아내와 아우가 돌아와 주기를 기다린다.
하지만 인생이 어디 그렇게 쉽게 풀리게 되어 있는가?

아내는 그 다음날 바닷가에서 보기 흉한 익사체로 발견된다. 그
장례가 끝난 다음날, 아우 역시 마을에서 자취를 감추어 버린다.
형은 집과 일들을 그만두고 아우의 소식을 물으면서 떠돌아다니는
신세가 된다.

그리고 한 번은 풍랑을 만나 구사일생으로 어느 해변에서 구조되
는데 그때 그는 불을 피우면서 어디서부터 왔는지 그 아우가 와서
그를 간호하고 있는 것을 본다. 그 아우를 향해 몇 마디 말을 건넨
다. 그리고 다시 잠에 빠져들었다가 깨어났을 때 이미 아우는 종적
을 감추고 없다.

그리하여 두어 시간, 꿀보다도 단 잠을 잔 뒤에 깨어 보니, 아까

빨간 불은 피어 있지만 아우는 어디로 갔는지 없어졌다. 곁의 사람에게 물어 보니까 아까 아우는 형의 얼굴을 물끄러미 들여다보고 있다가 새빨간 불빛을 등으로 받으면서, 더벅더벅 아무 말없이 어두움 가운데로 사라졌다 한다.

하지만 이것으로 형의 회상이 모두 끝난 것은 아니다. 〈배따라기〉의 마지막 부분을 보자.

그리하여 삼 년을 지내서 지금부터 육 년 전에 그의 탄 배가 강화도를 지날 날에, 바다로 향한 가파로운 뫼켠에서 바다를 향하여 날아오는 〈배따라기〉를 들었다. 그것도 어떤 구절과 곡조는 그의 아우 특식으로 변경된— 그의 아우가 아니면 부를 사람이 없는, 그 〈배따라기〉이다.

마지막 묘사는 마치 독일의 로렐라이 전설을 연상케 하는 애잔한 여운이 남는다.

③ 애정의 결핍서 비롯된 '카인 콤플렉스'

결국 〈배따라기〉는 작가 김동인이 서도민요에서 모티베이션을 얻어 작품을 만든 것이지만, 정신분석학적 입장에서 보면 거기엔 작가가 의도했는지 그렇지 않았는지는 몰라도 '카인 콤플렉스 환상'이 진하게 메아리치고 있다.

이제 대개의 독자는 아시겠지만 '카인 콤플렉스'란 부모의 애정을 둘러싸고 벌어지는 형제간의 갈등과 투쟁의 무의식적 경향을 가리킨다. 《구약성서》의 〈창세기〉에 보면 카인과 아벨이란 형제가 등장하는데, 그들 형제간에는 치열한 경쟁관계가 있어서 끝내는 카인이 동생 아벨을 죽인다. 여기에서 착상해서 이름붙여진 정신분석학적 용어다.

프로이트는, 문학 작품이나 기타 예술 작품을 정신분석학적 입장에서 고찰할 때 작가의 무의식적 동기가 강하다고 해서 그 작품이 반드시 성공하느냐 하는 문제는 별개의 것이라 했다.

김동인의 〈배따라기〉는 정신분석학적 입장에서 보면, 작품구도나 그 전개 및 종결이 이른바 '카인 콤플렉스' 및 '오이디푸스 환상'과 일치한다. 그러면서도 문학적 감동을 물씬 안겨 준다. 그만큼 그 내용과 기교가 뛰어난 작품임에는 틀림이 없다.

정신분석학적으로 보면 〈배따라기〉는 형제간의 경쟁 관계를 간결하면서도 선명하게 부각시켜 주고 있다. 일찍 부모를 여읜 형제가 각기 결혼을 하고 그 동네에서는 제일 부자이고 고기잡이를 잘하고 또 글을 잘 쓴다. 말하자면 선택된 형제이다.

그런 형제가 마음을 합하고 선의의 경쟁 관계를 이루었다면 누구 부럽지 않은 전설적인 애기가 되었을 것이다. 하지만 근대문학적 전개로는 그런 내용은 진부한 것이 될 것이다.

④ 문학으로 승화된 동인(東仁)의 콤플렉스

한국문학 근대화의 분기점이라 할 수 있는 김동인 문학은 그 이전의 계몽문학적 경향과는 달리 현대인들의 보다 복합적인 심리 갈등 묘사와 대담한 사건 전개 등이 특징을 이루는데, 특히 〈광염 소나타〉 등 몇몇 단편물에서 그런 경향이 두드러진다.

정신분석학적으로 말하면 그의 문학은 당시 한국 문학을 지배하고 있던 최남선이나 이광수에 대한 '거역의 문학'이라 할 수 있다. 즉 형에 대한 아우=김동인의 형제 콤플렉스(Brother Complex)=카인 콤플렉스의 결과라 할 수 있다.

그의 문장은 자유분방하고 속필로써 유명하다. 그의 생활 역시 낭비벽, 주벽, 약물 남용 등이 특징을 이룬다. 정신분석학적으로 동인은 실생활에서 악한 동생 역할을 하고 있는 것처럼 보인다.

형제간의 경쟁 심리는 어느 형제간에나 있다. 하지만 동인의 경우 특히 그런 경향이 두드러진다. 그에게는 이복형인 동원이 있었다. 연령적으로는 10년 차가 있었다. 한데도 한 번도 맏형을 형이라 부른 적이 없고 '김 장로'라 불렀다.

그런 카인 콤플렉스적 경향은 그의 사회 생활이나 문단 생활에서도 특징을 이룬다. 가령 선배인 이광수에 대한 준열한 비평이나 《조선일보》에 재직할 때 사장에 대한 안하무인격 태도 등에서도 그런 경향을 엿볼 수 있다.

아무튼 그런 동인의 성장 과정의 특징이나 뛰어난 문학적 소질 등이 바로 김동인 문학의 특징을 이루게 된 원동력이 된 것이다. 다른 말로 동인의 카인 콤플렉스적 측면이 문학 작품으로 결정(結晶)을 이루었다고 할 수 있고, 특히 〈배따라기〉에서 그의 본령이 유감없이 발휘되고 있다고 생각된다.

앞서도 잠깐 언급했지만 정신분석학적으로는 문장 기법에 대해서는 언급할 영역이 아니지만, 그래도 그 내적 의미를 예술적 묘사로 승화시키고 또한 사실 묘사에 충실함으로써 단순한 몽환적 분위기가 아닌 예술적 감흥에 젖게 하는 뛰어난 문장가로서의 역량을 발휘하고 있다.

그리고 〈배따라기〉의 끝부분에 있는 구조된 형과 아우의 상봉 장면에서, 「아우는 형의 얼굴을 물끄러미 들여다보고 있다가 새빨간 불빛을 등으로 받으면서, 더벅더벅 아무 말없이 어두움 가운데로 사라졌」고 한 묘사는 퍽 감동적인데, 그러면서도 빨간 불빛을 배경으로 한 이별 장면은 퍽 상징적이다.

정신분석학적으로 해석한다면, 「불은 태어날 때부터 오이디푸스 콤플렉스적이다」(바슐라르)라는 말마따나 불은 나무라는 화재(火材, 아버지)를 태움으로써 태어난 '거역의 아들'이다. 그런 불을 배경으로 아무 말없이 어둠 속으로 사라져 갔다는 아우와의 잠시 동안의 상봉과 이별은, 작가의 의도야 어쨌든 퍽 오이디푸스 상황적인 냄새가 물씬 풍긴다.

약한 자의 슬픔

약한 자(者)의 슬픔

1

　가정교사 강 엘리자베트는 가르침을 끝낸 다음에 자기 방으로 돌아왔다. 돌아오기는 하였지만 이제껏 쾌활한 아해(兒孩)들과 마주 유쾌히 지낸 그는 껌껌하고 갑갑한 자기 방에 돌아와서는 무한한 적막을 깨달았다.

　'오늘은 왜 이리 갑갑한고? 마음이 왜 이리 두근거리는고? 마치 이 세상에 나 혼자 남아 있는 것 같군. 어찌할꼬―― 어디 갈까, 말까. ――아, 혜숙이한테나 가보자. 이즈음 며칠 가보지도 못하였는데.'

　그의 머리에 이 생각이 나자, 그는 갓따나[1] 갑갑하던 것이 더 심하여지고 아무래도 혜숙이한테 가보아야 될 것같이 생각된다.

　「아무래도 가보아야겠다.」

　그는 중얼거리고 외출의를 갈아입었다.

　'갈까? 그만둘까?'

　그는 생각을 정키 전에 문밖에 나섰다. 여학생 간에 유행하는 보법(步法)으로 팔과 궁둥이를 전후 좌우로 저으면서 엘리자베트는 길을 나섰다.

그는 파라솔을 받은 후에 손수건을 코에 대어서 쏘는 듯한 콜타르 내음새[2]를 막으면서 N통(通), K정(町) 등을 지나서 혜숙의 집에 이르렀다.

그리 부자라 할 수는 없지만, 그래도 경성 중류민의 열에는 드는 혜숙의 집은 굉대(宏大)하지는 못하지만 쑬쑬하고 정하기는 하였다.

그 집의 방의 배치를 익히 아는 엘리자베트는 들어서면서, 파라솔을 접어서 마루 한편 끝에 놓은 후에

「너무 갑갑해서 놀러 왔다, 애.」

하면서 혜숙의 방으로 뛰어들어갔다. 그는 들어서면서 혜숙이가 동무 S와 무슨 이야기를 열심으로 하다가 자기 온 것을 알고 뚝 그치는 것을 알았다.

'S는 원, 무엇하러 왔노?'

그는 이유 없는 질투가 마음에서 끓어 나오는 것을 깨달았다.

'흥! 혜숙이는 S로 인하여 나한테 놀러도 안 오는구먼. 너희들끼리만 잘들 놀아라.'

혜숙이가 한 번도 자기에게 놀러 와본 때가 없으되 엘리자베트는 이렇게 생각하였다.

「아, 엘리자베트 왔니. 우린 이제껏 네 이야기하댔지. 그새 왜 안 왔니?」

혜숙이와 S는 동시에 일어나면서 혜숙이는 엘리자베트의 왼손, S는 바른손을 잡고 주좌(主座)에 끌어다 앉히었다.

── 엘리자베트는 아직 십구 세의 소녀이지만 재주와 용자(容姿)로 모든 동창들에게 존경과 일종의 시기를 받고 있었다. 그는 재주로 인하여 아직 통학중이지만 K남작의 집에 유(留)하면서 오후에

는 그 집 아이들에게 학과의 복습을 시키고 있었다.

「내 이야기라니 무슨? 내 흉들만 실컷 보고 있었니?」

엘리자베트는 앉히우는 자리에 앉으면서 억지로 성난 것을 감추고 농담 비슷하니 물었다.

혜숙과 S는 의논하였던 것같이 잠깐 서로 낯을 향하였다가 웃음을 억지로 참느라 입을 비죽하니 하고 머리를 돌이켰다.

「내 이야기라니 무슨?」

「네 이야기라니 — 저 — 그만두자.」

혜숙이가 감추자 엘리자베트는 더 듣고 싶었다. 그는 차차 노기를 외면에 나타내게 되었다.

「내 이야기라니 무엇이야 애? 안 가르쳐 주면 난 가겠다.」

「네 이야기라니 — 저 —」

혜숙이는 아까와 같은 말을 한 후에 S와 또 한 번 마주 향하여 보았다.

「그럼 난 간다.」

하고 엘리자베트는 일어서려 하였다.

「애, 가르쳐 줄라. 참말은 네 이야기가 아니고 — 저 — 이환(利煥) 씨 이야기.」

말이 끝난 뒤에 혜숙이는 또 한 번 S와 낯을 향하였다.

혜숙의 말을 들은 엘리자베트는 노기와 부끄러움과 모욕을 당했다는 감을 함께 머금고 낯을 붉히고 머리를 숙였다.

— 엘리자베트가 매일 통학할 때에 N통 꺾어진 길에서 H의숙(義塾) 제모를 쓴 어떤 청년과 만나게 되었다. 만나기 시작한 지 닷새에 좀 정답게 생각되고 열흘에 그를 만나지 못하면 섭섭하게 생각되고, 이십 일에 연애라 하는 것을 자각하고, 일 삭 만에 그 청년의 이름을 탐지하였다. '그도 나를 생각하겠지' 하는 생각과 '웬걸, 내게는 주의도 안하더라' 하는 생각이 그후부터는 항상 그의

마음속에서 쟁투하고 있었다. 연애를 하는 사람은 아무도 그렇거니와, 엘리자베트는 연애—— 짝사랑[片戀]이던——를 안 후부터는 벗들과 함께 있을 때는 아무렇지도 않지만, 혼자 있을 때는 염세의 생각과 희열의 생각이 함께 마음속에서 발하여 공연히 심장을 뛰놀리며 일어섰다 앉았다, 밖에 나갔다 들어왔다, 일도 없는데 이환이와 만나게 되는 길에 가보았다. 이와 같이 날을 보내게 되었다. 그러다가 아무에게도 통사정할 사람이 없는 엘리자베트는 혜숙에게 이 말을 다 고백하였다——

이와 같은 사람의 비밀을 혜숙이는 S에게 알게 하였다 할 때에 그는 성이 났다.

처녀가 학생에게 사랑을 한다 하는 것이 그에게는 부끄러웠다.

둘——혜숙과 S——이서 내 흉을 실컷 보았겠거니 할 때에 그는 모욕을 당했다 생각하였다. ——혜숙과 S가 서로 낯을 보고 웃을 때에 이 생각이 더 심하였다.

그리고 이와 같은 비밀을 혜숙에게 고백하였다 할 때에 엘리자베트는 자기에게 대하여서도 성을 안 낼 수가 없었다.

'어껀 자기를 믿고 통사정을 하였더니 이런 말을 광고같이 떠들춘단 말인가. 이 세상에 믿을 만한 사람이 누구인고? 아, 부모가 살아 계시면……'

살아 있을 때는 자기를 압박하는 것으로 유일의 오락을 삼던 부모를 빨리 죽기를 기다리던 그도, 부모에게 대하여 지금은 유일의 믿을 만한 사람이고, 유일의 의뢰할 만한 사람이라는 생각이 났다. 그리고 혜숙에게 대하여서는 무한한 증오의 염이 난다.

그러면서도 그는 한 바람을 품고 있었다. 이것——이환과 자기의 새[3]——이것이 이제 화제가 되는 것을 그는 무서워하고 피하려 하면서도 그것이 화제가 되기를 열심으로 바라고 있다—— 좀더 상세히 알고 싶었다.

자기 말을 듣고 엘리자베트가 성을 낸 것을 빨리 알아채인 혜숙이는, 화제를 바꾸려고 학과 이야기를 시작하였다 ──

「너 기하 숙제 해보았니? 난 암만 해두 모르겠구나.」

'아차!'

엘리자베트는 속으로 고함을 쳤다. ──그의 희망은 끊어졌다.

'내가 성을 낸 것을 알고 혜숙이는 이렇게 돌려대누나.'

하면서도 성을 억지로 감추고 낯에 화기를 나타내고 대답하였다──

「기하? 해보지는 않았어도 해보면 되겠지.」

「그럼 좀 가르쳐 주렴.」

기하 책을 갖다 놓고 셋은 둘러앉아서 기하를 토론하기 시작하였다. 한 이십 분 동안 기하를 푸는 새에 엘리자베트의 머리에는 혜숙과 S의 우교(友交)에 대한 시기도 없어지고, 혜숙에게 대한 증오도 없어지고, 동창생에 대한 애정과 동성에 대한 친밀한 생각만 나게 되었다.

복습을 필한 후에 셋은 잠깐 무언으로 있었다. 그동안 혜숙은 무슨 말을 할 듯 할 듯하면서도 다만 빙긋 웃기만 하고 말은 못 발하고 있었다.

'무슨 말이든 빨리 하렴.'

엘리자베트는 또 갑자기 희망을 품고 심장을 뛰놀리면서 속으로 명령하였다.

엘리자베트가 듣고 싶어하는 것을 보고 혜숙이는 안심한 듯이 말을 시작한다──

「애── 애──」

이 말만 하고 좀 하기가 별(別)한 듯이 잠깐 말을 멈추었다가 또 시작한다──

「이환 씨느으으은 S의 외사촌 오빠란다.」

이 말을 들은 엘리자베트는 갑자기 마음이 무거워지는 것을 깨달았다. ──그 가운데는 부끄러움도 섞여 있었다. 갑자기 이환이와 직접으로 대면한 것같이 형용할 수 없는 별한 부끄러움이 엘리자베트의 마음을 지나갔다. 그러면서도 그는 좀더 똑똑히 알려고──

「거짓말!」

하고 혜숙이를 쳐다보았다.

「거짓말은 왜 거짓말이야. S한테 물어 보렴. 이애── S야 그렇지?」

엘리자베트는 머리를 S편으로 돌려서 S의 대답을 기다렸다. 이환이가 S의 외사촌이라는 것은 팔구 분은 믿으면서도……

S는 다만 웃고 있었다.

'모욕당했다. 집으로 가고 말아야지.'

엘리자베트는 이렇게 속으로 고함을 치고도 일어나지는 않았다. 그는 S에게서 이환의 소식을 듣고 싶었다. 그리고 '오빠도 너를 사랑한다더라' 란 말까지 듣고 싶었다.

「응, 그렇지 애?」

하는 혜숙의 소리에 S는 그렇단 대답만 하였다. 그리고 의미 있는 듯한 웃음을 머금고 엘리자베트를 들여다보았다.

'S의 웃음, 의미 있는 듯한 웃음. 무슨 웃음일꼬? 거짓말? 이환 씨가 S의 오빠라는 것이 거짓말이 아닐까? 아니, 그것은 참말이다. 그러면 무슨 웃음일꼬? 이환 씨는 나 같은 것은 알아도 안 보나? 아, 무엇? 아니다. 그도 나를 사랑한다. 그리고 S에게 고백하였다. 아, 이환 씨는 날 사랑한다. 결혼! 행복!'

그는 자기에게 이익한 데로만 생각을 끌어 가다가 대담하게 되어서, 머리를 들면서 결심한 구조(口調)로 말을 걸었다──

「애, S야!」

「엉?」

경멸하는 듯이 S는 대답하였다. 이 소리에 엘리자베트의 용기의 대부분은 꺾어졌다.

「너……」

그는 차마 그 뒤는 말을 발하지 못하여 우물우물하다가 예상도 안한 딴 말을 묻고 말았다—

「기하 다—했니?」

「기하라니? 무슨?」

S는 대답 겸 물어 보았다.

「내일 숙제.」

「이애 미쳤나 부다.」

엘리자베트는 왜인지 가슴에서 뚝 하는 소리를 들었다. S는 말을 연속하여 한다—

「이제 우리 하지 않았니?」

「웅?…… 참…… 다했지……」

S는 '다 알았소이다' 하는 듯이 교활한 웃음을 머금고 엘리자베트의 그리이스 조각을 연상시키는 뺨과 목의 윤곽을 들여다보았다.

'모욕을 당했다.'

엘리자베트는 또 이렇게 생각하지 않을 수 없었다.

'집으로 가고 말아야지.'

이 생각을 할 때에, 그는 아까 집에서 혜숙의 집에 가야겠다 생각할 때에, 참지 못하게 가고 싶던 그와 동(同) 정도로 집으로 돌아가고 싶었다.

그는 어쩔 수 없이 가고 싶은고로

「난 간다.」

소리만 지르고 동무들의 '왜 가니?' '더 놀다 가렴' 등 소리는 귓등으로도 듣지 않고 팔과 궁둥이를 저으면서 나섰다.

2

늦은 봄의 저녁빛은 따스하였다.

도회의 저녁은 더 번잡하였다.

세멘트 인도는 무수히 통행하는 사람의 발로 인하여 처르럭처르럭 때가닥때가닥 하는 소리를 시끄럽도록 내면서도 평안히 누워 있었다.

어떤 때는 사람의 위에를 짧게 비추었다, 사람이 다 통과한 후에는 도로 길게 비추었다 하는, 자기와 함께 나아가는 자기 기름자[4]를 들여다보면서 엘리자베트는 본능적으로 발을 움직였다.

'아, 잘못하였군. 그애들은 내가 나선 다음에 웃었겠지. 잘못하였어. 그럼 어찌하여야 하노? S를 얼려야지.[5] 얼려? 응, 얼린 후엔? 드려야지. 무엇을? 무엇을? 그것을 말이지. 그것이라니? 아! 그것이라니? 모르겠다. 사탄아 물러가거라. S가 이환 씨의 누이이고, S가 혜숙의 동무이고, 또 내 동무이고, 이환 씨는 동무의 오빠이고. 사람이 다니고, 뎐차[6]—— 아이고 무엇이 무엇인지 모르게 되었다. 왜 웃는단 말인가? 우스우니깐 웃지. 무엇이 우스워? ——참 무엇이 우스울까?'

그는 또 한 번 웃었다. 그렇지만, 이 웃음은 기뻐서 웃는 것도 아니고 즐거워서 웃는 것도 아니다. 다만 우스워서 웃는 것이다. 그는 왜 우스운지 그 이유를 해석하려고 혼돈된 머리로 생각하면서 발을 본능적으로 차차 집으로 가까이 옮겨 놓았다.

구부러진 길을 돌아설 때에, 그는 아직껏 보고 오던 자기 기름자를 잃어버린고로 잠깐 멈칫 섰다가 또 한 번 해석치 못할 웃음을 웃고 다시 걷기 시작하였다.

그가 집에 들어설 때는 다섯 시 반 좀 지난 후, K남작은 방금 저녁을 먹고 처와 아이들이 저녁을 먹을 때였다. 조선의 선각자(先覺

者)로 자임하는 남작은 내외의 절(節)과 안방 사랑의 별은 폐하였지만, 남존여비의 생각은 아직껏 확실히 지켜 왔다.

엘리자베트는 먹기 싫은 밥을 두어 술 먹은 후에 자기 방으로 돌아와서 아직 어둡지도 않았는데 전등을 켜고 책궤상 머리에 가 앉았다.

아무 작용도 아니하는 눈을 공연히 멀거니 뜨고, 책상을 올간으로 삼고 따뉴브 곡을 뜯으면서 그는 머리를 동작시키고 있었다. —웃음, S, 이환, 결혼, 신혼 여행, 노후의 안락, 또는 거기는 조금도 상관없는 다른 공상이 속속이 그의 머리에 왕래하였다.

끝없이 나는 공상을 두 시간 동안이나 한 후에 이제껏 희미하니 아물아물 기어가는 것같이 보이던 벽의 흑점(黑點)이 똑똑히 보이기 시작할 때에 그는 자리를 펴고 자고 싶은 생각이 났다.

아까 저녁 먹을 때에 남작의 '오늘 밤에는 회(會)가 있는고로 밤두 시쯤 돌아오겠다'는 말을 들은 엘리자베트는 별로 안심이 되어 자리를 펴고 전나체가 되어 드러누웠다.

몇 가지 공상이 또 머리에 왕래하다가 그는 잠이 들었다.

한참 자다가 열한 시쯤 자기를 흔드는 사람이 있는고로 그는 눈을 번쩍 떴다. 전등 아래 의관을 한 남작이 그를 들여다보고 있었다. 엘리자베트는 갑자기 잠이 수천 리 밖에 퇴산(退散)하는 것을 깨달았다. 그는 남작의 자기를 들여다보는 눈으로 남작의 요구를 깨달았다, 하고 겨우 중얼거렸다—

「부인이 알으시면?」

'아차!'

그는 속으로 고함을 쳤다.

'부인이 모르면 어찌한단 말인가?…… 모르면?…… 이것이 허락의 의미가 아닐까? 그러면 너는 그것을 싫어하느냐? 물론 싫어하지. 무엇? 싫어해? 내 마음속에 허락하려는 생각이 조금도 없냐?

아…… 허락하면 어쨌냐? 그래도……'

일순간에 그의 머리에 이와 같은 생각이 전광과 같이 지나갔다.

「종용히!⁷⁾ 아까 두 시에야 돌아오겠다고 하였으니깐 모르겠지요.」

남작은 말했다.

이제야 엘리자베트는 아까 남작이 광고하듯이 지껄이던 소리를 해석하였다. 그리고 두 번째 거절을 하여 보았다.

「부인이 계시면서두?……」

'아차!'

그는 또 속으로 고함을 안 칠 수가 없었다.

'부인이 없으면 어찌한단 말인가?…… 이것은 허락의 의미가 아닐까?……'

남작은 대답 없이 엘리자베트를 뚫어지게 들여다보고 있었다.

「왜 그리 보세요?」

그는 남작의 시선을 피하면서 별한 웃음—애걸하는 웃음—거러지⁸⁾의 웃음을 웃으면서 돌아누웠다.

'아차!'

그는 세 번째 고함을 속으로 발하였다.

'이것은 매춘부의 웃음, 매춘부의 행동이 아닐까?……'

몇 번 거절에 실패를 한 엘리자베트는 마지막에는 자기에게 대하여서도 정이 떨어지게 되었다. 그는 뉘게 대하여선지는 모르면서도 모르는 어떤 자에게 골이 나서 몸을 꼬면서 좀 날카롭게— 그래도 작은 소리로 말했다—

「싫어요, 싫어요.」

남작은 역시 대답이 없었다.

엘리자베트는 갑자기 방안이 어두워지는 것을 알았다. —남작이 불을 끈 것이다. 그후에는 남작의 의복 벗는 소리만 바삭바삭 났다. —엘리자베트는 정신이 아득하여지고 말았다.

정신이 아득하여진 엘리자베트는 한참 있다가 거기서 직수면 상태로 들어서 푹 잠이 들었다가 다섯 시쯤 동천 하늘이 좀 자홍색을 띠어 올 때에 무엇에 놀란 것같이 움쭉하면서 눈을 떴다.

회색 새벽빛을 꿰어서 먼드고메리 회사제 벽지가 눈에 드는 동시에 그의 머리에는 남작이 생각났다. 곁에 사람의 기척이 없는고로, 남작이 돌아갔을 줄은 확신하면서도 만일 있었다면 하는 의심이 나는고로. 그는 가만가만 머리를 그 편으로 돌렸다. ──거기는 남작이 베느라고 갖다 놓았던 책이 서너 권 두껴 있었다.

'그럼 저편 쪽에 있지. 저편 쪽 벽에 꼭 붙어서서 날 놀랠려고 준비하고 있지.'

엘리자베트는 흥미 절반 진정 절반으로 이런 생각을 하고 갑자기 ──남작이 숨기 전에 발견하려고 머리를 돌이켰다. ──거기는 차차 흰빛으로 변하여 오는 새벽빛에 비친 벽지의 모양만 보였다.

'어느 틈에 또 다른 편으로 뛰었군!'

하면서 그는 남작을 잡느라고 이편 저편으로 머리를 휙휙 돌리다가 ──

'일어나야 순순히 나올 터인가 원.'

하면서 벌떡 일어나 앉아서 의복을 입기 시작하였다. 속곳 바지로서, 버선까지 신는 동안에, 그의 머리에는 남작을 잡으려는 생각은 없어지고 엊저녁 기억이 차차 부활키 시작하였다.

'내 속이 왜 그리 약하단 말인고? 정신이 아득하여질 이유가 어디 있어? 아무래도 그렇게 되겠으면 정신이나……아, 지금 남작은 무엇하고 있노?'

그는 자기가 남작에 대하여서도 애정을 가지게 된 것을 깨달을 때에 차라리 놀랐다. 마음속에서는 또 적막의 덩어리가 뭉쳐 나왔다. ──그는 무한 울고 싶었다. 그는 시계를 보았다. 아직 다섯 시 십삼 분이다.

'울 시간이 넉넉하지.'

이 생각을 할 때에 그는 참지 못하여 고꾸라져서 흑흑 느끼기 시작하였다.

'남작은 아내가 있는 사람이다. 아내가 있는 사람에게……내 전정(前程)은 어떠할까……'

울음이 끝나기까지 한참 울은 그는 눈물이 자연히 멎은 후에 머리를 들었다. ─아침 햇빛은 눈이 시도록 방 안을 들이쬐고 있었다.

밝은 햇빛을 본 연고인지, 실컷 울은 연고인지, 엘리자베트는 오랫동안 벼르던 원수를 갚은 것같이 별로 속이 시원한고로 일어서서 세수를 하러 갔다.

세수를 한 후에 그는 거기서 잠깐 주저치 않을 수가 없었다. 밥을 먹으러 가나 안 가나? 밥은 먹어야겠고, 거기는 남작이 있겠고─

그러다가 그는 필사적 용기를 내고 밥을 먹으러 갔다. 거기는 남작은 없었지만, 그는 부인과 아이들에게도 할 수 있는 대로 낯을 안 보이게 하고 밥을 먹었다. 그런 후 자기 방에 와서 이부자리를 간지피고 책보를 싸가지고 학교로 향하였다.

정문 밖에 나선 그는 또 한 번 주저치 않을 수가 없었다. 이 길로 가나, 저 길로 가나? 이 길로 가면 이환이를 만나겠고, 저 길로 가면 대단히 멀고.

그의 마음속에는 쟁투가 일어났다. ─자기에게 대하여 애정을 내지도 않는 이환의 앞을 복수 겸으로 유유히 지나갈 때의 자기의 상쾌를 그는 상상하여 보았다. 이환이는 그 일을 모르겠지만, 이렇게 하는 것이 엘리자베트에게는 한 쾌락─만약 엘리자베트에게 복수할 마음이 있다 하면─에 다를 바 없었다. 그렇지만 그는 이환이를 사랑하였다. 문자 그대로 '자기 몸과 동(同) 정도로 그를 사랑'하였다. 이러한 엘리자베트는 그런 참혹한 일은 행할 수가 없었다.

'이 길로 갈까? 저 길로 갈까?'

그는 생각이 정키 전에 어느덧 먼 길─안 만나게 되는 길─편으로 발을 옮겨 놓았다.

학교에서도 엘리자베트는 성가신 일일을 보내고 하학(下學) 후 곧 집으로 돌아왔다.

3

단조하고도 복잡한 엘리자베트의 생활은 여전히 연속하여 순환되고 있었다. ─아침 깨어서는 학교에 가고, 하학 후에는 아이들과 마주 놀고 자고. ─다만 전보다 변한 것은 평균 일주 2회의 남작의 방문을 받는 것이다.

대개는, 엘리자베트가 예기한 날 남작이 왔다. 남작이 오리라 생각한 날은 엘리자베트는 열심으로 남작을 기다렸다. 그렇지만 그 방은 남작부인의 방과 그리 멀지 않은고로 남작이 와도 그리 말은 사괴지 못하였다. 엘리자베트는 그것으로 남작이 와 있을 동안은 너무 갑갑하여 빨리 돌아가기를 기다렸다. 치만 일단 남작이 돌아가고 보면 엘리자베트는 남작이 좀더 있지 않는 것을 원망하고 무한한 적막을 깨달았다.

만약 엘리자베트가 예기한 날 남작이 오지를 않으면 그는 어찌할 줄 모르게 속이 타고 질투를 하였다.

그렇지만 이보다 더 큰 고통이 엘리자베트에게 있었다. 때때로 이환의 생각이 나는 것이다. 그런 때는

'자기도 나를 생각지 않는데, 내가 그러면 멜한가.[9]'

'내가 자기와 약혼을 했댔나.'

등으로 자기를 위로하여 보았지만, 대개는 '변해(辯解)'를 '미안

(未安)'이 쳐 이겼다. 그럴 때는 문자 그대로 '심장을 잘 들지 않는 칼로 베어내는 것' 같았다. 그렇게 되면 그는 고꾸라져서 장시간의 울음으로 겨우 자기를 위로하곤 하였다.

그는 부인에게 대하여서도 미안을 감(感)하였다.

'남편을 가로앗았는데 왜 미안치를 않을까.'

그는 때때로 중얼거렸다.

그러는 새에도, 학교에는 열심으로 상학(上學)하였다. 학교에도 무한한 혐오의 정과 수치의 염이 나지마는, 집에 있으면 더 큰 고통을 받는 그는 일종의 위안을 얻느라고 상학하였다.

그동안 시절은 바뀌었다. 낮잠 잘 오고 맥이 나는 봄 시절은 비 많이 오는 첫여름으로 변하였다.

4

엘리자베트와 남작의 첫 관계가 있은 후 다섯 번 일요일이 찾아왔다.

오후 소아 주일 학교(小兒主日學校) 교사인 엘리자베트는 소아 교수와 예배를 필한 후에 아이들 틈을 꿰면서 예배당을 나섰다.

벌겋고 누런 장마 때 저녁 해는 절벅절벅하는 길을 내리쪼이고 있었다. 북편 하늘에는 비를 준비하는 검은 구름이 걸려 있었다.

엘리자베트가 예배당 정문을 나설 때에

「너 이즈음 학교에 왜 다른 길로 다니니?」

하는 혜숙의 소리가 그의 뒤에서 났다.

엘리자베트는 돌아보지도 않고 속으로 다만

'다른 길로 학교엘 다녀? 다른 길로 학교엘 다녀?'

하면서 집으로 향하였다. 남작 집 정문을 들어서려 하다가 그는 우뚝 섰다. 혜숙의 말이 이제야 겨우 해석되었다.

'응 다른 길로 학교엘 다닌다니, 내가 다른 길로 학교에를 다닌다는 뜻이로군.'

그는 별한 웃음을 웃고 자기 방으로 향하였다.

자기 방에 들어서서 책보를 내어던지고 앉으려 하다가 그는 또한 번 꼿꼿이 섰다. 사지가 꼿꼿하여지는 것을 깨달았다. 십여 초동안 이와 같이 꼿꼿이 섰던 그는, 그 자리에 고꾸라졌다. 그의 가슴에서는 무슨 덩어리가 뭉쳐서 나오다가 목에서 잠깐 회전하다가 그 덩어리가 코와 입으로 폭발하곤 한다. 그럴 때마다 눈에서는 눈물이 푹푹 쏟아지고 가슴은 싹싹 베어내는 것같이 아팠다.

그에게는 두 달 동안 몸이 안 난 것이 생각이 났다. 잉태! 엘리자베트에게 대하여서는 이것이 '죽으라' 하는 명령보다도 혹독한 것이다.

그는 잉태가 무섭지는 않았다. 그렇지만 그의 미래—희미하고 껌껌한 그의 '생' 가운데 다만 한 줄기의 반짝반짝하게 보이는 가는 광선— 이러한 미래를 향하고 미끄러져서 나아가던 그는, 잉태로 인하여 그 미래를 잃어버렸다. —그 미래는 없어졌다.

엘리자베트의 울음은 이것을 깨달은 때에 나오는 진정의 울음이다. 심장 복판 가운데서 나오는 참 눈물이다.

이렇게 한참 울은 그는 눈물 주머니가 다 마른 후에 겨우 머리를 들고 전등을 켰다. 눈이 붉어지고 눈두덩이 부은 것을 스스로 깨달을 수가 있었다. 그는 자기 배를 내려다보았다. 그의 눈에는 보통보다 곱 이상이나 크게 보였다.

'첫 배는 그리 부르지 않는다는데. 게다가 달반밖에는 안되었는데.'

하고 그는 다시 보았다. 조금도 부르지를 않았다.

'그래도 안 부를 수가 있나?'

하고 그는 또다시 보았다. 보통보다 십 곱이나 크게 보였다.

쾅쾅! 하는 아이의 발소리가 이럴 때에 엘리자베트의 방으로 가까이 온다. 엘리자베트는 빨리 어두운 편으로 향하였다. 문이 열리며 여덟 살 된 남작의 아들이 나타나서 엘리자베트에게 저녁을 재촉하였다. 저녁을 먹으러 가기가 싫은 엘리자베트는 안 먹겠다고 대답할 수밖에는 없었다.

아이가 돌아간 뒤에 엘리자베트는 중얼거렸다.

'꼭 좋은 때 울음을 멈추었군. 좀더 울었더면 망신할 뻔했다.'

조금 후에 부인은 친절하게 죽을 쑤어다가 그에게 주었다. 죽을 먹고 죽그릇을 돌려보낸 후에, 아까 울음으로 얼마 속이 시원하여지고 원기까지 좀 회복한 엘리자베트는 남작과 이환 두 사람을 비교하기 시작하였다. 그는 마음속에 두 사람을 그린 후에 어느 편이 자기에게 더 가깝고 더 사랑스러운고, 생각하여 보았다. 사랑스럽기는 이환이가 더 사랑스럽지만, 가깝기는 아무래도 남작이 더 가까운 것같이 생각된다.

이와 같은 결단은 그의 구하는 바를 채우지를 못하였다. 그는 사랑스러운 편이 더 가깝고, 가까운 편이 더 사랑스럽기를 원하였다. 그렇지만 사랑과 가까움은 평행으로 나가서 아무데까지도 합하지를 않았다. 그는 평행으로 나가는 사랑스러움과 가까움이 어디까지나 나가는가를 알려고, 마음속에 둘을 그려 놓고, 그 둘을 차차 연장시키면서 눈알을 구을려서 그것들을 따라가기 시작하였다.

둘은 종시 합하지 않았다. 끝까지 평행으로 나갔다. 사랑스러움과 가까움은 끝까지 분립(分立)하여 있었다.

여기 실패한 엘리자베트는 다시 다른 생각으로 그것을 보충하리라 생각하였다.

사랑스러운 편이 자기에게 더 정다울까, 가까운 편이 더 정다울까? 그는 생각하여 보았다. 어떻든 둘 가운데 하나는 정다워야만 된다고, 그는 조건을 붙였다. 그렇지만 엘리자베트는 여기서도 만족한 결론을 얻지 못하였다.

아까 생각과 이번 생각이 혼돈되어 나온 결론은 다른 것이 아니다.

'사랑스러운 편이 물론 자기게 더 가깝다'는 것이다.

'그렇게 되면 정다운 편은 어느 편인고?'

그는 생각하여 보았지만, 머리가 어지러운 것이 완전한 해결을 얻지 못하게 되었다.

엘리자베트는 속이 답답하여졌다.

자기에게는 '사랑스러움'과 '가까움'이 온전히 분립하여 있는 것을 안 엘리자베트는, 어느 편이 자기에게 더 정다울지를 알지 못하게 되었다── 둘이 동 정도로 정답다 하는 것은 엘리자베트 자기가 생각하여 보아도 있지 못할 일이다. ──남작과 이환 사이에는 어떤 차이가 있었다.

두 번째 생각도 실패로 돌아갔다.

두 번이나 실패를 한 엘리자베트는 이번은 직접 당인(當人)을 어느 편이 자기에게 더 정답게 생각되는가 자문하여 보았다.

이환이가 더 정답다 생각할 때에도 마음에 얼마의 가책이 있고, 그러니 남작이 더 정답다 생각할 때에는 더 큰 아픔이 마음에서 일어난다── 그는 억지로 생각의 끝을 또 다른 데로 옮겼다.

엘리자베트는 맨처음 생각을 다시 하여 보았다. 이번도 사랑스러움은 이환의 편으로 갔다. '이환이가 더 사랑스럽고, 사랑스러운 편이 자기게 더 가까우니까 이환이가 자기에게 물론 더 가깝다── 따라서 정다움도 이환의 편으로 간다.' 그는 억지로 이렇게 해결하였다.

이렇게 해결은 하였지만 또한 의문이 있었다.

'그러면 가깝던 남작은 어찌되는가?'.

그는 생각하여 보았다. 맨 첫번과 같이 역시 남작은 자기에게는 더 친밀하게 생각되었다— 그럼 이환이는?

이환에게 대한 미안이 마음속에 떠올라 오기 시작하였다. 그는 속이 타서 팔을 꼬면서 허리를 젖혔다. 그때에 벽에 걸린 칼렌더가 그의 시선과 마주쳤다. 칼렌더는 다른 사건을 엘리자베트의 머리에 생각나게 하였다. 이 절박한 새 사건은 이환의 생각을 머리에서 내어쫓기에 넉넉하였다. 오늘 밤에는 남작이 오리라 하는 생각이다. 이 생각이 엘리자베트에게 잉태를 생각나게 하였다. 남작이 오면 모든 일—잉태와 거기에 대한 처지—을 다 말하리라, 엘리자베트는 생각하였다. 그리고 남작에게 할말을 생각하기 시작하였다.

말은 짧지마는 이 말을 남작에게 하는 것은 엘리자베트에게 큰 부끄러움에 다름없었다. 그는 자기에게 부끄럽지 않고 남작이 알아들어야 된다는 조건 아래서 할말을 복안하여 보았다. 한 번 지어서 검열한 후 교정을 가하고, 두 번 하고 세 번, 네 번 하여 보았지만, 자기 뜻대로 되지를 않았다.

이렇게 한참 생각할 때에 문이 열리며 남작이 들어왔다. 엘리자베트의 복안은 남작을 보는 동시에 쪽쪽이 헤어지고 말았다. 그는 다만 남작에게 매어달려 통쾌히 울고 남작이 아프도록 한 번 꼬집어 주고 싶었다. —남작의 '아이고' 소리 '이 야단 났구만' 소리를 듣고 싶었다. 그는 이 생각을 억제하느라고 손으로 〈해변의 곡〉을 뜯기 시작하였다.

둘은 전과 같이 서로 마주 흘겨만 보고 있었다.

엘리자베트에게는 싸움이 일어났다.

'말할까 말까? 말까? 어찌할꼬?'

이러다가 갑자기 무의식히

「선생님!」

하고 남작을 찾은 후에 자연히 머리가 수그러지는 것을 깨달았다. 남작은 찾았는데 그 뒷말을 어찌할꼬? 이것이 엘리자베트의 마음에 일어난 제일 큰 문제이다. 〈해변의 곡〉을 뜯던 손도 어느 틈에 멎었다. 엘리자베트는 자기가 어디 있는지도 똑똑히 의식치 못하리만큼 마음이 뒤숭숭하였다. 낮도 후끈후끈 단다.

「네?」

남작은 대답하였다.

남작이 대답한 것을 엘리자베트는 속으로 원망하였다. 남작이 엘리자베트 자기가 부른 소리를 못 들었으면 좋겠다 하는 희망을 엘리자베트가 품는 동시에 남작은 엘리자베트의 부름에 대답을 한 것이다.

엘리자베트는 나가지도 못하고 물러서지도 못할 지경에 이르렀다. 자기가 부르고 남작이 대답을 하였으니 설명은 하여야겠고, 그러니 그 말을 어찌하노? 그러다가 그는 갑자기 울기 시작하였다.

'이 울음에서 얼마의 효과가 나타나리라.'

엘리자베트는 울면서 생각하였다.

「왜 그러오?」

남작은 놀란 소리로 물었다.

「아, 아! 어찌할까요?」

「무엇을?」

엘리자베트는 대답 대신으로 연속하여 울었다.

한참이나 혼자 울다가 그는 입술을 꽉 물었다── 아까 대답을 못한 자기를 책망하였다.

남작이 '왜 그러는가' 물을 때가 대답하기는 절호의 기회인 것을, 그 기회를 비이게 지내 보낸 엘리자베트는 자기를 민하다 생각하지 않을 수가 없었다. 그리고 다시 그런 기회를 기다려 보았지만 남작은 아무 말없이 가만히 있었다.

'좀더 심히 울면 남작이 무슨 말을 하겠지' 생각하고, 엘리자베트는 좀더 빨리 어깨를 젓기 시작하였다.

「아, 왜 그러오?」

남작은 이것을 보고 물었다.

엘리자베트는 대답을 또 못하였다.

'무엇이라고 대답할꼬' 생각하는 동안에 기회는 지나갔다. 이제는 대답을 못하겠고 아까는 대답을 못하였으니, 다시 기회를 기다려 보자, 엘리자베트는 생각하고 기회를 다시 기다리기 시작하였다.

'그러니 이번 물을 때에는 무엇이라 대답할까?'

엘리자베트는 울면서 생각하여 보았다.

이때에 남작의 세 번째 물음이 이르렀다──

「아, 왜 그런단 말이오?」

「잉태──」

대답을 한 후에 엘리자베트는 자기의 용기에도 크게 놀랐다. 이 말이 이렇게 쉽게──평탄하게 나올 것이면, 아까는 왜 안 나왔는고 하는 생각이 엘리자베트의 머리에 지나갔다.

「잉태?」

남작은 놀란 목소리로 엘리자베트의 말을 다시 하였다. 제일 어려운 말──잉태란 말을 하여 넘기고 남작의 놀란 소리까지 들은 엘리자베트는 갑자기 용기가 몇 배가 많아지는 것을 깨달았다. 그 뒷말은 술술 잘 나왔다──

「병원에── 가서── 떨어쳤으면……어……」

남작은 대답이 없었다. 남작이 대답을 안하는 것을 본 엘리자베트는 마음속에 갑자기 한 무서움이 떠올라 왔다. 난 모른다 하고 돌아서지나 않을 터인가? 이것이 엘리자베트에게 제일 큰 무서움에 다름없었다. 훌쩍훌쩍 소리가 더 빨리 나오기 시작하였다.

이것을 본 남작은 성가신 듯이 물었다──

「원 어찌하란 말이오? 그리 울면──」

「어떻게든……처 츳……」

엘리자베트는 겨우 중얼거렸다— 남작의 성낸 말을 들은 때는 엘리자베트의 용기는 다 도망하고 말았다.

「처치라니, 어떤?」

「글쎄……병원……」

「벼—ㅇ원? …… 응!…… 양반이 그런……」

엘리자베트는 '그러리라' 생각하였다. '그래도 남작이라고 존경까지 받는 사람이 낙태 일로 병원이라니' 그는 갑자기 설움이 더 나왔다. 가는 소리를 내어 울기 시작하였다.

이것을 본 남작은 좀 불쌍하게 생각났든지 정답게 말하였다—

「울으니 할 수 있소? 자 어떻게 하잔 말이오?」

이 말을 들은 엘리자베트는 일변 기쁘고도 일변은 더 섧고 억지도 쓰고 싶었다. 그는 날카롭게 말했다—

「모르겠어요, 몰라요. 전 아무래도 상것이니깐.」

「그러지 말구, 어쩌잔 말이오?」

「몰라요, 몰라요. 저 같은 것은 사람이 아니니깐.」

「조용히! 저 방에서 듣겠소.」

「들어두 몰라요.」

엘리자베트는 소리를 내어 울기 시작하였다.

「에—익 !」

하고 남작은 벌떡 일어섰다.

엘리자베트도 우덕덕 정신을 차리고 머리를 들었다. 그는 정신이 없어졌다— 자기 뇌를 누가 빼어간 것같이 마음속이 텡텡 비게 되면서 퉁퉁거리며 걸어 나가는 남작의 뒷모양을 눈이 멀거니 보고 있었다.

남작이 나가고 문을 닫는 소리가 엘리자베트의 귀에 들어올 때에 그의 머리에는 한 생각이 번갯불과 같이 번쩍 지나갔다.

한참이나 멀—거니 그 생각을 하고 있다가 또 엎드리며 울기 시작하였다. ──아까 실컷 울은 그는, 이번에는 눈물은 안 나왔지만 가슴에서── 배에서── 머리에서 나오는 이 참 울음은 눈물을 대신키에 넉넉하였다. ──그는 아까 혜숙의 말의 의미와 나온 곳을 이제야 겨우 온전히 깨달았다.

'내가 다른 길로 다니는 것을 혜숙이가 어찌 알까? 어찌 알까? 혜숙이는 이것을 알 수가 없다. 이환! 그가 알고 이것을 S에게 말하였다. S는 이것을 혜숙에게 말하였다. 혜숙은 이것을 내게 물었다. 그렇다! 이렇게밖에는 해석할 수가 없다. 물론 그렇지! 그러면 그도 내게 주의를 한 거지? 이 말을 S에게까지 한 것을 보면 그도 ── 내게…… 그도── 내게…… 그도…… 남작, 남작은 내 말을 듣고 도망하였지─ 아니 도망시켰지── 아니 도망했지. 남작은…… 남작의…… 이환 씨, 전에 본 S의 웃음, 응! 그 전날 그는 S에게 고백하였다. 그것을 고것이── 고것들이. 고─ 고─ 고것들이…… 어찌되나? 모두 어찌되나? 나와 남작, 나와 이환 씨. 이환 씨와 S, S와 남작. S, 혜숙이, 남작과 이환 씨, 모두 어찌되나?'

그의 차차 혼돈되어 가는 머리에도 한 가지 생각은 꼭 들어붙어서 떠나지를 않았다. ──그는 이환이를 사랑하였다. 이환이도 그를 사랑하였다. (엘리자베트는 이것을 의심치 않게 되었다) 그렇지만, 그들에게는 서로 사랑을 고백할 만한 용기가 없었다. 그것으로 인하여 그들은 각각 자기가 사랑을 짝사랑이라 생각하였다. 그것을 짝사랑이라 생각한 엘리자베트는 그렇게 쉽게 몸을 남작에게 허락하였다. 그리하여 그의 사랑─ 거반 성립되어 가던 그의 사랑─ 신성한 동애(童愛)─ 귀한 첫사랑은 파괴되었다. 육(肉)으로 인하여 사랑은 파멸되었다. 사랑치 않던 사람으로 인하여 참 애인을 잃었다. ──엘리자베트의 울음에는 당연한 이유가 있었다.

「모─ 모─ 몸으로 인하여…… 참사랑…… 을…… 아, 이환 씨. ……S와 혜숙이. 고것들도 심하지. 우우 왜 당자에겐…… 그이…… 그

── 그 이야기를 안해…… 남작이 아, 잉태.」

일단 멎어 가던 그의 울음이 이 생각이 머리에 지나갈 때에 또 다시 폭발하였다. 눈물도 조금씩 나기 시작하였다.

이와 같이 한참 울은 그는 두 번째 울음이 멎어 갈 때에 맥이 나면서 그 자리에 엎딘 채로 잠이 들었다.

5

하루 종일 벼르기만 하고, 올 듯 올 듯하면서도 오지 않던 비가 이튿날 새벽부터는 종시 내리붓기 시작하였다.

서울 특유의 독으로 내리붓는 것 같은 비는 이삼 정(町) 앞이 잘 보이지 않도록 좔좔 소리를 내며 쏟아진다.

서울 장안은 비로 덮였다. 비로 쌔웠다.[10] 비로 찼다.

그 비 가운데서도 R학당(學堂)에서는 모든 과목을 다한 후에 오후 두 시에 하학하였다.

엘리자베트는 책보를 싸가지고 학교를 나섰다.

그가 혜숙의 곁을 지나갈 때에 혜숙이가 찾았다──

「엘리자베트야!」

「웅!」

대답하고 엘리자베트는 마음이 뜨끔하였다.

'혜숙이는 모든 일을 다 알리라──'

그는 이와 같은 허황한 생각을 하였다.

「너 이즈음 왜 우리 집에 안 오니?」

「분주하여서……」

엘리자베트는 거짓말을 하면서도 안심을 하였다.

'혜숙이는 모른다.'

「무엇이 분주해?」

혜숙이가 물었다.

「그저 이 일두 분주하구 저 일두 분주하구……분주 천지루다.」

엘리자베트는 이와 같은 거짓 대답을 하면서도 그의 마음속에는 한 바람(希望)이 있었다. 그는 달반이나 못 간 혜숙의 집에 가보고 싶었다. 혜숙이가 억지로 오라면 마지못하여 가는 체하고 끌려 가고 싶었다.

혜숙이는 엘리자베트의 바람을 이루어 주지를 않았다. ──아무 말도 안하였다.

엘리자베트는 혜숙의 주의를 끌려고 혼자말 비슷이 중얼거렸다──

「너무 분주해서……」

「분주할 일은 없겠구만……」

혜숙이는 이 말만 하고 자기 갈 길로 향하였다.

엘리자베트는 혜숙의 행동을 원망하면서 마지못하여 집으로 향하였다.

엘리자베트의 자존심은 꺾어졌다. 혜숙이가 엘리자베트 자기를 꼭 혜숙의 집에 끌고 가야만 바른 일이라 생각한 엘리자베트의 미릿생각(豫想)은 헛데로 돌아갔다. 그렇지만 혜숙을 원망하는 것은 부끄러운 일이라 엘리자베트는 생각하였다.

'내가 혜숙이를 위해서 났나?'

엘리자베트는 이렇게 자기를 위로하여 보았지만 부끄러운 일이든 무엇이든 원망은 원망대로 있었다. 이러다가──

「내가 혜숙이로 인하여 이 지경에 이르지 않았는가? 그것을……」 할 때에 엘리자베트의 원망은 다른 의미로 바뀌었다. 그는 혜숙의 집에 못 간 것이 다행이라 생각하였다. 그러는 가운데도 가고 싶은 생각이 온전히 없어지지 않았다. 그의 마음속에서는 '가고 싶은 생각'과 '가서는 안된다는 생각'이 다투기 시작하였다. 본능적으로 길을 골라 짚으면서 비가 오는 편으로 우산을 대고 마음속의 싸움을 유지하여 가지고 집에까지 왔다. 그는 우산을 놓고 비를 떨은 다음에 자기 방에 들어왔다.

멀끔히 치워 놓은 자기 방은 역시 전과 같이 엘리자베트에게 큰 적막을 주었다. 방이 이렇게 멀끔할 때마다 짐짓 여기저기 늘어놓던 엘리자베트도 오늘은 혜숙의 집에 갈까말까 하는 번민으로 인하여 그렇게 할 생각도 없었다. ―그는 책상머리에 가 앉았다.

책상 위에는 어떤 낯선 종이가 한 장 엘리자베트를 기다리고 있었다. 엘리자베트는 빨리 종이를 들었다― 가슴이 뛰놀기 시작한다……

'원 무엇인고? ―'

그는 종이를 들고 한참 주저하다가 눈을 종이 편으로 빨리 떨어쳤다.

'오후 세 시 S병원으로.'

남작의 글씨로다, 엘리자베트는 생각하였다. 남작에 대한 애정의 생각이 마음속에 떠올라 오기 시작하였다. 이 글 한 줄은 엘리자베트로서 남작에 대한 원망과 혜숙의 집에 갈까말까의 번민을 다 지워 버리기에 넉넉하였다.

'역시 도망시킨 것이로군.'

그는 어젯밤 일을 생각하고 속으로 중얼거렸다. 어젯밤에 남작에게 병원에 데려다 달라고 청하기는 하였지만 갑자기 남작 편에서 꺾어져서 오라 할 때에는 엘리자베트로서 못 가겠다 생각하였다.

이 '부정(否定)'은 엘리자베트로서 무의식히 일어서서 병원으로 향하게 하였다. ―그는 '못 가겠다 못 가겠다' 속으로 중얼거리면서 문밖에 나서서 내리붓는 비를 겨우 우산으로 막으면서 아랫동이 모두 흙투성이가 되어서 전차 맞는 곳까지 갔다. ―그는 자기가 어디로 가는지 똑똑히 알지 못하였다― 꿈과 같이 걸었다.

엘리자베트는 멎는 곳에서 잠깐 기다려서 오는 전차를 곧 잡아
탔다. 비가 너무 와서 밖에 나가는 사람이 적었든지 전차 안은 비
교적 승객이 없었다. 이 승객들은 엘리자베트가 올라탈 때에 일제
히 머리를 새 나그네 편으로 향하였다. 엘리자베트는 빈 자리를 찾
아 앉아서 차 안을 둘러보았다. 그는 자기 편으로 향한 모든 눈에
서 노파에게서는 미움 — 젊은 여자에게서는 시기 — 남자에게서
는 애모 —를 보았다. 이 모든 눈은 엘리자베트에게 한 쾌감을 주
었다. —그는 노파의 미워하는 것이 당연하다 생각하였다. 젊은
여자의 시기의 눈은 엘리자베트에게 이김의 상쾌를 주었다. 남자들
의 애모의 눈이 자기를 볼 때에는 엘리자베트는 약한 전류가 염통
을 지나가는 것같이 묘한 맛이 나는 것이 어쩨 하늘로라도 뛰어올
라 가고 싶었다. 그는 갑자기 배가 생각난고로 할 수 있는 대로 배
를 작게 보이려고 움지러치렸다.

차장이 와서 엘리자베트에게 돈을 받은 후에 뚱 소리를 내고 도
로 갔다.

남자들의 시선은 가끔 엘리자베트에게로 날아온다. 그들은 몰래
보느라고 곁눈질하는 것도 엘리자베트는 다 알고 있었다. 남자들이
자기를 볼 때마다 엘리자베트는 자기도 그편을 보아 주고 싶었다.
치만 종시 실행은 못하였다.

이럴 동안 전차는 S병원 앞에 멎었다. 엘리자베트는 섭섭한 생각
을 품고 전차를 내렸다. —어떤 시선이 자기를 따라온다. 그는 헤
아렸다. 비는 보스럭비[11]로 변하였다.

수레에서 내린 그는 마음이 무거워지는 것을 깨달았다. 그는 집
으로 돌아가고 싶었다. 병원에는 차마 못 들어갈 것같이 생각되었
다. 집 편으로 가는 전차는 없는가 하고 그는 전차 선로를 쭉 보았
다. 그의 보이는 범위 안에는 전차가 없었다. 할 수 없이 그는 병
원으로 들어가서 기다리는 방[待合室]으로 갔다.

고디기[受付][12]한테 가서 주소 성명 연세들을 기입시킨 후에 방을 한번 둘러다볼 때에 엘리자베트의 눈에는 한편 구석에 박혀 있는 남작이 보였다. 엘리자베트는 다른 곳에서 고향 사람이나 만난 것 같이 별로 정다워 보이는고로 곧 남작의 곁으로 갔다. 그렇지만 둘은 역시 말은 사괴지 아니하였다. 엘리자베트는 눈이 멀거니 벽에 붙어 있는 파리떼를 보고 있었다.

몇 사람의 순번이 지나간 뒤에 사환 아이가 나와서—

「강 엘리자베트 씨요.」

할 때에 엘리자베트는 우덕덕 일어섰다. 가슴이 뚝뚝 하는 소리를 내었다.

'어찌하노.'

그는 속으로 중얼거리면서 무의식히 사환 아이를 따라서 진찰실로 들어갔다. 남작도 그 뒤를 따랐다.

석탄산과 알콜 냄새에 낯을 찡그리고 엘리자베트는 교자에 걸터앉았다.

의사는 무슨 약병을 장난하면서 머리를 숙인 채로 물었다—

「어디가 아프시오?」

엘리자베트는 대답을 못하였다. —제일 어찌 대답할지를 몰랐고, 설혹 대답할 말을 알았어도 대답할 용기가 없었고, 용기가 있다 하더라도 부끄러움이 '대답'을 허락치 않을 터이다.

「그런 것이 아니라—」

남작이 엘리자베트의 대신으로 대답하려다가 이 말만 하고 뚝 그쳤다—

의사는 대답을 요구치 않는 듯이 약병을 놓고 청진기를 들었다. 엘리자베트는 갑자기 부끄러움도 의식치를 못하리만큼 머리가 어지러워지기 시작하였다. 그의 눈은 보지를 못하였다. 그의 귀는 듣지를 못하였다. —그의 설렁거리는 마음은 다만 '어찌할꼬 어찌할꼬'하는 엘리자베트 자기도 똑똑히 의미를 알지 못할 구(句)만 번갈아 하고 있었다.

의사는 엘리자베트에게로 와서 저고리 자락을 열고 청진기를 거기에 대었다. 의사의 손이 와 닿을 때에 엘리자베트는 무슨 벌레를 모르고 쥐었다가 갑자기 그것을 안 때와 같이 몸을 움쭉하였다. 그러면서도 엘리자베트는 의사의 손에서 얼마의 온미(溫味)를 깨달았다― 이성의 손이 살에 와 닿는 것은 엘리자베트와 같은 여성에게 대하여서는 한 쾌락에 다름없었다. 엘리자베트가 이 쾌미를 재미있게 누리고 있을 때에 의사는 진찰을 끝내고 의미 있는 듯이 머리를 끄덕거리며 남작에게로 향하였다. 남작은 의사에게 눈짓을 하였다.

어렴풋하게나마 이 두 사람의 짓을 본 엘리자베트는 이제껏 연속하고 있던 '어찌할꼬' 뒤로 무한 큰 부끄러움이 떠올라오는 것을 깨달았다. 그러는 가운데도 그는 희미하니 한 가지 일을 생각하였다―

'내가 대합실에 가서 기다리고 있으면, 뒷일은 남작이 댜― 맡겠지―'

그는 일어서서 기다리는 방으로 나왔다. 그 방에 있던 모든 사람의 눈은 일제히 엘리자베트의 편으로 향하였다. 모두 내 일을 아누나, 엘리자베트는 생각하였다. 아까 전차에서 자기에게로 향한 눈 가운데서 얻은 그 쾌미는, 구하려도 구할 수가 없었다. ―이 모든 눈 가운데서 큰 고통과 부끄러움만 받은 그는 한편 구석에 구겨 앉아서 치마 앞자락을 들여다보기 시작하였다. 거기는 불에 타진 조그마한 구먹[13] 하나가 엘리자베트의 눈이 오기를 기다리고 있었다. 그는 이 구먹이 공연히 미워서 손으로 빡빡 비비다가 갑자기 별한 생각이 나는고로 그것을 뚝 그쳤다.

'이 세상이 모두 나를 학대할 때에는, 나는 이 구먹 안에 숨겠다.'

그는 생각하였다. 이럴 때에 그 구먹 안에는 어떤 기름자[幻影] 가 움직이기 시작하였다. 첫 번에는 흐릿하던 것이 차차 똑똑히까 지 보이게 되었다.

—때는 사 년 전 '춘삼월 호시절', 곳은 우이동, 피고 우거지고 퍼진 꽃 사이를 벗들과 손목을 마주잡고 웃으며 즐기며, 또는 작은 소리로 곡조를 맞추어서 노래를 부르며 희희낙락 다니던 자기 추억 이 기름자로 변하여 그 구먹 속에 나타났다. 자기 일행이 그 구먹 범위 밖으로 나가려 할 때에는 활동사진과 같이 번쩍 한 후 일행은 도로 중앙에 와 서곤 한다.

엘리자베트의 눈에는 눈물이 핑 돌았다.

그때의 엘리자베트와 지금의 엘리자베트 사이에는 해와 흙의 다 름이 있다. —그때에는 순진한 처녀이고 열렬한 분홍빛 탄미자(歎 美者)이던 그가 지금은?…… 싫든지 좋든지 죽음의 갈흑색(褐黑 色)의 '삶' 안에서 생활치 않을 수 없는 그로 변하였다.

'때'도 달라졌다. 십 년 동안 평화로 지낸 지구는 오스트리아 황 자(皇子)의 죽음으로 말미암아 러시아가 동원을 한다, 떠이취가 싸 움을 하련다, 잉글리쉬가 어떻다, 프랑스가 어떻다, 매일 이런 이 야기가 신문에 가뜩가뜩 차게 되었다.

엘리자베트의 주위도 달라졌다. 그의 모든 벗은 다 쪽쪽이 헤어 졌다. —R은 동경서 미술 공부를 한다. 또 다른 R은 하와이로 시 집을 갔다. T는 여의가 되었다. 그 밖에 아직 공부하는 사람도 몇 이 있기는 하지마는 대개는 주부와 교사가 되었다. 주부 된 벗 가 운데는 벌써 두 아이의 어머니 된 사람까지 있다. 그들 가운데 한 둘밖에는 지금은 엘리자베트를 만나도 서로 모른 체하고 말도 안하 고, 심지어 슬슬 피하게까지 되었다.

그러는 가운데 혜숙이— 그는 엘리자베트의 어렸을 때부터의 벗 이다. 둘은 같은 소학에서 졸업하고 같이 R학당에 입학하였다가 엘리자베트가 부상(父喪)에 연속하여 모상(母喪)으로 일년 학교를 쉬는 동안에 혜숙이도 연담(緣談)으로 일년을 쉬게 되고 엘리자베트가 도로 상학케 될 때에 혜숙이도 파혼으로 학교에 다니게 되었다. 혜숙이는 엘리자베트에게는 유일의 벗이다. 불에 타진 구먹 속에 나타난 그림자 가운데서도 엘리자베트는 혜숙이와 제일 가까이 서서 걸었다——

추억의 눈물이 엘리자베트의 치마 앞자락에 한 방울 뚝 떨어졌다.

눈물로써 슬프고 섧고 원통하고도 사랑스럽고 즐겁고 회포 많은 그 기름자가 가리운고로, 엘리자베트는 눈물을 씻고 다시 그 구먹을 들여다보았다. 그 구먹에는 참 예술적 활인화(活人畵), 정조(情調)로 찬 기름자는 없어지고 그 대신으로 갈포바지가 어렴풋이 보인다. 엘리자베트는 소름이 쪽 끼쳤다. ——자기가 지금 어디를 무엇하러 와 있는지 그는 생각났다.

엘리자베트는 머리를 들고 방을 둘러보았다. 어떤 목에 붕대를 한 남자와 어떤 아이를 업고 몸을 찌긋찌긋하던 여자가 자기를 보다가 자기 시선과 마주친고로 머리를 빨리 돌리는 것밖에는 엘리자베트의 주의를 받은 자도 없고 엘리자베트에게 주의하는 사람도 없다. 그는 갑갑증이 일어났다. 너무 갑갑한고로 자기 손금을 보기 시작하였다. 손금은 그리 좋지 못하였다. 자식금도 없고 명금도 짧고 부부금도 나쁘고 복금 대신으로 궁(窮)금이 위로 빠져 있었다.

이 나쁜 손금도 엘리자베트의 마음을 괴롭게 하지 못하였다. 그의 심리는 복잡하였다—— 텡텡 비었다. 그는 슬퍼하여야 할지 기뻐하여야 할지 알지 못하였다—— 그 가운데는 울고 싶은 생각도 있고 웃고 싶은 생각도 있고, 뛰놀고 싶은 생각도 있고 죽고 싶은 생각도 있었다—— 이 복잡한 심리는 엘리자베트로서 아무 편으로도 치우치지 않게—— 마음이 텡텡 빈 것같이 되게 하였다.

—— 이제 자기에게는 절대로 필요한 약이 생긴다 할 때에 그는 기

쓰지 않을 수가 없었다.

— 자기의 경우를 생각할 때에 그는 슬퍼하지 않을 수가 없었다.

— 혜숙이와 S를 생각할 때에……

엘리자베트가 손금과 추억 및 미릿생각들을 복잡히 하고 있을 때에 남작이 와서 그에게 약을 주고 빨리 병원을 나가고 말았다.

약을 받은 뒤에 엘리자베트는 마음이 두근거리기 시작하였다. 그는 약을 병째로 씹어 먹고 싶도록 애착의 생각이 나는 또 한편에는 약에게 이 위에 더 없는 저주를 하고 태평양 복판 가운데 가라앉히우고 싶었다. 그러는 가운데도 그에게는 집으로 돌아가고 싶은 생각이 났다. 그는 일어서서 몰래 가만히 기지개를 한 후에 허둥허둥 병원을 나서서 전차로 집에까지 왔다.

6

저녁 먹은 뒤에 처음으로 약을 마실 때에 엘리자베트에게는 한 바라는 바가 있었다. 그의 조급한 성격과 미래에 대한 희망이 낳은 바람은 다른 것이 아니다— 약의 효험이 즉각으로 나타났으면…… 하는 것이다.

이 바람은 벌써 차차 엘리자베트의 머리에 공상으로서 실현된다— 그는 생각하여 보았다—

이제 남작 부인이 죽는다. 그때에는 엘리자베트는 남작의 정실이 된다.

'조선 제일의 미인, 사교계의 꽃이 이 나로구나.'

엘리자베트는 눈을 번득거리며 생각한다.

— 이환이는 어떤 간사한 여성과 혼인한다. 이환의 아내는 이환의 재산을 모두 없이한 후에 마지막에는 자기까지 도망하고 만다. 그리고 이환이는 거러지가 된다. 어떤 날 엘리자베트 자기가 자동

차를 타고 어디 갈 때에 어떤 거지가 자동차에 치인다. 듣고 보니 이환이다.

'그렇게 되면 어찌되나.'

엘리자베트는 스스로 물어 보고 깜짝 놀랐다. 자기의 사랑의 전부가 어느덧 남작에게로 옮겨 왔다.

그는 자기의 비열을 책망하는 동시에 아까 그런 공상에 대한 부끄러움과 증오 놀람 절망들의 생각이 마음에 떠올랐다. 그 가운데도 가늘으나마 그에게는 희망이 있다── 앞에 때가 있다. 약의 효험은 얼마 후에야 나타난다더라, 엘리자베트는 생각하고 좔좔 오는 장마비 소리에 귀를 기울이고 자기 바람의 나타남을 기다리고 있었다. 그렇지만 바람은 종시 그 밤은 나타나지를 않았다.

이튿날, 하기 시험 준비 날, 엘리자베트는 시험 준비도 안하고 하루 종일 누워서 약의 효험을 기다리고 있었다. 약의 효험은 그날도 안 나타났다.

사흘째 되는 날도 효험은 없었다── 시험 보러 가지도 않았다.

이렇게 대엿새 지난 후에 엘리자베트는 자기 건강상의 변화를 발견하였다. 모든 복잡하고 성가신 일로 말미암아 음식도 잘 안 먹히고 잠도 잘 안 오던 그가, 지금은 잠도 잘 오고 입맛도 나게 된 것을 깨달았다. 그때야 그는 그것이 낙태제가 아니고 건강제인 것을 헤아려 깨달았다. 그렇지만 약은 없어지도록 다 먹었다.

마지막 번 약을 먹은 뒤에 전등을 켜고 엘리자베트는 생각하여 보았다. 병원 사건 이후로 남작은 한 번도 저를 찾아오지 않았다. 엘리자베트는 '그것이 당연한 일이라' 생각하였다. 그리고 근심도 아니 났다. 시기도 아니하였다. 다만 오지 않아야만 된다, 그는 생각하였다. 왜 오지 않아야만 되는가? 자문할 때에, 그에게는 거기 응할 만한 대답은 없었다. 이 '오지 않는다' 는 구는 엘리자베트로서 자기가 근 두 달이나 혜숙의 집에 안 갔다는 것을 생각하게 하였다.

'이러다는 이환 씨 생각이 나겠다.'

이와 같은 생각이 나는고로 그는 곧 생각의 끝을 다른 데로 옮겼다. 이와 같이 이 생각에서 저 생각, 또 다른 생각, 왔다갔다할 때에 문이 열리며 남작 부인이 낮에는 '어찌할꼬' 하는 근심을 띠고 들어왔다.

「어찌 좀 나으세요?」

「네, 좀 나은 것 같아요.」

대답하고 엘리자베트는 자기가 무슨 병이나 앓던 것같이 알고 있는 부인이 불쌍하게 생각났다.

부인은 말을 할 듯 할 듯하면서 한참이나 우물거리다가—

「그런데요……」

하고 첫말을 열었다.

「네?」

엘리자베트는 본능적으로 대답하였다.

부인의 낮에는 '말할까 말까' 하는 표정이 똑똑히 나타나 있었다. 그러다가 입을 또 연다—

「아까 복손이(남작의 아들의 이름) 어른이 들어와 말하는데요
……」

엘리자베트는 마음이 뜨끔하였다. 부인은 말을 연속한다—

「선생님은 이즈음 학교에도 안 가시고, 그애들과도 놀지 못하신다구요. 게다가 병까지 나셨다구 얼마 좀 평안히 나가서 쉬시라고, 자꾸 그러라는군요.」

부인의 낮에는 말한 것 잘못하였다 하는 표정이 나타났다.

말을 다 들은 엘리자베트는 벌떡 일어섰다. 그는 무엇이 어찌되는지도 모르고 무의식히 자기 행리를 꺼내어 거기에 자기 책을 넣기 시작하였다. 그의 손은 본능적으로 움직였다.

엘리자베트의 행동을 물끄러미 보던 부인은 물었다──

「이 밤에 떠나시려구요? 어디로?」

엘리자베트는 우덕덕 정신을 차렸다. 그의 배에서는 뜻없이 큰 소리의 웃음이 폭발하여 나온다. 놀라는 것같이── 우스운 것같이. 부인도 따라 웃는다.

한참이나 웃은 뒤에 둘은 함께 웃음을 뚝 그쳤다. 엘리자베트는 웃은 뒤에 울음이 떠받쳐 올라왔다. 자연히 가는 소리의 울음이 그의 목에서 나온다.

이것을 본 부인은 갑자기 미안하여졌든지 엘리자베트를 위로한다──

「울지 마십쇼. 얼마든 여기 계세요. 제가 말씀 잘 드릴 터이니……」

「아니, 전 가겠어요.」

「어디, 갈 곳이 있어요?」

「갈 곳이……」

「있어요?」

「예서 한 사십 리 나가면 오촌모(五寸母)가 한 분 계세요.」

「그렇지만……이런 데 계시다가……촌……」

부인의 눈에도 이슬이 맺힌다.

「제가 말씀……잘 드릴 것이니……그냥 계시지요.」

「아니야요. 저 같은 약한 물건은 촌이 좋아요…… 서울 있어야……」

부인의 눈에서는 눈물이 한 방울 뚝 떨어진다.

「서울 몇 해 있을 동안에…… 부인께서 구해 주셔서……」

부인의 눈에서는 눈물이 뚝뚝 치마 앞자락에 떨어진다.

「참 은혜는……내일 떠나지요.」

엘리자베트는 눈물을 씻고 머리를 들었다.

「내일? 며칠 더 계시……」

「떠나지요.」

「이 장마 때……」

「……」

「장마나 걷은 뒤에 떠나시면……」

「그래두 떠나지요.」

7

이튿날 오전 열 시쯤, 엘리자베트가 탄 인력거는 경성 교외에 나섰다.

해는 떴지마는 보스럭비는 보슬보슬 내리붓고 엘리자베트의 맞은편에는 일곱 빛이 영롱한 무지개가 반원형으로 벌리고 있다.

비와 인력거의 셀룰로이드 창을 꿰어서 어렴풋이 이 무지개를 바라보면서 엘리자베트는 뜨거운 눈물을 뚝뚝 떨어뜨리고 있었다── 어젯밤에 남작 부인에게 자기 같은 약한 것은 촌이 좋다고 밝히 말하기는 하였지만, 그래도 반생 이상을 서울서 지낸 엘리자베트는 자기 둘째 고향을 떠날 때에 마음에 떠나기 설운 생각이 없지 못하였다.

뿐만 아니라, 서울에 자기 사랑 이환이가 있고 자기에게 끝없이 동정하는 남작 부인이 있지 않으냐, 엘리자베트는 부인이 친절히 준 돈을 만져 보았다.

이렇게 서울에게 섭섭한 생각을 가진 엘리자베트는 몸은 차차 서울을 떠나지만 마음은 서울 하늘에서만 떠돈다. 어젯밤에 밤새도록 잠도 안 자고, 내일은 꼭 서울을 떠나야 한다고 생각하여, 양심이 싫다는 것을 억지로 그렇게 해결까지 한 그도, 막상 서울을 떠나는 지금에 이르러서는 만약 자기가 말할 용기만 있으면 이제라도 인력거를 돌이켜서 서울로 향하였으리라 생각지 않을 수가 없었다. 치만 그에게는 그러한 용기가 없었다. 아니, 제일 말하기가 싫었고 인력거꾼에게 웃기우기가 싫었다. 그러는 것보다도 그는 말은 하고 싶었지만, 마음속의 어떤 물건이 그것을 막았다— 그는 입술을 악물었다.

인력거는 바람에 풍겨서 한편으로 기울어졌다가 이삼 초 뒤에 도로 바로 서서 다시 앞으로 나아간다. 장마 때 바람은 엥! 소리를 내면서 인력거 뒤로 달아난다.

엘리자베트의 머리에는 갑자기 '생각날 듯 생각날 듯하면서 채 생각나지 않는 어떤 물건'이 떠올랐다. 그는 생각하여 보았다. 한참 동안 이것저것 생각하다가 남작, 그는 가렵고도 가려운 자리를 찾지 못한 때와 같이 안타깝고 속이 타는고로 살눈썹을 부들부들 떨었다. '남작'이 자기 생각의 원몸에 가까운 것 같고도 채 생각나지를 않았다.

'남작이 고운가, 미운가? 때릴까, 않을까? 오랄까? 쫓을까?'

그는 한참이나 남작을 두고 이리저리 생각하다가 탁 눈을 치뜨면서 주먹을 꼭 쥐었다— 이제야 겨우 그 원몸이 잡혔다.

「재판!」

그는 중얼거렸다.

그렇지만 남작을 걸어서 재판하는 것은 엘리자베트에게는 큰 문제에 다름없었다. 남작 부인에게 얻은 위로금이 재판 비용으로는 넉넉하겠지만, 자기를 끝없이 측은히 여기는 부인에게 남편의 잘못한 일을 알게 하는 것은 엘리자베트에게는 차마 못할 일이다. 이 일을 알면 부인은 제 남편을 어찌 생각할까? 엘리자베트 자기는 어찌 생각할까? 남작 집안의 어지러움. —엘리자베트는 한숨을 후하니 내쉬었다. 그것뿐이냐? 서울에는 자기 사랑 이환이가 있다. 만약 재판을 하면 그 일이 신문에 나겠고, 신문에 나면 이환이가 볼 것이다. 이환이가 이 일을 알면 자기를 어떻게 생각할까? 또——
몇 백 명 동창은 어떻게 생각할까? 세상은 어떻게 생각할까.

「재판은 못하겠다.」

그는 중얼거렸다.

그렇지만 남작의 미운 짓을 볼 때에는, 엘리자베트는 가만 있지
못할 것같이 생각된다. 자기는 남작으로 인하여 모든 바람과 앞길
을 잃어버리지 않았느냐? 자기는 남작으로 인하여 바람과 앞길 밖
에 사랑과 벗과 모든 즐거움까지 잃어버리지 않았느냐? 그런 후에
자기는 남작으로 인하여 서울과는 온전히 떠나지 않으면 안되지 않
게 되었느냐? 이와 같은 남작을…… 이와 같은 죄인을……

「아무래두 재판은 하여야겠다.」

그는 다시 중얼거렸다.

그러면서도 그는 자기로서도 재판을 하여야 할지 안하여야 할지
똑똑히 해결치를 못하였다. 하겠다 할 때에는 갑(甲)이 그것을 막
고, 못하겠다 할 때에는 을(乙)이 금하였다.

'집에 가서 천천히 생각하자.'

그는 속이 타는고로 억지로 이렇게 마음을 먹고 생각의 끝을 다
른 데로 옮겼다.

이 생각에서 떠난 그의 머리는 걷잡을 새 없이 빨리 동작하였다.
그의 머리는 남작에서 S, 이환, 혜숙, 서울, 오촌모, 죽은 어버이
들로 왔다갔다하였다. 한참 이리 생각한 후에 그의 흥분하였던 머
리는 좀 내려앉고 몸이 차차 맥이 나면서 그것이 전신에 퍼진 뒤에
머리와 가슴이 무한 상쾌하게 되면서 눈이 자연히 감겼다. 수레의
흔들리는 것이 그에게는 양상스러웠다.[14]

졸지도 않은 채 깨지도 않고 근덕근덕하면서 한참 잘 때에 우르
릉 우레 소리가 나므로 그는 눈을 번쩍 떴다.

하늘은 전면이 시커멓게 되고 그 새에서는 비의 실이 헤일 수 없

이 많이 땅에까지 맞닿았다. 비 곁에 또 비, 비 밖에 비, 비 위에 구름, 구름 위에 또 구름이라 형용할 수밖에 없는 이 짓은 엘리자베트에게 큰 무서움을 주었다.

'저 무지한 인력거꾼 놈이⋯⋯'

그는 온몸을 부들부들 떨었다.

사면은 다만 어두움뿐이고 그 큰길에도 사람 다니는 것 하나도 보이지 않았다. 툭툭 하는 인력거의 비 맞는 소리, 물 괸 곳에 비 오는 소리, 외—ㅇ 하고 달아나는 장마 때 바람 소리, 인력거꾼의 식식거리는 소리, 자기의 두근거리는 가슴 소리. — 엘리자베트의 떨림은 더 심하여졌다.

그는 떨면서도 조그만 의식을 가지고, 구원의 길이 어디 있지나 않은가 하고 셀룰로이드 창을 꿰어서 앞을 내어다보았다. 창을 꿰고 비를 꿰고 또 비를 꿰어서 저편 한 이십 킬로미터 앞에 조그마한 방성[15] 하나가 엘리자베트의 눈에 띄었다.

「아!」

그는 안심의 숨을 내어쉬었다.

'저것이 만약 ? —'

그는 갑자기 생각난 듯이 눈을 비비고 반만큼 일어서서 뚫어지게 내어다보았다. 가슴은 뚝뚝 소리를 낸다.

어렴풋이 보이는 그 방성에 엘리자베트는 상상을 가하여 보기 시작하였다. 앞집만 보일 때에는 상상으로 뒷집을 세우고 그것이 보일 때에는 또 상상의 집을 세워서 한참 볼 때에 그 방성은 자기의 오촌모의 있는 마을로 엘리자베트의 눈에 비쳤다.

엘리자베트는 털썩 주저앉았다. 온몸이 흥분하여 피곤하여지고 가슴이 뛰노는고로 서 있을 힘이 없었다. 가슴과 목 뒤에서는 뚝뚝 소리를 더 빨리 더 힘있게 낸다.

갓따나 더디게 걷던 인력거가 방성 어귀에 들어서서는 더 느리게 걷는다.

엘리자베트는 흥분한 눈으로 가슴을 뛰놀리면서 그 방성을 보았다. 길에 사람 하나 없다. 평화의 이 촌은 작년보다 조금도 달라진 것이 없다. 작년에 보던 길 좌우편에만 벌려 있던 이십여 호의 집은 역시 내게 상관 있나 하는 낯으로 엘리자베트를 맞는다.

그 방성 맨 끝 뫼 바로 아래 있는 엘리자베트의 오촌모의 집에 인력거는 닿았다. 비의 실은 그냥 하늘과 땅을 맞맨 것같이 보이면서 힘있게 쪽쪽 내리쏜다.

엘리자베트는 인력거에서 내렸다.

세 시간 동안이나 앉아서 온 그의 다리는 엘리자베트의 자유로 되지 않았다. 그는 취한 것같이 비틀비틀하며 마치 구름 위를 걷는 것같이 허둥허둥 낮은 대문을 들어섰다. 비는 용서 없이 엘리자베트의 머리에서 가는 모시 저고리 치마 구두로 내리쏜다.

대문 안에 들어선 엘리자베트는 어찌할지를 몰라서 담장에 몸을 기대고 우두커니 서 있었다.

그때에 마침 때 좋게 오촌모가 무슨 일로 밖에 나왔다.

「아주머니!」

엘리자베트는 무의식히 고함을 치고 두어 발자국 나섰다.

오촌모는 늙은 눈을 주름살 많은 손으로 비비고 잠깐 엘리자베트를 보다가 ―

「엘리자베트냐?」

하면서 뛰어와서 마주 붙들었다.

「어떻게 왔냐? 자, 비 맞겠다. 아이구 이 비 맞은 것 봐라. 들어가자, 자.」

「인력거가 있어요.」

하고 엘리자베트는 땅에 발이 닿지 않는 것 같은 걸음으로 허둥허둥 인력거꾼에게 짐을 들여오라 명하고, 오촌모와 함께 어둡고 낮고 시시한 내음새 나는 방안에 들어왔다.

「전엔 암만 오래두 잘 안 오더니 어찌 갑자기 왔냐?」

오촌모는 눈에 다정한 웃음을 띠우고 물었다.

엘리자베트는 진리 있는 거짓말을 한다—

「서울 있어야 이전 재미두 없구 그래서……」

「으—이!」

오촌모는 말의 끝을 높여서 엘리자베트의 대답을 비인(非認)한
다—

「네 상에 걱정 빛이 뵌다. 무슨 걱정스러운 일이라도 있냐?」

'바로 대답할까?' 엘리자베트가 생각하는 동시에 입은 거짓말을
했다—

「걱정은 무슨 걱정요.」

「쯧!」

엘리자베트는 혀를 가만히 찼다. — 왜 거짓말을 해?……

「그래두 젊었을 땐 남 모르는 걱정이 많으니라.」

'대답할까?'

엘리자베트는 갑자기 생각했다. 가슴이 뛰놀기 시작한다. 치만
기회는 또 지나갔다. 오촌모는 딴 말을 꺼낸다—

「그런데 너 점심 못 먹었겠구나? 채려다 주지, 네 촌밥 먹어 봐
라— 어찌 맛있나.」

오촌모는 나갔다.

「짐 들여왔습니다.」

하는 인력거꾼의 소리가 나므로 엘리자베트는 나가서 짐을 찾고 들
어와 앉아서 밖을 내다보았다.

뜰 움푹움푹 들어간 데마다 물이 괴었고 물 괸 데마다 비로 인하
여 방울이 맺혀서 떠다니다가는 없어지고, 또 새로 생겨서 떠다니
다가는 없어지곤 한다. 초가집 지붕에서는 누렇고 붉은 처마물이

그치지 않고 줄줄 흘러내린다.

　한참이나 눈이 멀거니 뜰을 바라보고 있을 때에 오촌모가 밥과 달걀, 반찬, 김치 등, 간단한 음식을 엘리자베트를 위하여 차려 왔다.

　엘리자베트는 점심을 먹은 뒤에 또 뜰을 내어다보기 시작하였다. ─뜰 한편 구석에는 박 넌출이 하나 답답한 듯이 웅크러뜨리고 있었다. 잎 위에는 빗물이 괴어 있다가 바람이 불 때마다 잎이 기울어지며 괴었던 물이 땅에 쭈르륵 쏟아지는 것이 엘리자베트의 눈에 똑똑히 보였다.

　그 잎들 아래는 허옇고 푸른 크담한 박 하나가 잎이 바람에 움직일 때마다 걸핏걸핏 보였다.

　박 넌출 아래서 머구리[16]가 한 마리 우덕덕 뛰어나왔다. 본래부터 머구리를 무서워하던 엘리자베트는 머리를 빨리 돌렸다. 머구리에게 무서움을 가지는 동시에 엘리자베트의 머리에는 아까의 걱정이 떠올랐다.

　그는 낯을 찡그리고 한숨을 후 내쉬었다.

　이것을 본 오촌모는 물었다─

　「왜 그러냐? 한숨을 다 지으면서…… 네게 아무래도 걱정이 있기는 하구나?」

　엘리자베트는 마음이 뜨끔하였다. 그러면서도 이 기회 넘겼다가는……

　「아주머니!」

　그는 흥분하고 떨리는 소리로 오촌모를 찾았다.

　「왜, 왜 그러냐? 이야기 다해라.」

　「서울은 참 나쁜 뎁디다그려……」

　엘리자베트는 울기 시작하였다.

　「자, 왜?」

「하——아!」

엘리자베트는 울음이 섞인 한숨을 쉬었다.

「아, 왜 그래?」

「아, 어찌할까요?」

「무엇을 어찌해? 자, 왜 그러느냐?」

「난 죽고 싶어요.」

엘리자베트는 쓰러졌다.

「딴 소리 한다. 왜 그래? 자, 이야기해라.」

오촌모는 얼린다.

엘리자베트는 끊었다 끊었다 하면서 무한 간단하게 자기와 남작의 새를 이야기한 뒤에, 재판하겠단 말로 말을 끝내었다.

「너 같은 것이 강가 집에……」

엘리자베트의 말을 들은 오촌모는 성난 소리로 책망하였다.

괴로운 침묵이 한참 연속하였다. 아주머니의 책망을 들을 때에 엘리자베트는 울음 소리까지 그쳤다——

한참 뒤에 오촌모는 엘리자베트가 불쌍하였든지 이제 방금 온 것을 책망한 것이 미안하였든지 말을 돌린다——

「그래두 재판은 못한다. 우리는 상것이고 저편은 양반이 아니냐?」

아직 채 작정치 못하고 있던 엘리자베트의 마음이 이 말 한마디로 온전히 작정하였다—— 그는 아주머니의 말을 우쩍 반대하고 싶었다——

「재판에두 양반 상놈이 있나요?」

「그래두 지금은 주먹 천지란다.」

엘리자베트는 눈살을 찌푸렸다. 양반 상놈 문제에 얼토당토 않은 주먹을 내어놓는 아주머니의 무식이 그에게는 경멸스럽기도 하고 성도 났다. 그렇지만 그 말의 진리는 자기의 지낸 일로 미루어 보아도 그르달 수가 없었다. 그래도 재판은 꼭 하고 싶었다.

「그래두 해요!」

「그리 하고 싶으면 하기는 해라마는……」

「그럼 아주머니!」

「왜?」

「이 동리에 면소가 있나요?」

「응 있다. 무엇하려구?」

「거기 가서 재판에 대하여 좀 물어 보아 주시구려……」

「싫다야……그런 일은……」

「그래두…… 아주머니까지…… 그러시면……」

엘리자베트의 낯은 울상이 되었다. 이것이 불쌍하게 보였던지 오촌모는 면서기를 찾아갔다.

이튿날 엘리자베트는 남작을 걸어서 정조 유린에 대한 배상 및 위자료로서 5천 원, 서생아(庶生兒) 승인, 신문상 사죄 광고 게재 청구 소송을 경성 지방법원에 일으켰다.

8

늘 그치지 않고 줄줄 내리붓던 비는 종시 조선 전지(全地)에 장마를 지웠다.

엘리자베트가 있는 마을 뒷뫼에서도 간직하여 두었던 모든 샘이 이번 비로 말미암아 터져서 개울가에 있는 집 몇은 집이 흘러내려 오는 물로 인하여 혹은 떠내려가고 혹은 무너졌다.

매일 흰 물방울을 안개같이 내면서 옰옰 흘러내려 가는 물을 보면서 엘리자베트는 몇 가지 일로 느끼고 있었다. ── 그 가운데는 반성도 없지 않았다……

──이번 이와 같이 큰 재판을 일으킨 것이 엘리자베트의 뜻은 아

니었다. 법률을 아는 사람이 '그리하여야 좋다'는고로 엘리자베트는 으쓱하여서 그리할 뿐이다. 그에게는 서생아 승인으로 넉넉하였다.

「에이 썅!」

그는 만날 이 일이 생각날 때마다 혀를 차며 중얼거렸다.

—서울을 떠난 것도 그의 느낌의 하나이다— 차라리 반성의 하나이다. 오촌모는 '애이구 내 딸 애이구 내 딸' 하며 커다란 엘리자베트의 궁둥이를 두드리며 사랑하였고, 엘리자베트는 여왕과 같이 가만히 앉아서 모든 일을 오촌모를 부려먹었지만, 그것만으로 그는 만족치는 못하였다. 그는 낮고 더럽고 답답하고 덥고 시시한 냄새 나는 촌집보다 높고 정한 서울 집이 낫고, 광목 바지 입고 상투 틀고 낯이 시커먼 원시적인 촌 무지렁이들보다 맥고 모자에 궐련 물고 가는 모시 두루마기 입은 서울 사람이 낫다. 굵은 광당포 치마보다 가는 모시 치마가 낫고, 다 처진 짚신보다 맵시 나는 구두가 낫다. —기름머리에 맵시 나게 차린 후에 파라솔을 받고 장안 큰 거리를 팔과 궁둥이를 저으면서 다니던 자기 모양을 흐린 하늘에 그려 볼 때에는 엘리자베트는, 자기에게도 부끄럽도록 그 기름자가 예뻐 보였다.

장마는 걷혔다.

장마 뒤의 촌집은 참 분주하였다. 모를 옮긴다, 김을 맨다. 금년 추수는 이때에 있다고 각 집이 모두 늙은이 젊은이 할 것 없이 나서서 활동을 한다. 각곳에서 중양가(重陽歌)의 처량한 곡조, 농부가의 웅장한 곡조가 일어나서 뫼로 반향하고 들로 퍼진다. 자농(自農) 밭 몇 뙈기와 뒤뜰에 터알을 가진 엘리자베트의 오촌모의 집도 꽤 분주하였다. 자농 밭은 삯을 주어서 김을 매고 터알만 오촌모 자기가 감자와 파 이종을 하기로 하였다.

뻔뻔 놀고 있기가 무미도 하고 갑갑도 한고로 엘리자베트는 아주머니를 도와서 손에 익지 않은 일을 하고 있었다.

첫번에는 일하기가 죽게 어려웠지마는 좀 연습된 뒤에는 땀으로 온몸이 젖고 몸이 곤하여진 뒤에 나무 그늘 아래서 상추쌈에 고추 장으로 밥을 먹고 얼음과 같은 찬 우물물을 마시는 것은 참 엘리자 베트에게는 위에 없는 유쾌한 일이 되었다. ──첫번에는 심심 *ᄁ*기 로 시작하였던 일을 마지막에는 쾌락으로 하게 되었다.

그러는 새에도 틈만 있으면 그는 집 뒤 뫼에 올라가서 서울을 바 라보고 한숨을 짓고 있었다.

보얀 여름 안개로 둘러싸여서 아침 햇빛을 간접으로 받고 보얗게 반짝거리는 아침 서울, 너무 강하여 누렇게까지 보이는 여름 햇빛 을 정면으로 받고 여기저기서 김을 무럭무럭 내는 낮 서울, 새빨간 저녁놀을 받고 모든 유리창은 그것을 몇십 리 밖까지 반사하여 헤 일 수 없는 땅 위의 해를 이루는 저녁 서울, 그 가운데 우뚝 일어 서 있는 푸른 남산, 잿빛 삼각산, 먼지로 싸인 큰 거리, 울긋불긋 한 경복궁, 동물원, 공원, 한강, 하나도 엘리자베트에게 정답게 생 각 안 나는 것이 없고, 느낌 안 주는 것이 없었다.

「아── 내 서울아, 내 사랑아
　나는 너를 바라본다──
　붉은 눈으로── 더운 사랑으로……
　아침 해와 저녁놀 잿빛 안개
　흩어진 더움 아래서 나는 너를
　아 ── 나는 너를 바라본다.
　천 년을 살겠냐 만 년을 살겠냐
　내 목숨 다하기까지 내 삶 끝나기까지
　나는 너를 그리리라.」

처량한 곡조로 엘리자베트는 부르곤 하였다.

엘리자베트는 한 자리를 정하고 뫼에 올라갈 때에는 언제든지 거기 앉아 있었다. ── 뒤에는 큰 소나무를 지고 그 솔 그늘 아래 꼭 한 사람이 앉아 있기 좋으리만한 바위가 하나 있었다. 그것이 엘리 자베트의 정한 자리다.

그 바위 두어 걸음 앞에는 여남은 길 되는 절벽이 있었다.

이 절벽을 내려다볼 때마다 그의 마음속에는 한 기쁨이 움직였다.

종시 재판 날이 왔다.

9

재판 전날, 엘리자베트는 오촌모와 함께 서울로 들어와서 재판소 곁 어떤 객주집에 주인을 잡았다.

──서울을 들어설 때에 엘리자베트는 한 달밖에는 떠나 있지 않았으되, 그렇게 그리던 서울이므로 기쁨의 흥분으로 몸이 죽게 피곤하여져서 부들부들 떨면서 객주집에 들었다.

'혜숙이나 만나지 않을까? 이환 씨나 만나지 않을까? S 혹은 부인이나 혹은 남작이나 만나지 않을까.'

그는 반가움과 무서움과 바람으로 머리를 푹 숙이고 곁눈질을 하면서 아주머니와 함께 거리들을 지나갔다. ──할 수 있는 대로는 좁은 길로──

그는 하룻밤 새도록 모기와 빈대로, 흥분 걱정들로 말미암아 잠도 잘 못 자고, 이튿날 낮이 뚱뚱 부어서 제 시간에 재판소에 들어왔다.

아주머니는 방청석으로 보내고 자기 혼자 원고석(原告席)에 와 앉을 때에는 엘리자베트는 자기도 어찌되는지를 모르도록 마음이 뒤숭숭하였다. ──염통은 일 분 동안에 여든일곱 번이나 뛰놀고 숨도 일 분 사이에 스무 번 이상을 쉬게 되었다. 땀은 줄줄 기왓골에 빗물 흐르듯 흘러서 짠물이 자꾸 눈과 입으로 들어온다. 서울 들어오느라고 새로 갈아입은 엘리자베트의 빈자 저고리와 바지허리는 땀으로 소낙비 맞은 것보다 더 젖게 되었다.

　삼 분쯤 뒤에 그는 마음을 좀 진정하여 장내를 둘러보았다.

　──방청석에는 아주머니 혼자 낯에 근심을 띠고 눈이 둥그래져서 있었고, 피고석에는 남작이 머리를 저편으로 돌리고 있었다.

　남작을 볼 때에 그는 갑자기 죄송스러운 생각이 났다.

　'오죽 민망할까? 이런 데 오는 것이 남작에겐 오죽 민망할까? 내가 잘못했지, 재판은 왜 일으켜? 남작은 날 어찌 생각할까? 또 부인은?……'

　그는 이제라도 할 수만 있으면 재판을 그만두고 싶었다. 짐짓 자기가 남작에게 겨주고 싶기까지 하였다.

　──그는 머리를 좀더 돌이켰다. ── 거기는 남작의 대리인인 변호사가 엄연히 앉아 있었다. 만장을 무시하는 낯으로, 자기 혼자만이 재판을 좌우할 능력이 있다 하는 낯으로 변호사는 빈 재판석을 둘러보고 있었다.

　변호사를 볼 때에 엘리자베트는 남 모르게──

「아!」

하는 절망의 소리를 내었다. 자기의 변론이 어찌 변호사에게 미칠까. 그의 머리에는 똑똑히 이 생각이 떠올랐다. 남작에 대한 미움이 마음속에 솟아 나왔다. 자기를 끝까지 지우려고 변호사까지 세운 남작이 어찌 아니꼽지를 않을까? 그는 외면한 남작을 흘겨보았다.

　판사, 통변, 서기들이 임석하고 재판은 시작되었다.

　규정의 순서가 몇이 지나간 뒤에 원고의 변론할 차례가 이르렀다. 규정대로 사는 곳과 이름들을 물은 뒤에 엘리자베트는 변론하여야 하게 되었다. 엘리자베트는 벌떡 일어서서 묻는 말에는 대답하였지만 변론은 나오지를 않았다. 재판소가 빙빙 도는 것 같고 낯

에서는 불덩이가 나올 것 같았다. 그러다가─

　'이래서는 안되겠다. 용기를 내어야지.'

　생각할 때에 얼마의 용기는 회복되었다.

　그는 끊었다 끊었다 하면서 자기의 청구를 질서 없이 설명하였다.

「더 할말은 없나?」

　엘리자베트의 말이 끝난 뒤에 주석 판사가 물었다.

「없어요.」

　엘리자베트는 말이 하기 싫은고로 겨우 중얼거리고 앉았다.

　'겨우 넘겼다.'

　엘리자베트는 앉으면서 괴로운 숨을 내어쉬면서 생각하였다.

　피고의 변론할 차례가 되었다. 변호사는 일어서서 웅장한 큰소리로 만장을 누르는 소리로 장내가 웅웅 울리는 소리로 말하기 시작하였다─

　─원고의 말은 모두 허황하다. 그 증거가 어디 있는가? 있으면 보고 싶다. 잉태하였다 하니─　거짓말인지도 모르거니와─　설혹 잉태하였다 하여도 그것이 남작의 자식인 증거가 어디 있는가? 자기 자식이니까 떨어뜨리려고 병원에 데리고 갔다 원고는 말하지만, 주인이 자기 집 가정 교사가 병원에 좀 데려다 달랄 때 데려다 줄 수가 없을까? 피고가 자기 일이 나타날까 저퍼서[17] 원고를 내어쫓았다 원고는 말하지마는 다른 일로 내어보냈는지 어찌 아는가? 원고는 당시에는 학교에도 안 가고 가정 교사의 의무도 다하지 않고, 게다가 탈까지 났으니 누구가 이런 식객을 가만두기를 좋아할까? 어떻든 원고에게는 정신 이상이 있는 것을 잊어서는 안된다─

　엘리자베트는 변호사가 '원고의 말은 허황하다' 할 때에 마음이 뜨끔하였다. '남작의 자식인지 어찌 알까' 할 때에 가슴에서 '툭' 하는 소리를 들었다. 병원 이야기가 나올 때에 머리가 어지러워지는 것을 깨달았다. 그후에는 어찌되는지 몰랐다. 청각은 가졌지만 듣지는 못하였다. 다만 둥둥 하는 사람의 말소리가 한 백 리 밖에 서 나는 것같이 들렸을 뿐이고 아무것도 의식치를 못하였다. 유도에 목 끼운 때와 같이 온몸이 양상스러워지는 것이 구름을 타고 하늘을 떠다니는 것 같았다.

그가 바른 의식 상태로 들기 비롯한 때는 판사가 '더 할말이 없느냐'고 물을 때이다.

판사의 묻는 말을 똑똑히 알아듣지 못하고 또 말하기도 싫은 엘리자베트는 다만 ──

「네.」

하고 대답할 수밖에는 없었다. 그런 뒤에는 그의 눈앞에는 검은 물건이 왔다갔다. 움직움직 하는 것만 보였다. 무엇인지는 똑똑히 알지 못하였다.

한참 있다가 판결은 났다 ── 원고의 주장은 하나도 증거가 없다. 그런고로 원고의 청구는 기각한다 ──

이 말을 겨우 알아들은 엘리자베트는 가슴에서 두 번째 '툭' 하는 소리를 들었다. 그 뒤에는 정신이 아득하여지고 말았다.

몇 시간 동안을 혼미 상태로 지낸 후에 겨우 정신이 좀 드는 때는 그는 이상한 방안에 앉아 있었다. 껌껌한 그 방은 사면 침척(針尺) 두 자밖에는 안되었다. ──뿐만 아니라, 그 방은 들썩들썩 움직인다.

'흥 재미있구나!'

그는 생각하였다.

그렇지만 이와 같은 한가한 생각이 그의 머리에 오랫동안 머무르지를 못하였다. ── 높이 세 치, 길이 다섯 치쯤 되는 조그만 구멍으로 자기 아주머니가 보일 때에, 엘리자베트는 펄떡 정신을 차렸다. 그때야 그는 자기 있는 곳은 보교(步轎) 안이고 벌써 아주머니의 집에 다 이르렀고 아까 판결받은 것이 생각났다.

보교는 놓였다.

엘리자베트는 우덕덕 보교에서 뛰어내리다가 고꾸라졌다. 발이 저린 것을 잊고 뛰어내리던 그는 엎드러질 수밖에는 없었다.

「에구머니!」

아주머니는 엘리자베트가 또다시 기절을 한 줄 알고 고함을 치며 뛰어왔다.

엘리자베트는 '죽어라' 하고 발이 저린 것을 참고 일어서서 뛰어 방안에 들어와 고꾸라졌다.

그는 울음도 안 나오고 웃음도 안 나왔다. 다만—

'야단났구만, 야단났구만.'

생각만 하였다.

그렇지만 어디가 야단나고 어떻게 야단났는지는 그는 몰랐다. 다만 어떤 큰 야단난 일이 어느 곳에 있기는 하였다.

오촌모가 들어와 흔드는 것도 그는 모른 체하고 다만 씩씩거리며 엎디어 있었다.

'야—단, 야—단.'

그의 눈에는 여러 가지 환상이 보인다— 네모난 사람, 개, 우물거리는 모를 물건, 뙈보다도 크게도 보이고 주먹만하게도 보이는 검은 어떤 물건, 아주머니, 연필. —이것이 모두 합하여 그에게는 야단으로 보였다.

오촌모가 펴준 자리에 누워서도 그는 이런 기름자들만 보면서 씩씩거리며 있었다.

10

이튿날 아침.

94

엘리자베트는 눈을 번쩍 뜨고 방안을 둘러보았다. 아주머니는 방안에 없었다. 부엌에서 덜컹거리는고로 거기 있나 보다 그는 생각하였다.

전에는 그리 주의하여 보지 않았던 그 방안의 경치에서 병인의 날카로운 눈으로 그는 새로운 맛있는 것을 여러 가지 보았다.

제일 눈에 뜨이는 것은 벽담 사면에 붙인 당지들이다. 일본 포속(布屬)들에서 꺼내어 붙인 듯한 그 당지들을 엘리자베트는 흥미의 눈으로 하나씩 하나씩 건너보았다.

그 다음에 보인 것은 천장 서까래 틈에 친 거미줄들이다. 엘리자베트는 그 가운데 하나를 자세히 보았다. 그가 보고 있는 동안에 엥 하니 날아오던 파리가 한 마리 그 줄에 걸렸다. 거미줄은 참깐 흔들리다가 멎고 어디 있댔는지 보이지 않던 거미가 한 마리 빨리 나와서 파리를 발로 움킨다. 거미줄은 대단히 떨렸다. 그렇지만 조금 뒤에 파리는 죽었는지 거미줄의 흔들림은 멎고 거미 혼자서 발발 파리를 두고 돌아다닌다. 엘리자베트는 바르륵 떨면서 머리를 돌이켰다.

'저 파리의 경우와 ……내 경우가 ─, ─어디가 다를까? 어디가?'

엘리자베트가 움직 할 때에 파리가 한 마리 윙 날았다. 그 파리의 날기를 기다리고 있었던지 다른 파리들도 일제히 웅─ 날았다가 도로 각각 제자리에 앉는다.

엘리자베트는 눈을 감았다. 상쾌한 졸음이 짜르륵 엘리자베트의 온몸에 돌았다. 엘리자베트는 승천(昇天)하는 것 같은 쾌미를 누리고 있었다.

이때에 오촌모가 샛문을 벌컥 열며 들어왔다.

엘리자베트는 눈을 번쩍 떴다. 오촌모는 들어와서 물에 젖은 손을 수건에 씻은 뒤에 엘리자베트의 머리곁에 와서 앉았다.

「좀 나은 것 같으냐?」

「무엇 낫지 않아요.」

「어디가 아파? 어젯밤 새도록 헛소릴 하더니……」

「헛소리까지 했어요?」

엘리자베트는 낮에 적적한 웃음을 띠우고 묻는 대답을 하였다.

「그런데 어디가 아픈지는 일정하게 아픈 데가 없어요. 손목 발목이 저리저릿하는 것이, 온몸이 다 쏘아요. 꼭 첫몸할 때……」

「왜 그런고…… 원.」

「왜 그런지요……」

잠깐의 침묵이 생겼다.

「앗!」

좀 후에 엘리자베트는 작은 소리로 날카로운 부르짖음을 내었다. 낮에는 무한 괴로움이 나타났다.

「왜 그러냐!?」

오촌모는 놀라서 물었다.

「봤다는 안되어요.」

엘리자베트는 억지로 웃으면서 말했다.

「그럼 보지 않을 것이니 왜 그러냐?」

「묻지두 말구요!」

「묻지두 않을 것이니 왜 그래?」

「그럼 안 묻는 건가요?」

「그럼 그만두자……그런데 미음 안 먹겠냐?」

「좀 이따 먹지요.」

엘리자베트는 괴로운 낮을 하고 팔과 다리를 꼬면서 앓는 소리를 내고 있다가 참다 못하여 억지로 말했다 ―

「아주머니, 요강 좀 집어 주세요.」

오촌모는 근심스러운 낮으로 물끄러미 엘리자베트를 들여다보다가 말없이 요강을 집어 주었다.

엘리자베트는 요강을 타고 앉았다. 나올 듯 나올 듯하면서도 나오지 않는 오줌은 그에게 큰 아픔을 주었다. 한 십 분 동안이나 낮을 무한 찡그리고 있다가 내어놓을 때에는 그 요강은 피오줌으로 가득 찼다.

「피가 났구나!」

오촌모는 놀란 소리로 물었다.

「……네.」

「떨어지려는 것이로구나.」

「그런가 봐요.」

말은 끊어졌다.

엘리자베트의 마음은 무한 설렁거렸다. ―그 가운데는 저픔과 반가움이 섞여 있었다.

「깨를 어떻게 먹으면 올라 붙기는 한다더라만……」

잠깐 후에 아주머니가 말을 시작했다.

「그건 올라 붙어 무엇해요.」

엘리자베트는 낮을 찡그리고 대답하였다.

「그래도 낙태로 죽는 사람두 있느니라……」

엘리자베트는 대답을 하려다가 말이 하기 싫은고로 그만두었다.

말은 또 끊어졌다.

엘리자베트는 '죽어두 좋아요' 라고 대답하려 하였다.

'죽으면 멜하나.'

그는 병적으로 날카롭게 된 머리로 생각하여 보았다.

'내게 이제 무엇이 있을까? 행복이 있을까? 없다. 즐거움은? 그것도 없다. 반가움은? 물론 없지. 그럼 무엇이 있을까? 먹고 깨고 자는 것뿐, 그 뒤에는? 죽음! 그 밖에 무엇이 있을까 아무것도 없다. 그것뿐으로도 살 가치가 있을까? 살 가치가 있을까? 아, 아! 어떨까? 없다! 그러면? 나 같은 것은 죽는 편이 나을까? 물론! 그럼 자살? 아! 자살? (그는 사지를 부들부들 떨었다) 모르겠다. 살아지는 대로 살아보자. 죽는 것도 무섭지 않고, 사는 것도 싫지도 않고 ──'

이때에 오촌모가 말을 시작했다──

「내가 가서 물어 보고 올라.」

「그만두세요.」

그는 우덕덕 놀라면서 무의식히 날카롭게 말하였다.

「그래두 내 잠깐 다녀오지.」

아주머니는 일어서서 밖으로 나갔다.

아주머니가 나간 뒤에 그는 또 생각하여 보았다──

'내 근 이십 년 생애는 어떠하였는가?── 앞일은 그만두고 지난 일로……근 이십 년 동안이나 살면서 남에게──사회에게 이익한 일을 하나라도 하였는가? 벗들에게 교과를 가르친 일──이것뿐, 이것을 가히 사회에 이익한 일이라 부를 수가 있을까? (그는 입술을 부들부들 떨었다)

응! 하나 있다. '표본'! (그는 괴로운 웃음을 씩 웃었다) 이후 사람을 경계할 만한 내 사적! 곧 '표본'! 표본 생활 이십 년…… 아! ……

그러니 이것도 내가 표본이 되려서 되었나? 되기 싫어서도 되었지. 헛데로 돌아간 이십 년, 쓸데없는 이십 년, '나'를 모르고 산 이십 년, 남에게 깔리워 산, 이십 년. 그동안에 번 것은? 표본! 그동안에 한 일은? 표본!'

그는 피곤하여진고로 눈을 감았다. 더움과 추움이 그를 쏘았다. 그는 추워서 사지를 부들부들 떨면서도, 이마와 모든 틈에는 땀을 줄줄 흘리고 있었다. 아래는 수만 근 되는 추를 단 것같이 대단히 무거웠다.

괴로움과 한참 싸우다가 오촌모의 돌아옴이 너무 더딘고로 그는 그만 잠이 들었다. 자는 동안에 여러 가지 그림자가 그의 앞에서 움직였다.

——네모난 사람이 어떤 모를 물건을 가지고 온다. 그 뒤에는 개가 따라온다. 방성 뒷산에서 뫼보다도 큰 어떤 검은 물건이 수없이 많이 흐늘흐늘 날아오다가, 엘리자베트의 있는 방 앞에 와서는 주먹만하게 되면서 그의 품속으로 뛰어들어온다. 하나씩 하나씩 다 들어온 다음에는 도로 하나씩 하나씩 흐늘흐늘 날아 나가서 차차 커지며 뫼만하게 되어 도로 산 가운데서 쓰러져 없어진다. 다 나갔다는 도로 들어오고 다—— 들어왔다는 도로 나가고, 자꾸자꾸 순환되었다. —— 엘리자베트는 앓는 소리를 연발로 내며 이 기름자를 보고 있었다.

——이렇게 무서운 기름자를 한참 보고 있을 때에

「애, 미음 먹어라.」

하는 오촌모의 소리가 나는고로 그는 눈을 번쩍 떴다.

그는 미음 그릇을 들고 들어오는 아주머니를 관찰하기 시작하였다.

'저런 큰 그릇을 원 어찌 들고 다니노? 키도 댓 자밖에는 못 되는 노파가……'

오촌모가 미음 그릇을 놓은 다음에 엘리자베트는 그것을 먹으려고 엎디었다.

——아픔이 온몸에 쭉 돌았다.

「숟갈이 커서 어찌 먹어요?」

그는 놋숟갈을 보고 오촌모에게 물었다—— 그는 '숟갈이 커서 들지를 못하겠다'는 뜻으로 한 말이다.

「어제두 먹던 것이 커?」

엘리자베트는 안심하고 숟갈을 들었다. 그것은 뜻밖에 크지도 않

고 무겁지도 않았다. 그는 곁에 놓인 흰 가루를 미음에 치고 먹기
시작하였다.

「아이고 짜라.」

그는 한 술 먹은 뒤에 소리를 내었다.

「짜기는 왜 짜? 사탕가루를 많이 치구……」

병으로 날카롭게 된 그의 신경은 그의 자유로 되었다── 마치
최면술에 피술자(被術者)가 시술자(施術者)의 명령을 절대로 복종하
여, 단 것도 시술자가 쓰다 할 때에는 쓰다 생각하는 것과 같이 그
의 신경도 절대로 그의 명령을 좇았다. 흰 가루를 소금이라 생각할
때에는 짜게 보였으나, 사탕가루라 생각할 때에는 꿀송이보다도 더
달았다. ──그렇지만 그의 신경도 한 가지는 복종치를 않았다. 아
픔이 좀 나았으면 하는 데는 조금도 순종치를 않았다.

미음을 먹는 동안에 오촌모가 투덜거렸다──

「스무 집이나 되는 동리 가운데서 그것 아는 것이 하나두 없단
말인가 원……」

「무엇이요?」

엘리자베트는 미음을 삼키고 물었다.

「그 올라 붙는 방문(方文) 말이루다. 원 깨를 어쩐대든지……」

엘리자베트는 성이 나서 대답을 안하였다.

미음을 다 마신 다음에 돌아누우려다가 그는──

「읽!」

소리를 내고 그 자리에서 고꾸라졌다. ──어디가 아픈지 똑똑히
모를 아픔이 온몸을 쿡 쏘았다. 정신까지 어지러워졌다.

「어째? 더하냐?」

「물이 쏟아져요.」

엘리자베트는 똑똑한 말로 대답하였다.

「어째?」

「바람이 부는지요?」

「얘, 정신차려라.」

엘리자베트는 후덕덕 정신을 차리면서

「내가 원 정신이 없어졌는가?」

하고 간신히 천장을 향하고 누웠다. ──천장에는 소가 두 마리 풀을 뜯어먹고 있었다. 엘리자베트는 무서워서 부들부들 떨기 시작하였다. ──두 마리의 소는 싸움을 시작했다. '떨어지면……' 생각할 때에 한 마리는 그의 배 위에 떨어졌다. 일순간 뜨끔한 아픔 뒤에는 아무렇지도 않았다.

'앍' 소리를 내고 그는 다시 천장을 보았다. 소는 역시 두 마리지만 이번은 춤을 추고 있다.

「표본 생활 이십 년!」

그는 중얼거리고, 담벽을 향하여 돌아누웠다. ──거기서는 남작과 이환이와 돼지와 파리가 장거리 경주를 하고 있었다.

'훙! 재미있다. 누가 이길 터인고?'

그는 생각하였다

조금 있다가 그는 생각난 듯이 수근거렸다──

「표본 생활 이십 년!」

11

그가 눈을 아무데로 향하든지 어떤 기름자는 거기 벌려 있었다. 그가 자든지 깨든지, 어떤 기름자는 거기서 움직였다. 이렇게 엘리자베트는 사흘을 지냈다.

그러는 동안 다함이 없는 철학이 감추어져 있는 것 같고도 아무 뜻이 없는 헛말같이도 생각되는 말구가 흔히 무의식히 그의 머리에 떠올랐다──

'표본 생활 이십 년!'

그는 이 말을 여러 번 거푸 하였다.

이렇게 사흘째 되는 저녁 ── 복거리 낮보다도 더 훈훈하는 저녁 ── 등과 사지 맨끝에서 시작하여 짜르륵 온몸에 도는 추위의 쾌미를 역증으로 받으면서 잠과 깸의 가운데서 돌린 엘리자베트는 오촌모의 소리에 놀래어 흠칠하면서 깨었다.

「왜 그리 앓는 소리를 하나? ── (혼자말로) 탈인지 무엇인지 낫지두 않구.」

「아 ── 유 ── 죽겠다아 ── 하아 ──」

엘리자베트는 눈을 감은 채로 아주머니의 소리 나는 편으로 돌아누우면서 신음했다. 그렇지만 그에게는 아프리라 생각하는 데서 나온 아픔밖에는 아픔이 없었다.

「왜 그래? 참 앓는 너보다두 보는 내가 더 속상하다. 후!」

오촌모도 한숨을 쉰다.

「아이구 덥다!」

오촌모는 빨리 부채를 집어서 엘리자베트를 부치면서 말했다 ──

「내 부쳐 줄 것이니 일어나서 이 오미잣물 마셔 봐라.」

오미자라는 소리를 들은 그는 귀가 버썩하였다. 어렸을 때부터 오미자를 좋아하던 그는 이불 속에서 꿈질꿈질 먹을 준비를 시작하였다. ── 오늘은 그의 머리는 똑똑하여졌다. 기름자도 안 보였고 아픔도 덜어졌다.

오촌모는 자기도 한 숟갈 떠 먹어 본 뒤에 권한다 ──

「아이구 달다. 자 먹어 봐라.」

엘리자베트는 눈을 뜨고 엎디어서 오미잣물을 마셨다. 새큼하고 단 가운데도 말할 수 없는 아름다운 냄새를 가진 오미잣물은 병인인 엘리자베트에게 위없는 힘을 주었다. 그는 단숨에 한 사발이나되는 물을 다 마셔 버렸고 도로 누웠다.

「맛있지?」

「네.」

「그런데 어떠냐── 아프기는?」

엘리자베트는 다만 씩 웃었다. 다 큰 것이 드러누워서 다 늙은 아주머니를 속상케 함에 대한 미안과 커다란 것이 '긁긁' 앓는 부끄러움이 합하여 낳은 웃음을 그는 다만 감추지 않고 정직하게 웃은 것이다.

「오늘은 정신 좀 들었냐?…… 며칠 동안 별한 소릴──어떠런 소릴 하던지?…… 응!…… 응! 무얼 '표본 생울 이십 년'이라던지?」

「표본 생활 이십 년!」

엘리자베트는 생각난 듯이── 무의식히 소리를 내었다.

「응! 그 소리 그 소리!」

오촌모도 생각난 듯이 지껄였다.

「아이 덥다!」

엘리자베트는 이불을 차 던지고 고함을 쳤다.

「응, 부쳐 주지.」

어느덧 부채질을 멈추었던 오촌모는 다시 부치기 시작했다.

속에서 나오는 태우는 듯한 더움과 밖에서 찌르는 무르녹이는 듯한 더위와 사늘쩍한 부채 바람이 합하여 엘리자베트의 몸에 쪼르륵 소름이 돋게 하였다. 소름 돋을 때와 부채의 시원한 바람의 쾌미는 그에게 졸음이 오게 하였다. 그는 구름 타고 하늘에 올라가는 맛으로 잠과 깸의 가운데서 떠돌고 있었다.

몇 시간 지났는지 몰랐다. 무르녹이기만 하던 날은 소낙비로 부어 내린다. 그리 덥던 날도 비가 오면서 서늘하여졌다. 방안은 습기로 찼다. 구팡[18]에 내려져서 튀어나는 물방울들은 안개비와 같이 되면서 방안으로 몰려 들어온다.

그는 눈을 번쩍 떴다. 어느덧 역한 냄새 나는 모기장이 그를 덮었고 그의 곁에는 오촌모가 번뜻 누워서 답답한 코를 구르고[19] 있었다. 위에는 불티를 잔뜩 앉히우고 그 아래서 숨찬 듯이 할락할락하는 석유 램프는 모기장 밖에서 반딧불같이 반짝거리며 할딱거리고 있었다.

'가늘은 목숨으로라도 살아지는껏 살아라.'

그 램프는 소근거리는 것 같다.

엘리자베트는 일어나서 요강을 모기장 밖에서 들여왔다.

한참 타고 앉았다가 '악!' 소리를 내고 그는 엎으러졌다. 가슴은 뛰놀고 숨도 씩씩하여졌다. 마음은 무한 설렁거렸다. 맥도 푹 났다.

한참 엎디어 있다가 그는, 생각난 듯이 벌떡 일어나서 요강을 내어놓고 번갯불과 같이 빨리 그 속에 손을 넣어서 주먹만한 핏덩이를 하나 꺼내었다.

'내 것!'

그의 머리에 번갯불과 같이 이 생각이 지나갔다.

그의 머리에는 모순된 두 가지 생각이 일어났다

'내 것!'

참 자식에 대한 사랑이 그 핏덩이에게 일어났다.

'이것 때문에……'

그는 그 핏덩이에 대하여 무한한 미움이 일어났다.

'이것도 저 아니꼬운 남작의 것, 나는 이것 때문에……'

이 두 가지 생각의 반사 작용으로 그는 핏덩이를 힘껏 단단히 쥐었다. ── 거기는 미움이 있고 사랑이 있었다.

그는 그 핏덩이를 씹어 먹고 싶었다 ── 거기도 미움이 있고 사랑이 있었다. 그는 그것을 쥔 채로 드러누웠다. 맥이 나서 앉아 있을 힘이 없었다.

드러누운 그에게는 얼토당토 않은 딴 생각이 두어 가지 머리에 났다. 이것도 잠깐으로 끝나고 잠이 들었다.

이삼 분의 잠이 그를 스치고 지나간 뒤에 그는 눈을 번쩍 뜨면서 무의식으로 중얼거렸다 ──

「표본 생활 이십 년!」

그 다음 순간, 그에게는 별한 생각이 머리에 떠올랐다 ──

'약한 자의 슬픔!'

'천하에 둘도 없는 명언(名言)이로다.'

그는 생각하였다.

그는 이 문제를 두고 논문 비슷이, 소설 비슷이 하나 지어 보고 싶은 생각이 났다. 그는 생각하여 보았다 ──

자기의 설움은 약한 자의 슬픔에 다름없었다. 약한 자기는 누리에게 지고 사회에게 지고 '삶'에게 져서, 열패자(劣敗者)의 지위에 이르지 않았느냐? 약한 자는 이환에게 사랑을 고백치 못하고, S와 혜숙에게서 참말을 듣지 못하고, 남작에게 더 저항치를 못하고 재판석에서 좀더 굳세게 변론치를 못하여, 지금 이 지경에 이르지 않았느냐?

'그렇지만 이것은 밖이 약한 것이다. 좀더 깊이 ── 안으로!'

그는 생각하였다.

자기의 아직까지 한 일 가운데서 하나라도 자기에게서 나온 것이 어디 있느냐? 반동(反動) 안 입고 한 일이 어디 있느냐? 남작 집에서 나온 것도 필경은 부인이 좀더 있으라는 반동에서 나온 것이 아니냐? 병원 안에 들어간 것도 필경은 집으로 돌아올 전차가 안 보임에 있지 않으냐? 병원으로 향한 것도 그렇다. 재판을 시작한 것은? 오촌모가 말리는 반동을 받았다. 모든 일이 다 그렇다.

「이십 세기 사람이 다 ── 그렇다!」

그는 힘있게 중얼거렸다.

「어떻든……응! 그렇다! 문제는 '이십 세기 사람'이라고 치고, 첫 줄을 '약한 자의 슬픔'으로 시작하여 마지막 줄을 '현대 사람

다의 약함'으로 끝내자.」

그는 자기 짓던 글을 생각하고 중얼거렸다.

'표본 생활 이십 년이란 구는 꼭 넣어야겠다.'

고 그는 생각하였다. 그리고 글을 속으로 생각하기 시작하였다.

이리 짓고 저리 지어서, 이만하면 완전하다 생각할 때 그는 마지막 구를 소리를 내어서 읽었다 ─

「현대 사람 다의 약함!」

그런 다음에는 그의 머리에 한 공허가 생겼다. 그 공허가 가슴으로 퍼질 때에 그는 맥이 나고 발끝과 손끝에서 그 공허가 일어날 때에 그는 눈을 감았다. 눈이 무한 무거워졌다. 그 공허가 온몸에 퍼질 때에 그는 '후!' 숨을 내어쉬면서 잠이 들었다.

12

「저런 원 저런!」

이튿날 아침 엘리자베트에게 어젯밤 변동을 듣고 눈이 둥그래져서 그 핏덩이를 들여다보고 오촌모는 지껄였다.

엘리자베트는 탁 그 핏덩이를 빼앗아서 이불 아래 감춘 뒤에 낯을 붉히며 이유 없이 씩 웃었다.

「어떻든 네 속은 시원하겠다. 밤낮 떨어지면 떨어지면 하더니 ─」

오촌모는 비웃는 듯이 입살을 주었다.

아깟번에 웃은 엘리자베트는 이번에도 웃지 않으면 안되게 되었다. 그는 억지로 입과 눈으로만 일순간의 웃음을 웃은 뒤에 곧 낯을 도로 쪽 폈다. 그리고 미안스러운 듯이 오촌모의 낯을 들여다보았다. 오촌모의 낯에는 가련하다는 표정이 똑똑히 보였다.

'역시 가련한 것이로구나!'

그는 속으로 고함을 쳤다.

'그것도 내 것이 아니냐?'

어머니가 자식에게 가지는 육친의 정다움이 엘리자베트의 마음에 일어났다. 그는 몰래 손을 더듬어서 겹적겹적하고 흐늘거리는 그 핏덩이를 만져 보았다.

'어디가 엉덩이구 어디가 머리 편인고?'

그는 손가락으로 핏덩이를 두드리고 쓸어 주고 있었다. 차디찬 핏덩이에서도 엘리자베트는 다스한 맛이 올라오는 것을 깨달았다.

'사람이란 이런 것이로다!'

그는 생각하였다.

물끄러미 한참 그를 들여다보던 오촌모는 도로 전과 같은 사랑의 낯이 되며 생각난 듯이 말했다 ——

「잊었댔다. 오늘은 장날이 되어서 서울 잠깐 들어갔다 와야겠다. 무엇 먹고 싶은 것은 없냐? 있으면 말해라. 사다 줄 거니……」

「없어요.」

엘리자베트는 팔딱 정신을 차리며 무의식히 중얼거렸다. '서울' 소리를 듣고 그는 갑자기 가슴이 뛰놀기 시작하였다.

'저런 노파가 다 서울을 다니는데 내가 어찌……'

그는 오촌모를 쳐다보면서 생각하였다. 그러다가 갑자기 오촌모를 찾았다 ——

「아주머니!」

「왜?」

「서울 들어가세요?」

그의 목소리는 흥분으로 떨렸다.

「응.」

엘리자베트는 비쭉하여졌다. ——오촌모의 '응'이란 대답뿐은 그를 만족시키지 못하였다. '응, 들어가겠다'든지 '응, 다녀올란다'

든지 좀더 친절히 똑똑히 대답 안한 오촌모가 그에게는 밉게까지
보였다.

　그렇지만 그의 정조(情調)는 그의 비쭉한 것을 뚫고 위에 올라오
기에 넉넉하였다. 그는 좀더 힘있게 떨리는 소리로 오촌모를 찾았
다—

「아주머니!」

「왜?」

　오촌모는 또 그렇게 대답하였다.

「나두 함께 가요!」

「어딜?」

「서울!」

「딴소리 한다. 넌 편안히 누워 있어얀다.」

　오촌모의 낯에는 무한한 동정이 나타났다.

「그래두……가구 싶어요.」

　그의 눈에는 눈물이 괴었다.

「내 다— 구경해다 줄 거니 잘 누워 있거라. 너 다 나은 다음에
한번 들어가 실컷 돌아다니자. 그래두 지금은 못 간다.」

「길 다 말랐어요?」

　그는 뚱딴지 소리를 물었다.

「응, 소낙비니깐 땅 위로만 흘렀지, 속은 안 뱄더라.」

「뒤뜰 호박두 익었지요? 인제 며칠 동안 나가 보지두 못해서……」

　그의 목소리는 자못 떨렸다.

「아까 가보니깐 아직 잘 안 익었더라.」

　잠깐 말은 끊어졌다. 조금 뒤에 엘리자베트는 떨리는 소리로 말
했다—

「아— 서울 가보ㄱ……」

「걱정 마라. 이제 곧 가게 되지.」

「아주머니!」

「왜 그러냐?」

「그애들이 아직 날 기억할까요?」

「그애들이라니?」

「함께 공부하던 애들이요.」

「하하! (한숨을 쉬고) 걱정 마라. 그저 걱정 마라. 내가 있지 않냐? 인젠 그깟것들이 무엇에 쓸데가 있어? 나하구 이렇게 편안히 촌에서 사는 것이 오죽 좋으냐! 아─무 걱정 없이…… 지난 일은 다 꿈이다, 꿈이야! 잊구 말아라.」

'강한 자!'

엘리자베트는 속으로 고함을 쳤다.

'아주머니는 강한 자이고 나는 약한 자이고…… 그 사이에 무슨 차별이 있을꼬?'

「내 다녀올 것이니 편안히 누워 있거라.」

오촌모는 말하면서 봇짐을 들고 나간다.

「무엇을 사다 줄꼬 원? 복숭아나 났으면 사다 줄까─ 우리 딸을 ……」

엘리자베트는 자기 생각만 연속하여 하였다 ─ 스스로 알지는 못하였으나 어떤 회전기(回轉期) 위기 앞에 선 그는 산후(産後)의 날카로운 머리를 써서 꽤 똑똑한 해결을 얻을 수가 있었다.

'그렇다! 나도 시방은 강한 자이다. 자기의 약한 것을 자각할 그 때에는 나도 한 강한 자이다. 강한 자가 아니고야 어찌 자기의 약점을 볼 수가 있으리요? 어찌 알 수가 있으리요? (그의 입에는 이김의 웃음이 떠올랐다) 강한 자라야만 자기의 약한 곳을 찾을 수가 있다.

약한 자의 슬픔! (그는 생각난 듯이 중얼거렸다) 전의 나의 설움은 내가 약한 자인고로 생긴 것밖에는 더 없었다. 나뿐이 아니라, 이

누리의 설움— 아니 설움뿐 아니라, 모든 불만족, 불평들이 모두 어디서 나왔는가? 약한 데서! 세상이 나쁜 것도 아니다. 인류가 나쁜 것도 아니다. 우리가 다만 약한 연고인밖에 또 무엇이 있으리요. 지금 세상을 죄악 세상이라 하는 것은 이 세상이—아니, 우리 사람이 약한 연고이다. 거기는 죄악도 없고 속임도 없다. 다만 약한 것! 약함이 이 세상에 있는 동안 인류에게는 싸움이 안 그치고 죄악이 안 없어진다. 모든 죄악을 없이 하려면 먼저 약함을 없이 하여야 하고, 지상 낙원을 세우려면 약함을 없이 하여야 한다.

만일 약한 자는, 마지막에는 어찌되노?…… 이 나! 여기 표본이 있다. 표본 생활 이십 년(그는 생각난 듯이 웃으면서 중얼거렸다) 나는 참 약했다. 일 하나라도 내가 하고 싶어서 한 것이 어디 있는가! 세상 사람이 이렇다 하니 나도 이렇다, 이 일을 하면 남들은 나를 어찌 볼까 이런 걱정으로 두룩거리면서 지냈으니 어찌 이 지경에 이르지 않았으리요.

하고 싶은 일은 자유로 해라. 힘써서 끝까지! 거기서 우리는 사랑을 발견하고 진리를 발견하리라!'

'그렇지만 강한 자가 되려면은?……'

그는 생각하여 보았다.

'내가 너희에게 새 계명을 주노니 사랑하라' (그는 기쁨으로 눈에 빛을 내었다) 그렇다! 강함을 배는 태(胎)는 사랑! 강함을 낳는 자는 사랑! 사랑은 강함을 낳고, 강함은 모든 아름다움을 낳는다. 여기 강하여지고 싶은 자는— 아름다움을 보고 싶은 자는— 삶의 진리를 알고 싶은 자는, 인생을 맛보고 싶은 자는 다 — 참사랑을 알아야 한다.

만약 참 강한 자가 되려면은? 사랑 안에서 살아야 한다. 우주에 널려 있는 사랑, 자연에 퍼져 있는 사랑, 천진난만한 어린아이의 사랑!

「그렇다! 내 앞길의 기초는 이 사랑!」

그는 이불을 차고 벌떡 일어나 앉았다. 그의 앞에는 끝없는 넓은 세계가 벌려 있었다. 누리에 눌리어 살던 그는 지금은 그 위에 올라섰다. 그의 입에는 온 우주를 쳐누른 기쁨의 웃음이 떠올랐다.

《창조》 1~2호, 1919. 2~3)

---

1) 갓따나―'가뜩이나'라는 뜻/ 2) 내음새―'냄새'의 옛말/ 3) 새―'사이'의 준말/ 4) 기름자―'그림자'의 사투리/ 5) 얼려야지―'얼러야지'라는 뜻/ 6) 면 차―'전차'의 사투리/ 7) 종용히―'조용히'의 원말/ 8) 거러지―'거지'의 사투리/ 9) 멜한가―'뭣하는가' 또는 '뭣할까'의 사투리/ 10) 쌔웠다―'싸였다'의 사투리/ 11) 보스럭비―'보슬비'의 사투리/ 12) 고디기〔受付〕―접수계 직원을 가리키는 말/ 13) 구먹―'구멍'의 사투리/ 14) 양상스러웠다―'양상'은 '양 광'의 사투리로, '분에 넘치는 호강'이라는 뜻/ 15) 방성―마을, 촌락/ 16) 머 구리―'개구리'의 옛말/ 17) 저퍼서―'두려워서'라는 뜻/ 18) 구팡―'댓돌' 의 사투리/ 19) 구르고―'골고'의 사투리

배
따
라
기

배따라기

좋은 일기이다.

좋은 일기라도, 하늘에 구름 한 점 없는— 우리 '사람'으로서는 감히 접근도 못할 위엄을 가지고, 높이서 우리 조그만 '사람'을 비웃는 듯이 내려다보는, 그런 교만한 하늘은 아니고, 가장 우리 '사람'의 이해자인 듯이 낮추 뭉글뭉글 엉기는 분홍빛 구름으로서 우리와 서로 손목을 잡자는 그런 하늘이다. 사랑의 하늘이다.

나는 잠시도 멎지 않고, 푸른 물을 황해로 부어 내리는 대동강을 향한, 모란봉 기슭 새파랗게 돋아나는 풀 위에 뒹굴고 있었다.

이날은 삼월 삼질, 대동강에 첫 뱃놀이를 하는 날이다. 가맣게 내려다보이는 물 위에는 결결이 반짝이는 물결을 푸른 놀잇배들이 타고 넘으며, 거기서는 봄 향기에 취한 형형색색의 선율이, 우단보다도 부드러운 봄 공기를 흔들면서 날아온다. 그리고 거기서 기생들의 노래와 함께 날아오는 조선 아악(雅樂)은 느리게, 길게, 유창하게, 부드럽게, 그리고 또 애처롭게— 모든 봄의 정다움과 끝까지 조화치 않고는 안 두겠다는 듯이 대동강에 흐르는 시꺼먼 봄물, 청류벽에 돋아나는 푸르른 풀 어음,[1] 심지어 사람의 가슴속에 봄에 뛰노는 불붙는 핏줄기까지라도, 습기 많은 봄 공기를 다리 놓고 떨리지 않고는 두지 않는다.

봄이다. 봄이 왔다.

부드럽게 부는 조그만 바람이, 시꺼먼 조선 솔을 꿰며, 또는 돋아나는 풀을 스치고 지나갈 때의 그 음악은 다른 데서는 듣지 못할 아름다운 음악이다.

아아, 사람을 취케 하는 푸르른 봄의 아름다움이여! 열다섯 살부터의 동경(東京) 생활에 마음껏 이런 봄을 보지 못하였던 나는, 늘 이것을 보는 사람보다 곱 이상의 감명을 여기서 받지 않을 수 없다.

평양성 내에는, 겨우 툭툭 터진 땅을 헤치면 파릇파릇 돋아나는 나무새기와 돋아나려는 버들의 어음으로 봄이 온 줄 알 뿐, 아직 완전히 봄이 안 이르렀지만, 이 모란봉 일대와 대동강을 넘어 보이는 가나안 옥토를 연상시키는 장림(長林)에는 마음껏 봄의 정다움이 이르렀다.

그리고 또 꽤 자란 밀 보리들로 새파랗게 장식한 장림의 그 푸른 빛, 만족한 웃음을 띠고 그 벌에 서서 내다보는 농부의 모양은, 보지 않아도 생각할 수가 있다.

구름은 작고, 하늘을 날아다니는 모양이다. 그 밀 위에 비치었던 구름의 기름자는, 그 구름과 함께 저편으로 몰려가며, 거기는, 세계를 아까 만들어 놓은 것 같은 새로운 녹빛이 퍼져 나간다. 바람이나 조금 부는 때는 그 잘—자란 밀들은 물결과 같이, 누웠다 일어났다 일록일청(一綠一靑)으로 춤을 춘다. 그리고, 봄의 한가함을 찬송하는 솔개들은, 높은 하늘에서 동그라미를 그리면서, 더욱더 아름다운 봄에 향수를 부읏는다.

「다스한 봄정에 솟아나리다. 다스한 봄정에 솟아나리다.」

나는 두어 번 소리나게 읊은 뒤에 담배를 붙여 물었다. 담뱃내는 무럭무럭 하늘로 올라간다.

하늘에도 봄이 왔다.

하늘은 낮았다. 모란봉 꼭대기에 올라가면 넉넉히 만질 수가 있으리만큼 하늘은 낮다. 그리고 그 낮은 하늘보다는 오히려 더 높이 있는 듯한 분홍빛 구름은, 뭉글뭉글 엉기면서 이리저리 날아다닌다.

나는 이러한 아름다운 봄 경치에 이렇게 마음껏 봄의 속삭임을 들을 때는, 언제든 유토피아를 아니 생각할 수 없다. 우리가 시시각각으로 애를 쓰며 수고하는 것은── 그 목적은 무엇인가? 역시 유토피아 건설에 있지 않을까? 유토피아를 생각할 때는 언제든 그 '위대한 인격의 소유자'며 '사람의 위대함을 끝까지 즐긴' 진나라 시황〔秦始皇〕을 생각지 않을 수 없다.

우리가 어찌하면 죽지를 아니할까 하여, 소년 삼백을 배를 태워 불사약을 구하러 떠나 보내며, 예술의 사치를 다하여 아방궁을 지으며, 매일 신하 몇 천 명과 잔치로써 즐기며, 이리하여 여기 한 유토피아를 세우려던 시황은, 몇 만의 역사가가 어떻다고 욕을 하든, 그는 정말로 인생의 향락자이며, 역사 이후의 제일 큰 위인이라고 할 수가 있다. 그만한 순전한 용기 있는 사람이 있고야 우리 인류의 역사는 끝이 날지라도 한 사람을 가졌었다고 할 수 있다.

「큰 사람이었었다.」

하면서 나는 머리를 들었다.

이때다. 기자묘 근처에서 무슨 슬픈 음률이 봄 공기를 진동시키며 날아오는 것이 들렸다.

나는 무심코 귀를 기울였다.

〈영유 배따라기〉다. 그것도 웬만한 광대나 기생은 발꿈치에도 밀지 못하리만큼── 그만큼 그 배따라기의 주인은 잘 부르는 사람이었다.

비나이다. 비나이다.
산천후토 일월성신 하느님전 비나이다.
실낱 같은 우리 목숨 살려 달라 비나이다.
에——야, 어그여지야.

여기까지 이르렀을 때에 저편 아래 물에서 장고(長鼓) 소리와 함께 기생의 노래가 울리어 오며 배따라기는 그만 안 들리게 되었다. 나는 이 년 전 한여름을 영유서 지내 본 일이 있다. 배따라기의 본고장인 영유를 몇 달 있어 본 사람은 그 배따라기에 대하여 언제든 한 속절 없는 애처로움을 깨달을 것이다.

영유, 이름은 모르지만 ×산에 올라가서 내려다보면 앞은 망망한 황해이니, 그곳 저녁때의 경치는 한번 본 사람은 영구히 잊을 수가 없으리라. 불덩이 같은 커다란 시뻘건 해가, 남실남실 넘치는 바다에 도로 빠질 듯 도로 솟아오를 듯 춤을 추며, 거기서 때때로 보이지 않는 배에서 〈배따라기〉만 슬프게 날아오는 것을 들을 때엔 눈물 많은 나는 때때로 눈물을 흘렸다. 이로 보아서 어떤 원의 아내가 자기의 모든 영화를 낡은 신같이 내어던지고 뱃사람과 정처없는 물길을 떠났다 함도 믿지 못할 말이랄 수가 없다.

영유서 돌아온 뒤에도 그 〈배따라기〉는 내 마음에 깊이 새기어져 잊을 수가 없었고, 언제 한 번 다시 영유를 가서 그 노래를 한 번 더 들어 보고 그 경치를 다시 한 번 보고 싶은 생각이 늘 떠나지를 않았다.

장고 소리와 기생의 노래는 멎고, 배따라기만 구슬프게 날아온다. 결결이 부는 바람으로 말미암아 때때로는 들을 수가 없으되,

118

나의 기억과 곡조를 부합하여 들은 배따라기는 이 대목이다——

강변에 나왔다가
나를 보더니만,
혼비백산하여
꿈인지 생시인지
와르륵 달려들어
섬섬옥수로 붙여잡고,
호천망극 하는 말이
「하늘로서 떨어지며
땅으로서 솟아났나.
바람결에 묻어 오고
구름길에 쌔여 왔나.」
이리 서로 붙들고 울음 울 제,
인리 제인이며
일가 친척이 모두 모여,

여기까지 들은 나는 마침내 참지 못하고 벌떡 일어서서 소나무 가지에 걸었던 모자를 내려 쓰고, 그곳을 찾으러 모란봉 꼭대기에 올라섰다. 꼭대기는 좀더 노랫소리가 잘 들린다. 그는 배따라기의 맨 마지막, 여기를 부른다——

밥을 빌어서
죽을 쑬지라도
제발 덕분에
뱃놈 노릇은 하지 마라.
에——야, 어그여지야——

그의 소리로써 방향을 찾으려던 나는, 그만 그 자리에 섰다.

'어딘가? 기자묘? 혹은 을밀대?'

그러나 나는 오래 서 있을 수가 없었다. 어떻든 찾아보자 하고 현무문으로 가서 문밖에 썩 나섰다. 기자묘의 깊은 솔밭은 눈앞에 쫙 퍼진다.

'어딘가?'

나는 또 물어 보았다.

이때에 그는 또다시 배따라기를 시초부터 부른다. 그 소리는 왼편에서 온다.

왼편이구나 하면서, 소리 나는 곳을 더듬어서 소나무 틈으로 한참 돌다가, 겨우 기자묘치고는 그중 하늘이 넓고 밝은 곳에, 혼자서 뒹굴고 있는 그를 찾아내었다. 나의 생각한 바와 같은 얼굴이다. 얼굴, 코, 입, 눈, 몸집이 모두 네모나고— 그의 이마의 굵은 주름살과 시꺼먼 눈썹은, 고생 많이 함과 순진한 성격을 나타낸다.

그는 어떤 신사가 자기를 들여다보는 것을 보고, 노래를 그치고 일어나 앉는다.

「왜, 그냥 하지요.」

하면서 나는 그의 곁에 가 앉았다.

「머……」

할 뿐 그는 눈을 들어서 터진 하늘을 쳐다본다.

좋은 눈이었다. 바다의 넓고 큼이, 유감없이 그의 눈에 나타나 있다. 그는 뱃사람이라 나는 짐작하였다.

「잘하는구레.」

「잘해요?」

그는 나를 잠깐 보고, 사람 좋은 웃음을 띤다.

「고향이 영유요?」

「예, 머, 영유서 나기는 했디만, 한 이십 년 영윤 가보디두 않아

120

시요.」

「왜, 이십 년씩 고향엘 안 가요?」

「사람의 일이라니, 마음대루 됩데까?」

그는, 왜 그러는지, 한숨을 짓는다.

「거저, 운명이 데일 힘셉디다.」

운명의 힘이 제일 세다는 그의 소리에는, 삭이지 못할 원한과 뉘우침이 섞여 있다.

「그래요?」

나는 다만 그를 건너다볼 뿐이다.

한참 잠잠하니 있다가 나는 다시 말하였다──

「자, 노형의 경험담이나 한번 들어 봅시다. 감출 일이 아니면 한번 이야기해 보소.」

「머, 감출 일은……」

「그럼, 어디 들어 봅시다그려.」

그는 다시 하늘을 쳐다보았다. 그러나 좀 있다가,

「하디요.」

하면서 내가 담배를 붙이는 것을 보고 자기도 대에 담배를 붙여 물고 이야기를 끄내인다.

「십구 년 전 팔월 열하룻날 일인데요.」

하면서, 그가 이야기한 바는 대략 이와 같은 것이다.

그의 살던 마을은 영유 고을서 한 이십 리 떠나 있는, 바다를 향한 조그만 어촌이다. 그의 살던 조그만 마을(서른 집쯤 되는)에서는, 그는 꽤 유명한 사람이었었다.

그의 부모는 모두 열댓 났을 때 돌아갔고, 남은 사람이라고는 곁집에 딴살림하는 그의 아우 부처와 그 자기 부처뿐이었다. 그들 형제가 그 마을에서 제일 부자이고 또 제일 고기잡이를 잘하였고, 그중 글이 있었고, 배따라기도 그 마을에서 빼나게 그 형제가 잘 불렀다. 말하자면 그 형제가 그 동네의 대표적 사람이었었다.

팔월 보름은 추석 명절이다. 팔월 열하룻날 그는 명절에 쓸 장도 볼 겸, 그의 아내가 늘 부러워하는 거울도 하나 사올 겸 장으로 향하였다.

「당손네 집에 있는 것보다 큰 거이요. 닞디 말구요.」

그의 아내는 길까지 따라 나오면서 잊지 않도록 부탁하였다.

「안 닞어.」

하면서 그는 떠오르는 새빨간 햇빛을 앞으로 받으면서 자기 마을을 나섰다.

그는 아내를 (이렇게 말하기는 우습지만) 고와했다. 그의 아내는 촌에는 드물도록 연연하고도 예쁘게 생겼다. (그는 나에게 이렇게 말하였다—)

「성내(평양) 덴줏골(갈보촌)을 가두 그만한 거 쉽디 않가시요.」

그러니까 촌에서는, 그리고 그 당시에는 남에게 우습게 보이도록 그 내외의 사이는 좋았다. 늙은이들은 계집에게 혹하지 말라고 흔히 그에게 권고하였다.

부처의 새는 좋았지만— 아니, 오히려 좋으므로 그는 아내에게 시기를 많이 하였다. 그러고, 그의 아내는 시기를 받을 일을 많이 하였다. 품행이 나쁘다는 것이 아니라, 그의 아내는 대단히 쾌활한 성질로서 아무에게나 말 잘하고 애교를 잘 부렸다.

그 동네에서는 무슨 명절이나 되면, 집이 그중 정결함을 핑계 삼아 젊은이들은 모두 그의 집에 모이고 하였다. 그 젊은이들은 모두 그의 아내에게 '아즈마니'라 부르고, 그의 아내는 '아즈바니 아즈바니' 하며 그들과 지껄이고 즐기며, 그 웃기 잘하는 입에는 늘 웃음을 흘리고 있었다. 그럴 때마다 그는 한편 구석에서 눈만 힐끈거리며 있다가 젊은이들이 돌아간 뒤에는 불문곡직하고 아내에게 덤비어들어 발길로 차고 때리며, 이전의 사다 주었던 것을 모두 걷어 올린다. 싸움을 할 때에는 언제든 곁집에 있는 아우 부처가 말리러 오며, 그렇게 되면 언제든 그는 아우 부처까지 때려 주었다.

그가 아우에게 그렇게 구는 데는 이유가 있었다. ─그의 아우는, 촌사람에게는 다시 없도록 늠름한 위엄이 있었고, 맨날 바닷바람을 쏘였지만 얼굴이 희었다. 이것뿐도, 시기가 된다 하면 되지만, 특별히 아내가 그의 아우에게 친절히 하는 데 이르러서는, 그는, 억울하도록 시기를 하였다.

그가 영유를 떠나기 반년 전쯤─ 다시 말하자면 그가 거울을 사러 장에 갈 때부터 반년 전쯤 그의 생일날이었다. 그의 집에서는 음식을 차려서 잘 먹었는데, 그에게는 괴상한 버릇이 있었으니, 맛있는 음식은 남겨 두었다가 좀 있다 먹고 하는 것이 습관이었다. 그의 아내도 이 버릇은 잘 알 터인데 그의 아우가 점심때쯤 오니까, 아까 그가 아껴서 남겨 두었던 그 음식을 아우에게 주려 하였다. 그는 눈을 부릅뜨고 '못 주리라'고 암호를 하였지만 아내는 그것을 보았는지 못 보았는지 그의 아우에게 주어 버렸다. 그는 마음속이 자못 편치 못하였다. '트집만 있으면 이년을……' 그는 마음먹었다.

그의 아내는 시아우에게 상을 준 뒤에 물러 오다가 그만 그의 발을 조금 밟았다.

「이년!」

그는 힘껏 발을 들어서 아내를 냅다 찼다. 그의 아내는 상 위에 꺼꾸러졌다가 일어난다.

「이년, 사나이 발을 짓밟는 년이 어디 있어!」

「거 좀 밟아서 발이 부러텟쉐까?」

아내는 낯이 새빨개져서 울음 섞인 소리로 고함친다.

「이년! 말대답이……,」

그는 일어서서 아내의 머리채를 휘어잡았다.

「형님! 왜 이러십니까?」

아우가 일어서면서 그를 붙잡았다.

「가만 있거라, 이놈의 자식.」

하며, 그는 아우를 밀친 뒤에 아내를 되는 대로 내리찧었다.

「죽일 년, 이년! 나가거라!」

「죽여라, 죽여라! 난, 죽어도 이 집에선 못 나가!」

「못 나가?」

「못 나가디 않구. 뉘 집이게……」

이때다. 그의 마음에는 그 '못 나가겠다' 는 아내의 마음이 푹 들이박혔다. 그 이상 때리기가 싫었다. 우두커니 눈만 흘기고 있다가 그는,

「망할 년, 그럼 내가 나갈라.」

하고 그만 문밖으로 뛰어나와서,

「형님, 어디 갑니까?」

하는 아우의 말에는 대답도 안하고, 곁동네 탁주집으로 뒤도 안 돌아보고 가서, 거기 있는 술 파는 계집과 술상 앞에 마주앉았다.

그날 저녁, 얼근히 취한 그는 아내를 위하여 떡을 한 돈 어치 사가지고 집으로 돌아왔다. 이리하여 또 서너 달은 평화가 이르렀다. 그러나 이 평화가 언제까지든 계속될 수가 없었다. 그의 아우로 말미암아 또 평화는 쪼개져 나갔다.

오월 초승부터 영유 고을 출입이 잦던 그의 아우는 오월 그믐께부터는 고을서 며칠씩 묵어 오는 일이 많았다. 함께, 고을에 첩을 얻어 두었다는 소문이 퍼졌다. 이 소문이 있은 뒤는 아내는 그의 아우가 고을 들어가는 것을 벌레보다도 더 싫어하고, 며칠 묵어서 오는 때면 곧 아우의 집으로 가서 그와 담판을 하며, 심지어 동서되는 아우의 처에게까지 못 가게 하지 않는다고 싸우는 일이 있었

다. 칠월 초승께 그의 아우는 고을에 들어가서 열흘쯤 묵어 온 일
이 있었다. 이때도 전과 같이 그의 아내는 그의 아우며 제수와 싸
우다 못하여 마침내 그에게까지 와서 아우가 그런 못된 데를 다니
는 것을 그냥 둔다고 해보자 한다. 그 꼴을 곱게 보지 않았던 그는
첫 마디로 고함을 쳤다—

「네가 상관이 무에가? 듣기 싫다.」

「못난둥이, 아우가 그런 델 댕기는 걸 말리디두 못하고!」

분김에 이렇게 그의 아내는 고함쳤다.

「이년, 무얼?」

그는 벌떡 일어섰다.

「못난둥이!」

그 말이 채 끝나기 전에 그의 아내는 앓 소리와 함께 그 자리에
꺼꾸러졌다.

「이년! 사나이에게 그 따윗 말버릇 어디서 배완!」

「에미네 때리는 건 어디서 배왔노! 못난둥이!」

그의 아내는 울음 소리로 부르짖었다.

「샹년, 그냥? 나갈! 우리 집에 있디 말구 나갈!」

그는 내리찧으면서 부르짖었다. 그리고 아내를 문을 열고 밀쳤다.

「나가디 않으리!」

하고 그의 아내는 울면서 뛰어나갔다.

「망할 년!」

토하는 듯이 중얼거리고 그는 그 자리에 주저앉았다.

그의 아내는 해가 져서 어두워져도 돌아오지 않았다. 일단 내어
쫓기는 하였지만 그는 아내의 돌아옴을 기다리고 있었다. 어두워져
서도 그는 불도 안 켜고, 성이 나서 우들우들 떨면서 아내의 돌아
오기를 기다렸다. 그러나 그의 아내의 참 기쁜 듯이 웃는 소리가
그의 아우의 집에서 밤새도록 울리었다. 그는 움쩍도 안하고 그 자

리에 앉아서 밤을 새운 뒤에 새벽 동 터올 때 아내와 아우를 죽이려고 부엌에 가서 식칼을 가지고 들어와서 문을 벌컥 열었다.

그의 아내로서 만약 근심스러운 얼굴을 하고 그 문밖에 우두커니 서서 문을 들여다보고 있지 않았더면, 그는 아내와 아우를 죽이고야 말았으리라.

그는 아내를 보는 순간, 마음에 가득 차는 사랑을 깨달으면서 칼을 내던지고 뛰어나가서 아내의 머리채를 휘어잡고, 이년 하면서 들어와서 뺨을 물어뜯으면서 함께 이리저리 자빠져서 뒹굴었다.

이리하여 평화는 또 이르렀다—

그런 이야기를 다하려면 끝이 없으되, 다만 '그' '그의 아내' '그의 아우' 세 사람의 삼각 관계는 대략 이와 같았다……

각설—

거울은 마침 장에 맞는 것이 있었다. 지금 것과 대보면 어떤 때는 코도 크게 보이고 입이 작게도 보이는 것이지만, 그 당시에는 그리고 그런 촌에서는 둘도 없는 귀물이었었다. 거울을 사가지고 장을 본 뒤에 그는 이 거울을 아내에게 주면 그 기뻐할 모양을 생각하며 새빨간 저녁 햇빛을 받는, 넘치는 듯한 바다를 안고 자기 집으로, 늘 들러 오던 탁주집에도 안 들러서 돌아왔다.

그러나 그가 그의 집 방안에 들어설 때에는 뜻도 안하였던 광경이 그의 눈에 벌리어 있었다.

방 가운데는 떡상이 있고, 그의 아우는 수건이 벗어져서 목 뒤로 늘어지고, 저고리 고름이 모두 풀어져 가지고 한편 모퉁이에 서 있고, 아내도 머리채가 모두 뒤로 늘어지고, 치마가 배꼽 아래 늘어지도록 되어 있으며, 그의 아내와 아우는 그를 보고 어찌할 줄을 모르는 듯이, 움쩍도 안하고 서 있었다.

세 사람은 한참 동안 어이가 없어서 서 있었다. 그러나 좀 있다가 마침내 그의 아우가 겨우 말했다—

「그놈의 쥐, 어디 갔나?」

「흥! 쥐? 훌륭한 쥐 잡댔구나!」

그는 말을 끝내지도 않고, 짐을 벗어 던지고, 뛰어가서 아우의 멱살을 끌어 잡았다.

「형님! 정말 쥐가 ─」

「쥐? 이놈, 형수와 그런 쥐 잡는 놈 어디 있니?」

그는 아우를 따귀를 몇 대 때린 뒤에 등을 밀어서 문밖에 내던 졌다. 그런 뒤에 이제 자기에게 이를 매를 생각하고 우들우들 떨면 서 아랫목에 서 있는 아내에게 달려들었다.

「이년! 시아우와 그르는 년이 어디 있어!」

그는 아내를 꺼꾸려치고 함부로 내리찧었다.

「정말 쥐가…… 아이 죽겠다!」

「이년! 너두 쥐? 죽어라!」

그의 팔다리는 함부로 아내의 몸 위에 오르내렸다.

「아이, 죽갔다. 정말 아까 적오니²⁾가 왔게 떡 먹으라구 내놓았더 니……」

「듣기 싫다! 무슨 잔소릴……」

「아이, 아이, 정말이야요. 쥐가 한 마리 나……」

「그냥 쥐?」

「쥐 잡을래다가……」

「샹년 죽어라! 물에래두 빠데 죽얼!」

그는 실컷 때린 뒤에, 아내도 아우처럼 등을 밀어 쫓았다. 그 뒤 에 그의 등으로,

「고기 배때기에 장사해라!」

하고 토하였다.

분풀이는 실컷 하였지만, 그래도 마음 속이 자못 편치 못하였다. 그는 아랫목으로 가서, 바람벽을 의지하고 실신한 사람같이 우두커

니 서서 떡상만 들여다보고 있었다.

한 시간…… 두 시간……

서편으로 바다를 향한 마을이라 다른 곳보다는 늦게 어둡지만 그래도 술시(戌時)쯤 되어서는 깜깜하니 어두웠다. 그는 불을 켜려고 바람벽에서 떠나 성냥을 찾으러 돌아갔다.

성냥은 늘 있던 자리에 있지 않았다. 그래서 여기저기 뒤적이노라니까, 어떤 낡은 옷뭉치를 들칠 때에 문득 쥐 소리가 나면서 무엇이 후덕덕 뛰어나온다. 그리하여 저편으로 기어서 도망한다.

「역시 쥐댔구나!」

그는 조그만 소리로 부르짖었다. 그리고 그만 그 자리에 맥없이 덜썩 주저앉았다.

아까 그가 보지 못한 때의 광경이 활동 사진과 같이 그의 머리에 지나갔다.

아우가 집에를 온다. 아우에게 친절한 아내는 떡을 먹으라고 아우에게 떡상을 내놓는다. 그때에 어디선가 쥐가 한 마리 뛰어나온다. 둘(아우와 아내)이서는 쥐를 잡노라고 돌아간다. 한참 성화시키던 쥐는 어느 구석에 숨어 버린다. 그들은 쥐를 찾느라고 두룩거린다. 그럴 때에 그가 들어선 것이다.

「샹년, 좀 있으믄 안 들어오리……」

그는 억지로 마음먹고 그 자리에 드러누웠다.

그러나 아내는 밤이 가고 날이 밝기는커녕 해가 중천에 올라도 들어오지를 않았다. 그는 차차 걱정이 나서 찾아보러 나섰다.

아우의 집에도 없었다. 동네를 모두 찾아보아도 본 사람도 없다 한다.

그리하여, 낮쯤 한 삼사 리 내려가서 바닷가에서 겨우 아내를 찾기는 찾았지만, 그 아내는 이전 같은 생기로 찬 산 아내가 아니요, 몸은 물에 불어서 곱이나 크게 되고, 이전에 늘 웃음을 흘리던 예뿐 입에는 더품³⁾을 잔뜩 물은 죽은 아내였다.

그는 아내를 업고 집으로 오기까지는 정신이 없었다.

이튿날 간단하게 장사를 하였다. 뒤에 따라오는 아우의 얼굴에는

'형님, 이게 웬일이오니까?'

하는 듯한 원망이 있었다.

장사를 지낸 이튿날부터 아우는 그 조그만 마을에서 없어졌다. 하루 이틀은 심상히 지냈지만, 닷새가 지나도 아우는 돌아오지 않았다. 그래서 알아보니까, 꼭 그의 아우같이 생긴 사람이 오류 일전에 멧산 자 보따리를 하여 진 뒤에, 시뻘건 저녁해를 등으로 받고 더벅더벅 동편으로 가더라 한다. 그리하여 열흘이 지나고 스무날이 지났지만, 한번 떠난 그의 아우는 돌아올 길이 없었고, 혼자 남은 아우의 아내는 매일 한숨으로 세월을 보내게 되었다.

그도 이것을 잠자코 보고 있을 수가 없었다. 그 불행의 모든 죄는 그에게 있었다.

그도 마침내 뱃사람이 되어, 적으나마 아내를 삼킨 바다와 늘 접근하여 가는 곳마다 아우의 소식을 알아보려고 어떤 배를 얻어 타고 물길을 나섰다.

그는 가는 곳마다 아우의 이름과 모습을 말하여 물었으나 아우의 소식은 알 수가 없었다.

이리하여 꿈결같이 십 년을 지내서 구 년 전 가을, 탁탁히 낀 안개를 꿰며 연안(延安) 바다를 지나가던 그의 배는, 몹시 부는 바람으로 말미암아 파선을 하여 벗 몇 사람은 죽고, 그는 정신을 잃고 물 위에 떠돌고 있었다.

그가 겨우 정신을 차린 때는 밤이었다. 그리고 어느덧 그는 물 위에 올라와 있었고, 그를 말리느라고 새빨갛게 피워 놓은 불빛으로 자기를 간호하는 아우를 보았다.

그는 이상하게 놀라지도 않고, 천연하게 물었다.

「너 , 어디케[4] 여게 완?」

아우는 잠자코 한참 있다가 겨우 대답하였다—

「형님, 거저 다 운명이외다.」

따뜻한 불기운에 깜빡 잠이 들려다가 그는 화닥닥 깨면서 또 말하였다—

「십 년 동안에 되게 파랬구나.[5]」

「형님, 나두 변했거니와 형님두 몹시 늙으셨쉐다.」

이 말을 꿈결같이 들으면서 그는 또 혼혼히 잠이 들었다. 그리하여 두어 시간, 꿀보다도 단 잠을 잔 뒤에 깨어 보니 아까같이 빨간 불은 피어 있지만 아우는 어디로 갔는지 없어졌다. 곁의 사람에게 물어 보니까 아까 아우는 형의 얼굴을 물끄러미 들여다보고 있다가 새빨간 불빛을 등으로 받으면서, 더벅더벅 아무 말없이 어둠 가운데로 사라졌다 한다.

이튿날 아무리 알아보아야 그의 아우는 종적이 없어지고 알 수 없으므로, 그는 하릴없이 다른 배를 얻어 타고 또 물길을 나섰다. 그리하여 그의 배가 해주에 이르렀을 때, 그는 해주 장에 들어가서 무엇을 사려다가, 저편 맞은편 가게에 얼핏 그의 아우와 같은 사람이 있으므로 뛰어가서 보니 그는 벌써 없어졌다. 배가 해주에는 오래 머물지 않으므로 그는 마음은 해주에 남겨 두고, 또다시 바닷길을 떠났다.

그 뒤에 삼 년을 이리저리 돌아다녔어도 아우는 다시 볼 수가 없었다.

그리하여 삼 년을 지내서 지금부터 육 년 전에, 그의 탄 배가 강화도를 지날 날에, 바다로 향한 가파로운 뫼켠에서 바다를 향하여 날아오는 〈배따라기〉를 들었다. 그것도 어떤 구절과 곡조는 그의 아우 특식으로 변경된— 그의 아우가 아니면 부를 사람이 없는, 그 〈배따라기〉이다.

130

배가 강화도에는 머무르지 않아서 그저 지나갔으나, 인천서 열흘쯤 머무르게 되었으므로, 그는 곧 내려서 강화도로 건너가 보았다. 거기서 이리저리 찾아다니다가, 어떤 조그만 객주집에서 물어 보니, 이름도 그의 아우요, 생긴 모습도 그의 아우인 사람이 묵어 있기는 하였으나, 사나흘 전에 도로 인천으로 갔다 한다. 그는 곧 돌아서서 인천으로 건너와서 찾아보았지만, 그 조그만 인천서도 그의 아우를 찾을 바이 없었다.

그 뒤에 눈 오고 비 오며 육 년이 지났지만, 그는 다시 아우를 만나 보지 못하고 아우의 생사까지도 알 수가 없었다.

말을 끝낸 그의 눈에는 저녁해에 반사하여 몇 방울의 눈물이 반짝인다.

나는 한참 있다가 겨우 물었다——

「노형 계수는?」

「모르디요, 이십 년을 영유는 안 가봤으니깐요.」

「노형은 이제 어디루 갈 테요?」

「것두 모르디요. 덩처가 있나요? 바람 부는 대로 몰려 댕기디요.」

그는 다시 한 번 나를 위하여 배따라기를 불렀다. 아아, 그 속에 잠겨 있는 삭이지 못할 뉘우침, 바다에 대한 애처로운 그리움.

노래를 끝낸 다음에 그는 일어서서 시뻘건 저녁해를 잔뜩 등으로 받고, 을밀대로 향하여 더벅더벅 걸어갔다. 나는 그를 말릴 힘이 없어서 멀거니 그의 등만 바라보고 앉아 있었다.

그날 밤, 집에 돌아와서도 그 배따라기와 그의 숙명적 경험담이 귀에 쟁쟁히 울리어서 잠을 못 이루고 이튿날 아침 깨어서 조반도 안 먹고 기자묘로 뛰어가서 또다시 그를 찾아보았다. 그가 어제 깔고 앉았던 풀은 모두 한편으로 누워서 그가 다녀감을 기념하되 그는 그 근처에 보이지 않았다. 그러나— 그러나 배따라기는 어디선가 쟁쟁히 울리어서 모든 소나무들을 떨리지 않고는 안 두겠다는 듯이 날아온다.

「모란봉이다, 모란봉에 있다.」

하고 나는 한숨에 모란봉으로 뛰어갔다. 모란봉에는 사람이 하나도 없다. 부벽루에도 없다.

「을밀대다.」

하고 나는 다시 을밀대로 갔다. 을밀대에서 부벽루를 연한, 지옥까지 연한 듯한 골짜기에 물 한 방울을 안 새이리라고 빽빽이 난 소나무의 그 모든 잎잎은— 떨리는 배따라기를 부르고 있지만, 그는 여기도 있지 않다. 기자묘의 하늘을 향하여 퍼져 나간 그 모든 소나무의 천만의 잎잎도, 그 아래쪽 퍼진 천만의 풀들도 모두 그 배따라기를 슬프게 부르고 있지만, 그는 이 조그만 모란봉 일대에서 찾을 수가 없었다.

강가에 나가서 알아보니 그의 배는 오늘 새벽에 떠났다 한다. 그 뒤에 여름과 가을이 가고 일년이 지나서 다시 봄이 이르렀으되, 잠깐 평양을 다녀간 그는 그 숙명적 경험담과 슬픈 배따라기를 두었을 뿐, 다시 조그만 모란봉에 나타나지 않는다.

모란봉과 기자묘에 다시 봄이 이르러서, 작년에 그가 깔고 앉아서 부러졌던 풀들도 다시 곧게 대가 나서 자줏빛 꽃이 피려 하지만, 끝없는 뉘우침을 다만 한낱 〈배따라기〉로 하소연하는 그는 이 조그만 모란봉과 기자묘에서 다시 볼 수가 없었다. 다만 그가 남기고 간 〈배따라기〉만 추억하는 듯이 기념하는 듯이 모든 잎잎이 속삭이고 있을 따름이다.

《창조》 9호, 1921.6》

태

형

태형(笞刑)
—己未 獄中記의 —節—

*   *   *

「기쇼오〔起床〕!」

잠은 깊이 들었지만 조급하게 설렁거리는 마음에 이 소리가 조그맣게 들린다. 나는 한순간 화닥닥 놀래어 깨었다가 또다시 잠이 들었다.

「여보, '기쇼'야, 일어나오.」

곁의 사람이 나를 흔든다. 나는 돌아누웠다. 이리하여 한 초, 두 초, 꿀보다도 달은 잠을 즐길 적에 그 사람은 또 나를 흔든다——

「잠 깨구 일어나소.」

「누굴 찾소?」

이렇게 나는 물었다. 머리는 또다시 나락의 밑으로 미끄러져 들어간다.

「그러디 말구 일어나요. 지금 오(五)방 뎅껭〔點檢〕함넨다.」

「여보, 십 분 동안만 제발 더 자게 해주.」

「그거야 내가 알갔소? 간수한테 들키믄 당신 혼나갔게 말이디.」

「에이! 누가 남을 잠도 못 자게 해. 난 잠들은 지 두 시간두 못 됐구레. 제발 조금만 더……」

이 말이 맺기 전에 나의 넓은 침실과 그 머리맡의 담배를 걸핏 보면서, 나는 또다시 혼혼히 잠이 들었다. 그때에 문득 내게 담배를 한 꼬치 주는 사람이 있으므로 그 담배를 먹으려 할 때에, 아까 그 사람(나를 흔들던 사람)은 또다시 나를 흔든다—

「기쇼 불렀소. 뎅꼉꺼정 해요. 일어나래두……」

「여보, 이제 남 겨우 또 잠들었는데 깨우긴 왜…… 」

「뎅꼉해요.」

나는 벌컥 역정을 내었다—

「뎅꼉이면 어떻단 말이오! 그래 노형 상관 있소?」

「그만둡시다. 그러나 일어나 나오.」

「남 이제 국수 먹구 담배 먹는 꿈꾸댔는데……」

이 말을 하려던 나는 생각만 한 뿐 또다시 잠이 들었다. 또 한 초, 두 초, 단꿈에 빠지려던 나는 곁방에서 들리는 제걱거리는 칼 소리와 문을 덜컥덜컥 여는 소리에 펄떡 놀라서 일어나 앉았다. 그러나 온몸을 취케 하던 졸음은 또다시 머리를 덮는다. 나는 무릎을 안고, 머리를 묻은 뒤에 또다시 잠이 들었다. 또 한 초, 두 초, 시간은 흐른다. 덜컥! 마침내 우리 방문을 여는 소리가 났다. 나는 갑자기 굴복을 하고 머리를 들었다. 이미 잘 아는 바이거니와, 한 초 전에 무거운 잠에 취하였던 사람이라고는 생각 안되도록 긴장된다.

덜컥 하는 소리와 함께 문이 열리며, 간수가 서넛 들어섰다.

「뎅꼉.」

다섯 평이 좀 못 되는 방에는 너무 크지 않나 생각되는 우렁찬 소리가 울리우며, 경험으로 말미암아 숙련된 흐르는 듯한 (우리의 대명사인) 번호가 불리운다. 몇 호, 몇 호, 이렇게 흐르는 듯이 불러 오던 간수 부장은 한 번호에 멎었다.

「나나햐꾸나나쥬용 고(774호).」

아무 대답이 없다.

「나나햐꾸나나쥬용 고.」

자기의 대명사 ─ 더구나 일본말로 부르는 것을 알아듣지 못한 칠백칠십사 호의 영감(곧 내 뒤에 앉은)은 역시 아무 대답이 없었다. 나는 참다 못하여 그를 꾹 찔렀다. 놀래서 덤비는 대답이 그때야 겨우 들렸다 ─

「예, 하이.」

「나제 하야꾸 헨지오 시나이(왜 빨리 대답을 안하나)? 이리 나와!」

이렇게 부장은 고함쳤다. 그러나 영감은 가만 있었다. 고요한 가운데 소리 하나 없다.

「이리 오너라!」

두 번째의 소리가 날 때에 영감은 허리를 구부리고 그의 앞에 갔다. 한순간 공기를 헤치는 날카로운 소리와 함께, 이것 역시 경험 때문에 손익게 된 솜씨인, 드는 손 보이지 않는 채찍은 영감의 등에 나리었다.

영감은 가만 있었다. 그러나 눈에는 눈물이 있었다. 칠백칠십사 호 뒤의 번호들이 불리운 뒤에, 정신 차리라는 책망과 함께 영감은 자기 자리에 돌아오고 감방 문은 다시 닫혔다.

이상한 일이거니와 한 사람이 벌을 받으면 방안의 전체가 떨린다. (공분이라든가 동정이라든가는 결코 아니다) 몸만 떨릴 뿐 아니라 염통까지 떨린다. 이 떨림을 처음 경험한 것은 경찰서에서 세 시간을 연하여 맞은 뒤에 구류실에 들어가서 두 시간을 사시나무 떨 듯 떨던 때이었다. 죽지나 않나까지 생각되었다. (지금은 매일 두세 번씩 당하는 현상이거니와 ……)

방은 죽음의 방같이 소리 하나 없다. 숨도 크게 못 쉬인다. 누구나 곁을 보면 거기는 악마라도 있는 것처럼 보려도 안한다. 그들에게 과연 목숨이 남아 있는지?

　좀 있다가 점검이 끝났는지, 간수들의 발소리가 도로 우리 방 앞을 지나갔다. 그때에 아까 그 영감의 조그만 소리가 겨우 침묵을 깨뜨렸다——

　「집엔, 그 녀석(간수)보담 나이 많은 아들이 두 녀석이나 있쉐다 가레……」

　　　　　＊　　　　＊　　　　＊

　덥다.

　몇 도(度)인지, 백십 도, 혹은 그 이상인지도 모르겠다.

　매일 아침 경험하는 바와 같이 동쪽 하늘에 떠오르는 해를 '저 해가 이제 곧 무르녹일 테지' 생각하면 그 예언을 맞추려는 듯이 해는 어느덧 방안을 무르녹인다.

　다섯 평이 좀 못 되는 이 방에 처음에는 스무 사람이 있었지만, 몇 방을 합칠 때에 스물여덟 사람이 되었다. 그때에 이를 어찌하노 하였다. 진남포 감옥에서 공소로 넘어온 사람까지 서른네 사람이 되었을 때에 우리는 한숨을 쉬었다. 그러나 신의주와 해주 감옥에서 넘어온 사람까지 하여 마흔한 사람이 될 때에 우리는 한숨도 못 쉬었다. 혀를 채었다.

　곧 추녀 끝에 걸린 듯한 뜨거운 해는 끊임없이 더위를 보낸다. 몸 속에 어디 그리 물이 많았던지 아침부터 계속하여 흘린 땀이 그냥 멎지 않고 흐른다. 한참 동안 땀에 힘없이 앉아 있던 나는, 마지막 힘을 내어 담벽을 기대고 흐늘흐늘 일어섰다. 지옥이었다. 빽빽이 앉은 사람들은 모두들 힘없이 머리를 늘이우고 입을 송장같이 벌리고, 흐르는 침과 땀을 씻을 생각도 안하고 먹먹히 앉아 있다. 둥그렇게 구부러진 허리, 맥없이 무릎 위에 놓인 손, 뚱뚱 부은 시퍼런 얼굴에 힘없이 벌어진 입, 정기 없는 눈, 흩어진 머리와 수염, 모든 것이 죽은 사람이다. 이것이 과연 아침에 세면소까지 뛰어갔으며 두 시간 전에 점심을 먹느라고 움직인 사람들인가? 나의 곤하여 둔하게 된 감각에도 눈이 쓰린 역한 내음새가 쏜다.

그들은 무얼 하러 여기 왔나? 바람 불고 잘 자리 있고 담배 있는 저 세상에서 무얼 하러 여기 왔나? 사랑스러운 손주가 있는 사람도 있겠지. 이쁜 아내가 있는 사람도 있겠지. 제가 벌어 먹이지 않으면 굶어 죽을 어머니가 있는 사람도 있겠지. 그리고 그들은 자유로 먹고, 마시고, 바람을 쏘이고 자유로 자고 있었을 테다. 그렇던 그들이 어떤 요구로 여기를 왔나?

그러나 지금의 그들의 머리에는, 독립도 없고, 민족 자결도 없고, 자유도 없고, 사랑스러운 아내나 아들이며 부모도 없고, 또는 더위를 깨달을 만한 새로운 신경도 없다. 무거운 공기와 더위에게 괴로움받고 학대받아서, 조그맣게 두개골 속에 웅크리고 있는 그들의 피곤한 뇌에 다만 한 가지의 바람이 있다 하면, 그것은 냉수 한 모금이었다. 나라를 팔고 고향을 팔고 친척을 팔고 또는 뒤에 이를 모든 행복을 희생하여서라도 바꿀 값이 있는 것은 냉수 한 모금밖에는 없었다.

즉 그때에 걸핏 떠오른 것은(때때로 당하는 현상이거니와) 쫄쫄쫄 흐르는 샘물과 표주박이었다.

「한잔만 먹여 다고, 제발……」

나는 누구에게 비는지 모르게 빌었다. 그리고 힘없는 눈을 또다시, 몸과 몸이 서로 닿아 썩어서 몸에는 종기 투성이요, 전 인원의 십분의 칠은 옴쟁이인 무리로 향하였다. 침묵의 끝없는 시간은 그냥 흐른다.

나는 도로 힘없이 앉았다.

「에, 더워 죽겠다!」

마지막 '죽겠다'는 구(句)는 똑똑히 들리지 않도록 누가 토하는 듯이 말하였다. 그러나 아무도 거기 대꾸할 용기가 없는지, 또 끝없는 침묵이 연속된다.

머리나 몸 가운데 어느 것이든 노동하지 않고는 사람은 못 사는 것이다. 그 사람들이, 몇 달 동안을 머리를 쓸 재료가 없이, 몸을 움직일 틈이 없이 지내 왔으니 어찌 견딜 수가 있을까? 그것도 이 더위에……

더위는 저녁이 되어가며 차차 더하여진다. 모든 세포는 개개의 목숨을 가진 것 같지, 더위에 팽창한 몸의 한 부분이라고는 생각할 수가 없었다. 무겁고 뜨거운 공기가 허파에 들어갔다 나올 때마다 더위는 더하여진다. 이러고야 어찌 열병 환자가 안 날까?

닷새 전에 한 사람 병감으로 나가고, 그저께 또 한 사람 나가고, 오늘 또 두 사람이 앓고 있다.

우리는 간수가 와서 병인을 병감으로 데리고 나갈 때마다, 부러운 눈으로 그들을 보았다. 거기는 한 방에 여남은 사람밖에는 두지 않았다. 그리고 그들에게는 '물' 약을 주었다. 뿐만 아니라, 그들은 맑은 공기를 마실 기회가 있었다.

*   *   *

「오늘이 일요일이지요?」

나는 변기에 올라 앉아서 어두운 전등빛에 이를 잡으면서 곁에 서 있는 사람에게 물었다. (우리는 하룻밤을 삼분하고, 사람을 삼분하여, 번갈아 잠을 자고, 남은 사람은 서서 기다리기로 하였다)

「내니 암네까? 좋은 팁네다만, 삼일날인디 주일날인디……」

종소리는 그냥 뗑― 뗑― 고요한 밤하늘에 울리어 온다. 그것은 마치 '여기는 자유로 냉수를 마시고 넓은 자리에서 잘 수 있는 사람이 있다'는 것처럼……

「사람의 얼굴이 좀 보고 싶어서……」

「그래요. 정 사람의 얼굴이 보구파요.」

「종소리 나는 저 세상엔 물두 있을 테지. 넓은 자리두 있을 테지. 바람두, 바람두, 불 테지……」

이렇게 나는 혼자 중얼거렸다.

「물? 물? 여보 말 마오. 나두 밖에 있을 땐 목마르믄 물도 먹고, 넓은 자리에서 잔 사람이외다.」

그는 성가신 듯이 외면을 한다.

그 말을 듣고 보니 나도 밖에 있을 때는 자유로 물을 먹었다. 자유로 버드렁거리며 잤다. 그러나 그것은 지나간 옛적의 꿈과 같이 머리에 남아 있을 뿐이다.

「아이쓰크림두 있구.」

이번은 이편의 젊은 사람이 나를 꾹 찔렀다.

「아이쓰크림? 그것만? 여보, 그것만? 내겐 마누라도 있소. 뜰의 유월도(六月桃)두 거반 익어 갈 때요.」

나는 이렇게 말하였다. 즉 아까 영감이 성가신 듯이 도로 나를 보며 말한다 ──

「마누라? 여보 젊은 사람이 왜 그리 철없는 소리만 하오? 난 아들이 둘씩이나 있었소.

삼월 아드렛날 멧골짜기에서 만세 부를 때, 집안이 통 떨테 나서 불렀소구레. 그르누래는데 툭탁툭탁 총소리가 나더니 데켄 앞에 있든 맏이가 꼬꾸러딥데다가레. 그래서 그리루 가볼래는데 이번은 넢에 있던 둘째두 또 꼬꾸러디디요. 한꺼번에 아들 둘을 잡아먹구……

그래서 정신없이 덤비누래니껀…… 음! 그런데 노형은 마누라? 마누라가 대테 무어이요.」

「그래 어찌됐소?」

나는 그냥 이를 잡으면서 물었다.

「내가 알갔소? 난 곧 잽헤 왔으니긴. 밥두 차입(差入) 안하구 옷두 안보내는 걸 보느낀 죽었나 뭬다.」

「난 어디카구.」

이번은 한 서너 사람 격하여 있는 마흔아믄 난 사람이 말을 시작하였다——

「그날 자꾸 부르구 있누래니긴, 그 헌병놈들이 따라옵데다. 그래서 도망덜해서 뫼기슭꺼정은 갔는데 뒤를 보아야 더 뛸 데가 없습데다가레. 궁한 쥐, 괭이게 달려든다구 할 수 있습데까? 맞받아 나갔디요. 그르닝긴 총을 놓기 시작하는데 그러구 여게서 하나 더게서 하나 푹푹 된장독 넘어디덧 꼬꾸라디는데……」

그는 여기서 잠깐 말을 멈추고 그때 일을 생각하는 듯하더니 다시 말을 시작한다——

「그르누래는데 우리 아우가 맞아 넘어집데다가레. 그래서 뒤집어 업구 도망할래는데 고만 나두 맞아 넘어졌지요. 정신을 차리닝긴 밤중인데, 들어 춥기만 합데다. 움쭉을 못하갔는걸, 계와, 벌벌 기어서 좀 가누라닝긴 웅성웅성하는 사람 소리가 나갔디요. 아, 사람의 소릴 들으니끼 맥이 푹 풀리는데, 고만 쓰러데서 움쭉을 못하갔시요. 그래서 가만 있누라니끼, 발자국 소리가 가까와 오믄성 '여게두 죽은 넘 하나 있군' 하더니 날 툭 찹데다가레. 그래서 않는 소릴 하니긴 죽디 않았다구 들것에다가 담는데, 그때 보느긴 헌병덜이야. 사람이 막다른 골에 들믄 죽디 않게 났습데다. 약질두 안하구 그대루 내버려둔 거이 이진 다 나아시요.」

하며 그가 피투성이의 저고리 자락을 들치니까 거기는 다 나은 흐므러진 총알 자리가 있다.

「난 우리 아바진 (난 맹산서 와시요) 우리 아바진 헌병대 구류당에서 총 맞아 없어서요. 50인이나를 구류당에 몰아 넣구 기관총으

144

루…… 도죽놈들!」

서 있기로 된 사이에는 한담이며 회고담들이 사괴어졌다.

그러나 우리들(자지 않고 서서 기다리기로 한 사람들) 가운데도 벌써 잠이 들은 사람이 꽤 많았다. 서서 자는 사람도 있다. 변기 위 내 곁에 앉았던 사람도 끄덕끄덕 졸다가 툭 변기에서 떨어졌다. 떨어진 그대로 잔다. 아래 깔린 사람도 송장이 아닌 증거로는 한두 번 다리를 버둥거린 뿐 그냥 잔다.

나도 어느덧 잠이 들었는지 모르겠다. 가슴이 답답하여 깨니까 (매일 밤 여러 번씩 겪는 현상이거니와) 내 가슴과 머리는 온통 남의 다리(수십 개의) 아래 깔려 있다. 그것들을 움으적움으적 겨우 뚫고 일어나서, 그냥 어깨에 걸려 있는 몇 개의 남의 다리를 치워 버리고 무거운 김을 배앝았다.

다리 진열장이었었다. 머리와 몸집은 어디 갔는지 방안에 하나도 안 보이고, 다리만 몇 겹씩 포개이고 포개이고 하여 있다. 저편 끝에서 다리가 하나 버드렁거리는가 하면, 이편 끝에서는 두 다리가 움질움질하고…… 그것도 송장의 것과 같은 시퍼런 다리를. 이, 사람의 세계를 멀리 떠난 그들에게도 사람과 같이 꿈이 꾸어지는지 (냉수 마시는 꿈이라도 꾸는지 모르겠다) 때때로 다리들 틈에서 꿈소리가 나온다.

아아, 그들도 집에 돌아만 가면 빈약하나마 자기 잘 자리는 넉넉할 것을……

저편 끝에서 다리가 열여덟 개 들썩들썩하더니 그 틈으로 머리가 하나 쑥 나오다가 긴 숨을 내어쉬고 도로 다리 속으로 스러진다.

그것을 어렴풋이 본 뒤에 나도 자려고 맥난 몸을 남의 다리에 기대었다.

＊　　　　＊　　　　＊

　아침 세수를 할 때마다 깨닫는 것은, 나는 결코 파래지[1] 않았다
는 것이었다. 부었는지 살쪘는지는 모르지만, 하루 종일 더위에 녹
고 밤새도록 졸음과 땀에게 괴로움받은 얼굴을 상쾌한 찬물로 씻을
때마다 깨닫는 바가 이것이다. 거울이 없으니 내 얼굴은 알 수 없
고 남의 얼굴은 점진적(漸進的)이니 모르지만 미끄러운 땀을 씻고
보등보등한 뺨을 만져 볼 때마다 나는 결코 파래지 않았다는 것을
깨닫는다. 그리고 이 세수 뒤의 두세 시간이 우리들의 살림 가운데
는 그중 값이 있는 시간이며 그중 사람 비슷한 살림이었다. 이때뿐
이 눈에는 빛이 있고 얼굴에는 산 사람의 기운이 있었다. 심지어는
머리도 얼마간 동작하며 혹은 농담을 하는 사람까지 생기게 된다.
좀(단 몇 시간만) 지나면, 모든 신경은 마비되고, 머리를 늘이우고,
떠도 보지를 못하는 눈을 시리감고, 끓는 기름과 같이 숨을 헐떡거
릴 사람과 이 사람들 새에는 너무 간격이 있었다.

「이따는 또 더워질 테지요?」

　나는 곁의 사람에게 이렇게 말하였다.

「더워요? 덥긴 왜 더워? 이것 보구려. 오히려 추운 편인데……」

　그는 엄청스럽게 몸을 떨어 본 뒤에 웃는다.

　아직 아침은 서늘한 유월 중순이었다. 칼렌더가 없으니 날짜는
똑똑히 모르되 음력 단오를 좀 지난 때였었다. 하루 진일 받은 더
위를 모두 발산한 아침은 얼마간 서늘하였다.

「노형 어제 공판 갔댔디요?」

　이렇게 나는 그 사람에게 물었다.

「예.」

「바깥 형편이 어떻습디까?」

「형편꺼정이야 알겠소? 그저 퍼프라두 새파랗구, 구름두 세차게

날아다니구, 말하자면 다 살은 것 같습디다. 땅바닥꺼정 움직이는 것 같구, 사람들두 모두 상판이 시커먼 것이 우리 보기에는 도둑놈 관상입디다.」

「그것을 한번 봤으면……」

나는 한숨을 쉬었다. 삼월 그믐, 아직 두꺼운 솜옷을 입고야 지낼 때 이곳에 들어온 나는 퍼프라가 푸른빛이었는지, 녹빛이었는지 똑똑히 모른다.

「노형두 수일 공판 가겠디요?」

「글쎄. 언제 한 번은 갈 테지요― 그런데 좋은 소식은 못 들었소?」

「글쎄 어제 이야기한 거같이 쉬 독립된답니다.」

「쉬?」

「한 열흘 있으면 된답니다.」

내가 거기 대꾸를 하려 할 때에, 곁방에서 담벽을 두드리는 소리가 들렸다. 그것은 ㄱㄴㄷ과 ㅏㅑㅓㅕ를 수(數)로 한 우리의 암호 신호였다.

「무, 엇, 이, 오」

이렇게 나는 두드렸다.

「좋, 은, 소, 식, 있, 소, 독, 립, 은, 다, 되, 었, 다, 오」

「어, 디, 서, 들, 었, 소」

「오, 늘, 아, 츰, 차, 입, 밥, 에, 편, ㅈ」

여기까지 오던 신호는 뚝 끊어졌다.

「보구려. 내 말이 옳지 않나……」

아까 사람이 자랑스러운 듯이 수근거렸다.

「곁방에서 공판 갈 사람을 불러낸다. 오늘은……」

「노형, 꼭, 가디?」

「글쎄, 꼭 가야겠는데. 사람두 보구, 시퍼런 나무들두 보구, 넓은 데를……」

그러나 우리 방에서는 어제 간수 부장에게 매맞은 그 영감과 그 밖에 영원, 맹산 등지 사람 두셋이 불리어 나간 뿐 나는 역시 그 축에서 빠졌다.

「언제든 한번 간다.」

나는 맛없고 골이 나서 속으로 중얼거렸다. 그러나 그 '언제든' 이 과연 언제일까. 오늘은 꼭, 오늘은 꼭, 이리하여 석 달을 밀어 온 나이었다. '영원'과 같이 생각되는 석 달을 매일 아침마다 공판 가기를 기다리면서 지내 온 나였었다. '언제 한때'란 과연 언제일까? 이런 석 달이 열 번 거듭하면 서른 달일 것이다.

「노형은 또 빠졌구려!」

「싫으면 그만두라지, 도죽놈들!」

「이제 한 번 안 가리까?」

「이제? 이제가 대체 언제란 말이오? 십 년을 기다려두 그뿐, 이 십 년을 기다려두 그뿐……」

「그래두 한 번이야 안 가리까?」

「나 죽은 뒤에 말이오?」

나는 그에게까지 역정을 내었다.

좀 뒤에 아침 밥을 먹을 때까지도 나의 마음은 자못 편치 못하였 다. 그것은 바깥을 구경할 기회를 빨리 지어 주지 않는 관리에게 대함이람보다. 오히려 공판에 불리어 나가게 된 행복된 사람들에게 대한 무거운 시기에 가까운 것이었다.

*   *   *

점심을 먹고, 비린내 나는 냉수를 한 대접 다 마신 뒤에 매일 간 수의 눈을 기어 가면서 장난하는 바와 같이, 밥그릇을 당기어서 거기 아직 붙어 있는 밥알을 모두 긁어서 이기기 시작하였다. 갑갑하고 답답하고 서로 이야기하는 것을 허락지 않고, 공상을 하자 하여도 이젠 벌써 재료가 없어진 우리가 가질 수 있는, 다만 하나의 오락이 이것이었다. 때가 묻어서 새까맣게 될 때는 그 밥알은 한 덩어리의 떡으로 변한다. 그 떡은, 혹은 개, 혹은 도야지, 때때로는 간수의 모양으로 빚어져서 마지막에는 변기 속으로 들어간다……

한참 내 손 속에서 움직이던 떡 덩이는—뿔은 좀 크게 되었지만 한 마리의 얌전한 소가 되어 내 무릎 위에 섰다. 나는 머리를 들었다.

아직 장난에 취하여 몰랐지만 해는 어느덧 또 무르녹이기 시작하였다. 빈대 죽인 피가 여기저기 묻은 양회 담벽에는 철창 그림자가 똑똑히 그려져 있다. 사루는²⁾ 듯한 더위는, 등지고 있는 창 밖에서 등을 탁 치고, 안고 있는 담벽에서 반사하여 가슴을 탁 치고, 곁에 빽빽이 있는 사람의 열기로 온몸을 썩인다. 게다가 똥 오줌 무르녹은 내음새와 살 썩은 내음새와 옴약 내에, 매일 수없이 흐르는 땀 썩은 내음새를 합하여, 일종의 독깨쓰를 이룬 무거운 기체는 방에 가라앉아서 환기까지 되지 않는다. 우리의 피곤하여 둔하게 된 감각으로도, 넉넉히 깨달을 수 있는 역한 내음새이었다. 간수가 가까이 와서 들여다보지 않는 것도 당연한 일이었었다.

그러고 보니 생각나거니와 나—뿐 아니라 온 사람의 몸에는 종기 투성이었다. 가득 차고 일변 증발하는 변기 위에 올라앉아서 뒤를 볼 때마다 역정 나는 독한 습기가 엉덩이에 묻어서 거기서 생긴 종기를 이와 빈대가 온몸에 퍼쳐서 종기 투성이 아닌 사람이 없었다.

땀은 온몸에서 뚝뚝—이라는 것보다 좔좔 흐른다.

「에—, 땀.」

나는 힘없이 중얼거렸다. 이상한 수수께끼와 같은 일이었었다.

밥 먹은 뒤에 냉수를 벌컥벌컥 마시면, 이삼십 분 뒤에는 그 물이 모두 땀으로 되어 땀구녕으로 솟는다. 폭포와 같다 하여도 좋을 땀이 목과 가슴에서 흘러서, 온몸에 벌레가 기어다니는 것같이 그 불쾌함은 말할 수 없다.

그러나 땀을 씻는 사람은 하나도 없다. 손가락 하나라도 움직이면, 초열 지옥(焦熱地獄)에라도 떨어질 것같이, 흐르는 땀을 씻으려는 사람도 없다.

'얼핏 진찰감(診察監)에 보내어 다고.'

나의 피곤한 머리는 이렇게 빌었다. 아침에 종기를 핑계삼아 겨우 빌어서 진찰하러 갈 사람 축에 든 나는, 지금 그것밖에는 바랄 것이 없었다. 시원한 공기와 넓은 자리를 (다만 일이십 분 동안이라도) 맛보는 것은 여간한 돈이나 명예와는 바꿀 수 없는 귀중한 것이었었다. 그것뿐만 아니라, 입감 이래로 안부는커녕, 어느 감방에 있는지도 모르는 아우의 소식도 알는지도 모르겠다.

즉 뜻하지 않게 눈에 떠오른 것은 집의 일이었다. 희다 못하여 노랗게까지 보이는 햇빛에 반사하는 양회 담벽에 먼저 담배와 냉수가 떠오르고 나의 넓은 자리가 (처음 순간에는 어렴풋하였지만) 똑똑히 나타났다. (어찌하여 그런 조그만 일까지 똑똑히 보였던지 아직껏 이상하게 생각하거니와) 파리만 한 마리 성냥갑에서 담뱃갑으로 도로 성냥갑으로 왔다갔다한다.

「쌍!」

나는 뜨거운 기운을 배앝았다.

「파리까지 자유로 날아다닌다.」

성낼려야 성낼 용기까지 없어진 머리로 억지로 성을 내고, 눈에서 그 그림자를 지워 버리려 하였다. 그러나 담배와 냉수는 곧 없어졌지만 성가신 파리는 끝끝내 떨어지지를 않았다.

나는 손을 들어서 (마치 그 파리를 날리려는 것같이) 두어 번 얼굴

150

을 부친 뒤에 맥없이 아까 만든 소를 쥐었다.

*   *   *

공기의 맛이 달다고는, 참으로 경험해 보지 못한 사람은 뜻도 못할 일일 것이다. 역한 내음새 나는 뜨거운 기운을 배앝고 달고 맑은 공기를 들이마시는 처음 순간에는, 기절할 듯이 기뻤다.

서늘한 좋은 일기였다. 아까는 참말로 더웠는지, 더웠으면 그 더위는 어디로 갔는지, 진찰감으로 가는 동안 오히려 춥다 하여도 좋을 만치 서늘하였다.

그러나 그보다도 더 기쁜 것은 아우를 만난 일이었었다.

「어느 방에 있니?」

나는 머리는 간수에게 향한 채로 조그만 소리로 물었다.

「사 감 이 방에——」

나는 조금 있다가 또 물었다——

「몇 사람씩이나 있니? 덥지?」

「모두들 살이 뚱뚱 부었어……」

「도죽놈들. 우리 방엔 사십여 인이 있다. 몸뚱이가 모두 썩는다. 집엔 오히려 넓어서 걱정인 자리가 있건만. 너 그새 앓지나 않았니?」

「감옥에선 앓을래야 병이 안 나. 더워서 골치만 쏘디……」

「어떻게 여기(진찰감) 나왔니?」

「배 아프다구 거짓부리[3]하구……」

「난 종기 투성이다. 이것 봐라.」

하면서 나는 바지를 걷고 푸릿푸릿한 종기를 내어놓았다.

「그런데 너희 방에 옴쟁이는 없니?」

「왜 없어……」

그는, 누구도 옴쟁이고 누구도 옴쟁이고, 알 이름 모를 이름 하여 한 일여덟 사람 부른다.

「그런데 집에선 면회는 왜 안 오는디……」

「글쎄 말이다. 모두들 죽었는지.」

문득 아직껏 생각도 하여 보지 않을 일이 머리에 떠오른다. 석달 동안을 바깥 사람이라고는 간수들밖에는 보지 못한 우리에게는 바깥이 어떤 형편인지는 모를 지경이었다. 간혹 재판소에 갔다 오는 사람도 있기는 하지만, 거기 다니는 길은 야외라, 성 안 형편은 아직 우리가 여기 들어올 때와 같이 음울한 기운이 시가를 두르고 상점은 모두 철전(撤廛)을 하고 있는지, 혹은 전과 같이 거리에는 흥정이 있고, 집안에서는 웃음 소리가 터지며, 예배당에는 결혼하는 패도 있으며, 사람들은 석 달 전에 일어난 그 사건을 거반 잊고 있는지 보기는커녕 알지도 못할 일이었다. 일가나 친척의 소소한 일은 더구나 모를 일이었다.

「다 무슨 변이 생겼나 부다.」

「그래두 어제 공판 갔던 사람이 재판소 앞에서 맏형을 봤다는데……」

아우는 근심스러운 얼굴로 이렇게 말하였다. 그러나 그 아우의 마지막 '봤다는데' 라는 말과 함께,

「천십칠 호!」

하고 고함치는 소리가 귀에 울리었다. 그것은 내 번호이었었다.

「네!」

「딘찰.」

나는 빨리 일어서서 의사의 앞으로 갔다.

「오데가 아파?」

「여기요.」

하고 나는 바지를 벗었다. 의사는 내가 내어놓은 엉덩이와 넓적다

리를 걸핏 들여다보고, 요만한 것을…… 하는 듯한 얼굴로 말없이 간병수에게 내어맡긴다. 거기서 껍진껍진한 고약을 받아서 되는 대로 쥐어 바르고 이번엔 진찰 끝난 사람 축에 앉았다.

이때에 아우는 자기 곁에 앉은 사람과 (나 앉은 데서까지 들리도록) 무슨 이야기를 둥둥하고 있었다. 나는 깜짝 놀라서 간수를 보았다. 간수는 아우를 주목하는 모양이었었다.

나는 기지개를 하는 듯이 손을 들었다. 아우는 못 보았다. 이번은 크게 기침을 하였다. 그러나 그는 못 들은 모양이었었다. 가슴이 떨리기 시작하였다.

「알귀야⁴⁾ 할 터인데.」

몸을 움즉움즉하여 보았지만, 그는 이야기에 정신이 팔려서 그냥 그치지 않고 하다가, 간수가 두어 걸음 자기에게 가까이 올 때야 처음으로 정신을 차리고 시치미를 떼었다. 그러나 간수는 용서하지 않았다. 채찍의 날카로운 소리가 한 번 나는 순간, 아우는 어깨에 손을 대고 쓰러졌다.

피와 열이 한꺼번에 솟아올라 나는 눈이 아득하여졌다.

좀 있다가 감방으로 돌아올 때에 빨리 곁눈으로 아우를 보니, 나를 보내는 그의 눈에는 눈물이 가득하여 있었다. 무엇이 어리고 순결한 그의 눈에 눈물을 고이게 하였나?

나는 바라고 또 바라던 달고 맑은 공기를 맛보기는 맛보았지만, 이를 맛보기 전보다 더 어둡고 무거운 머리를 가지고 감방으로 돌아오게 되었다.

*　　　*　　　*

저녁을 먹은 뒤에 더위에 쓰러져 있던 나는 아직 내어가지 않은 밥그릇에서 젓가락을 꺼내어 손수건 좌우편 끝을 조금씩 감아서 부채와 같이 만들어서 부쳐 보았다. 훈훈하고 내음새 나는 바람이 땀 위를 살짝 스쳐서, 그래도 조금의 서늘함을 맛볼 수가 있었다. 이 맛⁵⁾ 지혜가 어찌하여 아직 안 났던고. 나는 정신 잃은 사람과 같이 팔을 둘렀다. 이 감방 안에서는 처음의, 내음새는 나지만 약간의 바람이 벌레 기어다니는 것같이 흐르던 가슴의 땀을 증발시키느라고 꿀 같은 냉미를 준다. 천장에 딱 붙은 전등이 켜졌다. 그러나 더위는 줄지 않았다. 손수건의 부채는 온 방안이 흉내내어 나의 뒷 사람으로 말미암아 등도 부쳐졌다. 썩어진 공기가 움직인다.

그러나 우리들의 부채질은 재판소에서 돌아오는 사람들 때문에 중지되지 않을 수가 없었다. 우리 방에서 나갔던 서너 사람도 돌아왔다. 영원 영감도 송장 같은 얼굴로 돌아왔다.

나는 간수가 돌아간 뒤에 머리는 앞으로 향한 대로 손으로 영감을 찾았다 ——

「형편 어떻습디까?」

「모르갔소.」

「판결은 어떻게 됐소?」

영감은 대답이 없었다. 그의 입은 바늘로 호라메우지나⁶⁾ 않았나? 그러나 한참 뒤에 그는 겨우 대답하였다. 그의 목소리는 대단히 떨렸다 ——

「태형 구십 도랍디다.」

「거 잘됐구려! 이제 사흘 뒤에는, 담배두 먹구 바람도 쏘이구······ 난 언제나······」

「여보, 잘돼시요? 무어이 잘된단 말이오? 나이 칠십 줄에 들어서 태 맞으면—— 말하기두 싫소. 난 아직 죽긴 싫어! 공소(控訴)했쉐다.」

그는 벌컥 성을 내어 내게 달려들었다. 그러나 그의 말을 들은 뒤의 내 성도 그에게 지지를 않았다.

154

「여보! 시끄럽소. 노망했소? 당신은 당신이 죽겠다구 걱정하지만, 그래 당신만 사람이란 말이오? 이 방 사십여 인이 당신 하나 나가면 그만큼 자리가 넓어지는 건 생각지 않소? 아들 둘 다 총에 맞아 죽은 다음에 뒤상[7] 하나 살아 있으면 무얼 해? 여보!」

나는 곁에 있는 다른 사람들에게 향하였다 ─

「여기 태형 언도에 공소한 사람이 있답니다.」

나는 이상한 소리로 껄껄 웃었다.

다른 사람들도 영감을 용서치 않았다. 노망하였다. 바보로다. 제 몸만 생각한다. 내어쫓아라. 여러 가지의 평이 일어났다.

영감은 대답이 없었다. 길게 쉬는 한숨만 우리의 귀에 들렸다. 우리들도 한참 비웃은 뒤에는 기진하여 잠잠하였다. 무섭고 괴로운 침묵만 흘렀다.

바깥은 어느덧 어두워졌다. 대동강 빛과 같은 하늘은 온 세상을 덮었다. 그 밑에서 더위와 목마름에 미칠 듯한 우리들은 아무 말없이 앉아 있었다. 우리들의 입은 모두 바늘로 호라메우지나 않았나.

그러나 한참 뒤에 마침내 영감이 나를 찾는 소리가 겨우 침묵을 깨뜨렸다.

「여보!」

「왜 그러오?」

「그럼 어떡하란 말이오?」

「이제라두 공소를 취하해야지!」

영감은 또 먹먹하였다. 그러나 좀 뒤에 그는 다시 나를 찾았다 ─

「노형 말이 옳소. 내 아들 두 놈은 덩넝쿠 다 죽었쉐다. 난 나 혼자 이제 살아서 무얼 하갔소? 취하하게 해주소.」

「진작 그럴 게지. 그럼 간수 부릅니다.」

「그래 주소.」

영감은 떨리는 소리로 말하였다.

나는 패통을 쳤다. 간수는 왔다. 내가 통역을 서서 그의 뜻(이라는 것보다 우리의 뜻)을 말하매 간수는 시끄러운 듯이 영감을 끌어내 갔다.

자리에 돌아올 때에, 방안 사람들의 얼굴을 보니, 그들의 얼굴에는 자리가 좀 넓어졌다는 기쁨이 빛나고 있었다.

*　　　　*　　　　*

모깡, 이것은 십여 일 만에 한 번씩 가질 수 있는 우리의 가장 큰 행복이다.

「모깡!」

간수의 호령이 들릴 때에 우리들은 줄을 지어서 뛰어나갔다.

뜨거운 해에 쪼인 세멘트 길은 석 달 동안을 쉰 우리의 발에는 무섭게 뜨거웠다. 그러나 그것은 우리의 즐거움의 하나였었다. 우리는 그 길을 건너서 목욕통 있는 데로 가서 옷을 벗어 던지고, 반고형(半固型)이라 하여도 좋을 꺼룩한 목욕물에 뛰어들어갔다.

무엇이라고 형용할 수 없는 즐거움이었었다. 곧 곁에는 수도가 있다. 거기서는 언제든 맑은 물이 나온다. 그것은 우리들의 머리에서 한때도 떠나 보지 못한 '달콤한 냉수'이었었다. 잠깐 목욕통에서 덤빈 나는 수도로 나와서 코끼리와 같이 물을 먹었다.

바깥에는 여러 복역수들이 일을 하고 있었다. 그것도 (갑갑함에 겨운) 우리들에게는 부러움의 푯대이었었다. 그들은 마음대로 바람을 쏘일 수가 있었다. 목마르면 간수의 허락을 듣고 물을 먹을 수가 있었다. 뿐만 아니라, 그들에게는 갑갑함이 없었다.

즉, 어느덧 끊치라는[8] 간수의 호령이 울리었다. 우리의 이십 초 동안의 목욕은 이에 끝났다. 우리는 (매를 맞지 않으려고) 시간을 유예치 않고 빨리 옷을 입은 뒤에 간수를 따라서 감방으로 돌아왔다.

꼭 가장 더울 시각이었었다. 문을 닫는 다음 순간, 우리는 벌써 더위 속에 파묻혔다. 더위는 즐거움 뒤의 복수라는 듯이 용서 없이 우리를 내려쪼인다.

「벌써 덥다!」

나는 혼자말로 중얼거렸다.

「매를 맞구라두 좀더 있을걸……」

누가 이렇게 말한다. 서너 사람의 웃음 비슷한 소리가 들렸다. 그러나 그 뒤에는 먹먹하였다. 몇 시간 동안의 침묵이 연속되었다.

우리는 무서운 소리에 화닥닥 놀랐다. 그것은 단말마의 부르짖음이었었다.

「히도오쓰(하나), 후다아쓰(둘).」

간수의 헤어 나가는 소리와 함께,

「아이구 죽겠다. 아이구 아이구!」

부르짖는 소리가 우리의 더위에 마비된 귀를 찔렀다. 그것은 태 맞는 사람의 부르짖음이었었다.

서른까지 헤인 뒤에 간수의 소리는 없어지고 태 맞은 사람의 앓는 소리만 우리의 귀에 들렸다.

둘째 사람이 태형대에 올라간 모양이다.

「히도오쓰.」

하는 간수의 소리에 연한 것은,

「아유!」

하는 기운 없는 외마디의 부르짖음이었다.

「후다아쓰.」

「아유!」

「미이쓰(셋).」

「아유!」

우리는 그 소리의 주인을 알았다. 그것은 어젯밤 우리가 내어쫓은 그 영원 영감이었었다. 쓰린 매를 맞으면서도 우렁찬 신음을 할 기운도 없이 '아유' 외마디의 소리로 부르짖는 것은 우리가 억지로 매를 맞게 한 그 영감이었었다.

「요오쓰(넷).」

「아유!」

「이쓰으쓰(다섯).」

「후—」

나는 저절로 목이 늘어지는 것을 깨달았다. 나의 머리에는 어젯밤 그가 이 방에서 끄을려 나갈 때의 꼴이 떠올랐다.

「칠십 줄에 든 늙은이가 태 맞구 살길 바라갔소? 난 아무케 되든 노형들이나……」

그는 이 말을 채 맺지 못하고 간수에게 끄을려 나갔다. 그리고 그를 내어쫓은 장본인은 이 나였었다.

나의 머리는 더욱 숙여졌다. 멀거니 뜬 눈에서는 눈물이 나오려 하였다. 나는 그것을 막으려고 눈을 힘껏 감았다. 힘있게 닫힌 눈은 떨렸다.

《동명》, 1922. 12~1923)

---

1) 파래지 — '파리해지지'라는 뜻/ 2) 사루는 — '사르는'의 사투리/ 3) 거짓부리 — '거짓말'의 사투리/ 4) 알귀야 — '알려야'의 사투리/ 5) 이맛 — '이만한' 이라는 뜻/ 6) 호라메우지나 — '꿰매지나'라는 뜻/ 7) 뒤상 — '늙은이'의 사투리/ 8) 끊치라는 — '그치라는'이란 뜻

눈을 겨우 뜰 때

눈을 겨우 뜰 때

1

이것은 오 년 전에 생긴 조그만 일이다.

2

위아래 동서남북 모두 불이다.

강 좌우편 언덕에 달아 놓은 불, 배에서 빛나는 수천의 불, 지걱거리며 오르내리는 수없는 배, 배 틈으로 조금씩 보이는 물에서 반짝이는 푸른 불, 언덕과 배에서 지절거리는 사람의 떼, 그 지절거림을 누르고 때때로 크게 울리는 기생의 노래, 그것을 모두 싼 어두운 대기에 반사하는 빛, 강렬한 사람의 내음새, 연화(煙火)······유명한 평양 사월 파일 불놀이의 경치를 순서 없이 벌려 놓으면 대개 이것이다.

도깨비 어두움에 모여들고 사람은 불에 모여든다. 그들은 거기서 삶을 찾고 즐거움을 찾고 위안을 찾으려 한다.

사정없이, 조그만 틈까지라도 비추는 해에게 괴로움을 받던 '사람들'은 비추면서도 덮어 주며 빛나면서도 유여가 있고 나타내면서도 감싸 주는 불 아래로 모여들지 않을 수 없다. 정답게 빛나는 불 밑에서, 그들은 웃으며 즐기며 춤추며 날뛰어서 하루 종일 받은 괴로움을 잊으며 또는 오는 날에 이를 어지러움을 생각지 않으려 한다. 그리고 이 불을 그리는 사람의 마음을 가장 똑똑히 나타낸 자가 사월 파일의 불놀이다.

불을 그리는 사람은 온갖 궁리를 다하여 불 아래 모여 즐길 기회를 지어내었다. 이리하여 야회 댄스 연극 일루미네이션 요릿집 야시 모든 것은 생겨났다. 그러나 욕심 많고 만족을 모르는 '사람'은 이것뿐으로 넉넉타 아니하였다. 이렇게 일년에 한 번 혹은 두 번 만인이 함께 모여서 함께 즐기며 함께 덤빌 기회를 또한 만들어 내었다. 그리고 조선에 그것은 사월 파일의 불놀이이다.

삼 년 동안을 벼르기만 하고 하지는 못하였던 불놀이가 금년에는 실현된다 할 때에 평양 사람의 마음은 뛰었다. 여드렛날 해 있을 때부터 오륙백 짝의 배는 불과 음식을 준비하고 각 장사는 철전하고 불놀이 구경 준비에 분주하였다. 이리하여 해가 용악(龍岳)으로 넘고 여드렛날 반달이 차차 빛을 내며 자줏빛 하늘이 차차 푸르게 검게 밤으로 들어설 때까지는 해에게 괴로움을 받던 사람들의 불을 그려 모여드는 무리, 외로움에 슬퍼하던 사람들의, 흥성거림을 찾아 모여드는 무리, 한 해 동안을 수판에 머리를 썩이는 사람들의, 하룻밤의 안락을 얻으려 모여드는 무리, 유명한 '불놀이'를 그려 평양을 찾아 모여드는 외촌(外村) 사람의 무리, 그 가운데 돈벌이에 눈을 희번덕거리며 다니는 계집의 무리들로서 오 리 길이 되는 해관 선창에서 부벽루(浮壁樓)까지에 총총히 달아 놓은 등 아래는 수만으로 헬 사람 병풍이 서 있고 재간껏 장식한 오륙백 짝의 배에는 먼저 주선함으로 할 수 있게 된 행복된 사람으로 가득 찼다. 평양성 내에는 늙은이와 탈난 사람이 집을 지킬 뿐 모두 대동강 가로 모여들었다.

반월도(半月島)와 해관 선창에서 쏘는 연화가 금(金)박 하늘에 퍼지면서 부벽루에서 해관 선창까지 총총히 달아 놓은 등과 자라옷에서 모래섬을 따라서 아래 장림(長林)까지 세워 놓은 홰에는 점화되었다. 이것을 기다리던 모든 배들은 일제히 형형색색의 불을 켜달고 잔잔한 대동강을 노 젓는 소리 한가하게 청류벽을 향하여 올라간다.

수없이 불이 물 위에 움직이고 번—하게 빛나는 대기 썩 위에 수없는 연화가 형형색색으로 퍼져 나갈 때 뭇 배와 청류벽 기슭과 반월도에서 띄워 내려보내는 큰 수박만큼한 불방석들은 물줄기를 따라서 아래로 아래로 흘러간다.

강 건너 모래섬에 한 간마다 세워 놓은 횃불은 간간 부는 바람으로 말미암아 춤을 추어서 물 속에 비친 자기 기름자를 놀리고 있다. 끊치 않고 쏘는 연화는 공중에서 이상하게 퍼지면서 수만의 불티를 날린다. 그리고 물 위에는 형형색색의 배가 불과 사람으로 장식하고 기름보다도 잔잔하고 구름보다도 검고 수정보다도 맑은 물위를 헤어다닌다. 배와 물에서 띄워 내려보내는 수없는 불방석들은 목숨의 불꽃같이 가느랗게 불붙으면서 아래로 아래로 흘러간다. 불, 불, 불 천지다. 강 좌우편에 달아 놓은 불, 배에 단 불, 물에 뜬 불, 매화포의 불, 그것들이 비친 물 속의 불, 도로 하늘로 반사한 대기의 — 빛, 거기에 또 여기저기서 나는 기생의 노래 학생의 노래 조선 아악(雅樂). 이리하여 대동강 모란봉 부벽루 청류벽 능라도 반월도 모래섬 그 일대는 불로 변하고 사람으로 장식하고 음악으로 분위(雰圍)되었다.

'배가 한 짝 얻고 싶다.'

물에 서 있는 사람들의 말하지 않는 말은 이것이겠지. 한 짝 배를 얻어 타고 마음껏 불 속에 잠겨서 불을 즐기고 삶을 즐기는 것은 얼마나 재미있는 일이랴. 여기는 온갖 것을 초월한 삶의 문제가 있다. 또 그만큼 배 한 짝을 얻어 탄 사람은 행복된 사람이다.

금패도 이 행복된 사람 가운데 하나이다.

3

금패의 탄 배에는 금패 밖에 기생 둘과 손님 셋이 탔었다. 이리하여 그들의 배는 배 틈들을 세면서 고즈넉이 고즈넉이 부벽루를 향하여 올라갔다.

금패는 배 난간에 걸쳐앉아서 앞뒤 좌우를 흐르는 배의 불들도 바라보며 이곳저곳에서 날아오는 삼현육각에도 귀를 기울이다가 거기도 겨우 뒤에서 W라는 손님 곁에 가 앉아서 이야기를 끄집어내었다. 시간을 보낼 핑계가 없어서 괴로워하는 그들 새에는 여러 가지 쓸데없는 소리가 바뀌었다. 누가 애를 뺐는데 그애의 아버지가 Y라거니 X라거니 누가 휴업을 하였거니 누가 살림을 들어갔거니 이런 쓸데없는 이야기를 하고 있는 동안에 배는 능라도 다리 아래 이르렀다. 불놀이를 구경하러 (오히려 '보이러' 라는 편이 나을지도 모르지만) 떠난 배들은 여기서 쉬면서 술을 먹는 사람은 술을 먹고 술을 안 먹는 사람은 웃고 덤비며 어떤 사람은 모란봉 꼭대기에 올라가서 불야성(不夜城)을 이룬 대동강 일대를 구경도 하다가 열한 시 혹은 열두 시쯤 각각 자기 떠난 곳으로 돌아가는 것이다. 그들의 배도 거기 머물렀다.

「한잔하세.」

「하세.」

「섬섬옥수로. 음?」

아직 반(半)취를 지나지 못한 손님들은 술을 요구하였다. 그러나

이 말이 끝나기 전에 금패의 동그랗고 예쁜 손에는 벌써 맥주병이 들리어 있었다. 불로 말미암아 금빛이 도는 맥주는 잔에 부어졌다. 그리하여 이 배에도 점점 홍이 돌게 되었다.

일배 일배 부일배(一盃一盃復一盃)로 이윽고 취홍이 배 안에 돌고 컵의 왕복이 더디 되었다. 금패는 이유는 모르지만 엉덩이를 들추어 주는 것 같은 기쁨을 참지 못하여 가만히 장고를 끄을어당겼다.

「한— 한 마디 듣잤군. 얘.」

혀 꼬부라진 소리가 신음하였다.

금패는 월선(月仙)에게 눈짓하였다. 가장 홍성스러운 〈방아타령〉 한 마디는 월선의 입에서 부드럽고 아름답게 나왔다. …… 에헤— 에헤야. 에라 찧어라 방에 일다. 반 넘어 늙었으니 다시 젊지는 (에라) 못할러라. 유량한 월선의 소리는 숙련한 금패의 장고와 함께 낮게 그 시끄런 불놀이 소리 가운데서도 빼나게 울리어 나간다.

금패가 노래를 받았다.

엣다……좋구나
이십오현(二十五弦) 탄야월에
불승청원 저 기러기
갈순 한대를 입에다 물고
부러진 거처귀 옆에 끼고
점점이 날아드니
平生樂 (아니)
…… 에라 이아니냐.

좋다. 잘한다. 때때로 술 취한 콧소리가 신음하는 듯이 울리어 온다.

금패는 유쾌한 마음이 되어서 어깨춤과 함께 노래를 주고받고 하였다. 시끄러이 웅성거리는 불놀이 소리 가운데 빼나서 예쁘게 울리는 이 소리는 뭇 배들의 주의를 끌지 않고는 두지 않았었다. 구경배가 몇이 둘러섰다.

마지막 서로 얼굴을 바라보며 금패가 영산홍록 봄바람에 넘노더너 황봉백접(黃蜂白蝶)이라고 넙떠 뽑을 때는 저 먼 데 배에서까지 좋다 소리가 울리었다.

이리하여 방아타령은 끝났다.

금패는 사랑스러운 듯한 얼굴로 장고를 밀어 놓고 사이다를 한 잔 부어 가지고 월선이를 끌고 배 속에 가 앉았다. 그리고 불에 잠겨서 삶을 즐기는 몇만 명의 사람을 보면서 놉시다 젊어서 놉시다 나이가 많아서 백수가 되면 못 노나니라고 조그만 소리로 읊었다. 그때에 월선이가 금패를 꾹 찔렀다.

「애 저것 봐라. 여학생들이 다— 있구나.」

「여학생이? 어디.」

금패는 수심가를 멈추고 월선이 가리키는 편을 보았다. 그때에는 (곧 금패의 배 뒤에 달린) 그 배에서도 금패의 배를 손가락질하면서 여기서까지 넉넉히 들리게 소근거린다—

「기상 봐라.」

「어디? 정.」

금패는 사랑스러운 듯한 적개심으로 머리를 잔뜩 들고 경멸하는 눈을 여학생의 배에 향하였다.

「고곤 꽤 곱디 애.」

하는 여학생의 손가락은 금패에게 향하였다. 금패는 성내 주고 싶은 듯한, 자랑하고 싶은 듯한 마음으로 코웃음을 웃고 머리는 월선에게 돌렸다. 그러나 열두 시를 치는 시계를 여덟까지 들은 사람은 나머지 넷을 안 들을려야 안 들을 수 없다. 금패의 귀도 그 여학생들에게로 기울어졌다.

「망측해라. 그렇게 손구락질하면 보았구나.」

「본들.」

「뭘 하라니 속으루 욕하디.」

「속으루나 욕한들.」

「그래두 봐라. 숙고사 치마에 비춰 비나에 꽤 말쑥하게 채렜데이.」

「그까짓 거.」

「그까짓 거라니. 너 그래 그렇게 채렜니?」

「안 채려서 ── 좀.」

「바루 ── 있기나 한 것 같구나.」

「없어두 그까진 건 부럽지는 않아.」

「잘 안 부럽겠다. 여자치구 고운 옷 안 부러운 사람은 암만 그래두 없어.」

「옷이나 잘 입으면 뭘 해. 너 이제 십 년만 지나 봐라. 저것들의 꼴이 무어이 되나. 미처 시집두 못 가구 구주주하게.」

그 뒤에는 그들의 이야기는 다른 문제로 넘어갔다. 그리고 이제 오 분이 지나지 못하여 그들은 이제 그 이야기를 잊어버릴 테지. 그런 이야기를 하였는지 안하였는지도 잊어버릴 테지. 가령 기억한다 하여도 가장 변변치 않은 이야기를 한마디하였다 하는 이상으로는 기억치 않을 테지. 그러나 그 이야기가 금패에게는 날카로운 송곳보다도 더 뾰족한 끝이 있었다.

4

금패는 성이 났다.

그러나 그의 성난 이유는 무엇인고. 여학생들이 거짓말을 하였나. 아니 그들의 말은 처음부터 끝까지 정말이었었다. 그리고 또 정말이므로 금패도 성이 났다. 만약 여학생들이 거짓말을 하였더면 금패는 한낱 코웃음으로 그들을 경멸하여 주었을 뿐일 테다. 그러나 그의 노여움의 대상은 누구이었던고. 여학생들…… 그러나 여학생들과 그의 노여움에는 얼마의 간격이 있었다. 맥주에 맛이 든 손님들인가. 아니다. 금패의 부모도 아니다. 금패 자기도 아니다. 그러면 무엇이냐. 금패의 머리에 떠오른 것은 금패 자기의 경우이었다. 처지이었다.

(나는 이 기회를 타서 금패의 경력을 좀 써보려 한다)

그는 쾌활한 성질이었었다. 여덟 살까지 속곳뿐으로 길에 나와서 사내애들과 싸우던 것도 아직 그의 기억에 남아 있는 바이다. 아홉 살에 그는 기생의 빛나는 생활을 그리어 기생 서재에 붙여 달라 하여 성공하였다. 열네 살 시사할 때까지에 그는 기생의 일반 재조에 그다지 남한테 지지 않게까지 되었다. 금패는 사내라는 것에게 흥미를 가졌었다. 길에서 곁눈으로 자기를 보는 사내라도 만나면 집에 돌아와서는 거울과 마주앉아서 몇십 분 혹은 몇 시간씩 자기 얼굴을 들여다보면서 즐겨하고 하였다.

여학생이라는 것이 차차 변하여졌다. 이전에는 삼십 이상의 늙은 여학생들이 많더니 차차 어린 여학생이 보이게 되었다. 그와 함께 여학생들의 풍조가 차차 사치하게 되었다. 이것을 금패는 '여학생들이 기생을 본받는다' 부르고 이긴 자의 쾌락을 맛보는 마음으로 이를 보았다.

노세 젊어서 노세.
늙어를 지면 못 노너니.

이 노랫가락 한 구절이 금패의 가장 즐기는 노래이었었다.

때때로 여학생들이 기생을 경멸하는 것을 볼 때에는 그는 성은커녕 오히려 통쾌하였다. 그들(여학생들)은 자기네 기생과 같이 마음대로 거드럭거리지 못하므로 시기함이라 금패는 이렇게 생각하였다. 그리고 노래하라 놀라 웃으라 즐기라 거드럭거리라로 끝까지 젊음을 즐기고 삶을 즐기려 하였다.

이리하여 이러한 몇 해는 지났다.

그러나 그의 생애에도 비극의 한 막이 생기게 되었다. 이 비극을 일으키게 한 사람(우리는 그의 이름을 A라 하자) A라 하는 사람은 어디서 금패를 보았는지 그 뒤부터는 만날 금패를 달래기 시작하였다. 금패는 그를 싫어하였다. A는 얼굴이 그리 못 생기지는 않았으되 빛이 없고 귀가 빈상(貧相)으로 생기고 게다가 돈이 없는 사람이었었다. 그리고 또 가장 마음에 안 드는 점은 A라는 사람은 멋을 모르는 사람이었다.

어떤 날 밤 어떤 청요릿집에서 표지가 왔으므로 가보매 A 혼자서 벌써 술(먹을 줄을 모르는 사람이었는데)을 꽤 먹고 졸면서 앉아 있다가 금패를 보고 인사를 한다. 금패는 시치미를 떼었다.

둘은 먹먹히 앉아 있었다. A는 술도 더 안 먹고 다다미만 들여다보고 앉았다.

A는 한참 말없이 앉았다가 마치 소학생이 선생 앞에 나가듯 겨우 금패의 가까이 와서 금패의 손에 봉투지를 하나 쥐어 주었다. (뒤에 보니 그것은 돈 오십 원이 든 것이었다) 금패는 아무 대답도 아니하였다. 그러나 A의 저픔을 띤 눈과 동작은 얼마간 그에게 사랑스러이 보였다. 그날 밤 A는 금패의 집에서 잤다.

한번 따뜻함을 본 A는 그 뒤에도 여러 번 금패를 달렸다. 그러나 푼푼이 몇 달을 모은 오십 원을 한꺼번에 써버린 그에게는 다시는 돈이 안 생겼다. 금패는 그를 물리쳤다.

눈보라 몹시 하는 날 밤이었다. 금패는 요릿집에서 늦도록 놀다가 밤중 한 시쯤 집에 돌아오니까 A가 눈을 하— 얗게 뒤집어

쓰고 금패의 방문 밖에서 금패가 돌아오기를 기다리고 있다. 술이 잔뜩 취하여서…… 금패는 벌컥 성을 내어 무얼 하러 왔느냐고 물었다. A는 아무 대답 없이 그 자리에 쓰러져서 엉―엉 울기 시작하였다. 이 꼴을 한참 어이가 없이 들여다보던 금패는 자기 아버지와 행랑 사람을 찾아서 A를 내쫓아 달라 하였다. A는 아무 저항 없이 끌려 나갔다.

그날 밤에 금패는 꿈자리가 좋지 못하였다. 몇 번을 악몽에 놀라서는 깨었다.

이튿날 금패의 집에서 멀리 않은 곳에 A가 얼어 죽어 있는 것을 그는 알았다.

이 일이 있은 뒤에 금패의 마음은 크게 변하였다. 그리고 또 이일로 말미암아 금패는 두 가지 일을 깨닫게 되었다. 첫째는 사람의 앞에는 '죽음'이라는 커다란 그림자가 있다는 것이다. 금패 자기의 앞에도 그것은 확실히 있었다. 그것은 언제 뛰쳐나올지 모를 것이다. 십 분 전에도 안 보이던 그 '그림자'가 십 분 뒤에 뛰쳐나온 것을 금패는 보았다. 또 둘째는 이 세상에는 '돈과 멋' 밖에 '참과 참사람'이라는 것이 있는 것을 깨달았다. 전재산〔오십 원이라는 돈은 결코 대금(大金)이 아닌 동시에 또는 한 사람의 전재산이었다〕을 던져서라도 얻고자 하는 '참'을 금패는 보았다. 이것은 금패의 마음에 크게 영향되었다. 이때부터 그에게는 딴 사람에게 모를 한숨이 생겼고 딴 사람에게 모를 눈물이 생겼다. 야반(夜半)에 요릿집에서 쓸쓸한 자기 집에 돌아와서 거울과 마주앉아 하소연할 때, 달 뜬 밤 뛰노는 젊은 피를 거문고로 하늘에 아뢸 때 또는 잠든 평양 시가를 바라볼 때 혹은 가을 아침 보―얀 안개 틈으로 노 젓는 소리를 들으면서 물에 떠놀 때 남에게는 모르지만 웃고 즐기는 그의 마음 깊은 속에는 떨리는 듯한, 뛰노는 듯한, 또는 쪼개지는 듯한, 약하고도 강한 느낌이 잠겨 있었다. 정랑(情郞)들과 즐거이 놀고

170

있을 때도 마음속에는 (언제 폭발할지 모르는) 어떤 한숨이 숨어 있었다.

이동안 그의 머리에는 언제 배었는지 모르지만 한 가지 문제가 성장하였다.

'굵고 짧게 사는 것이 정말이냐, 가늘고 길게 사는 것이 정말이냐?'

A를 생각할 때에 그는 굵고 짧게 사는 것의 무서움을 깨닫는다. 그러나 (또한 A를 미루어) 언제 죽을지 모르는 이 세상에서 구태여 인색 부릴 것도 없다.

그리고 그는 한탄하였다…… 인생 오십 년은 짧지 않다. 그 이상을 살자면 지리하리라. 그러나 그 '오십 년'은 젊고 기쁘게 지내고 싶은 것이라고. 그러나 이것도 도저히 바라지 못할 생각이다, 할 때에 그는 외로움을 깨달았다.

이리하여 금패에게 쾌활한 반면(半面)에는 음울(陰鬱)이 생기고 웃음의 반면에는 눈물이 생기게 되었다.

5

눈물 머금은 수정 같은 금패의 맑은 눈은 다시 천천히 여학생들의 배에 향하였다. 그러나 두 배 새에는 어느덧 밝게 장식한 용각선(龍閣船)이 끼어서 아까 기생들을 혹평하던 그 여학생은 겨우 등이 조금 보일 뿐이다.

그러나 그 조금 보이는——무엇을 설명하느라고 들썩거리는——등은 역시 이렇게 말하는 것 같다.

'이제 십 년만 지나 봐, 그 꼴이 어찌되나.'

금패는 아직 여학생들의 시집 간 뒤의 살림을 엿본 적이 없었다. 그러므로 그는 온전히 그를 몰랐다. 그러나 금패의 억측으로서 바르다 하면 그것은 마치 봄에 뫼에 핀 진달래와 같은 것이었다. 연한 자줏빛으로 빛나는 것 그것이 여학생들의 이 뒷살림에 다름없었다. 피아노 책을 보고 있는 마누라 양복한 어린애 여행 그것이 그들의 이 뒤의 살림에 다름없었다. 그리고 그것은 큰 즐거움에 다름없었다.

그러나 ―

「이제 십 년을 지나 봐.」

자기네의 이 뒷살림은 과연 학생들의 말과 같이 '구주주' 한가. 금패는 그것을 똑똑히 생각지 아니하였다. 그러나 그동안에 순서 없이 몇 가지 생각은 자연히 머리에 떠올랐다. 첩, 병, 매음(賣淫), 매, 본마누라 싸움 이것이었다. 자기네의 앞에 막혀 있는 큰 기름자는 이것이었다.

금패는 고진감래(苦盡甘來)란 말을 들었다. 홍진비래(興盡悲來)란 말을 들었다.

고진감래가 나은지 홍진비래가 나은지 그것은 똑똑히 가릴 수가 없으되 어두운 자기의 앞은 넉넉히 볼 수가 있었다. 언제까지 빛날지 모르지만 그 빛이 없어지고 그의 얼굴에 어두운 태가 떠오른 때를 그 홍진비래가 나타날 것은 자기가 살아 있다는 것과 같이 똑똑한 일이다. 그것은 무서운 일이다. 따라서 싫은 일이다.

그때는 어찌될꼬, 그때는 어찌할꼬. 이것이 그의 머리에 처음으로 떠오른 또 처음으로 생각하여야 할 문제에 다름없었다.

금패는 무거운 머리를 아래로 숙였다. 곧 배 속으로 가 ― 늘게 불붙는 불방석 하나가 금패의 장래를 풀려는 수수께끼와 같이 아래로 아래로 흘러갔다. 이것을 잠깐 따라가던 그의 눈은 다시 천천히 들이었다. 뜨거운 눈물이 몇 방울 그의 치마 앞자락에 떨어졌다. 그것은 자포자기의 눈물이었었다. 그리고 또 절망의 눈물에 다름없었다.

금패의 아직껏 경멸하던 것은 여학생들의 '현재'이었다. 그러나 한번 장래를 볼 때에는 두 자 새에는 헤아리지 못할 커다란 구렁텅이가 있었다.

즉 여학생들에게 대하여 더할 나위 없는 적개심이 그의 마음에 일어났다. 서늘한 빛이 나던 그의 눈은 독을 품고 여학생들의 배편을 보았다. 그러나 그 배는 벌써 어디론가 없어지고 그 근처에는 요릿배 몇이가 움직일 뿐이다.

금패는 외로움을 깨닫고 W의 곁으로 갔다. 누구에게든 한마디의 따뜻한 위로가 듣고 싶었다. 그러나 손님들은 벌써 술에 취하여 정신을 못 차리고 있다. 금패는 다시 배 속으로 가서 앉았다.

우리가 피차에 남북(南北)에 살아도
불변심(不變心) 석 자는 꼭 잊지 마세.

가까운 어느 배에서 갑자기 찢어지는 듯한 소리가 나면서 장고가 장단을 맞춘다. 그 뒤에는 큰 웃음 소리……

하마터면 치마에 떨어질 뻔한 눈물을 빨리 씻고 그는 고즈넉이 머리를 들었다. 벌써 저편으로 가 있는 용각선에서 삼현육각의 부드러운 소리가 은은히 날아온다……

열두 시쯤 그들의 배도 돌아섰다.

요릿집 앞에 그들의 배가 머무른 뒤에 금패는 불구경에서 돌아가는 사람 틈을 꿰고 잠깐 요릿집에 들어서 시간표를 찾은 뒤에 인력거는 그만두고 걸어서 이문골로 들어섰다. 거기는 사람도 적었다.

금패는 무거운 머리를 숙이고 천천히 걸었다. 아까 여학생에게 비웃긴 때와 온전히 다른 외로움이 그를 괴롭게 하였다.

── 사람의 살아간다는 것은 과연 무엇인가. 먹고 입고 일하고 또 먹고 자고 이튿날도 또 같은 일을 거푸 하고── 오십 년이라기도

하고 백 년이라기도 하는 일생을 이와 같이 지내니 살아간다는 것은 과연 이것을 뜻함인가. 즐거운 꿈을 꿈이라 업수이 여기니 살아가는 동안에 때때로 이르는 즐거움과 '즐거운 꿈' 새에 과연 구별이 있는가. 없는 자는 있기는 바라고 있는 자는 더 있기를 바라니 사람의 살아간다는 것은 다만 욕심 채움을 뜻함인가. 젊어서 죽은 사람을 애닯다 하니 늙은 뒤에는 뜻하지 않은 즐거움이 이르는가.

또한·기생이라는 자기네의 지위를 아직껏 자기도 보통과 다른 것으로 알았고 남들도 그렇게 알았으나 어디가 다르냐. 자기네들에게도 느낌이 있었다. 슬픔이 있었다. 기쁨과 웃음이 있었다. 애처로움이 있었다. 다른 데가 어디냐. 자기네들도 같은 궤도를 밟아서 나아가다가 마침내는 죽는 데까지 이를 테지. 그 뒤에 또 같은 궤도를 밟아서 죽은 뒤에 오 년만 지나면 이 세상에서 온전히 잊어버리우고 말 테지. 오래 살자는 것은 무엇이며 죽기 싫다는 것은 무엇인고, 이것도 다만 끝없는 사람의 욕심에 지나지 못한가.

마음을 누르는 듯한, 들추는 듯한 괴로운 생각은 꼬리를 이어서 그의 머리에 떠올랐다.

하마터면 그저 지날 뻔한 자기 집 앞에서 정신을 차리고 발을 대문으로 향하려다가 금패는 멈춧 섰다. 그의 귀에는 한 개 음률이 들렸다. 그것은 아름다운 음조이었었다. 커다란 물결이 바다에 넘치는 듯 때때로는 조그만 벌레 신음하는 듯 고요한 밤하늘에 울리어 나아가는 그것은 탁문군의 〈상부련(想夫戀)〉 한 곡조의 거문고 소리였다. 이것은 금패가 돌아오기를 기다리는 금패의 아우의 뜨는 것이었다.

금패는 발을 멈추고 귀를 기울였다.

끓는 열정으로 하소연하는 〈상부련〉의 거문고 한 구절은 어르는 듯 아뢰는 듯 은은히 울리어 온다.

잠깐 서서 이를 듣던 금패는 가만히 대문 안으로 들어서서 안으로 잠그고 누구냐고 묻는 아우의 물음에 대답하고 자기 방에 들어가서 옷을 갈아입은 뒤에 거울과 마주앉았다.

마음을 들추는 괴로운 생각은 또다시 금패를 눌렀다. 눈이 멀—거니 앉아 있는 금패의 머리에는 또다시 머리 없고 꼬리 없는 생각이 지나가고 지나가고 하였다.

그러나 얼마 동안 이렇게 앉았던 금패는 손을 들어 머리를 쓰다듬었다. 이제껏 엄숙한 빛이 있던 그이의 억굴에는 독을 품은 비웃음이 떠올랐다.

'겉지두 않은 생각을 하구 있었다.'

그는 거울에 비친 자기의 기름자에게 말하였다.

지금의 금패에게 말하라면 '인생'이란 풀기 쉬운 수수께끼이었다. 그러나 사람들은 그렇게 해석하기 쉬운 수수께끼는 다시 없었다. 한마디로 말하자면 겉지 않고, 변변치 않고, 괴롭고 쓸쓸한 것. 이것이 '인생'이다.

그리고 이 '겉지 않고 괴롭고 변변치 않고 쓸쓸한 인생'을 살아갈 유일의 도리는 순간순간의 쾌락을 취할 것, 이것밖에는 방책이 없다. 오는 날의 일을 생각하면 무엇하랴. 오늘 밤 어떤 일이 생길지 모를 이 '인생'에서.

장생술(長生術) 거짓말아!
불사약(不死藥) 그 뉘 본고.
진황총(秦皇塚) 한무릉(漢武陵)도.
모연추초(暮烟秋草)뿐이로다.
인생이
일장춘몽(一場春夢)이니,
아니 놀고 어이리.

그는 속으로 읊으면서 벌떡 일어서서 아우의 방으로 건너갔다.

아직 쓴 것을 모르는 아우는 거문고를 밀어 놓고 어느덧 잠이 들어 있다. 순결한 무르익은 두 젖을 내어놓고 숨소리를 고요히 잠이 들어 있다.

금패는 가만히 그의 머리 곁에 가 앉아서 널따란 아우의 댕기를 어루만지면서 그의 달같이 밝고. 모란같이 예쁜 얼굴을 사랑스러이 들여다보았다.

너는 아직 아무것도 모른다. 사람이란 무엇인지 사내란 어떤 것인지 우리 '기생'이란 것이 어떤 것인지. 다만 무엇을 보든 기쁘고 즐겁고 무엇을 대하든 춤추고 날뛰고 싶은 때 지금이 제일이느니라. 그러나 네게도 바람과 물결이 이를 테지. 그날이 멀지 않았구나. 더러움을 모르는 네 눈에서 피눈물이 나며 지금 고즈넉이 들썩거리는 네 가슴이 찢어지는 것 같을 날 그날이 멀지 않았구나. 서러움을 모르고 저픔을 모르는 너는 그날에 얼마나 놀라랴. 오늘이 얼마나 무서우랴. 그러나 피할 수 없는 운명이다. 고요히 싫어도 이르는 그날을 기다리지 않을 수 없는 것이 우리의 운명이다. 어찌하랴.

금패는 아우의 손을 꼭 잡았다. 고요히 잠들어 있던 아우의 눈은 조금 벌려졌다. 금패는 참지 못하여 눈같이 흰 아우의 가슴에 머리를 묻었다. 뜨거운 눈물이 그의 눈에서 흘렀다.

6

날이 차차 더워지면서, 대동강 위의 뱃놀이는 더욱더 많아지고, 취케 하는 듯한 따뜻함에 한잔 술로써 미인과 마주앉아서, 가는 봄을 조상하러 사람이 더 늘었다.

금패도 분주하게 되었다.

뱃놀이, 연회, 술좌석, 모든 것을 금패를 기다렸다.

하염없이 불리어 가는 금패는, 돌아올 때는 그래도 얼마의 유쾌함을 얻고 하였다. 평양 명기, 자랑스러운 이 한마디는 기쁨을 낳고 기쁨은 유쾌를 낳아서, 쓰러지고 싶은 그의 마음을 얼마는 위로를 하였다.

그러나,

'십 년을 지나 봐.'

파일 밤에 들은 이 한마디로 말미암아 생긴 마음의 허물은 없어지지를 않았다.

「언제 죽을지 모르는 이 인생에서……」

과연, 이 한마디는 그 허물을 없이 할 수가 있을까.

돌이켜,

'백 살까지 살지도 모르는 이 인생에서' 과연 어찌되노.

이리하여, 알 듯한 모를 듯한 보이는 듯한 안 보이는 듯한 저품은, 그의 마음 깊은 데서 떠나지를 않았다.

그는 모든 것을 보려 하였다. 들으려 하였다. 알려 하였다. 생각하려 하였다.

그는 그의 교제하는 사회 범위 안에서 모든 것을 보고 들으려 하였다. 그러나 술을 먹고는 꺼꾸러져서 정신을 못 차리는 소위 손님과, 자기가 이즘 서방을 안한다고 밤낮 힐책하는 부모와, 이성의 내음새를 그리는 무르익은 아우와, 이것밖에는 보는 것이 없었다. 음란한 노래와, 음란한 말과, 변변치 않은 헛소리밖에는, 들은 것이 없었다.

그는 그의 머리, 그의 지식이 허락하는 것, 모든 것을 알려 하고 생각하려 하였다. 그러나 이전에 안 바, 그 이상 새 지식은 나오지 않았고, 더 깊이 생각하려면 머리가 섞바뀔 뿐, 모든 것은 수수께끼가 되어 버리고 하였다. 이러하여, 그의 계획이 나는 바는, 다만 신경 과민과 수면 부족이고 모든 예기는 틀려 버렸다.

그 가운데 그가 다만 하나 안 바는, 그는 결코 남에게 온전한 사람의 대접은 못 받고 있다는 심히 불유쾌한 점이었다. 손님은 그(기생)들을 업수이 여길 수 있으므로 '사랑스러운 동물'로 알았었다. 부모는 '돈벌이하는 잡은 것'으로 대하였었다. 예수교인은 마귀로 알았다. 도학자는 요물로 알았다. 노동자는 자기도 돈만 있으면 살 수 있는 '물건'으로 알았다. 어린애들은 '영문 앞의 도상'이라고 비웃어 줄 곱게 차린 동물로 알았다. 늙은이나 젊은이나 한결같이 그들을 다만 춘정(春情)을 파는 아름다운 동물로 알 뿐, 한 개 인격을 가진 사람으로는 보지 않았다. 그를 사랑하는 자나 미워하는 자나, 또는 (돈이나, 경우로 말미암아) 감히 접근치도 못하는 자까지도 그를 어떤 음란스런 생각 아래서 볼 뿐, 한 개 사람으로는 안 보았다.

금패는, 이전에 자기네들을 대단히 업수이 여기는 어떤 사회 사람들도 마음으로는 자기네들과 친근키를 원하는 것을 발견하고, 역시 사내란 약한 것이고 위선의 덩어리라고 기뻐한 적이 있었으나, 이것 역시 자기네를 '사람'으로 보지 않고 춘정을 파는 아름다운 동물이라 생각함에 있다 하며, 끝없는 모욕심의 감(感)을 깨닫지 않을 수 없었다.

이리하여 새로 발견하는 사실은, 어떤 것이든 금패의 마음을 저상(沮喪)케 하는 칼이 아닌 자 없었다. 이 한 문제도 금패의 머리에 꽤 크게 울리었다.

이리하여 웃기 잘하고, 쾌활하고, 이야기 잘하고, 노래 잘하고, 애교 있던 금패는, '웃었다 울었다 성내었다 생각하였다 하는 신경질의 금패'로 변하였다.

이러한 동안에 또 한 타격이 금패에게 이르렀다.

7

어떤 따뜻한 날이었었다.

금패는 가벼운 마음으로 열두 시쯤 조반을 먹고, 세수를 한 뒤에 자기 방에 돌아왔다. 일기(日氣)의 탓인지 금패는 별로 마음이 내려앉지 않게 기뻤다.

(이날은 서남풍이 사람의 젊은 마음을 충동하듯 솔솔 불었다. 하늘에는 구름이 분홍빛으로 엉기어서 날아다녔다. 나비가 들에 떠다녔다) 그는 벗의 집에라도 놀러 갈까 하였으나, 그것은 썩이 마음이 붙지 않아서 어찌할까고 손을 부비며 앉아 있을 때에, 대문에서 나는 자기를 찾는 손님의 소리를 들었다. 금패는 내어다보았다. (이전에 서너 번 함께 놀아 본) Y라는 손님이 알지 못할 손님 하나를 데리고 왔었다.

「오래간만이외다그레. 어서 들어오세요.」

금패는 되었다 하는 마음상으로 손님들을 환영하였다.

「어디 가는 길인가?」

Y가 물었다.

「괜티않아요. 들어오세요.」

「그럼 들어가세.」

하면서 Y는 새 손님을 재촉하여 방안에 들어왔다.

「그새 어디 가셨댔어요?」

「응.」

「어디요?」

「여기저기 좀.」

Y는 희미한 대답을 하였다. 그리고 몇 가지 이야기가 왔다갔다 한 뒤에, Y는 새 손님에게 향하여 일어로 물었다.

「어때?」

「꽤 예쁜데!」

새 손님은 씩― 웃었다.

금패는 새 손님을 기생집에 처음으로 와본 사람이라고 감정하였다. 그러나 새 손님은 (대담히도) 정면으로 수리와 같은 눈으로 금패의 얼굴을 쏜다. 금패는 그것을 피할 겸 담배를 붙여서 권하였다.

새 손님은 담배를 받고, 또 한 번 씩― 웃으면서 (역시 일어로) Y에게 말하였다.

「이상해.」

「무어이.」

「난 젊은 여성 앞에선 얼굴이 붉어져서 동작을 마음대로 못하는데, 이 기생이라는 여성께 배알할 때는 (내 첫경험이지만) 뭐, 마치 암캐나 암탉과 마주선 것 이상 마음의 변화가 안 생기는구만……」

「그만두어, 여긴 철학 연구소가 아니야.」

Y는 좀 핀잔 주는 듯이 말하였다. 그러나 새 손님은 그런 것을 염두에 두지 않은 듯이 말을 계속하였다. 눈으로만 별하게 웃으면서……

「자네네 같은 유객(遊客)에게는, 장소의 구별이나 할 말 안할 말이 구별이 있는지는 모르지만, 내게 말하라면 필경코 같애. 그들이 사람이 아니루 감정했을 것 같으면, 아무데서구 직토(直吐)하구, 또……」

「사람이 아니면 무에란 말이야, 그래?」

Y는, 새 손님의 말을 닥채어[1] 물었다.

「듣고 싶은가?」

새 손님은 머리를 끄덕이며 웃었다. Y는 가만 있었다. Y가 대답이 없으니까 새 손님은 자기가 혼자서 대답을 하였다―

「실상은 나두, 사람 아니다구는 안해…… 가만! 그래 사람이 아니야. 확실히 사람이 아니야. 박쥐일세. 박쥐······」

「박쥐? 밤에 밥벌이한다구?······」

「음, 오히려 박쥐는 새구두 조류가 아닌 것처럼, 기생은 사람이구두 인류에 못 든다는 편이 옳을 테지.」

금패는 얼굴에 피가 한꺼번에 받쳐 올라오는 것을 깨달았다. 너무 심한 말이었었다. 그들은 무론, 금패가 일어를 모르는 줄 알고 이야기를 한 것이겠지만, 설혹 모른다 하여도 당자를 곁에 두고 이렇게까지 하는 것은 너무 혹독한 것이다. 금패는 새 손님을 처음 보는 순간, 벌써 '되지 않은 녀석'인 줄 알았다(고, 생각하였다).

그러나 새 손님은 온전히 금패를 주의치 않은 듯싶었다. '박쥐'에서 시작된 이야기는 이렇게 변하였다 ──

── 자기는 아직껏 기생이라는 것을 교제는커녕 알지도 못하였다. 그저께 여기(평양)를 내려올 때에, 기차에 자기 맞은편에 기생이 앉아 있었는데 이것이 자기로서는 가장 기생과 가까이 앉아 본 첫경험이다. 그러나 자기는 한 가지를 안다. 그것은 자기의 직감은 대개는 틀림이 없다는 것이다. 이 직감으로 기생을 볼 때에······

「그렇지, 그것, 껌 발춘기(發春器), 그것이야. 소위 손님네라는 자네들두 그것으로 알지 않나? 기생의 부모두 그것 판매인으로 자임하구. 짐승들두 부모의 애호는 받는데! 또 기생 자기네들두 그것으루 생각하구. 어때 내 말이 거짓말인가?」

Y는 아무 말도 안하였다. 새 손님은 또다시 이야기를 이었다.

「이 세상에 사람이구두 사람이 아닌 것에 두 종류가 있는데 하나는 기생이고, 하나는 징역꾼이야. 그런데 여기 특별히 주의할 현상은 무엇이냐 하면 두 자 다 ── 사람은커녕 오히려 짐승보담두 썩 못할 대우와 속박을 받고 있다는 점이네. 그것은 나보담두 자네가 더 잘 알겠네. 즉 사람이구두 사람이 아닌 자는 짐승 이하의 대우를 받는단 말이야. 그런데 여기 더 안된 것은 기생이라는 ── 사람이다 해주지 ― '사람'은 자기네 생활에 만족은커녕, 오히려 만심(慢心)을 품구 있지 않나. 자기는 기생 각하루하구…… 나는 이렇게 생각했네. ―사람이란 경우를 따라서, 온 이렇게까지 극단의 바보두 되구 이렇게까지 근성의 꼬리까지 썩는 것이냐구…… 우리들은 우리들 자기의 생활에두 만족을 못하는데……」

＊ ＊ ＊

금패는 까딱 안하고 이런 말을 다 들었다. 뿐만 아니라 손님들이 갈 때에도 조금도 이전과 틀림없이 인사를 하였다. 그러나 그의 마음은 찢어지는 것같이 아팠다.

8

　마음을 대단히 충동시키는 듯한 어떤 저녁이었었다. 그것은 첫여름에 흔히 있는 (더운 듯한 서늘한 듯한) 날로서, 달 없는 초생 하늘에는 겨우 직녀가 반득이며, 길모퉁이마다 단소 부는 무리가 모여 섰는, 이러한 저녁이었었다. 그리고 또 젊은 평양 사람들로서 대동강 가에 거치지 않을 수 없게 하는 무엇을 속삭이는 듯한 저녁이었었다.
　금패는 저녁을 먹고 불표(임시 휴업)를 단 뒤에, 대동강 가에 나섰다.
　하늘은 벌써 새까맣게 되었다. 개밥바라별[2]도 벌써 안 보이게 되었다. 얇은 구름같이 보이는 은하만이 하늘에 '밝다' 일컬을 유일의 것이었었다.
　대동문(大同門)이나 연광정(鍊光亭)에서 하루 종일 패수(浿水)의 흐르는 것을 들여다보면서 앉아서도, 일호의 갑갑함을 깨닫지 않던 선조의 피를 받은 평양 사람들은 벌서 꽤 많이 대동강으로 모여들었다.

금패는 천천히 발을 옮겨서 옥류병(玉流屛) 위로 가서 아래를 내려다보았다. 새까만 물 가운데 은하의 그림자로 금패는 어두운 가운데 오르내리는 무수한 마상이를 보았다. 그 가운데는 창가를 하는 사람도 있었다. 조선 노래를 부르는 사람도 있었다. 시조를 읊는 사람도 있었다. 만돌린을 뜯는 사람도 있었다. 그리고 그들은 대동강의 깊음과 마상이의 작음이며, 또는 익사자의 존재를 온전히 비인(非認)하는 듯이 희희낙락히 오르내린다.

이것을 한참 내려다보던 금패는 자기도 물 위에 떠놀고 싶은 생각이 나서 어떤 마상이 주인집에 가서 한 짝 빌어 타고 나섰다. 왼편 팔을 가볍게 움직일 때에 마상이는 미끄러지듯이 대동강 위에 떠나간다. 어디로 갈까 하고 잠깐 생각한 뒤에 금패는 반월도로 향하여 가만가만히 저어 올라갔다. 어두움 가운데 갑자기 소리가 날 때에 거기를 보면 마상이가 있다. 조용한 가운데 갑자기 물소리가 날 때에 거기를 보면 또한 마상이가 있다. 평양 사람은 모두 마상이에 있지 않나 생각되도록 대동강 위는 흥성스러웠다.

조용함을 찾으러 나온 금패는 마상이들을 피하면서 가만가만 반월도를 향하여 올려 저었다. 이리하여 반월도 아랫머리까지 저어 올라간 금패는 윗머리까지 가고 싶었으나 팔이 곤하여졌으므로 그만 닻을 주기로 하였다. 사실 거기도 (때때로 뜻하지 않은 어두운 데서 마상이가 뛰쳐나오기는 하지만) 조용한 편이었었다. 금패는 닻을 첨벙, 물에 떨어뜨리고 마상이에 드러누웠다.

인공적이라 하여도 좋도록 예쁜 높은 하늘이었다. 거기는 황금빛 별들이 반득이고 있었다. 때때로 기러기가 날아다니는 것이 보였다.

금패는 이것을 바라보면서 (그것은 극히 막연하지만) 무궁(無窮)

이라 하는 것을 보았다. 별 위에 또 별, 그 위에 또 별, 그 위에 또 무에, 그리고 그것은 무궁의 심볼에 다름없었다. 그 큰 하늘에 비기건대, 사람은 참으로 더럽고 불쌍한 것이었었다. 사람이 살려고 애를 쓰는 것은 마치 너른 바다에 빠진 조그만 벌레가 벗어나갈 길을 찾음과 마찬가지일 것이다. 애를 쓰면 무엇하랴, 마침내 운명이라 하는 큰 힘에게 지지 않을 수 없을 것이다. 바다에 빠진 벌레로서, 만약 (가장 조그만 것으로라도) 즐길 기회가 있기만 하면, 그것은 기껏 과장하여 즐겨 두는 것이 가장 그에게는 정당하고 영리한 처세법이다 아니할 수 없다. 즐겨 두어라, 놀아 두어라, 걱정하면 무엇하며 애태우면 무엇하랴, 그것도 마침내는 사라지고 너른 하늘과 거기 반득이는 별들만 영구히 남아서 사람의 쓰러짐을 비웃고 있을 테다……

금패는 꿈꾸듯 이런 생각을 하면서 누워 있었다.

9

마상이에 부딪혀서 좌우편으로 갈라지면서 똘똘 흐르는 물소리는 금패를 졸음 오게 하였다. 몇 번 정신을 차려 보았으나 규칙 바르게 나는 물소리는 피곤한 그를 또다시 취케 하였다. 달금한 꿈에서 깨기는 싫었으나 온전히 잠이 들면 안되겠다 생각하고 금패는 일어나서 세수를 한번 하고 다시 드러누울 작정으로 세수하러 마상이 속으로 갔다.

*　　　　*　　　　*

금패는 자기가 어찌되었는지 몰랐다. 다만, 머리에 흐르는 물을 입으로 푸— 푸 뿌리면서 마상이 전을 붙여잡고 물에서 마상이로 올라오려 애를 쓰는 자기를 그는 발견하였다. 그는 어느덧 마상이에서 떨어진 것이었다.

온갖 힘과 애를 다 써서 겨우 마상이에 올라온 그는 몸을 사시나무와 같이 떨었다. 추위와 무서움이 함께 그의 몸을 습격하였다. 그러나 그 무서움은 무엇에 대한 것인지 금패는 몰랐다. 저편 앞에 쫠—쫠 하는 여울에 물 흐르는 소리까지 그의 두려움을 더하게 하였다.

그는 그 무서움에 참지 못하여 옷을 짤 겨를도 없이 빨리 떨리는 손으로 노를 저어서 시가 쪽으로 향하였다. 여울에 들어서면서 무서운 물 힘에 밀려서 마상이는 쏜살같이 이편 쪽(시가 쪽) 언덕에 가까이 왔다. 금패는 조금 안심되어 눈을 들었다. 사람의 말소리도 들리게 되었다.

이때야 금패는 겨우 정신을 가다듬고 사람의 눈에 아니 뜨이는 곳으로 마상이를 저어 가서 옷을 하나씩 벗어서 짜 입은 뒤에 다시 시가 쪽 언덕, 마상이 주인의 선창에 갖다 대었다. 그리고 마상이 주인집에는 들지 않고 좁은 길로 빠져서 자기 집에 돌아와서 (아직 대문이 열린 것을 다행히) 몰래 자기 방에 들어왔다.

방은 아까 불을 끄고 나간 대로 그대로 있었다. 그는 불은 켜지 않고 손으로 더듬어서 옷을 얻어 갈아입은 뒤에 물에 젖은 옷은 뭉쳐서 모퉁이에 박고 쓰러지듯이 그 자리에 엎디었다.

그의 마음은 맥나고 괴상하게 떨렸다. 온갖 설움은 그의 마음을 눌렀다. 그러나 그 설움은 모두 수수께끼같이 이상히 범벅된 모를 것들이었다.

이러한 불안 속에서도 그는 다만 한 가지뿐을 똑똑히 의식하였다. 그것은 아까 그때 자기 앞에 갑자기 나타난 '죽음'이라는 검은 기름자에 대한 것이었다. 그리고 그 가운데는 아까 그때 자기는 왜 온전히 죽어 버리지 않았나 하는 생각도 섞여 있었다.

아낙네들이 기다리는 오월 단오가 이르렀다.

우리는 백이숙제니 무엇이니 하는 어려운 문제를 끄집어낼 필요
가 없다. 그러나 차차 속되어 가고 차차 없어져 가는 이전의 아름
다운 풍속들을 돌아다볼 때에 한 애처로운 느낌을 깨닫지 않을 수
가 없다.

단오 명절은 아낙네의 날이었다. 남인금제(男人禁制)의 불문율을
걸어 놓은 아낙네의 날이었다. 일년 동안을 '마누라'라는 신성한
직업에 골몰하였던 그들의 하루 동안을 편안히 쉬는 날이었다.

지금은 없어졌지만 그 당시의 젊은 평양 여인이 기껏 잘 차린 뒷
모양은 사람으로 하여금 신성한 느낌을 일으키에 한 것이었었다.
기 — 다란 은향색 치마에 남빛 배자로 장식한 송화빛 저고리와 그
위에 나비와 같이 예쁘게 올라 앉은 수건 새로 때때로 펄럭이는 새
빨간 댕기의 뒷모양은 사람으로 하여금 정욕이니 육욕이니 하는 생
각을 온전히 초월한 신성한 아름다움을 느끼게 한다. 그것은 극도
로 장식된 인공미이었었다. '사람'이라는 것보다 오히려 인형에 가
까운 아름다움이었었다. 그리고 따라서 '자연'이라는 것보다 한 예
술품이랄 수가 있었다.

아침 동안에 마음껏 차림을 차린 그들은 열한 시쯤부터 차차 떼
를 지어서 동산(東山)으로 모여든다. 동산에는 그들을 기다리는 그
넷줄이며 각 장사들이 벌써 준비되어 있다. 이리하여 오후 두 시쯤
까지에는 동산은 젊은 아낙네들로 메워진다. 이때에 만약 우리가
모란봉 꼭대기나 을밀대에 가서 동산을 내려다보면 거기는 각색 농
후한 색채가 흐트러지고 섞어져서 범벅으로 뭉기고 있는 것을 볼
수가 있다. 그리고 또 가지 좋은 소나무마다 늘어져 있는 그넷줄에

는 은향색과 남빛이 범벅으로 팔락이며 그넷줄 아래는 차례를 기다리는 개아미와 같이 조그만 여러 가지의 빛이 아물거리고 있는 것을 볼 수 있다.

동산에 모여든 아낙네들은 일년에 한 번 이르는 이 명절을 모든 일을 생각지 않고 모든 일을 잊어버리려 한다. 그들은 늘 지켜 오던 모든 예의와 염치를 내어던지고 마음껏 자유롭게 마음껏 유쾌하게 마음껏 즐겁게 이날을 지내려 한다. 그들은 다른 때는 천스럽다고 곁에도 가지 않던 분을 이날은 마음껏 희게 바르며 행랑 갈보들과 같이 그넷줄 아래서 뛸 순서를 다투며 심지어는 단오의 평양을 구경 온 외촌(外村) 사람들의 두룩거리는 얼굴에 터지는 듯한 웃음까지 부어 준다.

웃음 소리, 지껄이는 소리, 다툼 소리, 그네를 발 모는 소리, 서로 찾는 소리, ── 이리하여 환락의 날은 차차 저물어서 해가 만수대(萬壽臺) 위에서 차차 벌겋게 될 때에는 그들은 내일 다시 이를 자유로울 날을 생각하면서 떼를 지어서 각각 자기의 집으로 돌아간다.

하룻밤의 단꿈에 피곤함을 모두 지워 버린 그들은 이튿날 아침 다시 모양을 차리고 뒷동산으로 모여든다. 거기는 어제와 같은 즐겁고 흐트러지고 자유로울 날이 다시 그들을 기다린다. 오월 초엿새의 유쾌한 명절을 그들은 또 어제와 같이 지낸다.

오월 초이렛날(마지막 날)은 그들은 기자묘에 모여서 일년 동안에 한 번 이르는 자유로운 명절의 마지막 날에 상당하도록 가장 성대히 가장 유쾌히 가장 즐겁게 논다. 이러다가 해가 용악으로 넘어가렬 때쯤은 지금 집에서 자기를 기다리고 있는 남편이며 또는 그 그저께 말구어만[3] 두고 시작은 안한 자기의 치마를 머리 속에 그리면서 각각 자기의 가정으로 돌아간다.

이리하여 아낙네의 명절은 막을 닫는다.

11

　첫 명절날(닷샛날) 금패는 모든 뱃놀이와 술좌석을 물리치고 친한 손님 몇이(W. H. K)와 더불어 어죽[4]놀음으로 떠나기로 하였다.

　어죽놀이에는 맞추인 일기이었었다. 오월대고는 뜨거운 날이었었지만 물에 들어서서 일을 하여야만 할 그들에게는 맞추인 일기이었었다. 뿐만 아니라 회강(廻江)돌이로 주암까지 가서 죽을 쑤려고 나선 그들에게는 없지 못할 밀물은 (벌써 아침 열 시쯤부터 밀기 시작하였지만) 그들이 떠나는 낮 열두 시쯤은 대동강을 바다와 같이 넓게 하고도 무엇이 부족하여 그냥 오른다. 대동강 특유의 달금한 하늬바람이 밀물에 몰려 오르는 물결을 거슬러서 해뜩해뜩한 물결을 일으키고는 있었지만 힘세고 빠른 밀물의 힘에 몰려 올라가는 그들의 배는 그 바람을 거스르면서 반월도를 뒤로 감돌아서 능라도 뒤로 위로 위로 올라갔다.

　단오 명절은 동산에만 이르지 않고 새방성 자라웃까지도 이르렀다. 자라웃의 무성한 수양버드나무에도 그넷줄이 늘어져 있고 당시에 유행한 송화빛과 은향색이 그 그넷줄 위에서 춤을 춘다. 약간 부는 하늬바람에 불려 올라가듯 너울너울 앞으로 높이 솟아 올라갔다가는 다시 은향색 치마를 휘날리면서 뒤로 솟아오르고— 그럴 때마다 힘을 주는 '쉬—' 하는 계집애의 아름다운 소리가 날아온다.

　금패네 배는 그것을 멀리 바라보면서 능라도로 붙어서 그냥 위로 올라갔다. 이리하여 그들의 배가 흥부 어떤 어죽 쑤기 좋은 자리 앞에 이른 때는 오후 두 시 반쯤 기껏 오려던 밀물이 그 반동으로 힘을 다하여 써기[5] 시작한 때였다.

　「거 어죽 쑤기 좋은 자리루다.」

과연 거기는 어죽 쑤기에는 능라도나 반월도 근방에는 쉽지 않을 만치 온갖 것이 갖춘 자리였었다. 물바닥은 대동강 특유의 가— 는 모래이요 물 맑고 언덕은 잔디밭이요 그 위에는 커다란 수양버들이 좋은 기름자를 띄우고 있다. 앞으로는 기역자로 꺽어지면서 능라도 때문에 두 가닥으로 갈라진 대동강을 끼고 평양성 내가 멀리 보—얗게 내어다보인다. 그들은 거기서 내렸다. 그 뒤로는 사공이 닭이며 쌀 나무 짠지 또는 솥들을 나르고 자리를 정하여 거기 솥 걸 자리를 자갯돌로 쌓아 놓았다.

「자 누가 닭을 잡겠나?」

H라는 손님이 둘러보면서 말하였다.

「내 닭 백정 노릇 하마.」

K는 칼과 닭을 가지고 물가로 갔다. W는 솥에 물을 담고 불을 때고 H는 쌀을 씻고 이렇게 직분은 작정되었다.

금패는 별로 말할 수 없이 마음이 즐거워서 연엽이와 함께 풀밭도 거치며 또는 송화빛과 은향색이 개아미와 같이 얽혀 있는 모란봉 근처도 바라보며 때때로는 일을 하는 손님들에게 농담도 던져보며 그럴 때마다 큰소리로 이유 없이 웃곤 하였다.

「저 뒤에 가보자.」

「가보자꾼.」

연엽의 동의에 금패는 가볍게 대답한 뒤에 손님들을 내버리고 풀향기를 들이마시면서 차차 동리로 가까이 갔다. 거기도 단오 명절이라고 아이들은 모두 새옷을 입고 멀리 바라보이는 데는 그넷줄도 늘어져 있다.

「돼지에게 은방울 단 것 같구나.」

연엽이가 촌 아이들이 자기네 뒤를 따라오는 것을 보고 금패에게 말하였다.

「가만 애 돼지구 뭐이구 저게서 찾나 부다.」

금패는 손님들 있는 편으로 돌아섰다.

과연 K는 어느덧 닭은 다 죽였는지 두 마리의 닭을 높이 두르면서 금패의 편을 향하여 고함친다—

「너희들두 한 마리씩 돼라[6]—」

「발세 물 끓었나요?」

이렇게 금패는 같이 고함쳤다.

「끓기는커녕 털꺼정 불쾄다.」

「튑세다가레. 것두 걱정이웨까?」

금패와 연엽이는 K에게로 달음박질하여 가서 뜨거운 물이 뚝뚝 흐르는 닭을 한 마리씩 받아 가지고 물가로 갔다. 끓는 물에 잘 무른 털은 손을 댈 새가 없이 툭툭 빠졌다.

「잘은 뽑아진다.」

「네 핸 잘 뽑히니? 내 핸 당초에 안 뽑아디누나……」

이렇게 연엽이가 머리를 닭에게 향한 대로 대답하였다.

「바꾸어 달라니?」

「정 바꿔 주렴.」

「찍! 먹갔니?」

금패는 연엽에게 농담을 한 번 던진 뒤에 닭을 새빨갛게까지 퇴었다.

「다 됐쉐다.」

금패는 언덕을 향하여 고함쳤다.

「됐으면 배 가르구 각을 뜨렴.」

K가 금패를 향하여 고함쳤다.

금패는 칼을 집어다가 닭의 각을 뜨고 배를 가르고 내장을 꺼내고 하여 모든 요리를 끝낸 뒤에 바가지에 담아 가지고 솥 걸어 놓은 데로 갔다.

「수구했네.」

H가 닭을 받아 솥 속에 넣었다.

「나리들 재간이 이만하갔소?」

금패는 자랑스러운 듯이 돌아서면서 담배를 붙여 물었다.

연엽의 닭도 다 되었다. 쌀도 넣었다. 인제는 닭이 무를 동안 불 때는 W밖에는 할 일이 없었다.

뽕두 딸 겸 님두 볼 겸

금패는 가 — 는 소리로 부르면서 혼자 강가로 나왔다. 물결이라고 부르기에는 너무 사랑스러운 조그만 물결이 찰싹찰싹 강가 모래 위를 스치고 달아나곤 한다. 물 속에는 작은 고기 새끼들이 닭의 털을 희롱하며 팔딱거린다.

그는 꿈꾸는 듯한 눈으로 이것을 들여다보면서 머리로는 '살림살이'라는 것을 그려 보았다. 남편과 아내가 힘을 같이하여 온갖 일을 하며 틈이 있을 때마다 같이 즐거이 웃고 날뛰며 — 아아 그것은 과연 아름다운 '살림살이'에 다름없었다. '어죽놀이' 그것은 살림살이의 한 단편의 축도에 다름없었다. 만약 살림살이라는 것이 과연 '어죽놀이'와 같다 할 양이면 그것은 이야기에 들은 '극락 세계' 그것에 다름없었다. 남편의 근심은 아내가 같이 슬퍼하고 아내의 걱정에 남편이 근심하고. — 아아 그들 앞에 과연 걱정이 있다 하면 그것이 무엇이며 근심이 있다 하면 그것이 무엇이랴. 그것은 봄을 만난 눈이며 물을 만난 소금이 아닐까.

금패는 이런 생각을 하며 앉아 있었다.

12

「금패두 고기 뜯게.」

금패는 펄떡 놀라서 일어섰다. 저편에서는 벌써 잘 무른 닭의 고기를 솥에서 꺼내어 놓고 뜯기 시작한 모양이다. 금패는 가만가만 그리로 갔다.

「무얼 했댔니? 외딴 데서 함자서?」

연엽이가 이렇게 금패에게 말을 걸었다.

고구천변 일륜홍,
부상에 둥실 높이 떠

금패는 대답 대신으로 노래를 하면서 고기를 뜯기 시작하였다. 다섯 사람은 고기 바가지에 둘러앉아서 뼈를 추고 고개를 서로 모아서 고기 솥 속에 넣은 뒤에 마침내 기다리던 술추렴을 시작하였다.

「아씨들은 뼈다구나 핥게.」

「누굴 개인 줄 압네까?」

하면서 금패는 뼈를 하나 쥐어서 거기 붙어 있는 고기를 뜯기 시작하였다.

해는 벌서 모란봉 마루를 넘기 시작하였다. 강물을 그 해에 반사하여 새빨간 빛을 그들에게 보낸다. 금패네가 앉아 있는 곳도 물결의 반사로 말미암아 새빨갛게 되었다.

「아이구 눈 시다. ── 나두 한잔 주소고레. 당신네만 잡숫갔소?」

금패는 우쩍 들어 앉으면서 말하였다.

「애, 너두 술 먹을 줄 아니?」

「애개개 망측해라. 그만두라우 애.」

K와 연엽이가 눈이 둥그래서 금패를 보았다. 그러나 금패의 얼굴이 농담이 아닌 것을 보고 한잔 그를 주었다. 금패는 그것을 받아 꿀꺼덕 삼켰다.

「애 용타.」

어느 손님이 말하였다. 그러나 금패의 눈에서는 눈물이 나오려 하였다.

「아이구 쓰다.」

그는 침을 덜걱덜걱 삼키면서 겨우 말하였다.

「네 봐라. 먹을 줄두 모르는 거. 이담 ── 엔 애애 먹지 마라.」

「마사무네완 다르타.」

「다르티 안쿠.」

그러나 그 다음 잔도 금패는 빠지지 않고 먹었다. 어떤 까닭인지는 모르지만 그의 마음은 술을 요구하였다. 차차 뒷목에서 뚝뚝 소리가 나기 시작하였지만 점점 흥이 돌아가는 손님들을 볼 때에 그의 마음에서는 술을 요구하였다.

「아이구 급하다.」

석 잔 넉 잔 하여 다섯 잔 여섯 잔까지 먹고, 얼굴이 새까맣게까지 되었을 때에 금패는 어지러움을 참지 못하여 그만 그 자리에 쓰러졌다. 손님들이 너 먹어라, 나 먹었다 서로 권하는 소리가 마치 강 건너편에서 나는 것같이 흐리게 금패의 귀에 들리게 되었다. 온몸의 무게가 허파에 모인 것과 같이 허파의 괴롭기가 짝이 없었다.

「사람 살리소고레.」

금패는 그만 신음하였다.

「왜 그러니?」

누가 이렇게 물었다.

「죽갔시요.」

「글쎄 술은 먹을 줄두 모르는 꼴에 왜 먹는담. 좌우간 배루 가자. 데레다 줄게. 거게 누워 있거라.」

「괜티않아요.」

「괜티않딜 않아! 그러다가 게우면은 어대칼라구. 자 일어나라.」

「가만, 움쭉을 못하갔시요. 움즉이믄 게우갔시요.」

금패는 구역을 참으며 겨우 중얼거렸다.

「이걸 또 업어다 주아나? 하하하, 글쎄 술은……」

하며, 그 손님은 금패를 들어 업었다. 금패는 그 손님에게 팔을 걸치고 매어달려 배로 가서 거기 내려서 치마를 뒤집어쓰고 드러누웠다. 손님은 친절히 방석을 말아서 베개 삼으라고 금패의 머리에 고여 주고 술추렴하는 데로 돌아갔다.

금패의 뒷목에서는 핏줄이 뛰노느라고 머리까지 들썩거렸다. 그의 눈에서는 눈물이 하염없이 흘렀다. 그것은 다만 술 때문이 아니었다. 잠깐 그림자를 감추었던 온갖 슬픔은 그의 마음속에 떠올랐다. 뿐만 아니라, 그 슬픔은 다른 때와 달라서 어망처망하게 크게 된 대규모의 슬픔이 있었다. 그리고 한 가지씩 순서 있게 나오는 슬픔이 아니고, 여러 십 가지 슬픔이 함께 얽힌 범벅의 슬픔이었다.

게다가 그 가운데는 '살림살이'라 하는 어떤 '걱정'에 가까운 심볼까지 숨어 있었다.

13

이튿날, 어떤 뱃놀이에 불리어 나갔던 금패는 돌아오는 길에 끔찍하고 무서운 일을 보았다. 그들의 배가 모란봉 아래까지 갔다가 청류벽 기슭으로 붙어서 내려오는 때이었다. 배가 정위 정관조(正尉 鄭觀朝)라고 크게 새긴 아래를 지나갈 때에 갑자기 무엇이 철썩하는 소리를 들었다. 배에 탔던 모든 사람은 일제히 머리를 소리 나는 편으로 향하였다. 거기는 바위 위에 감감하니 높이 보이는 청류벽 위에서 떨어진 듯한 열서넛에 난 계집애 하나가 약간 다리를 움직이며 꼬꾸라져 있었다. 배에 탔던 사람들은 모두 일어섰다. 그

194

러나 언덕에 왁 하니 모여드는 사람의 떼 때문에 계집애는 가리워서 보이지 않게 되었다. 다만, 지금 방금 죽느니 골이 짜개져 헤어졌느니 입으로 피를 쏟았느니 하는 이야기만 들렸다. 순사도 달려왔다.

「누군지 아는 사람 없소?」

하는 순사의 소리가 들렸다.

「에 끔찍해. 내레가세.」

손님이 배를 재촉하였다.

금패는 몸을 떨고 돌아서면서 월선에게 말을 붙였다.

「애 끔직해라.」

「오늘 밤 눈에 버레서 잠을 어디케 자나.」

「아까와라, 저앤 아무것두 모르구 죽었갔디?」

「알긴? 도무지 열서넛에 난 것이…… 기애 부모가 알면 죽갔대갔구나.」

금패는 한숨을 쉬고 앉았다. 월선의 '아무것두 모른다'는 것은 성(性)을 뜻함이었다. 그러나 금패의 '아무것두 모른다'는 것은 결코 그런 뜻에서 나온 것이 아니었었다. 금패의 뜻의 한 가지는 그애는 아직 아무 저픔이며 두려움을 모르고 죽었다 하는 것이었었다. 그러나 그보다도 더 마음속에 깊이 들여박힌 것은 그애는 한순간 전에도 제가 죽을 것을 몰랐겠다, 하는 것이었었다.

그날 밤 집에 돌아와서도 금패는 한잠을 이루지 못하였다.

아까 그 계집애의 죽음에서 시작된 그의 머리는 몇 해 전 자기에게 쫓겨나서 길가에서 얼어 죽은 A며, 자기와 친하던 기생 몇이의 죽음—더욱 (무엇에 만족치 못하였는지, 그 당시에 한창 말썽이 많았던) '네코이라즈(쥐약)'를 먹고 죽은 화선의 죽음이며, 또는 자기를 친누이와 같이 사랑하여 주던 O라 하는 손님의 죽음이며, 술좌석에서 갑자기 뇌일혈로 꼬꾸라진 N이라는 손님의 죽음들을 순서

없이 생각하였다. 그리고 그는 한숨을 짚었다 — 죽는 것은 무섭
지 않다, 그러나 그것을 생각하여 계획하고 실행하는 것이 무서운
일이라고.

　이리하여 그의 머리에는 '죽음'이란 문제가 성장하기 비롯하였
다.

14

　마지막 명절날, 아우의 조름에 못 견디어서 금패는 기자묘에 오
르기로 작정하였다. 아우에게 몇 번을 채근을 받으며 겨우 차리고
나설 때는, 오후 두 시쯤이었다. 큰 거리는 차리고 나선 아낙네로
찼다.

　아침에는 그리 마음이 없었던 금패도 이 큰길에 빼곡이 다니는
아낙네들을 보며 약간 분홍빛을 띤 흰구름이 빠질 듯이 움직이지
않고 떠 있는 하늘과 거기 날아다니는 잠자리와 제비를 보며 아까
거울에 비치었던 제 이쁜 기름자를 생각할 때에 차차 마음이 흥성
스러워지기 시작하였다.

　그들은 그때 갓 닦아 놓은 신작로로 칠성문 밖으로 빠져서 기자
묘에 이르렀다. 그 넓은 기자묘는 먼지가 보—얗게 되고 사람의
범벅이 거기는 흐늑거리고 있었다.

「형애야, 데 사람 봐라.」

「구데기 겉구나.」

　금패는 가볍게 대답하면서 길에서 벗어나서 초뚝에 내려섰다.

「어디루 가자니, 금주야.」

「형애 너 가구푼 데 가자꾼, 가만 더—게 영월이 성 있다. 거
게 가자꾼.」

　금패는 아우의 손가락질하는 데로 머리를 천천히 돌렸다. 거기는

영월이라 누구라 기생이 대여섯 명 그넷줄 아래 둘러서 있고 한 쌍으로 올라서 쌍그네를 뛴다. 금패는 말없이 아우와 그리로 갔다.

「금패 오누나. 너 곁은 학자님두 이른 데 댕기니? 글쎄 오늘은 해가 서에서 뜨더라.」

죄잘거리기 좋아하는 영월이는 금패를 보는 순간 벌써 이야기를 시작하였다.

「금주가 너무 오자기에 왔습네.」

「좌우간 온 김에 그네나 한 번 뛰렴.」

「곤해서 좀 쉐서 뛰갔다.」

하며, 금패는 소나무 그루에 덜썩 걸터앉았다. 이즈음 충분히 자지 못하고 맛있게 먹지 못하고 걱정으로 날을 보내어 몸이 무한 약하여진 금패는 그리 그네를 뛸 생각도 없어서 그 자리에 앉아서 그넷줄을 바라보았다. 뒤로 거반 땅과 평행으로까지 올랐다가는 '쉬—' 하는 소리와 함께 너울너울 그넷줄 위의 계집애는 나비와 같이 펄떡이며 앞으로 솟아오르며, 그럴 때마다 소나무는 그루까지 부러질 듯 흔들린다.

이것을 보는 때에 금패는 어저께 청류벽 위에서 떨어져 죽은 계집애를 생각하였다. 주마등(走馬燈)과 같다. 초로(草露) 같다, 살과 같다, 흐르는 물과 같다, 또는 봄 꿈과 같다. 예부터 '인생'이란 것을 펌한 여러 가지의 경구가 있었지만 그 백만의 경구가 과연 어제 그 한순간의 '사실'을 나타낼 수가 있을까. 한순간 전에 청류벽 위에서 꽃을 따느라고 돌아다니며 즐기던 계집애(그에게도 내일 입을 옷이며 먹을 음식이 있었을 테다. 내일 학교에 가면 어제 공연히 결석하였다고 선생에게 꾸지람 들을 걱정도 갔었을 테다. 또는 남이 헤아리지 못할 아름다운 꿈과 같은 바람도 있었을 테다)가, 한순간 뒤에는 벌써 청류벽 아래 송장이 되어 누워 있었다. 혹은 아직까지 그 계집애의 어머니는 자기 딸의 죽음을 모르고 가벼운 여름옷을 짓고 있는지도 모를 테지. 엄한 아버지가 자기 딸의 돌아옴의 늦음을 성내어 들어오면 꾸짖으려고 기다리고 있는지도 모를 테지. 누이가 돌아오기 전에 어서 다 먹으려고 과자에 덤비어드는 어린 오라비가 있을지도 모를 일이다. 그러나 그 계집애는 지금 어디서 무엇을 생각하며 있노.

「형애, 너 한 번 뛔라.」

금주가 헐떡거리며 한 손은 그넷줄을 쥔 채로, 형에게 고함쳤다. 금패는 펄떡 정신을 차리고 무의식히 그넷줄로 가서 올라섰다. 팔과 다리가 떨렸다.

금주는 그넷줄을 뒤로 우쩍 끌고 갔다가 앞으로 내어쏘았다. 금패는 발을 굴렀다. 그네는 차차 높이 올랐다. 모든 사람들을 눈 아래 굽어보면서 금패는 더욱 궁그렸다.

「쉬!」

그네는 구름까지 올라가듯 솟았다. 소나무 위를 넘어서 을밀대의 지붕을 보이게 되었다.

이때에 우정인지 혹은 저절로인지(금패 자기도 똑똑히 몰랐으나) 오른편 손아귀의 힘이 조금 풀리는 것을 그는 깨달았다. 그 다음 순간 그는 그넷줄에서 땅 위에 철석하니 떨어졌다.

15

이리하여 대기 가운데 떠돌던 조그만 티끌 하나는 눈을 겨우 뜰 때 자기의 사위(四圍)의 너무 크고 너름에 놀라서 소리도 못 내고 도로 그 자리에 스러졌다.

《개벽》 37~41호, 1923. 7~11)

◆ 〈눈을 겨우 뜰 때〉의 서편(序編)은 이에 끝났습니다. 연속하여 쓰고는 싶지만 한 단편을 해를 걸쳐서 쓰는 것은 재미없는 일일 뿐더러 겨울이 되면 약하여지는 작자의 몸은 또다시 약하여지는 듯합니다. 서편뿐으로도 한 개 독립한 작품이 되겠으매, 이 기회를 타서 이것으로 한 단락을 맺고 명년이 되면 다시 쓰기 시작할까 합니다.

　　　　　　　　　　　　　　　　　　　　　　　　　— 작자

---

1) 닥채어— '가로채어'의 사투리/ 2) 개밥바라별— '샛별, 금성'의 사투리/ 3) 말구어만— '말구다'는 '마르다(裁)'의 사투리/ 4) 어죽—생선죽, 생선의 살·닭고기·쇠고기·멥쌀을 넣고 끓이다가 계란을 풀어 쑨 죽/ 5) 써기—조수(潮水)가 빠지기. 기본형 '써다'/ 6) 퉤라— '뛰해라'라는 뜻

감
자

감 자

　싸움, 간통, 살인, 도둑, 구걸, 징역, 이 세상의 모든 비극과 활
극의 근원지인 칠성문 밖 빈민굴로 오기 전까지는, 복녀의 부처는
(사농공상의 제2위에 드는) 농민이었었다.

　복녀는, 원래 가난은 하나마 정직한 농가에서 규칙 있게 자라난
처녀였었다. 이전 선비의 엄한 규율은 농민으로 떨어지자부터 없어
졌다하나, 그러나 어딘지는 모르지만 딴 농민보다는 좀 똑똑하고
엄한 가율이 그의 집에 그냥 남아 있었다. 그 가운데서 자라난 복
녀는 물론 다른 집 처녀들같이 여름에는 벌거벗고 개울에서 멱감
고, 바짓바람으로 동네를 돌아다니는 것을 예사로 알기는 알았지
만, 그러나 그의 마음 속에는 막연하나마 도덕이라는 것에 대한 저
품[1]을 가지고 있었다.

　그는 열다섯 살 나는 해에 동네 홀아비에게 팔십 원에 팔려서 시
집이라는 것을 갔다. 그의 새서방(영감이라는 편이 적당할까)이라는
사람은 그보다 이십 년이나 위로서, 원래 아버지의 시대에는 상당
한 농민으로서 밭도 몇 마지기가 있었으나, 그의 대로 내려오면서
는 하나 둘 줄기 시작하여서, 마지막에 복녀를 산 팔십 원이 그의

마지막 재산이었다. 그는 극도로 게으른 사람이었었다. 동네 노인의 주선으로 소작 밭깨나 얻어 주면, 종자만 뿌려 둔 뒤에는 후치질²⁾도 안 하고 김도 안 매고 그냥 버려 두었다가는, 가을에 가서는 되는 대로 거두어서 '금년은 흉년이네' 하고 전주(田主)집에는 가져도 안 가고 자기 혼자 먹어 버리고 하였다. 그러니까 그는 한 밭을 이태를 연하여 부쳐 본 일이 없었다. 이리하여 몇 해를 지내는 동안 그는 그 동네에서는 밭을 못 얻으리만큼 인심과 신용을 잃고 말았다.

복녀가 시집을 온 뒤, 한 삼사 년은 장인의 덕으로 이렁저렁 지내갔으나, 이전 선비의 꼬리인 장인도 차차 사위를 밉게 보기 시작하였다. 그들은 처가에까지 신용을 잃게 되었다.

그들 부처는 여러 가지로 의논하다가 하릴없이 평양성 안으로 막벌이로 들어왔다. 그러나 게으른 그에게는 막벌이나마 역시 되지 않았다. 하루종일 지게를 지고 연광정에 가서 대동강만 내려다보고 있으니, 어찌 막벌이인들 될까. 한 서너 달 막벌이를 하다가, 그들은 요행 어떤 집 막간(행랑)살이로 들어가게 되었다.

그러나 그 집에서도 얼마 안 하여 쫓겨 나왔다. 복녀는 부지런히 주인집 일을 보았지만, 남편의 게으름은 어찌할 수가 없었다. 매일 복녀는 눈에 칼을 세워 가지고 남편을 채근하였지만, 그의 게으른 버릇은 개를 줄 수는 없었다.

「볏섬 좀 치워 달라우요.」

「남 졸음 오는데, 님자 치우시관.」

「내가 치우나요?」

「이십 년이나 밥 처먹구 그걸 못 치워?」

「에이구, 칵 죽구나 말디.」

「이년, 뭘!」

이러한 싸움이 그치지 않다가, 마침내 그 집에서도 쫓겨 나왔다.

인젠 어디로 가나? 그들은 하릴없이 칠성문 밖 빈민굴로 밀리어 오게 되었다.

칠성문 밖을 한 부락으로 삼고 그곳에 모여 있는 모든 사람들의 정업(正業)은 거지요, 부업으로는 도둑질과 (자기네끼리의) 매음, 그 밖에 이 세상의 모든 무섭고 더러운 죄악이었었다. 복녀도 그 정업으로 나섰다.

*　　　*　　　*

그러나 열아홉 살의 한창 좋은 나이의 여편네에게 누가 밥인들 잘 줄까.

「젊은 거이 거랑질은 왜?」

그런 소리를 들을 때마다 그는 여러 가지 말로, 남편이 병으로 죽어 가거니 어쩌거니 핑계는 대었지만, 그런 핑계에는 단련된 평양 시민의 동정은 역시 살 수가 없었다. 그들은 이 칠성문 밖에서도 가장 가난한 사람 가운데 드는 편이었었다. 그 가운데서 잘 수입 되는 사람은 하루에 오 리짜리 돈뿐으로 일 원 칠팔십 전의 현금을 쥐고 돌아오는 사람까지 있었다.

극단으로 나가서는 밤에 돈벌이 나갔던 사람은 그날 밤 사백여 원을 벌어 가지고 와서 그 근처에서 담배 장사를 시작한 사람까지 있었다.

복녀는 열아홉 살이었었다. 얼굴도 그만하면 빤빤하였다. 그 동네 여인들의 보통 하는 일을 본받아서, 그도 돈벌이 좀 잘하는 사람의 집에라도 간간 찾아가면, 매일 오륙십 전은 벌 수가 있었지만, 선비의 집안에서 자라난 그는 그런 일을 할 수가 없었다.

그들 부처는 역시 가난하게 지냈다. 굶는 일도 흔히 있었다.

　　　　　　*　　　　　*　　　　　*

　기자묘 솔밭에 송충이가 끓었다. 그때, 평양부(府)에서는 그 송
충이를 잡는데 (은혜를 베푸는 뜻으로) 칠성문 밖 빈민굴의 여인들
을 인부로 쓰게 되었다.

　빈민굴 여인들은 모두 다 지원을 하였다. 그러나 뽑힌 것은 겨우
오십 명쯤이었었다. 복녀도 그 뽑힌 사람 가운데 한 사람이었었다.

　복녀는 열심으로 송충이를 잡았다. 소나무에 사다리를 놓고 올라
가서는, 송충이를 집게로 집어서 약물에 잡아 넣고, 또 그렇게 하
고, 그의 통은 잠깐 사이에 차고 하였다. 하루에 삼십이 전씩의 품
삯이 그의 손에 들어왔다.

　그러나, 대엿새 하는 동안에 그는 이상한 현상을 하나 발견하였
다. 그것은 다른 것이 아니라, 젊은 여인부 한 여남은 사람은 언제
나 송충이는 안 잡고, 아래서 지절거리며 웃고 날뛰기만 하고 있는
것이었다. 뿐만 아니라, 그 놀고 있는 인부의 품삯은, 일하는 사람
의 삯전보다 팔 전이나 더 많이 내어주는 것이었다.

　감독은 한 사람뿐이었는데 감독도 그들의 놀고 있는 것을 묵인할
뿐 아니라, 때때로는 자기까지 섞여서 놀고 있는 것을 볼 때에, 복
녀는 이상하다 하였다.

　어떤 날 송충이를 잡다가 점심때가 되어서, 나무에서 내려와서
점심을 먹고 다시 올라가려 할 때에 감독이 그를 찾았다 ──

「복네! 애, 복네!」

「왜 그릅네까?」

　그는 약통과 집게를 놓고 뒤로 돌아섰다.

「좀 오나라.」

　그는 말없이 감독 앞에 갔다.

「애, 너, 음…… 데 뒈 좀 가보디 않갔니?」

206

「뭘 하레요?」

「글쎄, 가믄 알디?」

「가디요, 형님.」

그는 돌아서면서 인부들 모여 있는 데로 고함쳤다.

「형님두 갑세다가레.」

「싫다 얘. 둘이서 재미나게 가는데, 내가 무슨 맛에 가갔니?」

복녀는 얼굴이 새빨갛게 되면서 감독에게로 돌아섰다.

「가보자.」

감독은 저편으로 갔다. 복녀는 머리를 수그리고 따라갔다.

「복네 동갔구나.」

뒤에서 이러한 조롱 소리가 들렸다. 복녀의 숙인 얼굴은 더욱 발갛게 되었다.

그날부터 복녀도 '일 안하고 품삯 많이 받는 인부'의 한 사람이 되었다.

$*$ $*$ $*$

복녀의 도덕관 내지 인생관은, 그때부터 변하였다.

그는 아직껏 딴 사내와 관계를 한다는 것을 생각하여 본 일도 없었다. 그것은 사람의 일이 아니요, 짐승의 하는 짓쯤으로만 알고 있었다. 혹은 그런 일을 하면 탁 죽어지는지도 모를 일로 알았다.

그러나 이런 이상한 일이 어디 다시 있을까. 사람인 자기도 그런 일을 한 것을 보면, 그것은 결코 사람으로 못할 일이 아니었었다. 게다가 일 안하고도 돈 더 받고, 긴장된 유쾌가 있고, 빌어먹는 것보다 점잖고…… 일본말로 하자면 '삼박자(三拍子)' 같은 좋은 일은 이것뿐이었었다. 이것이야말로 삶의 비결이 아닐까. 뿐만 아니라, 이 일이 있은 뒤부터, 처음으로 한 개 사람이 된 것 같은 자신까지 얻었다.

그 뒤부터는 그의 얼굴에는 조금씩 분도 바르게 되었다.

*　　　　*　　　　*

일년이 지났다.

그의 처세의 비결은 더욱더 순탄히 진척되었다. 그의 부처는 이제는 궁하게 지내지는 않게 되었다.

그의 남편은, 이것이 결국 좋은 일이라는 듯이 아랫목에 누워서 벌신벌신 웃고 있었다.

복녀의 얼굴은 더욱 이뻐졌다.

「여보, 아즈바니. 오늘은 얼마나 벌었소?」

복녀는 돈 좀 많이 벌은 듯한 거지를 보면 이렇게 찾는다.

「오늘은 많이 못 벌었쉐다.」

「얼마?」

「도무지 열서너 냥.」

「많이 벌었쉐다가레. 한 댓 냥 꿰 주소고레.」

「오늘은 내가……」

어쩌고 어쩌고 하면, 복녀는 곧 뛰어가서 그의 팔에 늘어진다.

「나한테 들킨 댄—ㅁ에는 꾸구야 말아요.」

「나 원, 이 아즈마니 만나문 야단이더라. 자, 꿰주디. 그 대신 응? 알아 있디?」

「난 몰라요. 해해해해.」

「모르믄, 안 줄 테야.」

「글쎄, 알았대두 그른다.」

—그의 성격은 이만큼까지 진보되었다.

*　　　　*　　　　*

가을이 되었다.

칠성문 밖 빈민굴의 여인들은 가을이 되면 칠성문 밖에 있는 중국인의 채마밭에 감자(고구마)며 배추를 도둑질하러, 밤에 바구니를 가지고 간다. 복녀도 감자깨나 잘 도둑질하여 왔다.

어떤 날 밤, 그는 감자를 한 바구니 잘 도둑질하여 가지고, 이젠 돌아오려고 일어설 때에, 그의 뒤에 시꺼먼 그림자가 서서 그를 꽉 붙들었다. 보니, 그것은 그 밭의 주인인 중국인 왕 서방이었었다. 복녀는 말도 못하고 멀찐멀찐 발 아래만 내려다보고 있었다.

「우리 집에 가.」

왕 서방은 이렇게 말하였다.

「가재믄 가디. 훤, 것두 못 갈까.」

복녀는 엉덩이를 한 번 홱 두른 뒤에, 머리를 젖히고 바구니를 저으면서 왕 서방을 따라갔다.

*　　　　*　　　　*

한 시간쯤 뒤에 그는 왕 서방의 집에서 나왔다. 그가 밭고랑에서 길로 들어서려 할 때에, 문득 뒤에서 누가 그를 찾았다.

「복네 아니야?」

복녀는 홱 돌아서면서 보았다. 거기는 자기 곁집 여편네가 바구니를 끼고, 어두운 밭고랑을 더듬더듬 나오고 있었다.

「형님이댔쉐까? 형님두 들어갔댔쉐까?」

「님자두 들어갔댔나?」

「형님은 뉘 집에?」

「나? 육(陸) 서방네 집에. 님자는?」

「난 왕 서방네! 형님 얼마 받았소?」

「육 서방네 그 깍쟁이 놈, 배추 세 폐기 ……」

「난 삼 원 받았디.」

복녀는 자랑스러운 듯이 대답하였다.

십 분쯤 뒤에 그는 자기 남편과, 그 앞에 돈 삼 원을 내어놓은 뒤에, 아까 그 왕 서방의 이야기를 하면서 웃고 있었다.

*   *   *

그 뒤부터 왕 서방은 무시로 복녀를 찾아왔다.

한참 왕 서방이 눈만 멀찐멀찐 앉아 있으면, 복녀의 남편은 눈치를 채고 밖으로 나간다. 왕 서방이 돌아간 뒤에는 그들 부처는, 일 원 혹은 이 원을 가운데 놓고 기뻐하고 하였다.

복녀는 차차 동네 거러지들한테 애교를 파는 것을 중지하였다. 왕 서방이 분주하여 못 올 때가 있으면 복녀는 스스로 왕 서방의 집까지 찾아갈 때도 있었다.

복녀의 부처는 이제 이 빈민굴의 한 부자였었다.

*   *   *

그 겨울도 가고 봄이 이르렀다.

그때 왕 서방은 돈 백 원으로 어떤 처녀를 하나 마누라로 사오게 되었다.

「흥!」

복녀는 다만 코웃음만 쳤다.

「복녀, 강짜하갔구만.」

동네 여편네들이 이런 말을 하면, 복녀는 흥 하고 코웃음을 웃고 하였다.

내가 강짜를 해? 그는 늘 힘있게 부인하고 하였지만, 그의 마음에 생기는 검은 기름자는 어찌할 수가 없었다.

「이놈 왕 서방, 네 두고 보자.」

왕 서방이 색시를 데려오는 날이 가까웠다. 왕 서방은 아직껏 자랑하던 길다란 머리를 깎았다. 동시에 그것은 새색시의 의견이라는 소문이 퍼졌다.

「홍!」

복녀는 역시 코웃음만 쳤다.

마침내 색시가 오는 날이 이르렀다. 칠보 단장에 사인교를 탄 색시가 칠성문 밖 채마밭 가운데 있는 왕 서방의 집에 이르렀다.

밤이 깊도록, 왕 서방의 집에는 중국인들이 모여서 별한 악기를 뜯으며 별한 곡조로 노래하며 야단하였다. 복녀는 집 모퉁이에 숨어 서서 눈에 살기를 띠고 방안의 동정을 듣고 있었다.

다른 중국인들은 새벽 두 시쯤 하여 돌아갔다. 그 돌아가는 것을 보면서 복녀는 왕 서방의 집 안에 들어갔다. 복녀의 얼굴에는 분이 하얗게 발리워 있었다.

신랑 신부는 놀라서 그를 쳐다보았다. 그것을 무서운 눈으로 흘겨보면서, 그는 왕 서방에게 가서 팔을 잡고 늘어졌다. 그의 입에서는 이상한 웃음이 흘렀다.

「자, 우리 집으로 가요.」

왕 서방은 아무 말도 못하였다. 눈만 정처 없이 두룩두룩하였다. 복녀는 다시 한 번 왕 서방을 흔들었다 ──

「자, 어서.」

「우리, 오늘 밤 일이 있어 못 가.」

「일은 밤중에 무슨 일?」

「그래두, 우리 일이……」

복녀의 입에 아직껏 떠돌던 이상한 웃음은 문득 없어졌다.

「이까짓 것.」

그는 발을 들어서 치장한 신부의 머리를 챘다.

「자, 가자우, 가자우.」

왕 서방은 와들와들 떨었다. 왕 서방은 복녀의 손을 뿌리쳤다.

복녀는 쓰러졌다. 그러나 곧 다시 일어섰다. 그가 다시 일어설 때는, 그의 손에는 얼른얼른하는 낫이 한 자루 들리어 있었다.

「이 되놈, 죽에라, 죽에라. 이놈, 나 때렸디! 이놈아, 아이구 사람 죽이누나.」

그는 목을 놓고 처울면서 낫을 휘둘렀다. 칠성문 밖 외따른 밭 가운데 홀로 서 있는 왕 서방의 집에서는 일장의 활극이 일어났다. 그러나 그 활극도 곧 잠잠하게 되었다. 복녀의 손에 들리어 있던 낫은 어느덧 왕 서방의 손으로 넘어 가고, 복녀는 목으로 피를 쏟으면서 그 자리에 고꾸라져 있었다.

       *   *   *

복녀의 송장은 사흘이 지나도록 무덤으로 못 갔다. 왕 서방은 몇 번을 복녀의 남편을 찾아갔다. 복녀의 남편도 때때로 왕 서방을 찾아갔다. 둘의 사이에는 무슨 교섭하는 일이 있었다. 사흘이 지났다.

밤중 복녀의 시체는 왕 서방의 집에서 남편의 집으로 옮겼다. 그리고 시체에는 세 사람이 둘러앉았다. 한 사람은 복녀의 남편, 한 사람은 왕 서방, 또 한 사람은 어떤 한방 의사— 왕 서방은 말없이 돈 주머니를 꺼내어, 십 원짜리 지폐 석 장을 복녀의 남편에게 주었다. 한방 의사의 손에도 십 원짜리 두 장이 갔다.

이튿날, 복녀는 뇌일혈로 죽었다는 한방의의 진단으로 공동 묘지로 가져 갔다.

《조선문단》 4호, 1925. 1)

---

1) 저품— '두려움' 의 옛말/ 2) 후치질—극젱이(끌쟁기)로 고랑을 파서 이랑의 북을 돋우는 일

명 문

명문(明文)

전 주사(田主事)는 대단한 예수교인이었습니다.

양반이요, 부자요, 완고한 자기 아버지의 집안에서, 열일여덟까지 공자와 맹자의 도를 배우다가, 우연히 어느 날 예배당이라는 데가서, 강도(講道)하는 것을 듣고, 문득 아직껏 자기네의 삶의 이상이라는 것을 모르고, 장래라는 것을 무시한 데 놀라, 그날부터 대단한 예수교인이 되었습니다.

그는, 예수를 믿으면서 맨 처음 일로 제 아내를 예수교인이 되게하였습니다. 동시에, '임자'이고, '여편네'이고, 떡하면 '이년'이던그의 아내는 '당신'이요, '마누라'요, '그대'인 아내로 등급이 올랐습니다.

그는 머리를 깎아 버렸습니다. 그리고, 제 아버지와 어머니에게까지 예수교를 전하여 보려 하였습니다.

「네나 천당인가엘 가라.」

어머니의 대답은 이것이었습니다.

「천당? 사시에 꽃이 피어? 참, 식물원에는 겨울에도 꽃이 피더라, 천당까지 안 가도…… 혼백이 죽지 않고 천당엘? 흥, 이야긴 좋다. 네, 내 말을 잘 들어라. 사람이 죽는다는 것은 혼백이 죽느니라. 몸집은 그냥 남아 있고…… 몸집이 죽는 게 아니라 혼백이 죽어. 혼백이 천당엘 가? 바보의 소리다, 바보의 소리야. 하하하.」

아버지는 비웃는 듯이 이렇게 대답하여 오다가 갑자기 고함쳤습니다.

「이 자식! 양반의 집안에서 예수? 중놈같이 대구리¹⁾를 깎고, 다시 내 앞에서 그 따위 소릴 했다가는, 목을 자르리라.」

전 주사는 아버지와 아버지의 혼을 위하여 기도하면서, 자기 방으로 돌아왔습니다.

평화롭고 점잖고 엄숙하던 이 집안에는, 예수교가 뛰쳐들어오자부터 온갖 파란이 일어났습니다.

'나는 너희에게 평화를 주려고 온 것이 아니라, 오히려 분쟁을 일으키려 왔느니라.'

고 한 예수의 말은, 그대로 이 집안에서 실현되었습니다. 칠역(七逆) 가운데 드는 무서운 죄악을, 전 주사는 매일같이 범하였습니다.

미신이라는 것을 한 죄악으로까지 보던 아버지는 전 주사가 예수를 믿기 시작한 뒤부터는 아들을 비웃느라고, 매일 무당과 판수를 집안에 불러들여서, 집안을 요란케 하였습니다.

「우리 자식놈의 예수와 내 인복 대감과 씨름을 붙여 놓아라.」

이러한, 우렁찬 아버지의 웃음 소리가 때때로 안방에까지 들리도록 울리었습니다. 그럴 때마다 착하고 효성 있는 전 주사는 눈물을 흘리면서 골방에 들어가서 아버지를 위하여 기도 드렸습니다.

이 무섭고 엄한 집안에 들어온 예수교는 집안이 집안인지라 가지는 널리 못 퍼졌지만, 그러나 뿌리는 깊게 뻗쳤습니다. 온갖 장해와 박해 아래서도, 전 주사의 내외의 마음속에는 더욱 굳건히 그 뿌리가 들어박혔습니다.

「하늘에 계신 아버지여. 이 제 육신의 아버지의 죄를 용서하여 주십시오. 그는 착한 이외다. 남에게 거리끼는 일은 하나도 안하는 사람이외다. 다만 한 가지, 그는 전지전능하신 당신의 선지식을 모르는 것뿐이 그의 죄악이라면 죄악이겠습니다. 딴 우상을 섬기는 것이, 당신께는 가장 큰 죄악이겠지만 이 육신의 아버님이 딴 우상을 섬기는 것은, 결코 자기의 마음에서가 아니라, 다만 이 저를 비웃느라고 하는 일에 지나지 못합니다. 그의 그 죄를 용서하여 주십시오.」

그는 흔히 이런 기도를 골방에서 드렸습니다.

어떤 날, 이날도 그는 이러한 기도를 드리고 골방에서 나오노라니까 (아직 머느리의 방에는 들어와 보지 못한) 그 아버지가, 골방문 밖에 서 있었습니다. 전 주사는 아버지의 위엄 있는 얼굴에 놀라서 그만 그 자리에 굴복하고 앉고 말았습니다.

「애 고맙다. 하느님한테 내 죄를 용서하라고? 이 전 대과(大科)[2]는 자기 철이 든 이래 죄라고는 하나도 범하지 않은 사람이다. 내 죄를? 이 자식! 네 아비의 죄가 대체 무엇이냐! 대답해라.」

전 주사는, 겨우 머리를 조금 들었습니다―

「아버님, 말씀 드리겠습니다. 아까 하느님께도 기도 올렸거니와, 아버님은 다른 잘못이란 없는 분이지만 하느님 밖에 다른 신을 섬기시는 것이 가장 큰 죄악의 하나올시다.」

「하하하하. 너의 하느님도 질투는 꽤 세다. 애, 내 말을 꼭 명심해서 들어라. 이 전 대과는 다른 죄악보다도 질투라는 것을 가장 미워한다. 너도 알다시피 아직껏 첩을 안 두는 것만 보아도 여편네들의 질투를 얼마나 싫어하는지 알겠지. 나는 질투 심한 너의 하느님을 섬길 수가 없다. 하하하하, 너의 하느님도 여편넨가 보구나.」

아버지는 별한 찢어지는 소리로 웃은 뒤에, 문밖으로 나가 버렸습니다.

＊　　　＊　　　＊

전 대과의 아들 전 주사는 예수를 믿는 '죄' 때문에 얼마 뒤에
그만 아버지의 집에서 쫓겨났습니다. 그가 쫓겨 나올 때, 어머니는
몰래 그의 손에 돈 천(千) 치를 쥐어 주었습니다.

그는 아버지의 집에서 쫓겨 나오면서도 결코 아버지를 원망치는
않고, 오히려 아버지의 하느님을 저퍼하지[3] 않는 태도 때문에 눈물
을 흘렸습니다. 그는 조그만 가게를 하나 세내어 가지고, 잡저자[4]
를 시작하였습니다.

예수에게 진실하고 열심인 만큼, 그는 장사에도 또한 열심이고
정직하였습니다. 이 세상에서 덕이 셋이 있으니, 첫째는 예수 믿는
것이요, 둘째는 정직함이요, 셋째는 겸손한 것이라는 것이, 전 주
사의 머리에 깊이 박혀 있는 신념이었습니다. 그는 온갖 일을 이
'덕'이라는 안경으로 비추어 보면서 행하였습니다. 그는 예수의
탄생 전에 세상을 떠난 공자와 맹자를 위해서까지 기도를 드렸습
니다.

정직함과 겸손함을 푯대 삼는 그의 장사는 날로 흥하였습니다.
아래로는, 어린애의 코 묻은 오 푼짜리 동전으로, 위로는 오 원,
십 원짜리의 지폐가 그의 집에 들락날락하였습니다.

그의 장사는 날로 흥하였지만, 그의 밑천은 결코 늘지 않았습니다.

그는 이전에 자기 아버지의 집에 있을 때는 몰랐거니와, 이렇게
세상에 나온 뒤에 자기 아버지의 평판이 대단히 나쁜 것을 보았습
니다. 다른 것이 아니라 인색하다는 것이었습니다.

'아버지도, 그만한 재산이 있으면, 남한테 좀 주어도 좋을 것을
……'

그는 처음에는 이렇게 생각하였지만, 자기의 장사에서 괜찮게 이
익이 나는 것을 본 뒤부터는 그 이익을 모아서 백 원, 오백 원씩

아버지의 이름으로 여기저기 기부를 하였습니다. 그리고 혼자서 마음으로 아버지를 위하여 하는 일이라고 기뻐하고 있었습니다.

「여보 마누라. 아버님이 인색하시단 말도 이젠 조금 줄었겠지요?」

어떤 날 그는 아내에게 이렇게 말하였습니다.

「네. 며칠 전에 거리에 서 있노라니까 지나가는 사람들의 이야기에, 아버님께서 불쌍한 사람에게 기부를 하신 일이 신문에 났다고 늘그막에 선심을 시작하신 모양이라고들 그러나 봅디다.」

「신문에?」

그는 그날부터 신문을 사보기 시작하였습니다.

그는 어떤 때 어느 예배당을 짓는 데 아버지의 이름으로 돈 천 원을 기부하였습니다. 그리고 그날부터 신문에 그 일이 나기를 기다렸습니다.

이삼 일 뒤에 그는 신문을 뒤적이다가, 고함치면서 그 신문을 들고 방안에 뛰쳐 들어왔습니다. 신문에는 커다랗게 전성철(田聖徹) 대감이 돈 천 원을 예배당 건축에 기부하였다는 말이 마치 기적이라도 발생한 듯이 씌어 있었습니다.

「여보 마누라. 기도 드립시다.─하느님이여, 제 아버지의 죄를 이것으로 얼마라도 용서하여 주십시오. 예수의 공로까지 빌어서 당신께 원하옵니다. 아멘.─아아, 마누라 이것 보오, 이것을. 아버님도 기뻐하시겠지.」

그러나 그들의 기쁨은 곧 깨어져 버렸습니다. 그 일이 있은 이삼 일 뒤 저녁, 몇 해를 서로 보지 못하였던 아버지의 집 청지기가 문득 그를 찾아와서, 돈 천 원을 주며, 아버지의 말을 전갈하였습니다. 그 말은 대략 이러하였습니다─

「내 이름으로 예배당에 돈 천 원을 기부한 일이 신문에 났기에, 알아보니까 네가 가지고 왔다더라. 이 뒤에는 결코 내 이름을 팔아

먹지 마라. 예수당에 기부? 예수당에 기부할 돈이 있으면 전장을 사겠다. 그 돈 천 원을 도로 찾아서 보내니, 다시는 결코 그런 짓을 마라!」

그는 이 말을 듣고 눈물을 흘렸습니다. 그리고 이튿날 다시 그 예배당에 가서, 신문에 내지 않기로 하고 다시 그 천 원을 기부하였습니다.

*   *   *

세월은 흘러서 십여 년이 지났습니다. 스무 살쯤 하여 아버지의 집에서 쫓겨난 전 주사는 어느덧 서른 살이 되게 되었습니다.

그러나 그의 살림은 조금도 변치 않았습니다. 장사에서 이익이 나면 아버지의 이름으로 기부를 하고, 만날 아버지와 어머니의 영혼을 위하여 기도하고, 정직하고 겸손하고 절박하게 장사를 하여 나아가고…… 그리하여 그가 서른 살 되던 해에, 그의 아버지는 문득 병이 걸려서 위독하게 되었습니다.

맏아들이요 외아들인 그는, 위독한 아버지의 앞에 돌아갔습니다.

그는 굵은 핏줄이 일어서 있는, 이전에는 든든하였던 아버지의 싯누런 손을 잡고 쓰러져 울었습니다. 아버지는 힐끗 그를 본 뒤에,

「우리 예수꾼!」

하고는 성가신 듯이 눈을 감아 버렸습니다. 그러나, 전 주사는 그 아버지의 감은 눈 아래 감추어 있는 오래간만에 만나는 부자로서의 따뜻한 사랑을 보았습니다. 그는 느끼는 소리로 그 자리에 엎디어 기도를 드렸습니다. 이 가련하고 착한 영혼을 위하여, 그는 몇만 번 드린 가운데서 그중 훌륭한 기도를 하느님께 드렸습니다.

아버지의 눈은 잠깐 떨리다가 열렸습니다.

222

「너, 날 위해서 기도하느냐? 흥! 예수꾼.」

아버지는 고즈넉이 말을 시작하다가 갑자기 아들의 쥐고 있는 손을 뿌리치면서 고함쳤습니다──

「저리 가라! 썩 가! 애비의 임종에서까지 우라질 하느님? 너의 예수당에 가서나 울어라. 가!」

전 주사는 겁이 나서 두어 걸음 물러앉았습니다. 어머니도 놀라서 전 주사를 붙들고 우들우들 떨었습니다. 그러나 전 주사의 기도는 멎지 않았습니다. 전 주사는 물러앉아서도 이 착하지만 선지식을 모르는 애처로운 영혼을 위하여, 기도를 속으로 드렸습니다.

*　　　　　*　　　　　*

잠깐이 지났습니다. 아버지는 성가신 듯이 연하여 코를 킁킁 울리다가, 눈을 감은 채로 아들을 오라고 손짓을 하였습니다──

「기도해라. 아무 쓸데없지만, 네가 하고 싶으면 해라. 그러나, 내게는 하느님보다도 네가 귀엽다. 차디찬 애비의 손을 녹여 다고……」

전 주사는 아버지의 손을 잡고 엉엉 울었습니다.

밤이 깊어서 대과(大科) 전(前)재상, 전성철은 세상을 떠났습니다.

좀 인색하다는 평판은 있었지만, 한때의 귀인 전 대과의 죽음은, 만도가 조상하였습니다. 조상객이 구름과 같이 모여들었습니다.

전 주사는 무엇이 무엇인지 모를 범벅이 된 혼잡 속에서 어망처망하다는 듯이 눈이 멀찐멀찐 조상객들을 맞고 있었습니다. 사실 거리의 조그만 상인인 '전 서방'에서 대가의 만상제로 뛰어오른 전 주사는, 무엇이 무엇인지 분간을 못하였습니다. 그는 다만 하느님뿐을 힘입으려 하였습니다.

*　　　　*　　　　*

전 주사가 새 대감으로 들어앉은 뒤에 처음으로 한 일은, 이 도회에 오십만 원이라는 커다란 돈을 들여서 큰 공회당을 하나 만들어 놓은 것이었습니다. 그 공회당은(돌아가신 아버지의 이름을 빌어서) 성철관(聖徹館)이라 하였습니다.

뭇 사람은 그 공회당 낙성식에 모여서, 돌아간 전 대과의 혼백을 축복하였습니다. 전 주사는 만면에 웃음을 띠고, 이 낙성식에 참례하였다가, 제 집으로 돌아와서 아내에게 이렇게 말하였습니다.

「여보 마누라. 참, 돈으로 이런 영광을 살 수 있을까? 이런 기쁨이 어디 있겠소? 아아, 아버님께서…… 여보 기도합시다.」

이와 같이, 돈과 영광의 살림을 하면서도, 그는 결코 사치하게 지내지를 않았습니다. 아니, 사치하게 지내려 하여도 지낼 수가 없었습니다. 기름기 많은 고기를 그의 위는 소화를 못하였습니다. 인력거를 타고 다니면, 그는 발이 저려서 참을 수가 없었습니다. 그는 이전에 장사할 때와 마찬가지로, 채소를 먹고, 삼 전짜리 담배를 피우며 십 리가 되는 길도 걸어다녔습니다. 그리고 그의 수입의 남은 것은, 모두 자선에 써버렸습니다.

*　　　　*　　　　*

그러나 마귀는 아무런 구녕으로라도 들어옵니다. 전 주사의 집안에도 재미없는 일이 생겼습니다.

칠십이 넘은 그의 어머니가, 정신이 좀 별하게 되었습니다. 사십에 가까운 며느리가, 아직 아들 하나를 낳지 못한 것을, 처음은 좀 이상하게 말하여 오던 어머니는 차차 만나는 사람은 누구에게나 다 그것을 전무후무한 큰 괴변과 같이 지껄이고 하였습니다.

「계집년이 방정맞으니깐, 아들 하나도 못 낳고 만날 하느님, 하
느님── 하느님이 제 서방이야?」

이런 말이 나올 때는 전 주사는 어쩔 줄을 모르고 골방에 뛰쳐
들어가서, 이 무서운 말을 하는 어머니를 위하여 기도하였습니다.

그러나 어머니의 그것은 노망이라는 병 때문인지라, 막을 도리가
없었습니다. 어머니의 노망은 차차 더하여, 마지막에는 며느리뿐
아니라, 종들이며 드나드는 장사치에게까지 못 견디게 굴었습니다.

「내가 늙은이라고, 너희 년(혹은 놈)들이 업수이 여기는구나. 흥!
내가── 아아, 이런 원통한 일이 어디 있나!」

하면서 벼락같이 대청에 쓰러져 우는 일도 흔히 있었습니다. 뿐만
아니라, 얼굴 좀 빤빤한 계집종을 밤중에 전 주사 거처하는 사랑에
들여보내는 일도 한두 번이 아니었습니다. 그것을 몇 번 전 주사가
물리친 다음부터는, 아직껏은 아들은 얼마간 저퍼하던 어머니가 아
들에게까지 그렇게 굴었습니다.

「너희 젊은 연놈들이 트리하고,[6] 이 늙은 년 하나를 잡아먹누나.
이 전문(田門)의 종자를 끊으려는 연놈들. 그럼 내라도 아들을 낳
아서 이 집을 잇게 하고야 말겠다.」

그러면서 그는 그 뒤부터는, 집에 사람이 오면 매양 그 사람을
붙잡고는, 얌전한 영감 하나를 구하여 달라고 야단하였습니다.

어떤 날, 뜰에서 무엇이 잘못되었다고 중얼거리고 있는 어머니의
뒷모양을, 전 주사가 한심스러이 창문으로 내다보고 있을 때에, 사
내 종 녀석이 하나 지나가다가 뒤에서 흉내내며 주먹질하는 것을
발견하였습니다.

전 주사는 어떻게든 어머니를 처치하여야겠다고 생각하였습니다.

참말, 어머니의 삶은, 아무 가치가 없는 것입니다. 전 주사 자기
는 이 세상에 독일이란 나라가 있고, 거기 베를린이란 도회가 있는
것까지 아는데, 어머니는 대국이란 나라가 어느 쪽에 붙었는지, 그

것조차 모릅니다. 이런 가련한 인생이 어디 있겠습니까? 그것뿐 아
니라 노망하기 때문에, 자기 집안의 부엌이 어느 쪽에 붙었는지까
지 간간 잊어버리는 일이 있고, 심지어는 자기에게 손주가 있었는
지 없었는지도 몰라서 때때로 서두 없이 손주(게다가 용손이라는 이
름까지 붙여서)를 좀 데려다 달라고 애원을 하곤 합니다. 그리고 종
년 종놈들에게 주먹질이나 받고…… 그와 같은 사람은 하루를 더
살면 그만큼 자기 모욕의 행동이라고 전 주사는 생각하였습니다.
그리고 결론으로는, 자기 어머니와 같은 사람은 떠나 버리는 것이,
떠나는 자기를 위함이요, 또 남을 위함이라고 생각하였습니다. 어
머니께 효도를 하기 위해서는, 하루바삐 어머니를 저 세상으로 보
내는 것이라고까지 생각하였습니다. 참말 사면에서 욕보는 어머니
의 모양은, 마음 착한 전 주사로서는 볼 수가 없었습니다.

「하느님이시여. 당신은 이 세상에 죄악이 너무 퍼졌을 때는 큰
홍수로써 세상을 박멸한 하느님이외다. 지금 제 어머니 때문에, 저
는 어머니를 미워하는 역도의 죄를 지으며, 어머니께서도 만날 고
생으로 지내실 뿐 아니라, 집안의 몇 식구가 그 때문에 잠시도 마
음을 못 놓고 지냅니다. 제 이 어머니를 하느님 앞에 돌려보내는
것이 가장 착하고 옳은 일인 줄 저는 생각합니다.」

뿐만 아니라, 이제 일년을 더 살지 못할 만큼 몸이 쇠약한 것은,
누구나 아는 바요, 이제 더 산다는 그 일년이, 또한 다만 어머니의
껍질을 쓴 한 바보에 지나지 못하는지라, 그가 어머니를 죽인다 할
지라도, 그것은 어머니가 아니요, 벌써 송장이 된 어떤 몸집에 조
금 손을 더하는 것에 지나지 않겠습니다. 그는 그 '벌써 송장으로
볼 수 있는 어떤 몸집'에 조금 손을 더하려고 작정하였습니다.

이틀 뒤에 그의 어머니는 몹시 구역을 하고, 그만 세상을 떠나
버렸습니다.

　　　　*　　　　　*　　　　　*

　한 달 뒤에 그는 호출장으로 검사청에 가 서게 되었습니다.

　그는 서슴지 않고 온갖 일을 다 말하였습니다.

　그날 밤부터 그는 구치감에서 자게 되었습니다.

　또 한 달이 지났습니다. 존친족 교살범이라는 명목 아래서 그의 공판은 열렸습니다.

　그는 두말없이 사실을 부인하였습니다.

　「아, 천부당만부당하신 말씀이외다. 제가 그 인자하신 어머님께 손을 대다니오. 천만에…… 어차피 일년 이내에 돌아가실 수명이시고, 게다가 그 당시에도 살아 계시다고 할 수가 없는 이를 마음 편히 주무시게 한 뿐이지, 어머니를 내 손으로…… 참 천부당만부당……」

　검사가 일어서서 반박하였습니다. ──일년 이상 더 살지 못할 사람은 죽여도 괜찮다는 법은 어디 있어? 이제 오 분 내지 십 분의 여명(餘命)이 있는 병인을 죽여도 훌륭한 살인범이거늘, 이제 일년? 그 논조로 가면 이제 십 년, 오십 년, 혹은 칠십 년 남은 목숨이라고 죽여 버려도 괜찮다는 말로써, 피고의 말 핑계는 핑계도 되지 않는다……

　「당신과 말싸움은 안하겠습니다.」

　그는 검사가 어찌하여 그런 똑똑한 이치도 모르는고 하고, 그만 이렇게 대답하고 말았습니다.

　재판관은 다시 전 주사에게 물었습니다.

　「좌우간 죽인 것은 사실이지?」

　「아니올시다.」

　「말을 바꾸어서 하마. 그럼 어머니를 '주무시게' 한 것은 사실이지?」

　　　　　　　　　　　　　　　　　　　명문　227

「네 그렇습니다.」

「그것은 죄가 아니냐?」

「그럴 리가 없습니다. 어머님을 가련한 경우에서 건져내는 일이지, 결코 못된 일이 아니올시다.」

「그래도 사람을 죽이……」

「아니올시다.」

「사람을 잠재우는 것은 죄가 아니냐?」

「그 사람을 위해서 행한 일은 오히려 선행이올시다.」

재판은 이와 같이 끝이 났습니다.

열흘 뒤에 그는 사형의 선고를 받았습니다. 그때 그는,

「하느님뿐이 아시지, 당신네는 모릅니다.」

이렇게 대답하였습니다.

「억울하냐?」

「원죄올시다.」

「제 에미를 죽……」

「아니올시다.」

「잠재운 것(재판관은 씩 웃었습니다)은 죽어도 싸지.」

「당신네는 모릅니다. 하느님뿐이 아시지.」

「억울하면 공소해라.」

「그 사람이 그 사람이지요. 하느님 앞에 가서 다 여쭐 테니까요.」

그는 머리를 수그리고 나왔습니다.

*　　　　*　　　　*

사형을 집행하는 날, 교회사가 그에게 회개를 하라고 하였습니다. 전 주사는, 한마디로 거절하였습니다. 나는 회개할 일이 없습니다. 하느님의 뜻대로, 어머니를 주무시게 한 것은 죄가 아니외다.

당신네들의 법률의 명문(明文)에 그것을 사형에 처한다 했으면 그대로 할 것이지, 그 밖에 내 마음까지는 간섭치 말아 주. 나는 하느님을 저퍼하는 예수교인이외다. 십계명 가운데 다섯째에 부모께 효도하라신 말씀을 지킨 뿐이외다…… 그는 이렇게 대답하였습니다.

한 시간쯤 뒤에, 그의 혼은 그의 몸집을 떠났습니다.

*   *   *

그의 몸집을 떠난 그의 혼은 서슴지 않고 천당으로 가서 문을 두드렸습니다. 이윽고 문이 열리며, 천당의 사자 둘이 나왔습니다. 그의 혼은 사자에게 이끌리어, 천당 재판석에 이르렀습니다.

재판석에서, 재판관은 그에게 그의 전생의 일동일정(一動一靜)을 모두 이야기하라고 명하였습니다. 그는 생각하여 가면서, 하나도 빼지 않고 다 아뢰었습니다.

「음, 그 다음에 세상에서 네가 행한 가운데, 그중 양심에 쓰리던 일을 아뢰어라.」

「없습니다.」

전 주사의 혼은 서슴지 않고 대답하였습니다.

「없어? 그럼, 그중 양심에 유쾌하던 일을 아뢰어라.」

「그것은 세 번이었습니다. 첫 번은 예수의 도를 처음으로 들은 때였습니다. 그때 제 집안은——」

「음 알았다. 알았다.」

재판관은 몇 억, 몇 십, 몇 백, 몇 천억의 혼에게서 매양 들어온, 다 같은 이야기를 다시 듣기 싫다는 듯이 머리를 끄덕이었습니다.

「둘째는?」

「둘째는 아버님이 돌아가신 뒤에, 아버님의 이름으로 큰 공회당을 세운 때의 일이외다. 아직껏 인색하시다고 아버님을 욕하던 세상이, 일시에 아버님의 만세를 부를 때에, 어쩔 줄 모르게 기뻤습니다.」

「또 하나는?」

「어머님을 주무시게 한 것이외다. 그것 때문에, 첫째로는 어머님의 명예를 보존했고, 둘째로는 어머님의 없으심으로 집안 모든 사람이 유쾌하게 마음놓고 살 수 있게 되고, 그것 때문에 어머님께서는 저절로 선행을 하신 셈이 됐습니다」

재판관은 뚫어지도록 잠시 그의 혼을 내려다보다가, 좌우를 돌아보며,

「저 혼을 지옥으로 갖다가 가두어라.」

명하였습니다. 전 주사의 혼은, 처음은 그 뜻을 알지 못하여, 잠자코 있었습니다. 그러나 사자 둘이 와서 그의 손을 붙잡을 때에, 그는 처음으로 깨닫고, 무서운 힘으로 사자들을 떨쳐 버리고, 고함쳤습니다——

「저를 왜 지옥으로 보내시렵니까? 대체 당신은 누구——외까?」

재판관의 날카로운 눈은 번득였습니다 ——

「나? 나는 여호와로다.」

「네? 당신이 하느님이시외까? 그럼, 당신은 잘 아실 테외다. 저는, 지옥으로 갈 죄는 없습니다. 저는 당신의 말씀을 지켜서 정직하고 겸손하게 세상의 길을 걸어온 사람이외다. 철이 든 이래로는, 당신이 하지 말라신 일은 하나도 안한 사람이외다. 저는 제 행한 모든 일이 다 잘한 일로 압니다.」

「내 말을 듣거라. 첫째로 너는 애비가 죽은 뒤에 애비의 이름으로 기부를 해서, 애비의 명예를 회복했다 하나, 이 천당에서는 소위 명예니 무엇이니는 모른다. 다만 네가 거짓 애비의 이름을 팔아서 세상을 속인 것뿐을 사실로 본다. 아홉째 계명에 거짓말 말라고 했는데 그것은 거짓말이 아니냐?」

전 주사의 혼은 너무 어망처망하여, 얼른 대답을 못하였습니다. 그러나 좀 뒤에 다시 정신을 가다듬으며 대답하였습니다.

「그러면 어머님을 편안케 한 것은, 다섯째 계명에 효도하라는……」

「효도? 부모를 죽인 것이 효도? 네 말로는 어미를 괴로움에서 건지려 했다 하나, 그 당시에 네 어미는 아무 괴로움이며 고통도 모르고 있지 않았느냐? 그 어미를 죽인 것이, 여섯째 계명에 어기지 않았느냐?」

「그러나 마음은 어머님께 효도……」

「마음? 마음만 좋으면 아무런 죄를 지을지라도 용서받을 줄 아느냐?」

「그렇습니다. 천국은 마음의 나라라, 마음만 착할 것 같으면 그 결과에 얼마간 차질이 있을지라도 괜찮을 줄 압니다. 당신께서는 사람의 마음을 꿰어 들여다보시고, 마음의 선이며 죄악까지 다스리시는……」

「아니다, 아니야. 이 말 저 말 할 것 없이, 네 생애 가운데 그중 양심에 유쾌하던 일이 제5, 제6, 제9의 계명을 범한 것이니깐, 딴 것은 미루어 알 수가 있다. 얘, 이 혼을 지옥에 데려가라!」

「그러나 세상에서나 그렇지, 여기는 명문과 규율 밖에, 더욱 긴한 것이 있지 않습니까?」

하느님은 눈을 내려뜨고 잠시 동안 전 주사의 혼을 내려다보다가 웃었습니다 ―

「하하하하! 여기도 법정이다.」

《개벽》 55호, 1925. 1)

---

1) 대구리 ― '대가리'의 사투리/ 2) 대과 ― '대과 급제(大科及第)'의 준말/ 3) 저퍼하지 ― '두려워하지'라는 뜻/ 4) 잡저자 ― '잡(雜)+저자(시장, 가게)'라는 뜻/ 5) 구녕 ― '구멍'의 사투리/ 6) 트리하고 ― '공모(共謀)하고'의 사투리

시골 황(黃) 서방

황 서방이 사는 X촌은, 그곳서 그중 가까운 도회에서 오백칠십 리가 되고, 기차 연변에서 삼백여 리며, 국도(國道)에서 일백오십여 리가 되는, 산골 조그만 마을이었었다. 금년에 사십여 세에 난 황 서방이, 아직 양복쟁이라고는 헌병과 순사와 측량기수밖에는 못 본 만큼 그 X촌은 궁벽한 곳이었었다. 그리고 또한 그곳서 십 리, 안팎 되는 곳은 모두 친척과 같이 지내며, 밤에 윷을 서로 다니느니만치 인가가 드문 마을이었었다. 산에서 범이 내려와서 사람을 물어 갈지라도, 그 일이 신문에도 안 나리만치 외딴 곳이었었다. 돈이라는 것은 십 원짜리 지전을 본 것을 자랑 삼느니만큼, 그 동리는 생활의 위협이라는 것을 모르는 마을이었었다.

한마디로 말하자면, 그 동리는 순박하고 질구(質舊)하고 인심 후하고 평화로운— 원시인의 생활이라 하여도 좋을 만한 살림을 하는 마을이었었다.

이러한 X촌에, 이즈음 뜻도 안하였던 일이 생겨났다.

X촌에 이즈음, 소위 도회 사람이라는 어떤 양복쟁이가 하나 뛰

쳐들어왔다. 그 사람은 황 서방의 집에, 주인을 잡았다.

그 동리 사람들은, 모두, 황서방네 집으로 쓸어 들었다. 그리고, 그 도회 사람의 별스러운 옷이며 신이며 갓을 (염치를 불고하고) 주물러 보며, 마치 그 사람은 조선말을 모르리라는 듯이, 곁에 놓고 이리저리 비평을 하며 야단법석하였다.

황 서방은 자랑스러운 듯이, (우연히 자기 집으로 뛰쳐들어온) 그 손님에게 구린내 나는 담배며 그때 갓 쪄온 옥수수며를 대접하며, 모여든 동리 사람들에게, 그 도회 사람이, 자기 집에 들어올 때의 거동을 설명하며 야단하였다.

며칠이 지났다.

그 도회 사람이, 모여드는 이 지방 사람들에게 설명한 바에 의지하건대 그는, '흙 내음새'를 그려서 이곳까지 왔다 한다.

—— 여러분들은, 흙 내음새라는 것을 —— 그 향기로운 흙 내음새를 늘 맡고 계셨기에 이렇게 몸이 든든합니다. 아아, 그 흙의 내음새. 여보시오, 도회에 가보오. 에이구! 사람 내음새, 가솔린 내음새, 하수도 내음새, 게다가 자동차, 마차, 전차, 인력거가 여기 번쩍, 저기 번쩍—— 참, 도회에 살면 흙 내음새가 그립소. 땅이 활개를 펴고 기지개를 하는 봄날, 무럭무럭 떠오르는 흙의 향내를 늘 맡고 사는 당신네들의 행복은, 참으로 도회인은 얻지 못할 행복이외다. 몇 해를 벼르고 벼르다가, 나도 종내 참지 못하여 이리로 왔소, 그 더럽고 귀찮은 도회를 달아나서 여기까지 왔소. 이제부터는 나도 당신들의 동무요……

도회 사람은 이렇게 말하였다.

황 서방은, 이 도회 사람(우리는 그를 Z씨라 부르자)의 말 가운데서 세 마디를 알아들었다.

자동차와 인력거. 황 서방이 이전에 무슨 일로, 백오십 리를 걸어서 국도까지 갔을 때에, (그때는 밤이었는데) 저편에서, 시뻘건 두 눈깔을 번득이며, 이상한 소리를 하면서 달아오는 괴물을 보았다. 영리한 황 서방은 무론 그것이 사람이 타고 다니는 것임을 짐작은 하였다. 그러나 X촌에 들어온 뒤에는 그것이 한 괴물로 소문났다. 방귀를 폴삭폴삭 뀌며, 땅을 울리면서 달아나는, 돈 많은 사람이 타고 다니는 괴물로 소문이 퍼졌다.

인력거라는 것은 그 이튿날 보았다.

그리고 그 두 가지는 다 (Z씨의 말을 듣고 생각하여 보매) 과시 사람의 생명을 위협하는 무서운 물건일 것이었었다.

또 한 가지, 사람의 내음새가 역하다는 것. 사실, X촌에 잔칫집이라도 있어서 수십 인씩 모이면, 역하고 고약한 내음새가, 그 방 안에 차고 하던 것을 황 서방은 알았다. 그러매 몇 십만(십만이 백의 몇 곱인지는 주판을 안 놓고는 똑똑히 모르거니와)이라는, 짐작컨대, 억조 동루렁이의 사람이 구더기와 같이 우글거릴 도회에서는, 상당한 역한 내음새가 날 것이었었다.

그 밖에는 황 서방에게는 한마디도 모를 것이었었다. 흙 내음새가 그립다 하나, 흙 내음새도 상당히 구린 것이었었다. 봄날 흙 내음새는(거름을 한 지 오래지 않으므로) 더욱 구린 것이었었다.

전차, 하수도, 가솔린, 이런 것은 어떤 것인지, 황 서방은 짐작할 수도 없었다.

그러나 황 서방은 Z씨의 말을 믿었다. 저는 시골밖에는 모르고, Z씨는, 시골과 도회를 다 보고 한 말이매 그 사람의 말이 옳을 것은 당연한 것이다. 흙 내음새가 아무리 구리다 할지라도 도회 내음새보다는 좋은 것이라 황 서방은 믿었다.

— 길에 하루 종일 반듯 자빠져 있으니, 시골서는 자동차에 치일 걱정이 있겠소? 순사에게 쫓겨갈 걱정이 있겠소? 참 자유스럽

소……

그것도 또한 사실이고 당연한 말이었었다. 황 서방은 그러한 시골서 태어난 자기를 행복스럽다 하였다.

그러나 서너 달 뒤에, 그 Z씨는 시골에 대하여 온갖 욕설을 다하고, 다시 도회로 돌아갔다. Z씨는, 몰랐거니와 흙 내음새도 매우 역하다 하였다. 도회에서는 하루 동안에 한나절씩만 수판을 똑딱거리면, 매달 오천 냥씩 들어오던 자기가, 여기서는, 땀을 벌벌 흘리며 손을 상하며 일을 하여야 일년에 겨우 오천 냥 들어오기가 힘드니, 시골이란 재간 있는 사람은 못 살 곳이라 하였다. 십 리나 백리라도, 걸어서밖에는 다닐 도리가 없으니 시골은 소 말이나 살 곳이라 하였다. 기생이 없으니 점잖은 사람은 못 살 곳이라 하였다. 읽을 책도 없으니 학자는 못 살 곳이라 하였다. 양요리가 없으니 귀인은 못 살 곳이라 하였다.

이 말을 듣고, 황 서방은 Z씨가 간 다음 며칠 동안을, 눈이 퀭하니, 밥도 잘 안 먹고 있었다.

Z씨의 말은, 모두 다 또한 정말이었다. 아직껏 곁집같이 다니던 최풍헌의 집이, 생각하여 보면 참 멀었다. 십오 리! Z씨가 진저리를 친 것도 너무 과한 일은 아닐 것이다.

옛말로 들은바, 기생이라는 것이 없는 것도 또한 사실이었다.

재미있는 책이라고는 《임진록》 한 권이(그것도 서두와 꼬리는 없는 것) X촌을 중심으로 한 삼십 리 이내의 다만 하나의 책이었었다.

더구나 그 근처 일대에, 수판 잘 놓기로 이름난 황 서방이, ─ 도회에서는(Z씨의 말에 의지하건대) 매달 오천 냥 수입은 될 황 서방이, 손에 굳은살이 박히며 땀을 흘리며, 천신만고하여 일년에 거두는 추수가, 육천 냥 내외─ 였었다. 게다가, 감자를 먹고…… 거름을 주무르고……

238

두 달이 지났다.

그때는, 황 서방은 자기의 먹다 남은 것이며 집이며 세간살이를 모두 팔아 가지고 도회로 온 지 벌써 두 달이나 된 때였었다.

황 서방은 자기의 것을 모두 팔아서 육천 냥이라는 돈을 긁었다. 그 가운데서 집세로 육백 냥이 나갔다. 한 달 동안 구경하며 먹어 가는 데 이천 냥이 나갔다.

여름밤의 도회는 과연 아름다웠다. 불, 사람, 내음새, 집, 소리, 모든 것은 황 서방을 취케 하였다. 일곱 냥 반을 주고 아이스크림도 사먹어 보았다. 또한— 소리, 불, 사람, 내음새, 보면 볼수록, 도회의 밤은 사람을 취케 하였다. 아이스크림, 빙수, 진열장, 야시 — 아아, 황 서방은 얼마나, 이런 것을 못 보는 최풍헌이며 김별장을 가련히 생각하였으랴.

동물원도 보았다. 전차도 간간 타보았다. 선술집의 한잔의 맛도 괜찮은 것이고, 길에서 파는 밀국수의 맛도 또한 황 서방에게는 잊지 못할 것이었었다.

도회로 오기만 하면, 만나질 줄 알았던 Z씨를 못 만난 것은 좀 섭섭하지만, 그것도 황 서방에게는, 불편 되는 일은 없었다.

아아, 도회, 도회, 과연 시골은 사람으로서는 못 살 곳이었었다.

황 서방이 도회로 온 지 넉 달이 되었다. 인젠 밑천도 없어졌다.

'이제부터!'

황 서방은 의관을 정히 하고 큰거리로 나가서 어떤 큰 상점을 찾아갔다. 그리고, 자기는 수판을 잘 놓는데 써달라고 부탁을 드렸다. 그러나 의외로 황 서방은 첫 마디로 거절당하였다.

황 서방은 다른 집으로 찾아갔다. 그러나 거기서도 또한 거절당했다.

저녁때, 집에 돌아올 때는 황 서방의 얼굴은 송장과 같이 퍼렇게 되었다.

이런 일이 어디 있나? 첫 마디로 승낙할 줄 알았던 일이 오늘 철로 삼십여 집을 다녔으나 한 곳에서도 승낙 비슷한 것을 못 받고 거러지나 온 것같이 쫓겨 나왔으니, 인젠 어쩐단 말인가?

이튿날의 경과도 역시 같았다. 사흘, 나흘, 황 서방의 밑천은 한 푼도 없어졌는데 매달 오천 냥은커녕, 오백 냥으로 고용하려는 데도 나타나지 않았다.

굶어? 황 서방은, 인젠 할 수 없이 굶게 되었다. 아직 당하여 보기는커녕, 말도 못 들었던 '굶는다'는 것을, 황 서방은 맛보게 되었다.

그런들 사람이 굶기야 하랴. 황 서방은, 사람의 후한 인심을 충분히 아는 사람이었다. 아직껏 그런 창피스런 일은 하여 본 적이 없지만, X촌에서 이십 리 떨어져 있는 Q촌에 쌀 한 말 얻으러 갈지라도 꾸어 주는 것을 황 서방은 안다. 사람이 굶는다는데 쌀 한 말 안 줄, 그런 야속한 놈은 없을 것이었었다.

황 서방은 곁집에 갔다. 그리고 자기는, 이 곁집에 사는 사람인데, 여사여사하다고 사연을 한 뒤에, 좀 조력을 하여 달란 이야기를 장차 끄집어 내려는데, 그 집에서는 벌써 눈치를 채었는지,

「우리도 굶을 지경이오!」

하고는, 제 일만 보기 시작하였다.

황 서방은 그것도 그럴 일이라 생각하였다. 사실, 그 집도 막벌이하는 집이었었다.

황 서방은 다시, 한 집 건너 있는 큰 기와집으로 찾아갔다. 그가 중대문 안에 들어설 때에, 대청에 걸쳐 앉아서 양치를 하고 있던 젊은 사람(주인인지)이, 웬 사람이냐고 꽥 소리를 질렀다.

「네? 저—뭐……」

240

황 서방은 다시 나오고 말았다.

황 서방은 마침내 도회라는 것을 알았다. 도회에서 달아나던 Z씨의 심리도 알았다. 그러나, Z씨가 다시 도회로 돌아온 그 심리는? 그것도, Z씨가 도로 도회로 돌아올 때에 한 말을 씹어 보면 알 것이었다. 도회는 도회 사람의 것이고, 시골은 시골 사람의 것이다.

천분(天分)! 천분! 천분을 모르고, 남의 영분(領分)에 첨입하였던 황 서방은 이렇게 실패하였다. 황 서방은 인제 겨우 자기의 영분을 깨달았다. 그리고 사람은, 저 할 일만 제가 할 것임을 깨달았다.

이튿날 새벽, 황 서방은 떠오르는 해를 등으로 받고, 주린 배를 움켜 쥐고, X촌에서 일백오십 리 밖을 통과하는 K국도를 더벅더벅 걸었다.

(《개벽》 60호, 1925. 6)

광염 소나타

광염(狂炎) 소나타

독자는 이제 내가 쓰려는 이야기를, 유럽의 어떤 곳에 생긴 일이라고 생각하여도 좋다. 혹은 사오십 년 뒤에 조선을 무대로 생겨날 이야기라고 생각하여도 좋다. 다만, 이 지구상의 어떠한 곳에 이러한 일이 있었는지도 모르겠다, 있는지도 모르겠다, 혹은 있을지도 모르겠다. 가능성(可能性)뿐은 있다── 이만치 알아 두면 그만이다.

그런지라, 내가 여기 쓰려는 이야기의 주인공 되는 백성수(白性洙)를, 혹은 알벨트라 생각하여도 좋을 것이요, 찜이라 생각하여도 좋을 것이요, 또는 호 모(胡某)나 '기무라' 모(木村某)로 생각하여도 괜찮다. 다만 사람이라 하는 동물을 주인공 삼아 가지고, 사람의 세상에서 생겨난 일인 줄만 알면……

이러한 전제로서, 자 그러면 내 이야기를 시작하자.

「기회(챤스)라 하는 것이 사람을 망하게도 하고 흥하게도 하는 것을 아시오?」

「네, 새삼스러이 연구할 문제가 아닐걸요.」

「자, 여기 어떤 상점이 있다 합시다. 그런데 마침 주인도 없고

사환도 없고 온통 비었을 적에 우연히 그 앞을 지나가던 신사가
—— 그 신사는 재산도 있고 명망도 있는 점잖은 사람인데—— 그 신
사가 빈 상점을 들여다보고 혹은 이렇게 생각할 수도 있지 않아요?
통 비었으니깐 도적놈이라도 넉넉히 들어갈 게다. 들어가서 훔치면
아무도 모를 테다. 집을 왜 이렇게 비워 둔담…… 이런 생각 끝에
혹은 그—— 그 뭐랄까, 그 돌발적 변태 심리로써 조그만 물건 하나
(변변치도 않고 욕심도 안 나는)를 집어서 주머니에 넣는 경우가 있
을지도 모르지 않겠습니까?」

「글쎄요.」

「있습니다. 있어요.」

어떤 여름날 저녁이었었다. 도회를 떠난 교외 어떤 강변에, 두
노인이 앉아서 이런 이야기를 하고 있었다. 그 기회론을 주장하는
사람은, 유명한 음악 비평가 K씨였었다. 듣는 사람은 사회 교화자
의 모씨였었다.

「글쎄, 있을까요?」

「있어요. ——좌우간 있다 가정하고, 그러한 경우에 그 책임은 어
디 있습니까?」

「동양 속담 말에, 외밭서는 신끈도 다시 매지 말랬으니, 그 신사
가 책임을 질까요?」

「그래 버리면 그뿐이지만, 그 신사는 점잖은 사람으로서, 그런
절대적 기묘한 챤스만 아니더라면 그런 마음은커녕 염(念)도 내지
도 않을 사람이라 생각하면 어찌됩니까?」

「……」

「말하자면 죄는 '기회'에 있는데 '기회'라는 무형물에 벌을 할
수가 없으니깐, 그 신사를 가해자로 인정할 수밖에는 지금은 없지
요.」

「그렇습니다.」

「또 한 가지── 사람의 천재라 하는 것도, 경우에 따라서는 어떤 '기회'가 없으면 영구히 안 나타나고 마는 일이 있는데, 그 '기회'란 것이 어떤 사람에게서, 그 사람의 '천재'와 '범죄 본능'을 한꺼번에 끄을어 내었다면 우리는 그 '기회'를 저주하여야겠습니까, 축복하여야겠습니까?」

「글쎄요.」

「선생은 백성수라는 사람을 아시오?」

「백성수?── 자── 기억이 없는데요.」

「작곡가로서 그──」

「네, 생각납니다. 유명한──〈광염 소나타〉의 작가 말씀이지요?」

「네, 그 사람이 지금 어디 있는지 아십니까?」

「모릅니다.── 뭐 발광했단 말이 있었는데──」

「네, 지금 ××정신병원에 감금돼 있는데, 그 사람의 일대기를 이야기할게 들으시고, 사회 교화자로서의 의견을 말씀해 주십쇼.」

──내가 이제 이야기하려는 백성수의 아버지도 또한 천분 많은 음악가였습니다. 나와는 동창생이었는데 학생 시대부터 벌써 그의 천분은 넉넉히 볼 수가 있었습니다. 그는 작곡과(作曲科)를 전공하였는데, 때때로 스스로 작곡을 하여서는 밤중에 혼자서 피아노를 두드리고 하여서 우리들로 하여금 뜻하지 않고 일어나게 하고 하였습니다. 그리고 우리는 그 밤중에 울리어 오는 야성적 선율에 몸을 소스라치고 하였습니다.

그는 야인(野人)이었습니다. 광포스런 야성은, 때때로 비위에 틀리면 선생을 두들기기가 예사이며, 우리 학교 근처의 술집이며 모든 상점 주인들은, 그에게 매깨나 안 얻어맞은 사람이 없었습니다. 그러한 야성은 그의 음악 속에 풍부히 잠겨 있어서, 오히려 그 야성적 힘이 그의 예술을 더 빛나게 하는 것이었습니다.

그러나 그가 학교를 졸업하고 난 뒤에는 그 야성은 다른 곳으로 발전되고 말았습니다.

술— 술— 무서운 술이었습니다. 아침부터 저녁까지, 저녁부터 아침까지, 술잔이 그의 입에서 떠나지를 않았습니다. 그리고 술을 먹고는 여편네들에게 행패를 하고, 경찰서에 구류를 당하고, 나와서는 또 같은 일을 하고……

작품? 작품이 다 무엇이외까? 술을 먹은 뒤에 취흥에 겨워, 때때로 피아노에 앉아서 즉흥(卽興)으로 탄주를 하고 하였는데, 지금 생각하면 그 귀기(鬼氣)가 사람을 엄습하는 힘과 야성(베에토벤 이래로 근대 음악가에서 발견할 수 없던), 그건 — 보물이라 하여도 좋을 것이 많았지만, 우리들은 각각 제 길 닦기에 바쁜 사람이라, 주정꾼의 즉흥악을 일일이 베껴 둔다든가 그런 일은 꿈에도 생각하지 않았습니다.

우리들은 그의 장래를 생각하여 때때로 술을 삼가기를 권고하였지만, 그런 야인에게 친구의 권고가 무슨 소용이 있겠습니까?

「술? 술은 음악이라!」

하고는 하하하하 웃어 버리고 다시 술집으로 달아나곤 합니다.

그러한 칠팔 년이 지난 뒤에 그는 아주 폐인이 되고 말았습니다. 술이 안 들어가면 그의 손은 떨렸습니다. 눈에는 눈꼽이 끼었습니다. 그리고 술이 들어가면— 술만 들어가면 그는 그 광포성을 발휘하였습니다. 누구를 막론하고 붙잡고는 입에 술을 부어 넣어 주었습니다. 그러다가는 장소를 불문하고 아무데나 누워서 잡니다.

사실 아까운 천재였습니다. 우리들 사이에는 때때로 그의 천분을 생각하고 아깝게 여기는 한숨이 있었지만, 세상에서는 그 장래가 무서운 한 천재가 있었다는 것은 몰랐습니다.

그러는 동안에 그는 어떤 양가의 처녀를 어떻게 관계를 맺어서

애까지 뺐습니다. 그러나 그 애의 출생을 보지 못하고 아깝게도 심장 마비로 죽어 버리고 말았습니다.

그 유복자로 세상에 나온 것이 백성수였습니다.

그러나 우리는 백성수가 세상에 출생되었다는 풍문만 들었지, 그 애 아버지자 죽은 뒤부터는 그애의 소식이며 그애 어머니의 소식은 일체 몰랐습니다. 아니, 몰랐다는 것보다, 그 집안의 일은 우리의 머리에서 온전히 잊어버리우고 말았습니다.

삼십 년이라는 세월이 흘렀습니다.

십 년이면 산천도 변한다 하는데 삼십 년 사이의 변천을 어찌 이루 다 말하겠습니까. 좌우간 그동안에 나는 내 이름을 닦아 놓았습니다. 아시다시피 지금 K라 하면 이 나라에서 첫 손가락을 꼽는 음악 비평가가 아닙니까. 건실한 지도적 비평가 K라면, 이 나라의 음악계의 권위며, 이 나의 한마디는 음악가의 가치를 결정하는 판결문이라 하여도 옳을 만치 되었습니다. 많은 음악가가 내 손 아래서 자랐으며, 많은 음악가가 내 지도로써 이름을 날렸습니다.

재작년 이른 봄 어떤 날이었습니다.

그때 나는 조용한 밤중의 몇 시간씩을 ○○예배당에 가서, 명상으로 시간을 보내는 것이 습관이 되어 있었습니다. 언덕 위에 홀로 서 있는 집으로서, 조용한 밤중에 혼자 앉아 있노라면 때때로 들보에서, 놀라서 깨인 비둘기의 날개 소리와, 간간이 기둥에서 뚝뚝 하는 소리밖에는 아무 소리도 들리지 않는, 말하자면 나 같은 괴상한 성미를 가진 사람이 아니면 돈을 주면서 들어가래도 들어가지 않을 음침한 집이었습니다. 그러나 나 같은 명상을 즐기는 사람에게는 다른 데서 구하기 힘들도록 온갖 것을 가진 집이었습니다. 외따르고 조용하고 음침하며, 간간이 알지 못할 신비한 소리까지 들리며, 멀리서는 때때로 놀란 듯한 기적(汽笛) 소리도 들리는……
이것뿐으로도 상당한데, 게다가 이 예배당에는 피아노도 한 대 있
었습니다. 예배당에는 올간은 있을지나 피아노가 있는 곳은 쉽지
않은 것으로서, 무슨 홍이나 날 때에는 피아노에 가서 한 곡조 두
드리는 재미도 또한 괜찮았습니다.

그날 밤도(아마 두 시는 지났을걸요) 그 예배당에서 혼자서 눈을
감고 조용한 맛을 즐기고 있노라는데, 갑자기 저편 아래에서 재재
하는 소리가 납디다. 그래서 눈을 번쩍 뜨니까 화공이 충천하였는
데, 내다보니까 언덕 아래 어떤 집이 불이 붙으며 사람들이 왔다갔
다 야단이었습니다.

이렇게 말하면 어떨지 모르지만, 그다지 멀지 않은 곳에서 불붙
는 것을 바라보는 맛도 괜찮은 것이었습니다. 일어서는 불길이며,
퍼져 나가는 연기, 불씨의 날아다니는 양, 그 가운데 거뭇거뭇 보
이는 기둥, 집의 송장, 재재거리는 사람의 무리, 이런 것은 어떻게
생각하면 과연 시도 될지며 음악도 될 것이었습니다. 옛날에 '네
로'가 불붙는 것을 바라보면서 자기는 비파를 들고 노래를 하였다
는 것도 음악가의 견지로 보면 그다지 나무랄 것이 아니었습니다.

나도 그때에 그 불을 보고 차차 홍이 났습니다.

…… '네로'를 본받아서 나도 즉흥으로 한 곡조 두드려 볼까, 어
렴풋이 이런 생각을 하며, 나는 그 불을 정신없이 바라보고 있었습
니다.

그때였습니다. 갑자기 덜컥덜컥하는 소리가 들리더니 예배당 문
이 열리며, 웬 젊은 사람이 하나 낭패한 듯이 뛰어들어왔습니다.
그리고 무엇에 놀란 사람같이 두리번두리번 사면을 살피더니, 그래
도 내가 있는 것은 못 보았는지, 저편에 있는 창 안에 가서 숨어
서서, 아래서 붙은 불을 내려다봅니다.

나도 꼼짝을 못하였습니다. 좌우간 심상스런 사람은 아니요, 방

화범이나 도적으로밖에는 인정할 수 없지 않겠습니까? 그래서 꼼짝을 못하고 서 있노라니까 그 사람은 한참 정신없이 서 있다가 한숨을 쉽니다. 그리고 맥없이 두 팔을 늘이우고 도로 나가려고 발을 떼려다가 자기 곁에 피아노가 놓인 것을 보더니, 교의를 끌어다 놓고 그 앞에 주저앉고 말겠지요. 나도 거기는 그만 직업적 흥미에 끄을렸습니다. 그래서 무엇을 하나 보자 하고 있노라니까, 뚜껑을 열더니 한 번 뚱 하고 시험을 해보아요. 그리고 조금 있더니 다시 뚱뚱 하고 시험을 해보겠지요.

이때부터 그의 숨소리가 차차 높아 가기 시작했습니다. 씩씩거리려 몹시 흥분된 사람같이 몸을 떨다가 벼락같이 양 손을 '키이' 위에 갖다가 덮었습니다. 그 다음 순간 C샤아프 단음계의 알레그로가 시작되었습니다.

처음에는 다만 흥미로써 그의 모양을 엿보고 있던 나는 그 알레그로가 울리어 나오는 순간 마음은 끝까지 긴장되고 흥분되었습니다.

그것은 순전한 야성적 음향이었습니다. 음악이라 하기에는 너무 힘있고 무기교(無技巧)이었습니다. 그러나 음악이 아니라기에는 거기는 너무 괴롭고도 무겁고 힘있는 '감정'이 들어 있었습니다. 그것은 마치 야반의 종소리와도 같이, 사람의 마음을 무겁고 음침하게 하는 음향인 동시에, 맹수의 부르짖음과 같이 사람으로 하여금 소름 돋치게 하는 무서운 감정의 발현이었습니다. 아아, 그 야성적 힘과 남성적 부르짖음, 그 아래 감추어 있는 침통한 주림과 아픔, 순박하고도 아무 기교가 없는 표현!

나는 털썩 그 자리에 주저앉고 말았습니다. 그리고 음악가의 본능으로써 뜻하지 않게 주머니에서 오선지와 연필을 꺼내었습니다. 피아노의 울리어 나아가는 소리에 따라서 나의 연필은 오선지 위에서 뛰놀았습니다. 등불도 없는지라, 손 짐작으로.

……좀 급속도로 시작된 빈곤, 거기 연하여 주림, 꺼져 가는 불

꽃과 같은 목숨, 그러한 것을 지나서 한참 연속되는 완서조(緩徐調)의 압축된 감정, 갑자기 튀어져 나오는 광포(狂暴), 거기 연한 쾌미(快味), 홍소(哄笑)— 이리하여 주화조(主和調)로서 탄주는 끝이 났습니다. 더구나 그 속에 나타나 있는 압축된 감정이며 주림, 또는 맹렬한 불길 등이 사람의 마음에 주는 그 처참함이며 광포성은 나로 하여금 아직 '문명'이라 하는 것의 은택에 목욕하여 보지 못한 야인(野人)을 연상케 하였습니다.

탄주가 다 끝이 난 뒤에도 나는 정신을 못 차리고 망연히 앉아 있었습니다. 물론 조금이라도 음악의 소양이 있는 사람일 것 같으면, 이제 그 소나타를 음악에 대하여 정통으로 아무러한 수양도 받지 못한 사람이, 다만 자기의 천재적 즉흥뿐으로 탄주한 것임을 알 것입니다. 해결도 없이, 감칠도화현(減七度和絃)이며 증육도화현(增六度和絃)을 범벅으로 섞어 놓았으며 금칙(禁則)인 병행오팔도(並行五八度)까지 집어 넣은 것으로서, 더구나 스케르쪼는 온전히 뽑아 먹은— 대담하다면 대담하고 무식하다면 무식하달 수도 있는 자유 분방한 소나타였습니다.

이때에 문득 내 머리에 떠오른 것은, 삼십 년 전에 심장 마비로 죽은 백○○였습니다. 그의 음악으로서, 만약 정통적 훈련만 뽑고 거기다가 야성을 더 집어 넣으면, 지금 내 눈앞에 있는 그 음악가의 것과 같은 것이 될 것이었습니다. 귀기가 사람을 엄습하는 듯한 그 힘과 방분스런 표현과 야성— 이것은 근대 음악가에게 구하기 힘든 보물이었습니다.

그 소나타에 취하여 한참 정신이 어리둥절해 앉았던 나는, 고즈넉이 일어서서 피아노 앞에 가서 그의 어깨에 가만히 손을 얹었습니다. 한 곡조를 타고 나서 아주 곤한 듯이 정신이 없이 앉아 있던 그는, 펄떡 놀라며 일어서서 내 얼굴을 보았습니다.

「자네 몇 살 났나?」

나는 그에게 이렇게 첫 말을 물었습니다. 가슴이 답답한 나로서는 이런 말밖에는 갑자기 다른 말이 생각 안 났습니다. 그는 높은 창에서 들어오는 달빛을 받고 있는 내 얼굴을 한순간 쳐다보고, 머리를 돌이키고 말했습니다.

「배 고프냐?」

나는 두 번째 그에게 물었습니다.

그는 시끄러운 듯이 벌떡 일어섰습니다. 그리고 달빛이 비친 내 얼굴을 정면으로 바라보다가,

「아, K선생님 아니세요?」

하면서 나를 붙들었습니다. 그래서 그렇노라고 하니깐,

「사진으로는 늘 뵈었습니다마는……」

하면서 다시 맥없이 나를 놓으며 머리를 돌렸습니다.

그 순간──그가 머리를 돌이키는 순간, 달빛에 얼핏 나는 그의 얼굴을 처음으로 보았습니다. 그리고 나는 거기서 뜻밖에, 삼십 년 전에 죽은 벗 백○○의 모습을 발견하였습니다.

「아, 자네 이름이 뭔가?」

「백성수……」

「백성수? 그 백○○의 아들이 아닌가. 삼십 년 전에 자네가 나오기 전에 세상 떠난……」

그는 머리를 번쩍 들었습니다.

「네? 선생님 어떻게 아세요?」

「백○○의 아들인가? 같이두 생겼다. 내가 자네의 어르신네와 동창이네. 아아── 역시 그 애비의 아들이다.」

그는 한숨을 길게 쉬며 머리를 숙여 버렸습니다.

나는 그날 밤 그 백성수를 데리고 집으로 돌아왔습니다. 그리고 비록 작곡상 온갖 법칙에는 어그러진다 하나, 그만치 힘과 정열과

열성으로 찬 소나타를 거저 버리기가 아까워서 다시 한 번 피아노에 올라앉기를 명하였습니다. 아까 예배당에서 내가 베낀 것은 알레그로가 거의 끝난 곳부터였으므로 그전 것을 베끼기 위해서였습니다.

그는 피아노를 향하여 앉아서 머리를 기울였습니다. 몇 번 손으로 '키이'를 두드려 보다가는 다시 머리를 기울이고, 생각하고 하였습니다. 그러나 다섯 번, 여섯 번을 다시 하여 보았으나 아무 효과도 없었습니다. 피아노에서 울려 나오는 음향은 규칙 없고 되지 않은 한낱 소음(騷音)에 지나지 못하였습니다. 야성? 힘? 귀기? 그런 것은 없었습니다. 감정의 재뿐이었었습니다.

「선생님 잘 안됩니다.」

그는 부끄러운 듯이 연하여 고개를 기울이며 이렇게 말하였습니다.

「두 시간도 못 돼서 벌써 잊어버린담?」

나는 그를 밀어 놓고 내가 대신하여 피아노 앞에 앉아서, 아까 베낀 그 음보를 펴놓았습니다. 그리고 내가 베낀 곳부터 타기 시작하였습니다.

화염(火炎)! 화염! 빈곤, 주림, 야성적 힘, 기괴한 감금당한 감정! 음보를 보면서 타던 나는 스스로 흥분이 되었습니다. 미상불 그때는 내 눈은 미친 사람같이 번득였으며 얼굴은 흥분으로 새빨갛게 되었을 것이었습니다.

즉, 그때에 그가 갑자기 달려들더니 나를 떠밀쳐 버렸습니다. 그리고 자기가 대신하여 앉았습니다.

의자에서 떨어진 나는, 너무 흥분되어 다시 일어날 힘도 없이 그 자리에 앉은 대로 그의 양을 쳐다보았습니다. 그는 나를 밀쳐 버린 다음에 그 음보를 들고서 읽기 시작하였습니다. 아아 그의 얼굴! 그의 숨소리가 차차 높아지면서 눈은 미친 사람과 같이 빛을 내기 시작하였습니다. 그러더니 그 음보를 홱 내어던지며 문득 벼락같이 그의 두 손은 피아노 위에 덮치었습니다.

'C샤아프 단음계'의 광포스런 소나타는 다시 시작되었습니다. 폭풍우같이 또는 무서운 물결같이 사람으로 하여금 숨막히게 하는 그 힘, ──그것은 베에토벤 이래로 근대 음악가에서 보지 못하던 광포스런 야성이었습니다.

무섭고도 참담스런 주림, 빈곤, 압축된 감정, 거기서 튀어져 나온 맹염(猛炎), 공포 ,홍소── 아아, 나는 너무 숨이 답답하여 뜻하지 않고 두 손을 홱 내저었습니다.

그날 밤이 새도록 그는 흥분이 되어서 자기의 과거를 일일이 다 이야기하였습니다. 그 이야기에 의지하면 대략 그의 경력이 이러하였습니다.

──그의 어머니는 그를 밴 뒤에 곧 자기의 친정에서 쫓겨 나왔습니다.

그때부터 그의 가난함은 시작되었습니다.

그러나 교양이 있고 어질은 그의 어머니는 품팔이를 할지언정 성수는 곱게 길렀습니다. 변변치는 않으나마 올간 하나를 준비하여 두고, 그가 잠자려 할 때에는 슈베르트의 〈자장가〉로써 그의 잠을 도왔으며, 아침에 깨일 때는 하루종일 유쾌히 지내게 하기 위하여 도 랜드의 〈세컨드 왈츠〉로써 그의 원기를 돋구었습니다.

그는 세 살 났을 적에 어머니의 품에 안겨서 올간을 장난하여 보았습니다. 이 올간을 장난하는 것을 본 어머니는 근근이 돈을 모아서 그가 여섯 살 나는 해에 피아노를 하나 샀습니다.

아침에는 새 소리, 바람에 버석거리는 포플라 잎, 어머니의 사랑, 부엌에서 국 끓는 소리, 이러한 모든 것이 이 소년에게는 신비스럽고도 다정스러워, 그는 피아노에 향하여 앉아서 생각나는 대로

'키이'를 두드리고 하였습니다.

이러한 가운데 고이 소학과 중학도 마치었습니다. 그러는 동안에 음악에 대한 동경은 그의 가슴에 터질 듯이 쌓였습니다.

중학을 졸업한 뒤에는 이젠 어머니를 위하여 그는 학업을 중지하지 않을 수가 없었습니다. 그는 어떤 공장의 직공이 되었습니다. 그러나 어진 어머니의 교육 아래서 길러난 그는, 비록 직공은 되었다 하나 아주 온량한 사람이었습니다.

그리고 음악에 대한 집착은 조금도 줄지 않았습니다. 비록 돈이 없어서 정식으로 음악 교육은 못 받을망정, 거리에서 손님을 끄으느라고 틀어놓은 유성기 앞이며, 또는 일요일날 예배당에서 찬양대의 노래에 젊은 가슴을 뛰놀리던 그였습니다. 집에서는 피아노 앞을 떠나 본 일이 없었습니다.

때때로 비상한 감흥으로 오선지를 내어놓고 음보를 그려 본 적도 한두 번이 아니었습니다. 그러나 이상한 것은, 그만치 뛰놀던 열정과 터질 듯한 감격도 음보로 그려 놓으면 아무 긴장도 없는 싱거운 음계가 되어 버리고 하였습니다. 왜? 그만치 천분이 있고 그만치 열정이 있던 그에게서, 왜 그런 재와 같은 음악만 나왔느냐고 물으실 테지요. 거기 대하여서는 이따가 설명하리다.

감격과 불만, 열정과 재,—비상한 흥분과 그 흥분에 반비례되는 시원치 않은 결과, 이러한 불만의 십 년이 지났습니다.

그의 어머니는 문득 몹쓸 병에 걸렸습니다.

자양과 약 값, 그의 몇 해를 근근이 모았던 돈은 차차 줄기 시작하였습니다. 조금이라도 안락한 생활이 되기만 하면, 정식으로 음악에 대한 교육을 받으려고 모아 두었던 저금은 그의 어머니의 병에 다 들어갔습니다. 그러나 그의 어머니의 병은 차도가 보이지 않았습니다.

그리하여 그와 내가 그 예배당에서 만나기 전 해 여름 어떤 날 그의 어머니는 도저히 회복할 가망이 없는 중태에까지 빠지게 되었습니다. 그러나 그때는 벌써 그에게는 돈이라고는 다 떨어진 때였습니다.

그날 아침, 그는 위독한 어머니를 버려 두고 역시 공장을 갔습니다. 그러나 아무리 하여도 마음이 놓이지 않아서, 일을 중도에 그만두고 집으로 돌아왔습니다. 그때는 어머니는 벌써 혼수 상태에 빠져 있었습니다. 가슴이 덜컥 내려앉은 그는 황급히 다시 뛰어나갔습니다. 그러나 어디로? 무얼 하러? 뜻없이 뛰어나와서 한참 달음박질하다가, 그는 문득 정신을 차리고 의사라도 청할 양으로 힐끈 돌아섰습니다.

그때였습니다. 아까 내가 말한 바 '기회'라는 것이 그때에 그의 앞에 나타났습니다. 그것은 조그만 담배 가게 앞이었는데, 가게와 안방과의 사이의 문은 닫겨 있고 안에는 미상불 사람이 있을지나 가게를 보는 사람이 눈에 안 띄었습니다. 그리고 그 담배 상자 위에는 오십 전짜리 은전 한 닢과 동전 몇 닢이 놓여 있었습니다.

그는 자기로도 무엇을 하는지 몰랐습니다. 의사를 청하여 오려면 다만 몇십 전이라도 돈이 있어야겠단 어렴풋한 생각만 가지고 있던 그는, 한번 사면을 살핀 뒤에 벼락같이 그 돈을 쥐고 달아났습니다.

그러나 그는 이십 간도 뛰지 못하여 따라오는 그 집 사람에게 붙들렸습니다.

그는 몇 번을 사정하였습니다. 마지막에는 자기의 어머니가 명재경각이니 한 시간만 놓아 주면 의사를 어머니에게 보내고 다시 오마고까지 하여 보았습니다. 그러나 그런 말은 모두 헛소리로 돌아가고, 그는 마침내 경찰서로 가게 되었습니다.

경찰서에서 재판소로, 재판소에서 감옥으로, ──이러한 여섯 달

동안에 그는 이를 갈면서 분해 하였습니다. 자기 어머니의 운명이 어찌되었나. 그는 손과 발을 동동 구르면서 안타까워했습니다. 임종에도 물 한잔 떠넣어 줄 사람이 없는 어머니였습니다. 애타하는 그 모양, 목말라하는 그 모양을 생각하고는, 그 어머니에게 지지 않게 자기도 애타하고 목말라했습니다.

반년 뒤에 겨우 광명한 세상에 나와서 자기의 오막살이를 찾아가매, 거기는 벌써 다른 사람이 들어 있었으며, 어머니는 반년 전에 아들을 찾으며 길에까지 기어 나와서 죽었다 합니다.

공동 묘지를 가보았으나 분묘조차 발견할 수가 없었습니다.

이리하여 갈 곳이 없이 헤매던 그는, 그날도 역시 잘 곳을 찾으러 헤매다가 그 예배당(나하고 만난)까지 뛰쳐들어온 것이었습니다.

—여기까지 이야기해 오던 K씨는 문득 말을 끊었다. 그리고 마도로스 파이프를 꺼내어 담배를 피워 가지고 빨면서 모씨에게 향하였다 —

「선생은 이제 내가 이야기한 가운데 모순된 점을 발견 못하셨습니까?」

「글쎄요.」

「그럼 내가 대신 물으리다. 백성수는 그만치 천분이 많은 음악가였었는데, 왜 그 〈광염 소나타〉(그날 밤의 소나타를 '광염 소나타' 라고 그랬습니다)를 짓기 전에는 그만치 흥분되고 긴장됐다가도 일단 그 음보로 만들어 놓으면 아주 힘없는 것이 되어 버리고 했겠습니까?」

「그거야 미상불 그때의 흥분이 〈광염 소나타〉를 지을 때의 흥분만 못한 연고겠지요.」

「그렇게 해석하세요? 듣고 보니 그것도 한 해석이 되기는 합니다. 그러나 나는 그렇게 해석 안하는데요.」

「그럼, K씨는 어떻게 해석하십니까?」

「나는— 아니, 내 해석을 말하는 것보다, 그 백성수한테서 내게로 온 편지가 한 장 있는데 그것을 보여 드리리다. 선생은 오늘 바쁘시지 않으세요?」

「일은 없습니다.」

「그러면 우리 집까지 잠깐 같이 가보실까요?」

「가지요.」

두 노인은 일어섰다.

도회와 교외의 경계에 딸린 K씨의 집에까지 두 노인이 이른 때는 오후 너덧 시쯤이었다.

두 노인은 K씨의 서재에 마주앉았다.

「이것이 이삼 일 전에 백성수한테서 내게로 온 편지인데 읽어 보세요.」

K씨는 서랍에서 기다란 편지 뭉치를 꺼내어, 모씨에게 주었다. 모씨는 그것을 받아서 폈다.

「가만, 여기서부터 보세요. 그 전에는 쓸데없는 인사이니까.」

——(전략) 그리하여 그날도 또한 이제 밤을 지낼 집을 구하느라고 돌아다니던 저는, 우연히 그 집(제가 전에 돈 오십여 전을 훔친 집) 앞에까지 이르렀습니다. 깊은 밤 사면은 고요한데 그 집 앞에서 잘 곳을 구하느라고 헤매던 저는, 문득 마음속에 무서운 복수의 생각이 일어났습니다. 이 집만 아니었더면, 이 집 주인이 조금만 인정이라는 것을 알았더면 저는 그 불쌍한 제 어머니로서 길에까지 기어 나와서 세상을 떠나게 하지는 않았겠습니다. 분묘가 어디인지조차 알지 못하여, 꽃 한 번 갖다가 꽂아 보지 못한 이러한 불효도 이 집 때문이외다. 이러한 생각에 참지를 못하여 그 집 앞에 가려

있는 볏짚에다가 불을 놓았습니다. 그리고 거기 서서 불이 집으로 옮아 가는 것을 다 본 뒤에 갑자기 무서운 생각이 나서 달아났습니다.

좀 달아나다 보매, 아래서는 벌써 사람이 꾀어 들기 시작한 모양인데 이때에 저의 머리에 타오르는 생각은 통쾌하다는 생각과 달아나려는 생각뿐이었습니다. 그리하여 저는 몸을 숨기기 위하여, 앞에 보이는 예배당 안으로 뛰어들어갔습니다.

거기서 불이 다 타도록 구경을 한 뒤에 나오려다가 피아노를 보고……

「여보세요.」

K씨는 편지를 보는 모씨를 찾았다—

「비상한 열정과 감격은 있어두, 그것이 그대로 표현 안된 것이 그것 때문이었습니다. 즉 성수의 어머니는 몹시 어질은 사람으로서, 어렸을 때부터 성수의 교육을 몹시 힘을 들여서 착한 사람이 되도록, 착한 사람이 되도록 이렇게 길렀습니다그려. 그 어질은 교육 때문에 그가 하늘에서 타고난 광포성과 야성이 표면상에 나타나지를 못하였습니다. 그 타오르는 야성적 열정과 힘이, 음보(音譜)로 그려 놓으면 아주 힘없는, 말하자면 김 빠진 술같이 되고 하는 것이 모두 그 때문이었습니다그려. 점잖고 어질은 교훈이 그의 천분을 못 발휘하게 한 셈이지요.」

「흠!」

「그것이, 그 사람—성수가, 감옥 생활을 한 동안에 한 번 씻기우기는 하였으나, 그러나 사람의 교양이라 하는 것은 온전히 씻지는 못하는 것이외다. 그러다가 그 '원수'의 집 앞에서 갑자기, 말하자면 돌발적으로 야성과 광포성이 나타나서 불을 놓고 예배당 안에 숨어 서서 그 야성적 광포적 쾌미를 한껏 즐긴 다음에, 그에게서 폭발하여 나온 것이, 그 〈광염 소나타〉였구려. 일어서는 불길, 사람의 비명, 온갖 것을 무시하고 퍼져 나가는 불의 세력—— 이런 것은 사실 야성적 쾌미 가운데 으뜸이 되는 것이니깐요.」

「……」

「아셨습니까. 그러면 그 다음에 그 편지의 여기부터 또 보세요.」

—— (중략) 저는 그날의 일이 아직 눈앞에 어리는 듯하외다. 선생님이 저를 세상에 소개하기 위하여, 늙으신 몸이 몸소 피아노에 앉으셔서, 초대한 여러 음악가들 앞에서 제 〈광염 소나타〉를 탄주하시던 그 광경은 지금 생각하여도 제 눈에서 눈물이 나오려 합니다. 그때에 그 손님 가운데 부인 손님 두 분이 기절을 한 것은 결코 〈광염 소나타〉의 힘뿐이 아니고, 선생님의 그 탄주의 힘이 많이 섞인 것을 뉘라서 부인하겠습니까. 그 뒤에 여러 사람 앞에 저를 내어세우고,

「이 사람이 〈광염 소나타〉의 작자이며, 삼십 년 전에 우리를 버려 두고 혼자 간 일대의 귀재 백○○의 아들이외다.」

그 소개를 하여 주신 그때의 그 감격은 제 일생에 어찌 잊사오리까.

그 뒤에 선생님께서 저를 위하여 꾸며 주신 방도 또한 제 마음에 가장 맞는 방이었습니다. 넓다란 북향 방에, 동남쪽 귀에 든든한 참나무 침대가 하나, 서북쪽 귀에 아무 장식 없는 참나무 책상과 의자 피아노가 하나씩, 그 밖에는 방안에 장식이라고는 서남쪽 벽에 커다란 거울이 하나 있을 뿐, 덩그렇게 넓은 방은 사실 밤에 전등 아래 앉아 있노라면 저절로 소름이 끼치도록 무시무시한 방이었습니다. 게다가 방안은 모두 검은 칠을 하고, 창 밖에는 늙은 홰나무의 고목이 한 그루 서 있는 것도 과연 귀기가 돌았습니다. 이러한 가운데서 선생님은 저로 하여금 방분스러운 음악을 낳도록 애써

주셨습니다.

저도 그런 환경 아래서 좋은 음악을 낳아 보려고 얼마나 애를 썼 겠습니까. 어떤 날 선생님께 작곡에 대한 계통적 훈련을 원할 때에 선생님은 이렇게 대답하셨습니다──

「자네에게는 그러한 교육이 필요가 없어. 마음대로 나오는 대로 하게. 자네 같은 사람에게 계통적 훈련이 들어가면 자네의 음악은 기계화해 버리고 말어. 마음대로 온갖 규칙과 규범을 무시하고 가 슴에서 터져 나오는 대로……」

저는 이 말씀의 뜻을 똑똑히는 몰랐습니다. 그러나 대략한 의미 만은 통하였습니다. 그리하여 저는 마음대로 한껏 자유스러운 음악 의 경지를 개척하려 하였습니다.

그러나 그동안에 제가 산출한 음악은 모두 이상히도 저의 이전 (제 어머니가 아직 살아 계실 때)의 것과 마찬가지로 아무러한 힘도 없는 음향의 유회에 지나지 못하였습니다.

저는 얼마나 초조하였겠습니까. 때때로 선생님께서 채근 비슷이 하시는 말씀은 저로 하여금 더욱 초조하게 하였습니다. 그리고 마 음이 초조하면 초조할수록, 제게서 생겨나는 음악은 더욱 나약한 것이 되었습니다.

저는 때때로 그 불붙던 광경을 생각하여 보았습니다. 그리고 그 때의 통쾌하던 감정을 되풀이하여 보려 하였습니다. 그러나 그것 역시 실패에 돌아갔습니다.

때때로 비상한 열정으로 음보를 그려 놓은 뒤에, 몇 시간을 지나 서 다시 한 번 읽어 보면, 거기는 아무 힘도 없는 개념만 있곤 하 였습니다.

저의 마음은 차차 무거워지기 시작하였습니다. 그리고 큰 기대를 가지고 계신 선생님께도 미안하기가 짝이 없었습니다.

「음악은 공예품과 달라서, 마음대로 만들고 싶은 때에 되는 것이 아니니, 마음 놓고 천천히 감흥이 생긴 때에……」

이러한 선생님의 위로의 말씀이 듣기가 제 살을 깎아 내는 듯하였습니다. 그러나 제 마음상은, 인제는 제게서 다시 힘있는 음악이 나올 기회가 없는 것같이만 생각되었습니다.

이러는 동안에 무위의 몇 달이 지났습니다.

어떤 날 밤중, 가슴이 너무 무겁고 가슴속에 무엇이 가득 찬 것같이 거북하여서 저는 산보를 나갔습니다. 무거운 머리와 무거운 가슴과 무거운 다리를 지향 없이 옮기면서 돌아다니다가, 저는 어떤 곳에서 커다란 볏짚 낟가리를 발견하였습니다.

이때의 저의 심리를 어떻게 형용하였으면 좋을지 저는 모르겠습니다. 저는 무슨 무서운 적(敵)을 만난 것같이 긴장되고 흥분되었습니다. 저는 사면을 한번 살펴보고 그 낟가리에 달려가서 불을 그어 놓았습니다. 그리고 갑자기 무서움증이 생겨서 돌아서서 달아나다가, 멀찌가니까지 달아나서 돌아보니까, 불길은 벌써 하늘을 찌를 듯이 일어났습니다. 왁, 왁, 꺄, 꺄, 사람들이 부르짖는 소리도 들렸습니다.

저는 다시 그곳까지 가서, 그 무서운 불길에 날아 올라가는 볏짚이며, 그 낟가리에 연달아 있는 집을 헐어 내는 광경을 구경하다가 문득 흥분되어서 집으로 돌아왔습니다.

그날 밤에 된 것이 〈성난 파도(波濤)〉였습니다.

그 뒤에 이 도회에서 일어난 알지 못할 몇 가지의 불은 모두 제가 질러 놓은 것이었습니다. 그리고 불이 있던 날 밤마다 저는 한 가지의 음악을 얻었습니다. 며칠을 연하여 가슴이 몹시 무겁다가, 그것이 마침내 식체와 같이 거북하고 답답하게 되는 때는 저는 뜻 없이 거리를 나갑니다. 그리고 그러한 날은 한 가지의 방화 사건이 생겨나며, 그날 밤에는 한 곡의 음악이 생겨났습니다.

그러나 그것도 번수가 차차 많아 갈 동안, 저의 그 불에 대한 흥분은 반비례로 줄어졌습니다. 온갖 것을 용서하지 않는 불꽃의 잔혹함도 그다지 제 마음을 긴장시키지 못하였습니다.

「차차, 힘이 적어져 가네.」

선생님께서 제 음악을 보시고 이렇게 말씀하신 것이 그러한 때였습니다.

그러나, 저는 게서 더할 도리가 없었습니다. 하는 수 없이 저는 한동안 음악을 온전히 잊어버린 듯이 내버려두었습니다.

모씨가 성수의 편지를 여기까지 읽었을 때, K씨가 찾았다.

「재작년 봄에서 가을에 걸쳐서 원인 모를 불이 많지 않았습니까. 그것이 죄 성수의 장난이었습니다그려.」

「K씨는 그것을 온전히 모르셨습니까?」

「나요? 몰랐지요. 그런데 — 그 어떤 날 밤이구려. 성수는 기대에 반해서, 우리 집으로 온 지 여러 달이 됐지만, 한번도 힘있는 것을 지어 본 일이 없겠지요. 그래서 저 사람에게 무슨 흥분될 재료를 줄 수가 없나 하고 혼자 생각하며 있더랬는데, 그때에 저 — 편 — 」

K씨는 손을 들어 남쪽 창을 가리켰다.

「저 — 편 꽤 멀리서, 불붙는 것이 눈에 뜨입디다그려. 그래 저것을 성수에게 보이면, 혹 그때의 감정(그때껏, 나는 그 담배 장수네 집에 불이 일어난 것도 성수의 장난인 줄은 꿈에도 생각 안했구료) — 그때의 감정을 부활시킬지도 모르겠다, 이렇게 생각하구 성수의 방으로 올라가려는데, 문득 성수의 방에서 피아노 소리가 울려 나옵디다그려. 나는 올라가려던 발을 부지중 멈추고 말았지요. 역시 C샤프 단음계로서, 제일곡은 뽑아 먹고 '아다지오'에서 시작되는데, 고요하고 잔잔한 바다, 수평선 위로 넘어가려는 저녁 해, 이러한 온화한 것이 차차 '스케르쪼'로 들어가서는 소낙비, 풍랑,

번개질, 무서운 바람 소리, 우레질, 전복되는 배, 곤해서 물에 떨어지는 갈매기, 한 번 뒤집어지면서는 해일(海溢)에 쓸려 나가는 동네 사람의 부르짖음—— 흥분에서 흥분, 광포에서 광포, 야성에서 야성, 온갖 공포와 포악한 광경이 눈앞에 어릿거리는데, 이 늙은 내가 그만 흥분에 못 견디어, 뜻하지 않고 「그만두어 달라」고 고함친 것만으로도 짐작하시겠지요. 그리고 올라가서 보니깐, 그는 탄주를 끝내 버리고, 피곤한 듯이 피아노에 기대고 앉아 있고, 이제 탄주한 것은 벌써 〈성난 파도〉라는 제목 아래 음보로 되어 있습니다.」

「그러면 성수는 불을 두 번 놓고, 두 음악을 낳았다는 말씀이지요?」

「그렇지요. 그리고 그 뒤부터는 한 십여 일 건너서는 하나씩 지었는데, 그것이 지금 보면, 한 가지의 방화 사건이 생길 때마다 생겨난 것이었습니다. 그러나 그의 편지마따나, 얼마 지나서부터는 차차 그 힘과 야성이 적어지기 시작했지요. 그래서——」

「가만 계십쇼. 그 사람이 다음에도 〈피의 선율〉이나 그 밖에 유명한 곡조를 여러 개 만들지 않았습니까?」

「글쎄 말이외다. 거기 대한 설명은, 그 편지를 또 보십쇼. ——여기서부터 또 보시면 알리다.」

——(중략) ××다리 아래로서 나오려는데, 무엇이 발길에 채이는 것이 있었습니다. 성냥을 그어 가지고 보니깐, 그것은 웬 늙은이의 송장이었습니다. 저는 그것이 무서워서 달아나려다가, 돌아서려던 발을 다시 돌이켰습니다. 그리고——

선생님은 이제 제가 쓰는 일을 이해하여 주실는지요. 그것은 너무도 기괴한 일이라 저로서도 믿기워지지 않는 일이었습니다. 저는 그 송장을 타고 앉았습니다. 그리고 그 송장의 옷을 모두 찢어서 사면으로 내어던진 뒤에, 그 발가벗은 송장을 (제 힘이라 생각되지 않는) 무거운 힘으로써 높이 쳐들어서, 저편으로 내어던졌습니다. 그런 뒤에는, 마치 고양이가 알을 가지고 놀 듯, 다시 뛰어가서 그 송장을 들어서 도로 이편으로 던졌습니다. 이렇게 몇 번을 하여 머리가 깨어지고, 배가 터지고— 그 송장은 보기에도 참혹스러이 되었습니다. 그리하여 그 송장을 다시 만질 곳이 없이 된 뒤에 저는 그만 곤하여 그 자리에 앉아서 쉬려다가 갑자기 마음이 긴장되고 흥분되어서 집으로 달려왔습니다. 그날 밤에 된 것이 〈피의 선율〉이었습니다.

「선생은 이러한 심리를 아시겠습니까?」
「글쎄요.」
「아마, 모르실걸요. 그러나 예술가로서는 능히 머리를 끄덕일 수 있는 심리외다. —그리고 또 여기를 읽어 보십시오.」

—(중략) 그 여자가 죽었다는 것은, 제게는 너무도 뜻밖이었습니다.

저는, 그날 밤 혼자 몰래 그 여자의 무덤을 찾아갔습니다. 그리고 칠팔 시간 전에 묻어 놓은 그의 무덤의 흙을 다시 파서 그의 시체를 꺼내어 놓았습니다.

푸르른 달빛 아래 누워 있는 아름다운 그의 모양은 과연 선녀와 같았습니다. 가엾게 눈을 닫고 있는 창백한 얼굴, 곧은 콧날, 풀어헤친 검은 머리, —아무 표정도 없는 고요한 얼굴은 더욱 처연함을 도왔습니다. 이것을 정신이 없이 들여다보고 있다가, 저는 갑자기 흥분이 되어— 아아 선생님, 저는 이 아래를 쓸 용기가 없습니다. 재판소의 조서를 보시면, 저절로 알으실 것이올시다.

그날 밤에 된 것이, 〈사령(死靈)〉이었습니다.

「어떻습니까?」

「……」

「네?」

「……」

「언어도단이에요? 선생의 눈으로는 그렇게 뵈시리다. 또 여기를 읽어 보십쇼.」

──(중략) 이리하여 저는 마침내 사람을 죽인다 하는 경우에까지 이르렀습니다.

그리고 한 사람이 죽을 때마다 한 개의 음악이 생겨났습니다. 그 뒤부터 제가 지은 그 모든 것은 모두 다 한 사람씩의 생명을 대표하는 것이었습니다. (하략)

「인젠 더 보실 것이 없습니다. 그런데 그만큼 보셨으면 성수에 대한 대략한 일은 알으셨을 터인데, 거기 대한 의견이 어떻습니까?」

「……」

「네?」

「어떤 의견 말씀이오니까?」

「어떤 '기회'라는 것이 어떤 사람에게서, 그 사람의 가지고 있는 천재와 함께, '범죄 본능'까지 끄을어내었다 하면, 우리는 그 '기회'를 저주해야겠습니까, 혹은 축복하여야겠습니까? 이 성수의 일로 말하자면 방화, 사체 모욕, 시간, 살인, 온갖 죄를 다 범했어요. 우리 예술가협회에서 별 수단을 다 써서 정부에 탄원하고 재판소에 탄원하고 해서, 겨우 성수를 정신병자라 하는 명목 아래 정신병원에 감금했지, 그렇지 않으면 당장에 사형이 아닙니까. 그런데 이제 그 편지를 보셔도 짐작하시겠지만, 통상시에는 그 사람은 아주 명

민하고 점잖고 온화한 청년입니다. 그러나, 때때로 그—뭐랄까, 그 흥분 때문에 눈이 아득하여져서 무서운 죄를 범하고, 그 죄를 범한 다음에는 훌륭한 예술을 하나씩 산출합니다. 이런 경우에 우리는 범죄를 밉게 보아야 합니까, 혹은 그 범죄 때문에 생겨난 예술을 보아서 죄를 용서하여야 합니까?」

「그거야, 죄를 범치 않고 예술을 만들어 냈으면 더 좋지 않습니까?」

「물론이지요. 그러나 성수 같은 사람도 있는 것이니깐 이런 경우엔 어떻게 해결하렵니까?」

「죄를 벌해야지요. 죄악이 성하는 것을 그냥 볼 수는 없습니다.」

K씨는 머리를 끄덕였다.

「그렇겠습니다. 그러나 우리 예술가의 견지로는 또 이렇게 볼 수도 있습니다. 베에토벤 이후로는 음악이라 하는 것이 차차 힘이 빠져 가서, 꽃이나 계집이나 찬미할 줄 알고, 연애나 칭송할 줄 알아서, 선이 굵은 것은 볼 수가 없이 되었습니다. 게다가 엄정한 작곡법이 있어서, 그것은 마치 수학의 방정식과 같이 작곡에 대한 온갖 자유스런 경지를 제한해 놓았으니깐, 이후에 생겨나는 음악은 새로운 길을 개척하기 전에는 한 기술이 될 것이지 예술이 될 수는 없습니다. 예술가에게는 이것이 쓸쓸해요. 힘있는 예술, 선이 굵은 예술, 야성으로 충일된 예술,—우리는 이것을 기다린 지 오랬습니다. 그럴 때에 백성수가 나타났습니다. 사실 말이지 백성수의 그의 예술은 하나하나가 모두 우리의 문화를 영구히 빛낼 보물입니다. 우리의 문화의 기념탑입니다. 방화? 살인? 변변치 않은 집 개, 변변치 않은 사람 개는 그의 예술의 하나가 산출되는 데 희생하라면 결코 아깝지 않습니다. 천 년에 한 번, 만 년에 한 번 날지 못 날지 모르는 큰 천재를 몇 개의 변변치 않은 범죄를 구실로 이 세상에서 없이하여 버린다 하는 것은 더 큰 죄악이 아닐까요. 적어도 우리 예술가에게는 그렇게 생각됩니다.」

K씨는 마주앉은 노인에게서 편지를 받아서 서랍에 집어 넣었다. 새빨간 저녁 해에 비치어서 그의 늙은 눈에는 눈물이 번득였다.

(《중외일보》, 1929. 1. 1~12)

발가락이 닮았다

발가락이 닮았다

노총각 M이 혼약을 하였다——

우리들은 이 소식을 들을 때에 뜻하지 않고 서로 얼굴을 마주보았습니다.

M은 서른두 살이었습니다. 세태가 갑자기 변하면서 혹은 경제 문제 때문에, 혹은 적당한 배우자가 발견되지 않기 때문에, 혹은 단지 조혼(早婚)이라 하는 데 대한 반항심 때문에, 늦도록 총각으로 지내는 사람이 많아 가기는 하지만, 서른두 살의 총각은 아무리 생각하여도 좀 너무 늦은 감이 없지 않았습니다. 그래서 그의 친구들은 아직껏 기회가 있을 때마다 그에게 채근 비슷이, 결혼에 대한 주의를 하고 하였습니다. 그러나 M은 언제나 그런 의논을 받을 때마다(속으로는 매우 흥미를 가진 것이 분명한데) 겉으로는 고소로써 친구들의 말을 거절하곤 하였습니다. 그러던 M이 우리가 모르는 틈에 어느덧 혼약을 한 것이외다.

M은 가난하였습니다. 매우 불안정한 어떤 회사의 월급쟁이였습니다. 이 뿌리 약한 그의 경제 상태가 그로 하여금 늦도록 총각으로 지내게 한 듯도 합니다. 그리고 이 때문에 친구들은 M의 총각

생활을 애석히 생각하여 장가들기를 권하는 것이었습니다.

그러나 나만은 M이 장가를 가지 않는 데 다른 종류의 해석을 내리고 있었습니다. 의사라는 나의 직업이 발견한 M의 육체적인 결함—이것 때문에 M은 서른이 넘도록 총각으로 지낸다. 나는 이렇게 믿고 있었습니다.

M은 학생 시절부터 대단한 방탕 생활을 하였습니다. 방탕이래야 금전상의 여유가 부족한 그는, 가장 하류에 속하는 방탕을 하였습니다. 오십 전 혹은 일 원만 생기면 즉시로 우동집이나 유곽으로 달려가던 그이었습니다. 체질상 성욕이 강한 그는 그 불붙는 정욕을 끄기 위하여 눈앞에 닥치는 기회는 한 번도 놓치지 않았습니다. 친구들을 만날지라도 음식을 한턱 하라기보다 유곽을 한턱 하라는 그였습니다.

「질(質)로는 모르지만 양(量)으로는 세계의 누구에게든 그다지 지지 않을 테다.」

자기가 관계한 여인의 수효에 대하여 이렇게 방언하기를[1] 주저치 않으리만치 그는 선택(選擇)이라는 도정을 밟지 않고 '집어셌[2]' 습니다. 스물서너 살에 벌써 이백 명은 넘으리라는 것을 발표하였습니다. 서른 살 때는 벌써 괴승(怪僧) 신돈이를 멀리 눈 아래로 굽어보았을 것입니다. 그런지라 온갖 성병(性病)을 경험하지 못한 것이 없었습니다. 더구나 술이 억배요, 그 위에 유달리 성욕이 강한 그는 성병에 걸린 동안도 결코 삼가지를 않았습니다. 일년 삼백육십여 일, 그에게서 성병이 떠나 본 적이 없었습니다. 늘 농이 흐르고 한 달 건너큼 고환염(睾丸炎)으로서, 걸음걸이도 거북스러운 꼴을 하여 가지고 나한테 주사를 맞으러 오고 하였습니다. 그러는 동안에도 오십 전, 혹은 일 원만 생기면 또한 성 행위를 합니다. 이런지라, 물론 그는 생식 능력이 없어진 사람이었습니다.

이 일을 잘 아는 나는, M이 결혼을 안하는 이유를 여기다가 연결시켜 가지고, 그의 도덕심(?)에 동정까지 하고 있었습니다. 일생을 빈곤한 가운데서 보내고, 늙은 뒤에도 슬하도 없이 쓸쓸하게 지낼 그, 더구나 자기를 봉양할 슬하가 없기 때문에 백발이 되도록 제 손으로 이 고해를 헤엄치어 나갈 그는, 과연 한 가련한 존재이 겠습니다.

이렇던 M이 어느덧 우리의 모르는 틈에 우물우물 혼약을 한 것이외다.

하기는 며칠 전에 이런 일이 있었습니다. 그날 저녁을 먹은 뒤에, 혼자서 신간 치료 보고서를 읽고 있을 때에 M이 찾아왔습니다. 그리고 비교적 어두운 얼굴로 내가 묻는 이야기에도 그다지 시원치 않은 듯이 입술엣대답을 억지로 하고 있다가, 이런 질문을 나에게 던졌습니다—

「남자가 매독을 앓으면 생식을 못하나?」

「괜찮겠지.」

「임질은?」

「글쎄, 고환을 오까사레루³⁾하지 않으면 괜찮아.」

「고환은— 내 친구 가운데 고환염을 앓은 사람이 있는데, 인제는 생식을 못하겠다고 비관이 여간이 아니야. 고환을 오까사레루 하면 절대 불가능인가? 양쪽 다 앓았다는데……」

「그것도 경하게 앓았으면 영향 없겠지.」

「가령 그 경하다치면— 내가 앓은 게 그게 경한 편일까? 중한 편일까?」

나는 뜻하지 않고 그의 얼굴을 보았습니다. 중하기도 그만치 중하게 앓은 뒤에, 지금 그게 경한 거냐 중한 거냐 묻는 것이 농담으로밖에는 들리지 않았으므로…… M의 얼굴은 역시 무겁고 어두웠습니다. 무슨 중대한 선고를 기다리는 사람과 같이 눈을 푹 내리뜨고 나의 대답을 기다리고 있었습니다. 잠시 그의 얼굴을 바라본 뒤

에 나는 어이가 없어서,

「아주 경한 편이지.」

이렇게 대답하여 버렸습니다.

「경한 편?」

「그럼.」

이리하여 작별을 하였는데, 지금에 이르러 생각하면 그 저녁의 그 문답이 오늘날의 그의 혼약을 이루게 하지 않았는가 합니다.

M이 혼약을 하였다는 기보(奇報)를 가지고 온 것은 T라는 친구였습니다. 그때는 마침 (다 M을 아는) 친구가 너덧 사람 모여 있을 때였습니다.

「골동(骨董)——국보 하나 없어졌다.」

누가 이런 비평을 가하였습니다. 나는 T에게 이렇게 물었습니다——

「그래 연애로 혼약이 된 셈인가요?」

「연애? 연애가 다 무에요? 갈보 나까이⁴⁾밖에는 여자라는 걸 모르는 녀석이 어디서 연애의 대상을 구하겠소?」

「그럼 지참금(持參金)이라도 있답디까?」

「지참금이란 뉘 집 애 이름이오?」

나는 여기서 이 혼약에 대하여 가장 불유쾌한 면을 보았습니다. 삼십이 넘도록 총각으로 지낸 그로서, 연애라 하는 기묘한 정사 때문에 그 절(節)을 굽혔다면, 그것은 도리어 축하할 일이지 책할 일이 아니외다. 지참금을 바라고 혼약을 하였다 하더라도 지금의 세상에 살아가는 우리로서 (더구나 그의 빈곤을 잘 아는 처지인지라) 크게 욕할 수가 없는 일이외다. 그러나 연애도 아니요, 금전 문제도 아닌 이 혼약에서는 가장 불유쾌한 한 가지의 결론밖에는 얻을 수가 없습니다.

「그럼——」

나는 가장 불유쾌한 어조로 이렇게 말하였습니다——

「유곽에 다닐 비용을 절약하기 위하여 마누라를 얻은 셈이구료.」

혹평(酷評)에 대하여 T는 마땅치 않다는 듯이 나를 보았습니다.

「그렇게 혹언할 것도 아니겠지요. M도 벌써 서른두 살이든가 세 살이든가, 좌우간 그만하면 차차로 자식도 무릎에 앉혀 보고 싶을 게고, 그렇다고 마땅한 마누라를 선택할 길이나 방법은 없고——」

「자식? 고환염을 그만침이나 심히 앓은 녀석에게 자식? 자식은 ——」

불유쾌하기 때문에 경솔히도 직업적 비밀을 입 밖에 내인 나는, 하던 말을 중도에 끊어 버렸습니다. 그러나 이미 한 말까지는 도로 삼킬 수가 없었습니다.

「네? 그게 무슨 말씀이오?」

M의 생식 능력에 대하여 사면에서 질문이 들어왔습니다. 이미 한 말에 대하여 책임을 지지 않을 수 없는 나는 그 말을 돌려 꾸미기에 한참 애를 썼습니다. 단언할 수는 없지만, 혹은 M은 생식 능력이 없을지도 모른다. 그러나 진찰을 안해 본 바이니까, 혹은 또 한 생식 능력이 있을지도 모른다. M이 너무도 싱거운 혼약을 한 데 대하여, 불유쾌하여 그런 혹언을 하였지만 그 말은 취소한다. 이러한 뜻으로 꾸며 대었습니다. 그리고 그 좌석에 있던 스무 살쯤 난 젊은이가,

「외려 일생을 자식 없이 지내면 편치 않아요?」

이러한 의견을 내는 데 대하여 '젊은이로서는 도저히 이해할 수 없는 혈족의 애정'이라는 문제와 그 문제를 너무도 무시하는 요즘의 풍조에 대한 논평으로 말머리를 돌려 버리고 말았습니다.

M은 몰래 결혼식까지 하였습니다. 그의 친구들로서 M의 결혼식 날짜를 미리 안 사람은 한 사람도 없었습니다. 뿐만 아니라 지

금 모두들 제각기 하는 소위 신식 혼례식을 하지 않고, 제 집에서 구식으로 하였답니다. 모 여고보 출신인 신부는 구식 결혼이 싫다고 하였지만 M이 억지로 한 것이라 합니다.

이리하여 유곽에서는 한 부지런한 손님을 잃어버렸습니다.

「독점이라 하는 건 참 유쾌하던걸.」

결혼한 뒤에 M은 어떤 친구에게 이런 말을 하였다 합니다. 비록 연애로써 성립된 결혼은 아니지만 그다지 실패의 결혼은 아닌 듯하였습니다. 오십 전, 혹은 일 원의 돈을 내어던지고 순간적 성욕의 만족을 사던 이 노총각이, 꿈에도 생각지 못한 독점을 하였으매 그의 긍지가 적지 않았을 것이외다. 연애 결혼은 아니었지만 결혼한 뒤에 연애가 생긴 듯하였습니다. 언제든 음침한 기분이 떠돌던 그의 얼굴이 그럴싸해서 그런지 좀 밝아진 듯하였습니다.

「복 받거라.」

우리들—더구나 나는 그들의 결혼을 심축하였습니다. 처음에는 한낱 M의 성 행위의 기구로 M과 결합케 된 커다란 희생물인 그의 젊은 아내를 위하여, 이것이 행복된 결혼이 되기를 축수하였습니다. 동기는 여하컨 결과에 있어서 아름다운 열매를 맺어라. 너의 젊은 아내로서, 한 개 '희생물'이 되지 않게 하여라. 어머니로서의 즐거움을 맛볼 기회가 없는 너의 아내에게, 그 대신 아내로서는 남에게 곱되는 즐거움을 맛보게 하여라. M의 일을 생각할 때마다 진심으로 이렇게 축수하였습니다.

신혼의 며칠이 지난 뒤부터는, M이 젊은 아내를 학대한다는 소문이 조금씩 들렸습니다. 완력을 사용한단 말까지 조금씩 들렸습니다. 그러나, 나는 이 문제는 그다지 크게 생각지 않았습니다. 이런 소문이 귀에 들어올 때마다 나는 〈아라비안 나이트〉의 마신(魔神)의 이야기를 머리 속에서 되풀이하여 보곤 하였습니다.

어떤 어부가 그물질을 하고 있었습니다. 그런데 한 번은 그물을 끌어 올리니까 거기에 고기는 없고 그 대신 병(甁)이 하나 걸려 있었습니다. 병은 마개가 닫혀 있고, 그 위에 납[鉛]으로 굳게 봉함까지 되어 있었습니다. 어부는 잠시 주저한 뒤에 병의 봉함을 뜯고 마개를 뽑아 보았습니다. 즉, 병에서는 한 줄기 검은 연기가 하늘로 올라갔습니다. 그리고 하늘로 올라간 그 연기는 차차 뭉쳐서 거기는 커다란 마신이 나타났습니다.

「나를 이 병 속에 감금한 것은 선지자 솔로몬이다. 이 병 속에 갇혀 있는 동안 나는 스스로 맹세하였다. 백 년 안에 나를 구해 주는 사람이 있으면 그 사람에게 거대한 부(富)를 주겠다고. 그리고 백 년을 기다렸지만 아무도 나를 구해 주는 사람이 없었다. 그래서 나는 다시 맹세했다. 이제 다시 백 년 안으로 나를 구해 주는 사람이 있으면 나는 그 사람에게 이 세상에 있는 보배를 다 주겠다고. 그리고 헛되이 백 년을 더 연기해서 그 백 년 안에 나를 구해 주는 사람이 있으면 그 사람에게 이 세상에서 가장 큰 권세와 영화를 주겠다고. ──그러나 그 백 년이 다 지나도 역시 구해 주는 사람이 없었다. 그래서 나는 마지막으로 다시 맹세했다. 인제 누구든지 나를 구해 주는 놈이 있거든 당장에 그놈을 죽여서 그새 갇혀 있던 그 분풀이를 하겠다고.」

이것이 병 속에서 나온 마신의 이야기였습니다. M이 자기의 젊은 아내를 학대한다는 소문이 들릴 때에, 나는 이 이야기를 생각지 않을 수가 없었습니다. 삼십이 지나도록 총각으로 지낸 그 고통과 고적함에 대한 분풀이를 제 아내에게 하는 것이라 했습니다. 그리고 실컷 학대해라, 더욱 축수하였습니다.

M이 결혼한 지 이 년이 거의 된 어떤 날 저녁이었습니다. 그와 나는 어떤 곳에서 저녁을 같이하고 있었습니다.

그의 얼굴은 이날 유난히 어둡고 무거웠습니다. 그는 음식에는 거의 손을 대지 않고 술만 들이켜고 있었습니다. 본시 말이 많지 않은 그가 이날은 더욱 입이 무거웠습니다.

몹시 취하여 더 술을 먹지 못하리만치 되어서, 그는 처음으로 자발적으로 입을 열었습니다. 충혈이 된 그의 눈은 무시무시하게 번뜩였습니다.

「여보게, 여보게. 속이지 말구 진정으로 말해 주게, 내게 생식 능력이 있겠나?」

「글쎄 검사를 해보아야지.」

나는 이만치 하여 넘기려 하였습니다.

「그럼 한번 진찰해 봐주게.」

「왜 갑자기──」

그는 곧 대답하려 하였습니다. 그러나 나오려던 말을 삼켰습니다. 그리고 다시 술을 한잔 먹은 뒤에, 눈을 푹 내리뜨며 말했습니다──

「아니, 다른 게 아니라, 내게 만약 생식 능력이 없다면 저 사람(자기의 아내)이 불쌍하지 않나? 그래서 없는 게 판명되면 아직 젊었을 때에 헤져서 저 사람이 제 운명을 다시 개척할 '때'를 줘야지 않겠나? 그래서 말일세.」

「진찰해 보아야지.」

「그럼 언제 해보세.」

그 며칠 뒤에 나는 M의 아내가 임신했다는 소문을 듣고 깜짝 놀랐습니다. 검사해 볼 필요도 없습니다. M은 그 능력이 없을 것입니다. 그런데 M의 아내는 임신했습니다.

그리고 며칠 전에 M이 검사하겠다던 마음을 짐작했습니다. 그것은 결코 그날의 제 말마따나 '아내의 장래를 위하여' 하려는 것이 아니고, 아내에게 대한 의혹 때문에 하여 보려는 것일 것이외다.

자기도 온전히 모르는 바는 아니로되, 십중팔구는 자기는 생식 불능자일텐데 자기의 아내는 임신을 한 것이외다.

생각하면 재미있는 연극이외다. 생식 능력이 없는 M은, 그런 기색도 뵈지 않고 결혼을 하였습니다. 그리하여 M에게로 시집을 온 새 아내는 임신을 하였습니다. 제 남편이 생식 불능자인 줄 모르는 아내는, 뻐젓이 자기의 가진 죄의 씨를 M에게 자랑을 하고 있을 것이외다. 일찍이 자기가 생식 불능자인지도 모르겠다는 점을 밝혀주지 않은 M은, 지금 이 의혹의 구렁이에서도 제 아내를 책할 권리가 없을 것이외다. 그가 검사를 하겠다 하나, 검사를 하여서 자기가 불구자인 것이 판명된 뒤에는 어떤 수단을 취할는지 짐작도 할 수가 없습니다. 아내의 음행을 책하자면 자기의 사기적 행위를 폭로시키지 않을 수가 없을 것이외다. 그것을 감추자면, 제 번민만 더욱 크게 할 것이외다.

어떤 날, 그는 검사를 하자고 왔습니다. 그때, 마침 환자가 몇 사람 밀려 있던 관계상 나는 그를 내 사실에 가서 좀 기다리라 하고, 환자 처리를 다하고 내려갔습니다. 그랬더니 그는 나를 기다리지 않고 돌아가 버렸습니다. 이튿날 그는 다시 왔습니다. 그러나 그는 또 돌아가 버렸습니다.

나도 사실 어찌하여야 할지 똑똑히 마음을 작정치 못했던 것이외다. 검사한 뒤에 당연히 사멸해 있을 생식 능력을 살아 있다고 하자니, 그것은 나의 과학적 양심이 허락치 않는 바외다. 그러나 또한 사멸하였다고 하자니, 이것은 한 사람의 일생을 망쳐 버리는 무서운 선고에 다름없습니다. M이라 하는 정당한 남편을 두고도 불의의 쾌락을 취하는 M의 아내는 분명히 책받을 여인이겠지요. 그러나 또한 다른 편으로 이 사건을 관찰할 때에, 내가 눈을 꾹 감고 그릇된 검안을 내린다면, 그로 인하여 절대로 불가능하던 M이 슬하에 사랑스런 자식(?)을 두고 거기서 노후의 위안도 얻을 수 있을 것이요, 만사가 원만히 해결될 것이외다.

내가 자유로 선택할 수 있는 두 가지의 갈림길에 서서, 나는 어느 편 길을 취하여야 할지 판단을 주저하고 있었습니다. 이 문제가 사오 일 뒤에 저절로 해결이 되었습니다. 그날도 역시 침울한 얼굴로 찾아온 M에게 대하여, 나는 의리상,

「오늘 검사해 보자나?」

하니깐 그는 간단히 대답하였습니다——

「벌써 했네.」

「응? 어디서?」

「P병원에서.」

「그래서 그 결과는?」

「살았다데.」

「?」

나는 뜻하지 않고 그의 얼굴을 보았습니다. 그것은 의외의 대답을 들은 때문이라기보다 오히려 '살았다데' 하는 그의 음성이 너무 침통하기 때문에……

「그럼 안심이겠네.」

이렇게 대답하는 동안, 나는 내가 하마터면 질 뻔한 괴로운 임무에서 벗어난 안심을 느끼는 동시에, P병원에서의 검안의 의외에, 눈을 크게 뜨지 않을 수가 없었습니다. 내 눈을 만난 M의 눈은 낭패한 듯이 이리저리 돌아다녔습니다. 그리고 나는 그 눈으로 그가 방금 한 말이 거짓말이었음을 알았습니다.

그럼 그는 왜 거짓말을 하였나? 자기의 아내의 명예를 보호하기 위하여? 세상과 제 마음을 속여 가면서라도 자식을 슬하에 두어 보기 위하여? 나는 그의 마음을 알 수가 없었습니다—— 그가 입을 열었습니다. 무겁고 침울한 음성이었습니다.

「여보게, 자넨 이런 기모찌⁵⁾ 알겠나?」

「어떤?」

그는 잠시 쉬어서 말을 시작했습니다──

「월급쟁이가 월급을 받았네. 받은 즉시로 나와서 먹고 쓰고 사고, 실컷 마음대로 돈을 썼네. 막상 집으로 돌아가는 길일세. 지갑 속에 돈이 몇 푼 안 남아 있을 것은 분명해. 그렇지만 지갑을 못 열어 봐. 열어 보기 전에는 혹은 아직은 꽤 많이 남아 있겠거니 하는 요행심도 붙일 수 있겠지만 급기야 열어 보면 몇 푼 안 남은 게 사실로 나타나지 않겠나? 그게 무서워서 아직 있거니, 스스로 속이네그려. 쌀도 사야지. 나무도 사야지. 열어 보면 그걸 살 돈이 없는 게 사실로 나타날 테란 말이지. 그래서 할 수 있는 대로 지갑 에서 손을 멀리하고 제 집으로 돌아오네. 그 기모찌 알겠나?」

나는 머리를 끄덕이었습니다.

「알겠네.」

그는 다시 입을 봉하였습니다. 그러나 그때에 나는 알았습니다. M은 검사도 하여 보지 않은 것이외다. 그는 무서워합니다. 그는 검사를 피합니다. 자기의 아내가 임신을 하였습니다. 그것은 상식으로 판단하여 물론 남편의 아일 것이외다. 거기 대하여 의심을 품을 자는 하나도 없을 것이외다. 의심을 품을 필요도 없는 것이외다. 왜? 여인이 남편을 맞으면 원칙상 임신을 하는 것이 당연한 일이니깐.

이 의심할 필요가 없는 일을 의심하다가 향그럽지 못한 결과가 나타나면, 이것은 자작지얼로서 원망을 할 곳이 없을 것이외다. 벌의 둥지를 건드리는 것은 어리석은 것이외다. 십중팔구는 향그럽지 못한 결과가 나타날 '검사'를, M은 회피한 것이외다. 절망을 스스로 사지 않으려── 그리고, 번민 가운데서도 끝끝내 일루의 희망을 붙여 두려, M은 온전히 '검사'라는 위험한 벌의 둥지를 건드리지 않기로 한 것이외다. 그리고 상식으로 판단할 수 있는 (제 아내의 뱃속에 있는) 자식에게 대하여 억지로 애정을 가져 보려 결심한 것이외다. 검사를 하여서 정충이 살아 있다면 다행한 일이지만, 사멸하였다면 시재[6] 제 아내와의 새에 생길 비극과 분노와 절망은 둘째 두고라도, 일생을 슬하에 혈육이 없이 보내고 노후에 의탁할 곳을 가질 가능성조차 없는 절망의 지위에 빠지지 않을 수가 없을 것이외다.

이것은 무서운 일이외다. 상식으로 판단할 수 있는 일을 거부(拒否)하고까지 이런 모험 행위를 할 필요가 없을 것이외다. 이리하여 그는 검사는 단념했지만 마음에 있는 의혹만은 온전히 끄지를 못한 모양이었습니다. 그 뒤, 어떤 날 그는 이런 이야기, 저런 이야기를 하다가 이런 말을 했습니다—

「자식은 꼭 제 애비를 닮는다면 좋겠구먼……」

거기 대하여 나는 닮은 예를 여러 가지로 들어서 말하여 주었습니다. 그는 한숨을 쉬었습니다.

「여인이 애를 배면 걱정일 테야. 아버지나 친할아비를 닮는다면 문제가 없겠지만 외편을 닮거나, 그렇지 않으면 아무도 닮지 않으면 걱정이 아니겠나. 그저 애비를 닮아야 제일이야. 하하하……」

나는 대답하였습니다.

「글쎄 말이지. 내 전문이 아니니깐 이름은 기억 못하지만, 독일 소설에 이런 게 있지 않나. 〈아버지〉라나 하는 희곡 말일세. 자식을 낳았는데 제 자식인지 아닌지 몰라서 번민하는 그런 이야기가 있지? 그것도 아버지만 닮으면 문제가 없겠지.」

「아! 아, 다 귀찮어.」

M의 아내가 아들을 낳았습니다.

그 아이가 반년쯤 자랐습니다.

어떤 날 M은 그 아이를 몸소 안고, 병을 뵈려 나한테 왔습니다.

기관지가 조금 상하였습니다.

약을 받아 가지고도 그냥 좀 앉아 있던 M은, 묻지도 않는 이런 말을 하였습니다.

「이놈이 꼭 제 증조부님을 닮았다거든.」

「그래?」

나는 그의 말에 적지 않은 흥미를 느끼면서 이렇게 응했습니다. 내 눈으로 보자면, 그 어린애와 M과는 아무런 관련도 없는 바인데, 그애가 M의 할아버지를 닮았다는 것은 기이함으로서…… 어린애의 친편과 외편의 근친(近親)에서 아무도 비슷한 사람을 찾아내지 못한 M의 친척은, 하릴없이 예전의 조상을 들추어낸 모양이었습니다. 그리고 그 어린애에게 커다란 의혹과 그보다 더 커다란 희망(의혹이 오해였던 것을 바라는)은 M으로 하여금 손쉽게 그 말을 믿게 한 모양이었습니다. 적어도 신뢰하려고 마음먹게 한 모양이었습니다.

내가 자기의 말에 흥미를 가지는 것을 본 M은, 잠시 주저하다가 그가 예비했던 둘쨋말을 마침내 꺼내었습니다――

「게다가 날 닮은 데도 있어.」

「어디?」

「이보게.」

M은 어린애를 왼편 팔로 가만히 옮겨서 붙안으면서 오른손으로는 제 양말을 벗었습니다.

「내 발가락 보게. 내 발가락은 남의 발가락과 달라서, 가운뎃발가락이 그중 길어. 쉽지 않은 발가락이야. 한데――」

M은 강보를 들치고 어린애의 발을 가만히 꺼내어 놓았습니다.

「이놈의 발가락 보게. 꼭 내 발가락 아닌가. 닮았거든……」

M은 열심으로 찬성을 구하듯이 내 얼굴을 바라보았습니다. 얼마나 닮은 곳을 찾아보았기에 발가락 닮은 것을 찾아내었겠습니까?

나는 M의 마음과 노력에 눈물겨워졌습니다. 커다란 의혹 가운데서 그 의혹을 어떻게 하여서든 삭여 보려는 M의 노력은 인생의 가장 요절할 비극이었습니다. M이 보라고 내어놓은 어린애의 발가락은 안 보고, 오히려 얼굴만 한참 들여다보고 있다가, 나는 마침내 이렇게 말하였습니다―

「발가락뿐 아니라, 얼굴도 닮은 데가 있네.」

그리고 나의 얼굴로 날아오는 (의혹과 희망이 섞인) 그의 눈을 피하면서 돌아앉았습니다.

---

1) 방언하기를 ― 放言 하기를. '거리낌없이 함부로 말하기를' 이라는 뜻/ 2) 집어셌 ― '집어세다' 는 '함부로 마구 먹다' 라는 뜻/ 3) 오까사레루 ― '병균 등에 의해 침범당하다' 라는 뜻의 일본어/ 4) 나까이 ― '요릿집, 유곽' 에서 손님을 접대하는 여급/ 5) 기모찌 ― '기분' 이라는 뜻의 일본어/ 6) 시재 ― '지금, 이제' 란 뜻의 사투리

광화사

광화사(狂畫師)

인왕(仁王)―

바위 위에 잔솔이 서고 잔솔 아래는 이끼가 빛을 자랑한다.

굽어보니 바위 아래는 몇 포기 난초가 노란 꽃을 벌리고 있다. 바위에 부딪히는 잔바람에 너울거리는 난초잎.

여(余)는 허리를 굽히고 스틱으로 아래를 휘저어 보았다. 그러나 아직 난초에는 사오 척의 거리가 있다. 눈을 옮기면 계곡.

전면이 소나무의 잎으로 덮인 계곡이다. 틈틈이는 철색(鐵色)의 바위도 보이기는 하나, 나무 밑의 땅은 볼 길이 없다. 만약 여로서 그 자리에 한번 넘어지면 소나무의 잎 위로 구을러서 저편 어딘인지 모를 골짜기까지 떨어질 듯하다.

여의 등뒤에도 이삼 장(丈)이 넘는 바위다. 그 바위에 올라서면 무악재로 통한 커다란 골짜기가 나타날 것이다. 여의 발 아래로 장여(丈餘)의 바위다. 아래는 몇 포기 난초, 또 그 아래는 두세 그루의 잔솔, 잔솔 넘어서는 또 바위, 바위 위에는 도라지꽃. 그 바위 아래로부터는 가파른 계곡이다.

그 계곡이 끝나는 곳에는 소나무 위로 비로소 경성 시가의 한편 모퉁이가 보인다. 길에는 자동차의 왕래도 가막하게 보이기는 한다. 여전한 분요와 소란의 세계는 그곳에서 역시 전개되어 있기는 할 것이다.

그러나 여가 지금 서 있는 곳은 심산이다. 심산이 가져야 할 온갖 조건을 구비하였다.

바람이 있고 암굴이 있고 산초 산화가 있고 계곡이 있고 샘물이 있고 절벽이 있고 난송(亂松)이 있고— 말하자면 심산이 가져야 할 유수미(幽邃味)를 다 구비하였다.

본시는 이 도회는 심산 중의 한 계곡이었다. 그것을 오백 년간을 닦고 갈고 지어서 오늘날의 경성부를 이룬 것이다. 이러한 협곡에 국도(國都)를 창건한 이 태조의 본의가 어디 있는지는 알 길이 없다. 그러나 오늘날의 한 산보객의 자리에서 보자면, 서울은 세계에 유례(類例)가 없는 미도(美都)일 것이다.

도회에 거주하며 식후의 산보로서 풀대님채로 이러한 유수한 심산에 들어갈 수 있다 하는 점으로 보아서 서울에 비길 도회가 세계에 어디 다시 있으랴.

회흑색(灰黑色)의 지붕 아래 고요히 누워 있는 오백 년의 도시를 눈 아래 굽어보는 여의 사위에는 온갖 고산 식물이 난성(亂盛)하고, 계곡에 흐르는 물소리와 눈 아래 날아드는 기조(奇鳥)들은 완연히 여로 하여금 등산객의 정취를 느끼게 한다.

여는 스틱을 바위 틈에 꽂아 놓았다. 그리고 굴러 떨어지기를 면키 위하여 바위와 잔솔의 새에 자리잡고 비스듬히 앉았다. 담배를 피우고 싶었으나, 잠시의 산보로 여기고 담배도 안 가지고 나온 발이 더듬더듬 여기까지 미쳤으므로 담배도 없다.

시야(視野)의 한편에는 이삼 장(丈)의 바위, 다른 한편에는 푸른 하늘, 그 끝으로는 솔잎이 서너 개 어렴풋이 보인다. 그윽이 코로 몰려 들어오는 송진 냄새, 소나무에 불리는 바람 소리—

유수키 짝이 없다. 여가 지금 앉아 있는 자리는 개벽 이래로 과연 몇 사람이나 밟아 보았을까? 이 바위 생긴 이래로 혹은 여가 맨처음 발 대어 본 것이 아닐까? 아까 바위를 기어서 이곳까지 올라오느라고 애쓰던 그런 맹랑한 노력을 하여 본 바보가 여 이외에 몇 사람이나 있었을까? 그런 모험을 맛보기 위하여 심산을 찾은 용사(勇士)는 많을 것이 로되 결사적 인왕 등산을 한 사람은 그리 많으리라고 생각되지 않는다.

*　　　　*　　　　*

등뒤 바위에는 암굴이 있다.

배암이라도 있을까 무서워서 들어가 보지는 않았지만, 스틱으로 휘저어 본 결과로 세 사람은 넉넉히 들어가 앉아 있음 직하다.

이 암굴은 무엇에 이용할 수가 없을까?

음모(陰謀)의 도시 한양은 그새 오백 년간 별별 음흉한 사건 연출되었다. 시가 끝에서 반 시간 미만에 넉넉히 올 수 있는 이런 가까운 거리에 뚫린 암굴이, 있는 줄 알기만 하였으면 혹은 음모에 이용되지 않았을까?

*　　　　*　　　　*

공상!

유수한 맛에 젖어 있던 여는 이 암굴 때문에 차차 불쾌한 공상에 빠지기 시작하려 한다.

온갖 음모, 그 뒤를 잇는 살육, 모함, 방축, 이조 오백 년간의 추악한 모양이 여로 하여금 불쾌한 공상에 빠지게 하려 한다.

여는 황망히 이런 불쾌한 공상에서 벗어나려고 또 주머니에 담배를 뒤적이었다. 그러나 담배는 여전히 있을 까닭이 없었다.

다시 눈을 들어서 안하를 굽어보면 일면에 깔린 송초(松梢)—

반짝!

보매 한 줄기의 샘이다. 소나무 틈으로 보이는 그 샘은 아마 바위 틈을 흐르는 샘물인 듯. 똘똘똘똘 들리는 것은 아마 바람 소리 겠지. 저렇듯 멀리 아래 있는 샘의 소리가 이곳까지 들릴 리가 없다.

*   *   *

샘물!

저 샘물을 두고 한 개 이야기를 꾸미어 볼 수가 없을까? 흐르는 모양도 아름답거니와 흐르는 소리도 아름답고, 그 맛도 아름다운 샘물을 두고 한 개 재미있는 이야기가 여의 머리에 생겨나지 않을까? 암굴을 두고 생겨나려던 음모 살육의 불쾌한 공상보다 좀더 아름다운 다른 이야기가 꾸미어지지 않을까?

여는 바위 틈에 꽂았던 스틱을 도로 뽑았다. 그 스틱으로써 여의 발 아래 바위를 가볍게 두드리면서 한 개의 이야기를 꾸미어 보았다.

*   *   *

한 화공(畵工)이 있다. —화공의 이름은?

지어내기가 귀찮으니 신라 때의 화성(畵聖)의 이름을 차용하여 솔거(率居)라 하여 두자. —시대는?

시대는 이 안하에 보이는 도시가 가장 활기 있고 아름답던 시절인 세종 성주의 대쯤으로 하여 둘까?

　　　　＊　　　　＊　　　　＊

　백악이 흘러내리다가 맺힌 곳. 거기는 한양의 정기를 한몸에 지닌　경복궁 대궐이 있다. 이 대궐의 북문인 신무문(神武門) 밖 우거진 뽕밭 새에 중로(中老)의 사나이가 오뇌스러운 얼굴을 하고 숨어 있다.

　화공 솔거였다.

　무르익은 여름 뜨거운 볕은 뽕잎이 가리어 준다 하나, 훈훈한 기운은 머리 위 뽕잎과 땅에서 우러나서 꽤 무더운 이 뽕밭 속에 숨어 있는 화공. 자그마한 보따리에는 점심까지 싸가지고 온 것으로 보아서 저녁까지 이곳에 있을 셈인 모양이다.

　그러나 무얼 하는지? 단지 땀을 펑펑 흘리며 오뇌스러운 얼굴로 앉아 있을 뿐이다.

　왕후 친잠(王后親蠶)에 쓰이는 이 뽕밭은 잡인들이 다니지　못할 곳이다. 하루 종일을 사람의 그림자 하나 얼씬하지 않는다.

　때때로 바람이 우수수하니 뽕나무 위로 불기는 하나, 솔거가 숨어 있는 곳에는 한 점의 바람도 들어오지 않는다. 이 무더움 속에 솔거는 바람이 불 적마다 몸을 흠칫흠칫 놀라며, 그러면서도 무엇을 기다리는 듯이 뽕나무 그루 아래로 저편 앞을 주시(注視)하곤 한다.

　이윽이 석양이 무악을 넘고 이 도시도 황혼이 들었다. 날이 어둡기를 기다려서 이 화공은 몸을 숨겨 가지고 거기서 나왔다.

　「오늘은 헛길. 내일이나 다시 볼까?」

　한숨을 쉬면서 제 오막살이를 찾아 돌아가는 화공. 날이 벌써 꽤 어두웠지만 그래도 아직 저녁빛이 약간 남은 곳에 내어놓은 이 화공은 세상에 보기 드문 추악한 얼굴의 주인이었다.

　코가 질병자루 같다. 눈이 퉁방울 같다. 귀가 박죽 같다. 입이

광화사　293

나발통 같다. 얼굴이 두꺼비 같다— 소위 추한 얼굴을 형용하는
온갖 형용사를 한 얼굴에 지닌 흉한 얼굴의 주인으로서, 그 얼굴
이 또한 굉장히도 커서 멀리서 볼지라도 그 존재가 완연하리 만
하다.

이 얼굴을 가지고는 백주에는 나다니기가 스스로 부끄러울 것
이다.

*   *   *

아닌게아니라, 솔거는 철이 들은 이래 아직껏 백주에 사람 틈에
나다닌 일이 없었다.

일찍이 열여섯 살에 스승의 중매로써 어떤 양가 처녀와 결혼을
하였지만, 그 처녀는 솔거의 얼굴을 보고 기절을 하고 기절에서 깨
어나서는 그냥 집으로 도망쳐 버리고, 그 다음에 또 한 번 장가를
들어 보았지만, 그 색시 역시 첫날밤만 정신 모르고 치른 뒤에는
이튿날은 무서워서 죽어도 같이 못 살겠노라고 부모에게 떼를 써서
두 번째의 비극을 겪고—

이러한 두 가지의 사변을 겪고 난 뒤에야 솔거는 차차 여인이라
는 것을 보기를 피하여 오다가, 그 괴벽이 점점 자라서 나중에는
일체로 사람이란 것의 얼굴을 대하기가 싫어졌다.

사람을 피하기 위하여— 그리고 또한 일방으로는 화도(畵道)에
정진하기 위하여 인가를 떠나서 백악의 숲 속에 조그만 오막살이를
하나 틀고 거기 숨은 지 근 삼십 년, 생활에 필요한 물건 혹은 그
림에 필요한 물건을 구하기 위하여 부득이 거리에 나가야 할 필요
가 있을 때는 반드시 밤을 택하였다. 피할 수 없어 낮에 나갈 때는
방립을 쓰고 그 위에 얼굴을 베로 가리었다.

화도에 발을 들여놓은 지 근 사십 년, 부득이한 금욕 생활, 부득

이한 은둔 생활을 경영한 지 삼십 년, 여인에게로 '소모되지 못한' 정력은 머리로 모이고, 머리로 모인 정력은 손끝으로 뻗어서 종이에 비단에 갈겨 던진 그림이 벌써 수천 점. 처음에는 그 그림에 대하여 아무 불만도 느껴 보지 않았다.

하늘에서 타고난 천분과 스승에게서 얻은 훈련과 저축된 정력의 소산인 한 장의 그림이 생겨날 때마다 그것을 보면서 스스로 만족히 여기고 스스로 자랑스러이 여기던 그였다.

그러나 그런 과정을 밟기 이십 년에 차차 그의 마음에 움돋은 불만, 그것은 어떻게 보자면 화도에는 이단적인 생각일는지도 모를 것이다.

좀 다른 것은 그릴 수가 없는가?

산이다. 바다다. 나무다. 시내다. 지팡이 잡은 노인이다. 다리다. 혹은 돛단배다. 꽃이다. 과즉 달이다. 소다. 목동이다.

이 밖에 그가 아직 그려 본 것이 무엇이었던가?

유원(幽遠)한 맛, 단 한 가지밖에 없는 전통적 그림보다 좀더 다른 것을 그려 보고 싶다.

아직껏 스승에게 배운 바의 백발백염의 노옹이나 피리 부는 목동 이외에 좀더 얼굴의 움직임이 있는 사람을 그려 보고 싶다. 표정이 있는 얼굴을 그려 보고 싶다.

이리하여 재래의 수법을 아낌없이 내어던진 솔거는 그로부터 십년간을 사람의 표정을 그리노라고 세월을 보냈다. 그러나 사람의 세상을 멀리 떠나서 따로이 사는 이 화공에게는 사람의 표정이 기억에 까맣다.

상인(商人)들의 간특한 얼굴, 행인(行人)들의 덜난 무표정한 얼굴, 새꾼들이 싱거운 얼굴── 그새 보고 지금도 대할 수 있는 얼굴은 이런 따위뿐이다. 좀더 색채 다른 표정은 없느냐?

　　　　　*　　　　　*　　　　　*

　색채 다른 표정!

　색채 다른 표정!

　이 욕망이 화공의 마음에 익고 커가는 동안, 화공의 머리에 솟아오르는 몽롱한 기억이 있다.

　이 화공의 어머니의 표정이다.

　지금은 거의 그의 기억에서 사라졌지만 어린 시절에 자기를 품에 안고 눈물 글썽글썽한 눈으로 굽어보던 어머니의 표정이 가끔 한순간씩 그의 기억의 표면까지 뛰쳐올랐다.

　그의 어머니는 희세의 미녀(美女)였다. 대대로 이후의 자손의 미까지 모두 미리 빼앗았던지 세상에 드문 미인이었다.

　화공은 이 미녀의 유복자였다.

　아비 없는 자식을 가슴에 붙안고 눈물 머금은 눈으로 굽어보던 표정.

　철이 들은 이래로 자기를 보는 얼굴에서는 모두 경악(驚愕)과 공포밖에는 발견하지 못한 이 화공에는 사십여 년 전의 어머니의 사랑의 아름다운 얼굴이 때때로 몸서리치도록 그리웠다.

　그것을 그려 보고 싶었다.

　커다란 눈에 그득히 담긴 눈물. 그러면서도 동경과 애무로써 빛나던 눈. 입가에 떠오르던 미소.

　번개와 같이 순간적으로 심안(心眼)에 나타났다가는 사라지는 이 환영을 화공은 그려 보고 싶었다.

　세상을 피하고 세상에서 숨어 살기 때문에 차차 비뚤어진 이 화공의 괴벽한 마음에는, 세상을 그리는 정열이 또한 그만치 컸다. 그리고 그것이 크면 크니만치 마음속에는 늘 울분과 분만(憤懣)이 차 있었다.

296

지금도 세상에서는 한창 계집, 사내들이 서로 부둥켜안고 좋다고 야단할 생각을 하고는 음울한 얼굴로 화필을 뿌리는 화공.

이러한 가운데서 나날이 괴벽하여 가는 이 화공은 한 개 미녀상 (美女像)을 그려 보고자 노심하였다.

*　　　*　　　*

처음에는 단지 아름다운 표정을 가진 미녀를 그려 보고자 하였다. 그러나 미녀를 가까이 본 일이 없는 이 화공이 마음대로 되지 않는 붓끝에 역정을 내며 애쓰는 동안 차차 어느덧 미녀상에 대한 관념이 달라 갔다.

자기 아내로서의 미녀상을 그려 보고 싶어졌다.

세상은 자기에게 아내를 주지 않는다.

보면 한 마리의 곤충, 한 마리의 날짐승도 각기 짝을 찾아 즐기고 짝을 찾아 좋아하거늘, 만물의 영장인 사람이 짝 없이 오십 년을 보냈다 하는 데 대한 분만이 일어났다.

세상놈들은 자기에게 한 짝을 주지 않고 세상 계집들은 자기에게 오려는 자가 없이 홀몸으로 일생을 보내다가 언제 죽는지도 모르게 이 산골에서 죽어 버릴 생각을 하면 한심하기보다 도리어 이렇듯 박정한 사람의 세상이 미웠다.

세상이 주지 않는 아내를 자기는 자기의 붓끝으로 만들어서 세상을 비웃어 주리라.

이 세상에 존재한 가장 아름다운 계집보다도 더 아름다운 계집을 자기 붓끝으로 그리어서 못나고도 아름다운 체하는 세상 계집들을 웃어 주리라.

덜 난 계집을 아내로 맞아 가지고 천하의 절색이라 믿고 있는 사내놈들도 깔보아 주리라.

사오 명의 처첩을 거느리고 좋다꾸나고 춤추는 헌놈들도 굽어보아 주리라.

미녀! 미녀!

─눈을 감고 생각하고 눈을 뜨고 생각하고 머리를 움켜쥐고 생각해 보나, 미녀의 얼굴이 어떤 것인지 알 수가 없었다.

물론 얼굴에 철요가 없고 이목구비가 제대로 놓였으면 세상 보통의 미인이라 한다. 그런 얼굴에 연지나 그리고, 눈에 미소나 그려 넣으면 더 아름다워지기는 할 것이다. 이만한 것은 상상의 눈으로도 볼 수가 있는 자며 붓끝으로 그릴 수도 없는 바가 아니다.

그러나 가만 어린 시절의 어머니의 얼굴을 순영적(瞬影的)으로나마 기억하는 이 화공으로서는 그런 미녀로는 만족할 수가 없었다.

오뇌와 분만 중에서 흐르는 세월은 일년 또 일년, 무위히 흘러간다.

*　　　　*　　　　*

미녀의 아랫동이는 그려진 지 벌써 수 년, 아랫동이 위에 올려놓일 얼굴은 어떻게 하여얄지 짐작도 가지 않았다.

화공의 오막살이 방안에 들어서면 맞은편에 걸려 있는 한 폭 그림은 언제든 어서 목과 얼굴을 그려 주기를 기다리듯이 화공을 힐책한다.

화공은 이것을 보기가 거북하였다.

특별한 일이라도 있기 전에는 낮에 거리에 다니지를 않던 이 화공이 흔히 얼굴을 싸매고 장안을 돌아다녔다.

행여나 길에서라도 미녀를 만날까 하는 요행심으로였다. 길에서 순간적으로라도 마음에 드는 미녀를 볼 수만 있으면 그것을 머리에 똑똑히 캣취하여 그 기억으로써 화상을 그릴까 하는 요행심으로……

그러나 내외법이 심한 이 도회에서 대낮에 양가의 부녀가 얼굴을 내놓고 길을 다니지 않았다. 계집이라는 것은 하인배나 하류배뿐이었다.

하인배, 하류배에도 때때로 미녀라 일컬을 자가 있기는 있었다. 그러나 아무리 산뜻한 미를 갖기는 했다 하나 얼굴에 흐르는 표정이 더럽고 비열하여 캣취할 만한 자가 없었다.

얼굴을 싸매고 거리를 방황하여 혹은 계집들이 많이 모일 우물가나 저자를 비슬비슬 방황하며, 어찌어찌하여 약간 예쁜 듯한 계집이라도 보이면 따라가면서 얼굴을 연구해 보고 했으나, 마음에 드는 미녀를 지금껏 얻어내지를 못하였다.

*　　　*　　　*

혹은 심규(深閨)에는 마음에 드는 계집이라도 있을까? 심규! 심규! 한번 심규의 계집들을 모조리 눈앞에 벌려 세우고 얼굴 검사를 하여 보았으면……

초조하고 성가신 가운데서 날을 보내고 날을 맞으면서 미녀를 구하던 화공은, 마지막 수단으로 친잠 상원(親蠶桑園)에 들어가서 채상(採桑)하는 궁녀의 얼굴을 얻어 보려 하였다. 그러나 불행히도 화공의 모험도 헛길로 돌아가고, 그날은 채상을 하러 오지도 않았다.

그러나 때 바야흐로 누에 시절이라 길만성 있게 기다리노라면 궁녀의 오는 날도 있을 것이다. 미녀──아내의 얼굴을 그리려는 욕망에 열이 오르고 독이 난 이 화공은 그 이튿날도 또 뽕밭에 들어가 숨었다. 숨어 기다리지 않을 수가 없었다.

그로부터 한 달, 화공은 나날이 점심을 싸가지고 상원(桑園)으로 갔다. 그러나 저녁때 제 오막살이로 돌아올 때는 언제든 그의 입에서는 기다란 탄식성이 나왔다.

궁녀를 못 본 바가 아니었다.

마치 여기 숨어 있는 화공에게 선보이려는 듯이 나날이 궁녀들은 번갈아 왔다. 한 떼씩 밀려와서는 옷소매, 치맛자락을 펄럭이며 뽕을 따갔다. 한 달 동안에 합계 사오십 명의 궁녀를 보았다.

모두 일률로 미녀들이었다. 그리고 길가 우물가에서 허투루 볼 수 있는 미녀들보다 고아(高雅)한 얼굴에는 틀림이 없었다.

그러나 그 눈— 화공의 보는 바는 눈이었다.

그 눈에 나타난 애무와 동경이었다. 철철 넘쳐흐르는 사랑이었다. 그것이 궁녀에게는 없었다. 말하자면 세상 보통의 미녀였다.

자기에게 계집을 주지 않는 고약한 세상에게 보복하는 의미로 절세의 미녀를 차지하고자 하는 이 화공의 커다란 야심으로서는 그만 따위의 미녀로 만족할 수가 없었다.

오막살이로 돌아올 때마다 그의 입에서 나오는 기다란 한숨, 이런 한숨을 쉬기 한 달— 그는 다시 상원에 가지 않았다.

가을 하늘 맑고 푸르른 어떤 날이었다.

마음속에 분만과 동경을 가득히 담은 이 화공은 저녁 쌀을 씻으려 소쿠리를 옆에 끼고 시내로 더듬어 갔다.

가다가 문득 발을 멈추었다.

우거진 소나무 틈으로 보이는 시냇가 바위 위에 웬 처녀가 하나 앉아 있다. 솔가지 틈으로 내리비치는 얼룩지는 석양을 받고 망연히 앉아서 흐르는 시냇물을 내려다보고 있다.

웬 처녀일까?

인가에서 꽤 떨어진 이곳. 사람의 동리보다 꽤 높은 이곳. 길도 없는 이곳— 아직껏 삼십 년간을 때때로 초부나 목동의 방문은 받아 본 일이 있지만 다른 사람의 자취를 받아 보지 못한 이곳에 웬 처녀일까?

화공도 망연히 서서 바라보았다. 바라볼 동안 가슴에 차차 무거운 긴장을 느꼈다.

한 걸음 두 걸음 화공은 발소리를 감추고 나아갔다. 차차 그 상거가 가까워 감을 따라서 분명하여 가는 처녀의 얼굴── 화공의 얼굴에는 피가 떠올랐다.

세상에 드문 미녀였다. 나이는 열일여덟, 그 얼굴 생김이 아름답기보다 얼굴 전면에 나타난 표정이 놀랄 만치 아름다웠다.

흐르는 시내에 눈을 부었는지 귀를 기울였는지, 하여간 처녀의 온 주의력은 시내에 모여 있다. 커다랗게 뜨인 눈은 깜박일 줄도 잊은 듯이, 황홀한 눈으로 시내를 굽어보고 있다.

남벽(藍碧)의 시냇물에는 용궁(龍宮)이 보이는가? 소나무 그루에 부딪혀서 튀어나는 바람에 앞머리를 약간 날리면서 처녀가 굽어보고 있는 것은 무엇인가?

처녀의 온 공상과 정열과 환희가 한꺼번에 모인 절묘한 미소를 눈과 입에 띠고 일심 불란히 처녀가 굽어보는 것은 무엇인가?

*　　　　*　　　　*

화공은 드디어 발견하였다. 그새 십 년간을 여항의 길거리에서, 혹은 우물가에서, 내지는 친잠 상원에서 발견하여 보려고 애쓰다가 종내 달하지 못한 놀랄 만한 아름다운 표정을 화공은 뜻 안한 여기서 발견하였다.

화공은 걸음을 빨리하였다. 자기의 얼굴이 얼마나 더럽게 생겼는지, 이 처녀가 자기를 쳐다보면 얼마나 놀랄지, 이 점을 온전히 잊고 걸음을 빨리하여 처녀 쪽으로 갔다.

처녀는 화공의 발소리에 머리를 번쩍 들었다. 화공을 바라보았다. 그 무한히 먼 곳을 바라보는 듯한 기묘한 눈을 들어서.

「아——」

가슴이 무득하여 무슨 말을 하여야 할지 망설이며 화공이 반벙어리 같은 소리를 할 때에 처녀가 먼저 입을 열었다.

「여기가 어디오니까?」

여기가 어디?

「여기는 인왕 산록 이름도 없는 산이지만 너는 웬 색시냐?」

「네……」

문득 떠오르는 적적한 표정.

「더듬더듬 시내를 따라왔습니다.」

화공은 머리를 기울였다. 몸을 움직여 보았다. 무한히 먼 곳을 바라보는 듯한 처녀의 눈은 그냥 움직임 없이 커다랗게 뜨여 있기는 하지만, 어디를 보는지 무엇을 보는지 알 수가 없다.

드디어 화공은 부르짖었다.

「너 앞이 보이느냐?」

「소경이올시다.」

소경이었다. 눈물 머금은 소리로 하는 이 대답을 듣고 화공은 좀 더 가까이 갔다.

「앞도 못 보면서 어떻게 무얼 하러 예까지 왔느냐?」

처녀는 머리를 푹 수그렸다. 무슨 대답을 하는 듯하였으나 화공은 알아듣지 못하였다. 그러나 화공으로 하여금 적이 호기심을 잃게 한 것은 처녀의 얼굴에 아까와 같은 놀라운 매력 있는 표정이 없어진 것이었다.

그만하면 보기 드문 미인임에는 틀림이 없다. 그러나 아까 화공이 그렇듯 놀란 것은 단지 미인인 탓이 아니었다. 그 얼굴에 나타난 놀라운 매력에 끌린 것이었다.

「불쌍도 하지. 저녁도 가까워 오는데 어둡기 전에 집으로 내려가거라.」

이만치 하여 화공은 처녀를 포기하려 하였다. 이 말에 처녀가 응하였다.

「어두운 것은 탓하지 않습니다마는 황혼은 매우 아름답다지요?」

「그럼 아름답구말구.」

「어떻게 아름답습니까?」

「황금빛이 서산에서 줄기줄기 비치는구나. 거기 새빨갛게 물든 천하── 푸르른 소나무도 남빛 바위도 검붉은 나무 그루도 모두 황금빛에 잠겨서──」

「황금빛은 어떤 것이고 새빨간 빛과 붉은빛이며 남빛은 모두 어떤 빛이오니까? 밝은 세상이라지만 밝은 빛과 붉은 빛이 어떻게 다릅니까? 이 산 경치가 아름답다는 소문을 듣고 더듬어 왔습니다마는 바람 소리, 돌물 소리, 귀로 들리는 소리밖에는 어디가 아름다운지 알 수가 없습니다.」

차차 다시 나타나는 미묘한 표정, 커다랗게 뜬 눈에 비치는 동경의 물결, 일단 사라졌던 아름다운 표정은 다시 생기기 비롯하였다.

화공은 드디어 처녀의 맞은편에 가 앉았다.

＊　　　　＊　　　　＊

「이 샘줄기를 따라 내려가면 바다가 있구, 바다 속에는 용궁이 있구나. 칠색 비단을 감은 기둥과 비취를 아로새긴 댓돌이며 황금으로 만든 풍경, 진주로 꾸민 문설주──」

마주앉아서 엮어 내리는 이 화공의 이야기에 각일각 더욱 황홀하여 가는 처녀의 눈이었다. 화공은 드디어 이 처녀를 자기의 오막살이로 데리고 돌아갈 궁리를 하였다.

「내 용궁 이야기를 들려주마. 너희 집에서 걱정만 안하실 것 같으면──」

화공이 이렇게 꾀일 때에 처녀는 그의 커다란 눈을 들어서 유원히 하늘을 우러러보면서 자기네 부모는 병신 딸 따위는 없어져도 근심을 안한다고 쾌히 화공의 뒤를 따랐다.

*　　　　　*　　　　　*

일사천리로 여기까지 밀려오던 여의 공상은 문득 중단되었다. 이야기를 어떻게 진전시키나?

잡념이 일어난다. 동시에 여의 귀에 들리어 오는 한 절의 유행가 ─

여는 머리를 들었다. 저편 뒤 어디 잡인들이 온 모양이다. 그 분요가 무의식중에 귀로 들어와서 여의 집중되었던 머리를 헤쳐놓는다.

귀찮은 가사(歌師)들이여. 저주받을 가사들이여.

이 저주받을 가사들 때문에 중단된 이야기는 좀체 다시 모이지 않았다.

그러나 결말 없는 이야기가 어디 있으랴? 아무튼 결말은 지어야 할 것이 아닌가?

그러면 그 화공은 처녀를 데리고 제 오막살이로 돌아와서 용궁 이야기를 들려주면서 그동안에 처녀의 얼굴을 그대로 그려서 십 년래의 숙망을 성취하였다는 결말로 맺어 버릴까?

그러나 이런 싱거운 결말이 어디 있으랴? 결말이 되기는 되었지만 이 따위 결말을 짓기 위하여 그런 서두는 무의미한 거다.

그러면?

그럼 다르게 결말을 맺어 볼까?

화공은 처녀를 제 오막살이로 데리고 돌아왔다. 그리고 처녀에게 용궁 이야기를 들려주었다. 그러나 아까 용궁 이야기로 초벌 들은 처녀는 이번은 그렇듯 큰 감흥도 느끼지 않는 모양으로 그다지 신통한 표정도 보이지 않았다. 화공의 계획은 수포로 돌아갔다. 화공은 그 그림을 영 미완품 채로 남기지 않을 수 없었다.

역시 마음에 들지 않는 결말이다.

그럼 또다시——

화공은 처녀를 데리고 돌아왔다. 돌아와서 처녀를 보면 볼수록 탐스러워서 그림은 집어던지고 처녀를 아내로 삼아 버렸다. 앞을 못 보는 처녀는 이 추하게 생긴 화공에게도 아무 불만이 없이 일생을 즐겁게 보냈다. 그림으로나 아내를 얻으려던 화공은 절세의 미녀를 아내로 얻게 되었다.

역시 불만이다.

귀찮고 성가시다. 저주받을 유행 가사(流行歌師)여.

*　　　　*　　　　*

여는 일어났다. 감흥을 잃은 이 자리에 그냥 앉아 있기가 싫었다. 그냥 들리는 유행가. 그것이 안 들리는 곳으로 자리를 옮기자.

굽어보매 저 멀리 소나무 틈으로 한 줄기 번득이는 것은 아까의 샘이다. 그 샘물로 가장 이 이야기의 원천(源泉)이 된 그 샘으로 내려가자.

벼랑을 내려가기는 올라가기보다 힘들었다. 올라가는 것은 올라가다가 실수하여 떨어지면 과즉 제자리에 내린다. 그러나 내려가다가 발을 실수하면 어디까지 구을러갈지 예측할 길이 없다. 잘못하다가는 청운동(清雲洞) 어귀까지 구을러갈는지도 모를 일이다. 게다가 올라갈 때에는 도움이 되던 스틱조차 내려갈 때에는 귀찮기 짝이 없다.

＊　　　　　＊　　　　　＊

　반각이나 걸려서 여는 드디어 그 샘가에 도달하였다.

　샘가에는 과연 한 개의 바위가 사람 하나 앉기 좋을 만한 자리가 있다. 이 바위가 화공이 쌀 씻던 바위일까? 처녀가 앉아서 공상하던 바위일까? 그 아래를 깊은 남벽(藍碧)으로 알았더니 겨우 한 뼘 미만의 얕은 물로서 바위 위를 기운없이 뜰뜰 흐르고 있다.

　그러나 이 골짜기는 고요하기 짝이 없었다. 바람 소리도 멀리 위에서만 들린다. 그리고 소나무와 바위에 둘러싸여서 꽤 음침한 이 골짜기는 옛날 세상을 피한 화공이 즐겨하였음 직하다.

　자, 그러면 이 골짜기에서 아까 그 이야기의 꼬리를 마저 지을까?

＊　　　　　＊　　　　　＊

　화공은 처녀를 데리고 오막살이로 돌아왔다.

　그의 마음은 너무도 긴장되고 또한 기뻐서 저녁도 짓기 싫었다. 들어와 보매 벌써 여러 해를 머리 달리기를 기다리는 족자의 여인의 몸집조차 흔연히 화공을 맞는 듯하였다.

　「자, 거기 앉아라.」

　수년간 화공을 힐책하던 머리 없는 그림이 화공의 앞에 펴졌다. 단청도 준비되었다.

　터질 듯 울렁거리는 마음으로 폭 앞에 자리를 잡은 화공은 빛이 비치도록 남향하여 처녀를 앉히고 손으로는 붓을 적시며 이야기를 꺼내었다.

　벌써 황혼은 이제 얼마 남지 않은 오늘 해로써 숙망을 달하여 하는 것이었다. 십 년간을 벼르기만 하면서 착수를 못했기 때문에 저

축되었던 화공의 힘은 손으로 모였다.

「그러구— 알겠지?」

눈으로는 처녀의 얼굴을 보며 입으로는 용궁 이야기를 하며 손은 번개같이 붓을 둘렀다.

「용궁에는 여의주(如意珠)라는 구슬이 있구나. 이 여의주라는 구슬은 마음에 있는 바는 다 달할 수 있는 보물로서, 그 구슬을 네 눈 위에 한번 구을리면 너도 광명한 일월을 보게 된다.」

「네, 그런 구슬이 있습니까?」

「있구말구. 네가 내 말을 잘 듣고 있기만 하면 수일 내로 너를 데리고 용궁에 가서 여의주를 빌어서, 네 눈도 고쳐 주마.」

「그러면 저도 광명한 일월을 볼 수 있겠습니까?」

「그럼. 광명한 일월, 무지개라는 칠색이 영롱한 기묘한 것, 아름다운 수풀, 유수한 골짜기, 무엇인들 못 보랴!」

「아이구, 어서 그 여의주를 구해서—」

아아, 놀라운 아름다운 표정이었다. 화공은 처녀의 얼굴에 나타나 넘치는 이 놀라운 표정을 하나도 잃지 않고 화폭 위에 옮겼다.

황혼은 어느덧 밤으로 변하였다. 이때는 그림의 여인에게는 단지 눈동자가 그려지지 않을 뿐 그 밖의 것은 죄 완성이 되었다.

눈동자까지 그리고 싶었다. 그러나 이 그림의 생명을 좌우할 눈동자를 그리기에는 날은 너무도 어두웠다.

눈동자 하나쯤이야 밝은 날로 남겨 둔들 어떠랴. 하여간 십 년 숙망을 겨우 달한 화공의 심사는 무엇에 비기지 못하도록 기뻤다.

「아— 아」

이 탄성은 오래 벼르던 일이 끝난 때에 나는 기쁨의 소리였다. 이 일단의 안심과 함께 화공의 마음에는 또 다른 긴장과 정열이 솟아올랐다.

꽤 어두운 가운데서 처녀의 얼굴을 유심히 보기 위하여 화공이 잡은 자리는 처녀의 무릎과 서로 닿을 만치 가까웠다. 그림에 대한 일단의 안심과 함께 화공의 코로 몰려 들어오는 강렬한 처녀의 체취(體臭)와 전신으로 느끼는 처녀의 접근 때문에 화공의 신경은 거의 마비될 듯싶었다. 차차 각일각 몸까지 떨리기 시작하였다. 어두움 가운데서 황홀스러이 빛나는 처녀의 커다란 눈은, 정열로 들먹거리는 입술은 화공의 정신까지 흔미하게 하였다.

*   *   *

밝는 날. 화공과 소경 처녀의 두 사람은 벌써 남이 아니었다.

「오늘은 동자를 완성시키리라.」

삼십 년의 독신 생활을 벗어 버린 화공은 삼십 년간을 혼자 먹던 조반을 소경 처녀와 같이 먹고 다시 그림 폭 앞에 앉았다.

「용궁은?」

기쁨으로 빛나는 처녀의 눈 —

그러나 화공의 심미안(審美眼)에 비친 그 눈은 어제의 눈이 아니었다.

아름답기는 다시 없는 아름다운 눈이었다. 그러나 그 눈은 사내의 사랑을 구하는 '여인의 눈'이었다. 병신이라 수모받던 전생을 벗어 버리고 어젯밤 처음으로 인생의 봄을 맛본 처녀는 이제는 한 개의 지어미의 눈이요 한 개의 애욕의 눈이었다.

「용궁은?」

「용궁에 어서 가서 여의주를 얻어서 제 눈을 뜨여 주세요. 밝은 천지도 천지려니와 당신이 어서 눈뜨고 보고 싶어.」

어젯밤 잠자리에서 자기는 스물네 살 난 풍신 좋은 사내라고 자랑한 화공의 말을 그대로 믿는 소경 처녀였다.

「응, 얻어 주지, 그 칠색이 영롱한 —」

「그 칠색도 어서 보고 싶어요.」

「그래 그래. 좌우간 지금 머리로 생각해 보란 말이야.」

「네, 참 어서 보고 싶어서──」

굽어보면 무릎 앞의 그림은 어서 한 점 동자를 찍어 주기를 기다리고 있다.

그러나 소경의 눈에 나타난 것은 아름답기는 아름다우나 그것은 애욕의 표정에 지나지 못하였다. 그런 눈을 그리려고 십 년을 고심한 것은 아니었다.

「자, 용궁을 생각해 봐!」

「생각이나 하면 뭘 합니까? 어서 이 눈으로 보아야지.」

「생각이라도 해보란 말이야.」

「짐작이 가야 생각도 하지요.」

「어제 생각하던 대로 생각을 해봐!」

「네……」

화공은 드디어 역정을 내었다.

「자, 용궁! 용궁!」

「네……」

「용궁을 생각해 봐! 그래 용궁이 어때?」

「칠색이 영롱하구요.」

「그래, 또?」

「또 황금 기둥, 아니 비단으로 짠 기둥이 있구요. 또 푸른 진주가!」

「푸른 진주가 아냐! 푸른 비취지.」

「비취 추녀든가 문이든가?」

「에익! 바보!」

화공은 커다란 양손으로 칵 소경의 어깨를 잡았다. 잡고 흔들었다.

「자, 다시 곰곰이—— 용궁은?」

「용궁은 바다 속에……」

겁에 띠어서 어릿거리는 소경의 양에 화공은 손으로 소경의 따귀를 갈기지 않을 수가 없었다.

「바보!」

이런 바보가 어디 있으랴? 보매 그 병신 눈은 깜박일 줄도 모르고 허공을 바라보고 있다. 그 천치 같은 눈을 보매 화공의 노염은 더욱 커졌다. 화공은 양손으로 소경의 멱을 잡았다.

「에이 바보야. 천치야. 병신아!」

생각나는 저주의 말을 연하여 퍼부으면서 소경의 멱을 잡고 흔들었다. 그리고 병신답게 멀겋게 뜬 눈자위에 원망의 빛깔이 나타나는 것을 보고 더욱 힘있게 흔들었다. 흔들다가 화공은 탁 그 손을 놓았다. 소경의 몸이 너무도 무거워졌으므로——

화공의 손에서 놓인 소경의 몸은 눈을 뒤솟은 채 번뜻 나가 넘어졌다. 넘어지는 서슬에 벼루가 전복되었다. 뒤집어진 벼루에서 튀어난 먹방울이 소경의 얼굴에 덮였다.

깜짝 놀라서 흔들어 보매 소경은 벌써 이 세상의 사람이 아니었다.

화공은 어찌할 줄을 몰랐다. 망지소조하여 허든거리던 화공은 눈을 뜻없이 자기의 그림 위에 던지다가 악! 소리를 내며 자빠졌다.

그 그림의 얼굴에는 어느덧 동자가 찍히었다. 자빠졌던 화공이 좀 정신을 가다듬어 가지고 몸을 일으켜서 다시 그림을 보매, 두 눈에는 완전히 동자가 그려진 것이었다.

그 동자의 모양이 또한 화공으로 하여금 다시 덜썩 엉덩이를 붙이게 하였다. 아까 소경 처녀가 화공에게 멱을 잡혔을 때에 그의 얼굴에 나타났던 원망의 눈!

그림의 동자는 완연히 그것이었다.

310

소경이 넘어지는 서슬에 벼루를 엎는다는 것은 기이할 것도 없고 벼루가 엎어질 때에 먹방울이 튄다는 것도 기이하달 수도 없지만, 그 먹방울이 어떻게 그렇게도 기묘하게 떨어졌을까? 먹이 떨어진 동자로부터 먹물이 번진 홍채에 이르기까지 어찌도 그렇듯 기묘하게 되었을까?

한편에는 송장, 한편에는 화상을 놓고 망연히 앉아 있는 화공의 몸은 스스로 멈출 수 없이 와들와들 떨렸다.

*　　　　*　　　　*

수일 후부터 한양성 내에는 괴상한 여인의 화상을 들고 음울한 얼굴로 돌아다니는 늙은 광인(狂人) 하나가 생겼다.

그의 내력을 아는 사람이 없었고, 그의 근본을 아는 사람이 없었다. 그 괴상한 화상을 너무도 소중히 여기므로 사람들이 보고자 하면 그는 기를 써서 보이지 않고 도망하여 버리곤 한다.

이렇게 수년간을 방황하다가 어떤 눈보라치는 날 돌베개를 베고 그의 일생을 막음하였다. 죽을 때도 그는 그 족자는 깊이 품에 안고 죽었다.

늙은 화공이여. 그대의 쓸쓸한 일생을 여는 조상하노라.

여는 지팡이로써 물을 두어 번 저어 보고 고즈넉이 몸을 일으켰다.

우러러보매 여름의 석양은 벌써 백악 위에서 춤추고, 이 천고(千古)의 계곡을 산새가 남북으로 건넌다.

《야담》 1호, 1935. 12)

김연실전(金妍實傳)

1

연실이의 고향은 평양이었다.

연실이의 아버지는 옛날 감영(監營)의 이속(吏屬)이었다. 양반 없는 평양서는 영리(營吏)들이 가장 행세하였다. 연실이의 집안도 평양서는 한때 자기로라고 뽐내던 집안이었다.

연실이는 부계(父系)로 보아서 이 집의 맏딸이었으나, 그보다도 석 달 뒤에 난 그의 오라비 동생이 그 집안의 맏상제였다. 이만한 설명이면 벌써 짐작할 수 있을 것이지만, 연실이는 김영찰의 소실 (퇴기, 退妓)의 소생이었다.

김영찰의 딸이 웬 셈인지 최 이방을 닮았다는 말썽도 어려서는 적지 않게 들었지만, 연실이의 생모와 김영찰의 사이의 정이 유난히 두터웠던 까닭인지, 소문은 소문대로 젖혀 놓고 연실이는 김영찰의 딸로 김영찰에게는 인정이 되었다.

조선에도 민적법(民籍法)이 시행될 때는, 그때 생모를 여읜 연실이는, 김영찰의 정실의 맏딸로 민적에 오르고, 연실이보다 석 달 뒤에 난 맏아들은 민적상 연실이보다 일년 뒤에 난 한 부모의 자식으로 오르게 되었다.

조선의 개명(開明)은 예수교라는 물결을 타고 서북(西北)으로 먼저 들어왔다. 이 다분의 혁명적 사상과 평민 사상을 띤 종교는, 양반의 생산지인 중부 조선이며 남조선에서 잘 받지 않는 동안, 홍경래(洪景來)를 산출한 서북에 먼저 들어왔다. 들어오면서는 놀라운 세력으로 퍼지기 시작하였다.

때 바야흐로 한토(漢土)에서는 애친각라(愛親覺羅) 씨의 이룩한 청나라의 삼백 년 기업도 흔들림을 보고, 원세개라 여원홍이라 손일선이라 하는 이름들이 조선 사람의 입으로도 수군거리우는 시절에, 예수교라는 새로운 도덕학과 그 예수교에 뒤따라 조선에 들어온 '개명 사상'이 조선에서 제일 먼저 부인한 것은, 양반 상놈의 계급, 적서(嫡庶)의 구별, 도덕만을 숭상하는 구학문 등이었다.

이런 사상의 당연한 결과로서, 조선 온갖 곳에 신학문의 사립 학교가 설립되었다.

평양에도 청산 학교(靑山學校)라는 소학교가 설립되었다.

학도야 학도야
저기 청산 바라보게
고목은 썩어지고
영목은 소생하네.

이 학교의 교가 삼아 지은 이 창가는, 삽시간에 권학가(勸學歌)로 온 조선에 퍼졌다.

청산 학교 창립의 뒤를 이어, 벌써 평양에 몇 군데 예배당의 부속 소학교가 설립되었다. 그 곧 뒤를 이어서 진명 여학교(進明女學校)라 하는 여자 교육의 소학교까지 설립이 되었다.

진명 학교는 설립되면서 어느덧 평양 시민에게 '기생 학교'라는 부름을 들었다. 장래의 기생을 만들어 낸다는 뜻이 아니었다. 현재 재학생 중에 기생이 많다는 뜻도 아니었다. 아직도 옛 사상에서 벗어나지 못한 평양 시민들은, 자기네의 딸을 학교에 보내기를 꺼린 것이었다. 더욱이 그때의 학령(學齡)이라는 것은 열 살 이상 열다섯 내지 열일여덟이었으매, 그런 과년한 딸을 백주에 길에 내놓으며, 더욱이 새파란 남자 선생한테 글을 배운다든가 하는 일은, 가문을 더럽히는 일이며, 잘못하다가는 딸에게 학문을 가르치려다가 다른 일을 가르치게 될 것을 염려하여, 진명 여학교의 설립을 무시하여 버렸다.

그 대신 '내외'를 그다지 엄히 지킬 필요를 느끼지 않는 기생의 딸 혹은 소실의 딸들이 이 학교에 모여들었다. 이렇게 되기 때문에 더욱이 여염집의 딸들은 이 학교를 천시하고, 드디어 그 칭호까지도 진명 학교라 부르지 않고 기생 학교라 부르게까지 된 것이다.

연실이는 진명 학교가 창립된 지 석 달 만에 이 학교에 입학하였다.

연실이가 이 학교에 입학한 것은 단지 소실의 딸이라는 자유로운 신분만이 아니었다.

첫째로는 신학문의 취미를 보았기 때문이었다. 무론 기역 니은은 언제 배웠는지 모르는 틈에 배웠지만, 그 밖에 무엇보다도 연실이에게 호기심을 일으키게 한 것은 산술이었다. 그 전해에 소학교에 입학한 오라비 동생의 학과 복습을 보살펴 주다가 저절로 아라비아 숫자를 알게 되면서 어느덧 오라비보다 앞서게 되어, 오라비는 학교에서 가감을 배우는 동안, 연실이는 승과 제도 넘어서서 분수(分數)까지 올라가게 되었다. 이것이 그로 하여금 신학문에 취미를 갖게 한 첫째 원인이었다.

둘째로 그가 학교에 가고 싶게 된 동기는 그의 가정 사정이었다.

연실이의 아버지가 과거의 영문 이속이라 하나, 다른 이속들보다 지체가 훨씬 떨어졌다. 다른 이속들은 대대로 이속 집안이든가, 혹은 서북 선비의 집안 후손으로, 여러 대째 내려오는 근본 있는 집안이었지만, 연실이의 아버지는 그렇지 못하였다. 연실이의 할아버지는 군정(軍丁)이었다. 군정 노릇을 하며 상관의 비위를 맞추어서 돈냥이나 장만하였다.

그 장만한 돈으로 아들을 위하여 영리의 자리를 사주었다. 얼마 전만 하여도 군정의 자식이 아무리 돈이란들 영리 자리를 살 수 있으랴만, 그때 마침 유명한 M감사가 평양 감사로 내려올 때라. M감사에게 돈만 바치면 아무것이라도 할 수 있었던 시대였더니만치, 감히 바라도 보지 못할 자리를 점령한 것이었다.

목적은 치부(致富)에 있었다. 몇 해 잘 어름거려서 호방(戶房) 자리만 하나 얻으면 몇 십만 냥을 모으기는 여반장인 시대라, 호방을 목표로 영리의 자리를 샀다. 그런데 불행히도 김영찰이 호방에 오르기 전에 일청전쟁이 일어나고, 일청전쟁의 뒤에는 관제 변혁으로 김영찰 선생의 꿈이 헛 데로 돌아갔다.

이렇게 되매, 김영찰의 입장은 딱하게 되었다. 평양서는 그래도 지벌을 자랑하는 가문에서 김영찰을 군정의 자식이라 하여 천시하였다. 그러나 김영찰로 보자면, 자기의 아버지는 여하컨 간에 관속이었더니만치 아버지 시대의 동료들과는 사귀기를 피하였다. 개밥의 도토리와 같이 비어져 나왔다.

만약 이런 때에 김영찰로서 조금만 눈을 넓게 뜨고 보았더면, 자기의 장래를 상로(商路)든가 혹은 다른 방면에서 발견하였을 것이다. 그러나 그의 선조 대대로 군정 노릇을 하였고, 그 자신은 관리로까지 출세를 하였다가, 관리로서 충분히 자리도 잡아 보기 전에 다시 앞길을 잃어버린 사람이라, 관료적 심정 및 권력에 대한 동경심이 마음에 불타 올라서, 다른 방면을 돌볼 여유가 없었다. 여기

서 김영찰은 새로운 정세 아래서의 관리 자리를 얻어 보려고 동분
서주하였다.

이런 계급과 이런 사상의 사람의 예상사로 김영찰은 첩 살림을
하였다.

더욱이 몇 해 전만 하여도 기생들은 김영찰을 군정의 자식이라
하여 속으로 멸시를 하였는데, 이즈음 그런 관념이 타파된 위에,
기생으로 볼지라도 예전과 달라, 행랑집 딸 술집 계집애들이 수심
가까나 하게 되면 함부로 기생이 되어, 기생의 지위가 떨어지기 때
문에 누구를 괄시하든가 할 수는 없이 되어, 김영찰 같은 사람은
이런 사회에서,

「어이, 내가 M판서 대감이 평양 감사로 내려오셨을 적에 에 어
어……」

하며 호기를 뽑을 수 있는 고귀한 손님쯤으로 되어서, 화류계의 중
심 인물쯤 되었다.

이런 가장에게 매어 달린 그의 가정은 냉락한 가정이었다.

이 가정 안에서 연실이를 사랑할 수 있고 또 사랑할 의무를 가진
사람은 오직 그의 아버지 뿐이거늘, 아버지라는 사람이 집에 들어
오는 일조차 쉽지 않으니, 연실이는 사랑을 받지 못하고 자랄 수밖
에 없었다.

연실이의 적모(嫡母, 민적상으로는 생모)는 군정의 며느리로 온
사람이니만치 교양 없이 길러난 사람이었다. 그런 사람이 시집을
왔으면 남편에게라도 교양을 받아야 할 것인데, 남편 역시 그렇고
그런 사람이라 아내를 가르친다든가 할 만한 사람이 못 되었다.

군정의 며느리로 시집 온 것이 운수 좋아서 영찰의 아내가 되었
다고 교만만 잔뜩 가지게 된 사람이었다.

사사에 연실이를 꾸짖었다. 잘못한 일은 둘째 두고 잘한 일이라
도 꾸짖었다. 꾸짖는 때는 반드시,

「제 에미년을 닮아서……」

「쌍것의 새끼는 할 수 없어!」

하는 말 끼우기를 잊지 않았다.

자기의 소생 자식들을 책할 때도,

「쌍것의 새끼하구 늘 놀아서 그 꼴이란 말이냐?」

하고 연실이를 끌어대었다.

이런 어머니의 교육 아래서 자라는 연실이의 이복동생(사내 둘과 계집애 하나)들이라, 동생들이 제 누나 혹은 언니에게 대해서 취하는 태도도 자기네는 양반이요 연실이는 쌍것이라는 관념 아래서 출발한 것이었다.

이런 가정 안에서 이런 환경 아래서 자라나는 연실이는, 어린 마음에도 온갖 사물에 대한 반항심만 성장되었다.

아무 애정도 가질 수 없는 아버지는 단지 무시무시한 존재일 뿐이었다. 게다가 적모에게 흔히 듣는바,

'그 낫살에 계집이라면 정신을 못 차리는 더러운 녀석!' 일 뿐이었다.

적모며 적모 소생의 이복동생들에게 대해서 애정이나 존경심을 못 갖는 것은 거듭 말할 필요도 없었다.

그뿐 아니라, 자기가 갓났을 때에 저 세상으로 간 자기의 생모에게조차 호의를 가질 수가 없었다. 이런 환경의 소녀로서 가슴에 원한이 사모칠 때마다 생각나는 것은 자기의 생모이겠거늘, 표독하게도 비꼬여진 연실이의 마음은,

'왜 그것이 화냥질을 해서 나까지 이 수모를 받게 하는가?'

하는 원망이 앞서서, 도저히 호의를 가질 수가 없었다. 부계(父系)로 보아 양반(?)의 자식이라는 자긍심을 가지고 싶은데, 그것을 방해하는 모계(母系)가 저주하고 싶었다.

이렇게 가정적으로 정 가는 데도 없고 사랑 붙일 데도 없는 연실

이는, 어떤 날 자기 이모(노기, 老妓)의 집에 놀러 갔다가, 진명 학교라는 계집애 학교가 있단 소식을 듣고, 열 살 난 소녀로서 부모의 승낙도 없이 입학 수속을 하여 버린 것이다. 물론 부모에게 알리면 한 번 단단한 경을 칠 줄은 번히 알았지만, 경에 단련된 연실이는 그것이 그다지 무섭지도 않았거니와, 두고 두고 그 집에 박혀 있느니보다는 한 번 경을 치고라도 학교에 다닐 수만 있었으면 다행이었다.

그랬는데 요행히도,

「제 에미를 닮아서 간도 큰 계집애로군. 사내로 태어났더면 역적 도모하겠네.」

하는 독 있는 욕을 먹은 뒤에 비교적 순순히 승낙되었다. 아마 어머니로서도, 집안에서 만날 보기 싫은 상년을 보느니보다는, 낮만이라도 학교로 정배를 보내는 것이 속이 시원하였던 모양이었다.

그러나 진명 여학교도 창립한 다음해에는 도로 문을 닫아 버리지 않을 수가 없게 되었다.

그 학교의 창립자는 당시 이름 높던 청년 지사였다. 그 창립자가 바야흐로 개화의 물결에 타고 오르려는 서북 조선 각 지방을 돌아다니면서 유세(遊說)하여 구하여 들인 기금이 차차 학교 경영의 기초를 든든히 할 가망이 보였으나, 사위 사정의 급변화는 이 청년 지사로 하여금 자기의 사업에 정진치 못하게 하여, 그는 자기가 나고 자라고 한 땅을 등지고 멀리 해외로 망명을 하였다.

그가 외국으로 달아날 때에 고국에 남기고 간 '간다 간다 나는 간다. 너를 두고 나는 간다'의 노래가 온 조선 방방곡곡에 퍼지게 된 때쯤은, 진명 여학교는 창립자의 후계자인 어떤 여사(女史)가 애써서 유지하여 보려고 노력하였음에도 불구하고, 드디어 문을 닫지 않을 수가 없게 되었다.

이리하여 쓸쓸한 가정에서 한때 자유로운 학원에 몸을 피하였던 연실이는, 다시 가정에 들어박히지 않을 수가 없게 되었다. 그때 연실이는 열두 살이었다.

2

단 이 년의 진명 학교 생활은 결코 기다란 세월이랄 수는 없다. 그러나 이 이 년이라는 날짜가 연실이에게 일으킨 변화는 적지 않았다.

학교에서 배운 바의 지식이라는 것은 보잘것이 없었다. 회도몽학(繪圖蒙學)을 제2권까지 떼어서 쉬운 한문 글자를 배우고, 산술은 일찍이 집에서 자습한 분수에까지 다시 이르고, 지금껏 뜻은 모르고,

「당기우기 삼천 리에 도엽지로세」

하며 부르던 노래가 사실은,

「단기위고 삼천 년의 도읍지로세」

하는 것으로 단군, 가자, 위만, 고구려의 삼천 년간의 도읍지라는 〈평양가〉의 일 절이라는 것을 알고,

「지금까지는 우리 조선에서는 여자라는 것은 노예로 알았거니와 결코 그렇지 않습니다. 개명한 세상에서는 여자도 사회에 나서서 일해야 됩니다. 그러기 위해서는 교육을 받아야 합니다.」

하고 사자후하던 진명 학교 창립 선생의 말로서, 노예(뜻은 모른다)이던 여자가 교육받게 된 것이라는 것을 알고— 등등, 학교에서 직접 얻은 지식보다도 그의 학교 생활 때문에 생겨난 성격의 변화와 인식의 변화가 더욱 컸다. 규칙 없이 순서 없이 너무도 급급히 수입한 자유 사상 아래서 교육받으며, 진명 학교 학우들 틈에서 자라는 이 년간에, 연실이의 마음에 가장 커다랗게 돋아난 싹은 반항심이었다. 학우들이 대개가 기생의 자식이라, 가정의 훈련과 교육

을 받지 못하고 자유로이 자라난 이 처녀들은, 부모를 고마워할 줄을 모르고 부모를 공경할 줄을 몰랐다. 이 처녀들의 어머니가 자기 네의 집안에서 하는 행동이며 말이며 버릇은 결코 자식에게 존경을 받을 만한 바가 못 되었다. 이런 가정 아래서 부모를 공경할 의무를 모르고 자란 이 처녀들은, 따라서 부모(부모라기보다 아비 없는 어미만이 대개였다)를 무서워할 줄을 몰랐다.

어려서부터 부모 사랑은 몰랐지만, 부모 무서운 줄은 알면서 자란 연실이는 그것은 처음은 의외였다. 그러나 이 년간을 그 처녀들과 함께 지내며 가정이 재미없으니만치 하학한 뒤에도 동무들의 집에 놀러 가서 온 낮을 보내고 하는 동안, 어느 틈에 언제 배웠는지 모르지만, 연실이도 부모에게 대한 공포심을 잃고 그 대신 경멸심을 배웠다.

관념과 인식상의 이런 변화가 드디어 행동으로 나타나는 날이 이르렀다.

한 이 년간 학교에 다닐 동안 연실이는 어머니와 얼굴을 대할 기회가 몇 번이 되지 못하였다. 그 전만 같으면 얼굴 보이기만 하면 무슨 트집으로든 반드시 꾸중을 하곤 하였는데, 한 이 년간 늘 학교에 다니면서 밤 이외에는 거의 집에 있을 기회가 없었던 연실이는, 따라서 어머니에게 꾸중 들을 기회도 없었다. 이 년 동안을 꾸중 안 듣고 지나서 열두 살이라는 나이가 되니, 아직 줄곧 대두고 꾸중을 하면서 지내 왔으면 그렇지도 않았겠지만 어머니도 이제는 꾸중만 하기가 좀 안되었는지, 전보다 꾸중의 돗수가 적어졌다. 단지 서로 차디찬 눈으로 대하곤 하는 뿐이었다.

그런데 어떤 날(그것은 연실이가 학교를 그만둔 지 만 일년쯤 되었다) 연실이는 동무이던 어떤 계집애의 집에 놀러 갔다가 그곳서 불쾌한 일을 보았다. 불쾌한 일이라야 계집애들 특유의 일종의 시기일 따름이었다. 그때 마침 그 동무 계집애는 자기의 동무와 무슨 이야기를 하다가 연실이가 오는 것을 보고 입을 비죽거리며 이야기를 멈추어 버렸다.

이 기수[1]를 챈 연실이는 불쾌한 낯색으로 앉아 있다가 드디어 제 동무에게 따져 보았다. 따지다가 종내 충돌되었다. 이 엠나이(계집애) 저 엠나이 하면서 맞잡고 싸우기까지 하였다. 그리고 잔뜩 독이 올라서 제 집으로 돌아왔다.

그날이 마침 연실이의 집의 청결날이었다. 머리에 수건을 동이고 청결을 보살피고 있던 어머니가 연실이 돌아오는 것을 보고 핀잔 주었다.

「넌 옛날 같으문 시집 가게 된 년이 밤낮 어델 떠돌아다니니? 이런 날은 좀 집에 붙어서 일이나 하디. 대테 어데 갔댔니?」

여느 때 같으면, 이런 꾸중이 있을지라도 연실이는 못 들은 체하고 방으로 들어가 버릴 것이다. 그러나 이날은 독이 오를 대로 올라서 집에 들어선 참이라, 어머니에게 대꾸를 하였다.

「그러기에 일찍 왔디요.」

독 있는 눈초리와 독 있는 말투였다. 어머니가 벌컥 성을 내었다.

「요놈의 엠나이, 말대답질?」

「물어 보는 거 대답 안할까?」

흥 한 번 코웃음치고 연실이는 방으로 들어가려 하였다. 그러나 그 순간 연실이의 꼬리는 어머니에게 붙잡혔다. 동시에 주먹이 한 번 그의 머리 위에 내렸다.

눈에서 푸른 불길이 이는 것 같은 느낌을 느끼면서 연실이는 홱 돌아서서 어머니를 쳐다보았다. 눈물 한 방울 안 괴었다. 단지 서리가 돋힐 듯 매서운 눈이었다.

「요년, 그래 터다보문 어떡할 테가?」

「죽이소 죽에요! 여러 번에 맞아 죽느니 오늘루 죽이라우요!」

「못 죽이랴!」

또 내리는 주먹 아래서 연실이는 어머니의 치마를 잡고 늘어졌다. 주먹, 발질, 수없이 그의 몸에 내리는 것을 감각하였지만, 악에 받친 그는 죽여라 죽여라 소리만 연방 하며 치맛자락에서 떨어지지 않기만 위주하였다.

한참을 두들겨 맞았다. 매섭게 독이 오른 이 계집애는 사실 생사를 가릴 수 없도록 광란 상태에 빠진 것을 알고, 어머니가 먼저 무서움증이 생긴 모양이었다.

「놓아라!」

치맛자락을 놓으라는 뜻이었다. 뿌리치기도 하였다. 그러나 연실이는 더 매섭게 매달렸다.

「죽여라! 죽기 전엔 못 놓겠구나!」

「놓아라!」

「내가 도적질을 했나 화냥질을 했나? 무슨 죄루 매맞아 죽노!」

에누다리²⁾를 하면서, 치마에 늘어져서 몸부림치기를 한참을 한 뒤에야, 연실이는 치맛자락을 놓아 주었다.

「독하구 매서운 년두 있다.」

딸의 악에 얼혼³⁾이 난 어머니는 치마를 놓으면서 저쪽으로 피하여 버렸다.

연실이도 일어났다. 대성통곡을 하면서 자기의 집을 나왔다.

그러나 길 모퉁이를 돌아서서 통곡 소리가 집에 안 들리게끔 되어서는 울음을 뚝 끊어 버렸다. 그런 뒤에는 저고리 고름을 들어서 눈물을 닦고 얼굴에 얼룩진 것을 짐작으로 지우고 지금껏 울던 태를 깨끗이 씻어 버리고 총총걸음으로 그곳서 발을 떼었다. 향하는 곳은 연실이의 아버지가 첩 살림을 하고 있는 집이었다.

연실이는 그 집까지 이르러서 대문 밖에서도 찾지 않고 방문 밖에서도 찾지 않고, 큰방으로 덥썩 들어갔다. 아버지의 목소리가 들리므로, 집에 있는 줄은 문밖에서부터 알았다.

말없이 윗목에 도사리고 앉는 딸을 김영찰은 첩의 무릎을 베고 누웠다가 머리만 좀 들며 바라보았다.

「너 뭘 하러 왔니?」

여전히 뚝하고 뭉퉁한 소리였다.

「아이구, 너 어떻게 오니?」

그래도 첩은 다정한 티를 보이며 절반만치 몸을 일으켜 김영찰에게는 퇴침을 밀어 주었다.

드디어 폭발되었다. 연실이는 왕 하니 울기 시작하였다. 아까는 악에 받친 울음이었거니와 이번은 진정한 설움이었다.

「울기는 왜 울어.」

「쫓겨났어요.」

울음 가운데서 연실이는 거짓말을 하였다.

「쫓겨나긴? 민한 소리 말구 어서 집에 가기나 해라.」

그러나 연실이는 울음을 멈추지도 않고 더 서러운 소리를 높였다.

쫓겨난 것이 아니라, 단지 어린 가슴이 너무 아파서 육친인 아버지라도 보고 싶어서 온 것이었다. 다정한 말까지도 바라지 않는다. 그러나 아버지의 눈자위에 나타난 귀찮은 표정은, 이런 방면에 몹시도 예민한 연실이에게는 더할 나위 없이 서러웠다. 하다못해 불쌍하다는 표정만이라도 왜 지어 줄 줄을 모르는가?

「애 너 점심 먹었니? 국수 시켜다 줄게 먹을래? 울지 말아. 미워서 내쫓으시겠니? 자, 국수 시켜다 줄게 먹어라.」

그러나 연실이는 완강히 머리를 가로 저었다.

그날 밤 연실이는 아버지의 작은댁에서 묵었다. 아버지는 가라고 몇 번을 고함질 쳤지만, 연실이도 일어나지 않았거니와, 작은댁도 일껏 아버지를 찾아왔으니 하룻밤 자고 내일 아침 어머님의 노염이

삭은 뒤에 돌아가라고 말렸다.

그날 밤 연실이는 몹시 불쾌한 일을 보았다. 인생의 가장 추악한 면을 본 것이었다.

「곤할텐데 일찍 자거라!」

저녁 뒤에 아버지는 이렇게 호령하여 윗목에 자리를 깔고 자게 되었다. 건넌방에는 첩 장인의 내외가 있는 것이다.

연실이는 자리에 들어갔으나 오늘 낮에 겪은 가지가지의 일이 머리에 왕래하여 좀체 잠이 들 수 없었다.

아버지는 딸을 재운 뒤에 소실에게 술상을 불렀다. 그리고 한참을 술을 대작하였다.

그 뒤부터 추악한 장면은 전개되었다. 이부자리를 펴고도 그 속엔 들지도 않고, 불도 끄지 않고, 이 벌거숭이의 중년 사나이와 젊은 애첩은 온갖 추태를 다 연출하였다.

「검동아, 아가, 무얼 주련?」

「나 보×!」

「너의 본댁으로 가려무나?」

「늙은 건 싫여.」

어느 때는 제법 점잔을 빼는 중늙은이가, 어린 첩에게 어리광을 부리며 엎치락뒤치락하는 그 꼬락서니는 정시치 못할 일이었다.

기생의 딸 가운데 동무를 많이 갖고 있고, 그 사이 삼 년간을 거의 동무들의 집에서 세월을 보낸 연실이는 성(性)에 대해서도 약간의 이해를 갖고 있는 계집애였다. 자기의 아버지와 그의 젊은 첩이 지금 노는 노릇이 무엇인지도 짐작이 넉넉히 갔다.

연실이는 이불 속에서 얼굴이 주홍빛으로 물들어 오르는 것을 알수가 있었다. '낯살이나 든 것이 계집을 보면' 운운하던 적모(嫡母)의 말은 자기의 체험에서 나온 것인지 추측에서 나온 것인지는 알 수 없지만, 아버지가 여인에게 대해서 하는 행동은, 제삼자도 얼굴 붉히지 않고는 볼 수가 없는 것이었다.

아버지는 벌써 딸이 잠든 줄 알고 하는 노릇인지는 알 수 없지만, 잠들고 안 들고 간에 자기의 딸을 윗목에 누이고, 이런 행동이 취하여질까? 이 천박한 꼴을 무가내하[4] 잠들은 체하고 보고 있어야 할 연실이는, 어린 마음에도 이 세상이 저주스러웠다. 동무네 집에서 간간 볼 수 있는바, 동무의 형 혹은 어머니되는 기생들이 주정꾼이며 혹은 오입쟁이들을 상대로 하여 노는 꼴도, 아버지와 작은집이 노는 꼴에 비기건대 훨씬 점잖은 편이었다. 설사 무인고도에서 자기네들끼리만 놀아난다 해도, 자기네 스스로가 부끄러워서 어찌 이다지야 흉하게 굴까?

얼굴에 모닥불을 놓는 것같이 달고 뜨거웠다. 숨을 죽이고 귀를 막았다.

이튿날 새벽 겨우 동틀녘쯤, 아버지가 소실을 품고 곤히 잠든 때에, 연실이는 몰래 그 집을 빠져 나왔다. 눈물이 연해 그의 눈에서 흘렀다.

3

그로부터 연실이의 심경은 현저히 변하였다.

연실이는 본집으로 돌아왔다. 어머니에게서 무슨 벼락이 또 내리지 않을까 근심도 되었지만, 어머니는 연실이의 악에 진저리가 났든지, 들어오는 것을 본체만체하였다.

「천하 맞세지 못할 년.」

그 뒤에도 연실이의 잘못하는 일이 있을 때마다 욕을 하려다가는 스스로 움츠러지곤 하는 것을 보면, 치맛자락 놀음에 적지 않게 진저리가 난 모양이었다. 이전에는 끼니 때에는 어머니와 동생들과 함께 큰방에서 먹었지만, 그 일 뒤부터는 막간(행랑) 사람을 시켜

켜서 상을 연실이의 방으로 들여 보내곤 하였다.

큰방에서 어머니가 친자식들을 데리고 재미나게 지내는 모양을 보면, 당연히 연실이는 부럽기도 할 것이고 어머니 생각도 날 것이로되, 연실이는 어떻게 된 성격의 소녀인지, 그런 감상이 일어나는 일이 없었다. 단지 자기와 동갑 되는 커다란 아들을 어린애나 같이 등을 두드리고 머리를 쓸어 주는 어머니를 볼 때마다, 두드리는 어른이나 두들기우는 아이나, 다 철부지라 보고 멸시하였다.

천하 만사에 정 가는 곳이 없고 정 붙일 사람이 없는 이 소녀는, 혼자서 자기에게 향하여 악을 부리고 자기의 마음을 스스로 학대하며 그날 그날을 보냈다. 현실에 대하여 너무도 많은 문제를 가지고 있는 이 소녀는, 이만 낫살의 소녀가 가질 만한 공상이라는 것도 모르고 지냈다.

장차 어찌될까 하는 근심이든가, 장차 어떻게 하여야겠다는 목적 등은 전혀 없는 세월을 보내고 있었다.

이 연실이가 자기의 생애의 국면을 타개하여 보려고 마음먹게 된 것은 진실로 단순한 기회에서였다.

그의 진명 학교 때의 동창생 한 사람이 동경으로 유학을 갔다. 때는 바야흐로 '한일 합병'의 직후로서, 동경으로 동경으로 유학의 길을 떠나는 청소년이 급격히 느는 시절인데, 연실이와는 진명 학교 때의 동창이던 최명애라는 처녀(연실이보다는 삼 년 위였다)가 동경으로 공부하러 떠났다.

이 우연한 뉴스 한 개에 연실이의 마음도 적지 않게 동하였다.

'동경 유학.'

이 아름다운 칭호에 욕심난 것도 아니었다. 여자로 태어났으면 시집 갈 때까지 부득이 친정에 있어야 한다는 막연한 생각으로 집에 그냥 박혀 있던 연실이었다. 결코 집이 그립다든가 다른 데 가는 것이 무서워서 가만 있는 것은 아니었다. 있어야 하는 것으로 알고 있던 것이었다. 그런데 자기의 동창 한 사람이 여자의 몸으로 유학을 떠난다 하는 뉴스에 연실이의 마음도 적잖게 흔들렸다.

'나도 동경 유학을 가리라.'

돈? 앞서는 것은 돈이로되 연실이에게는 돈은 전혀 문제가 아니었다. 자기 생모의 유물로서 금비녀와 금가락지가 합하여 석 냥중 남아 있었다. 이백 원은 될 것이었다. 게다가 여차하는 날에는 적모의 금붙이도 허수로이 두었으니 도리가 있을 것이었다. 그러나 그보다는 더 간단하고 편한 길은 또 있었다. 그의 적모는 지아비 몰래 돈을 놀리는 것이 있었다. 이것이 들고 나고 하여 어떤 때는 사오십 원에서 수백 원, 때때로는 일이천 원의 돈까지 집에 있을 때가 있었다. 드나드는 기간의 눈치만 잘 보면 그 기회도 놓치지 않을 것이고, 그것을 손댈 수만 있다면 그 돈은 지아비 몰래 놀리는 돈이니만치, 속으로 배는 앓아도 내놓고 문제 삼지는 못할 것이었다. 서서히 기다리며 이런 좋은 기회를 붙들자면 수년간의 학비를 한꺼번에 마련할 기회도 생기게 될 것이었다.

문제는 어학이었다. 당시에 있어서 일본말이라 하면, '하따라 마따라'니 '하소대시까라니' 쯤밖에는 알지 못하는 연실이었다. 이렁저렁 '가나' 오십음은 저절로 배워서 김 연실을 'ㅕムㅋンシル'라고 쯤은 쓸 줄을 알았으나, 일본음으로는 자기 이름조차 알지 못하는 정도였다.

이런 생매기[5]로 '하따라 마따라' 하는 사람들만이 사는 동경 바닥에 들어서서 더구나 '하따라 마따라'로 공부를 하여야겠으니, 적어도 여기서 쉬운 말쯤은 배워 가지고 가야 할 것이었다.

물론 부모에게 알릴 일이 아니었다. 절대 비밀히 하지 않으면 안 될 것이었다.

그러기 위해서는 연실이의 현재 입장은 비교적 자유로웠다. 아버지가 그런 사람이요, 어머니는 치맛자락 사건 이래로는 일체로 연실이와 맞서기를 피하여 오는지라, 연실이가 나가건 들어오건 간섭하는 사람이 없었다. 그럴 만한 선생과 그럴 듯한 장소만 구하면 일부러 집안에 알리기 전에는 자연히 비밀하게 일이 될 것이었다.

화류계에 동무를 많이 가지고 있는 연실이는, 선생을 구하는 데도 비교적 힘들이지 않고 성공하였다.

이리하여 그가 열다섯 살 나는 봄부터 어학 공부를 시작하였다. 선생이라는 사람은 연실이의 동무의 동무(기생)의 오라버니로서, 토지 세부 측량이 한창인 시절에 측량 기사로 돌아먹던 사람이었다.

배우는 장소는 그 선생의 누이의 집 한 방이었다. 선생의 나이는 스물다섯—

4

아직 피지 못하여 얼굴은 가무퇴퇴하고 어깨와 엉덩이가 아직 발달되지 못하여 모〔角〕진 데가 좀 과히 보이기는 하나, 열다섯 살의 연실이는 처녀로서의 자질이 잡혀 갔다.

그러나 아직 '여인'으로서는 아주 무지한 편이었다. 그의 생장한 환경이 환경인지라, 남녀가 관계한다 하는 것은 어떤 일을 하는 것이며 어떤 것이라는 것을 (모양으로) 알았지만 의의(意義)는 전혀 모르는 '계집애'였다. 사내와 계집은 그런 노릇을 하는 것이거니 이치만 알았지, 어떤 특정한 사내와 특정한 여인이라야 그런 노릇을 하는 것이라는 점이며, 그런 노릇에 대한 의의는 전혀 몰랐다. 말하자면 보통 다른 소녀들이 그 방면에 관해서 가지는 지식의 행로(行路)와 꼭 반대로, 도달점(到達點)의 형식을 미리 알고, 그 도달점까지 이르려면, 부끄럼, 사랑, 긴장, 환희 등등의 노순(路順)을 밟아야 한다는 것을 모르는 소녀였다.

그런지라, 그만 낮살의 다른 소녀 같으면 단 혼자서 젊은 남선생님과 대한다는 점에 주저도 할 것이고 흥미도 느낄 것이고 호기심도 가질 것이지만, 연실이는 아무런 별다른 생각도 없이, 단지 한 개 제자가 선생을 대하는 마음으로 공부하러 다녔다.

'아이우에오

가기구게고

다디두데도'

썩 후에 동무들에게,

「나는 다, 디, 두, 데, 도, 라고 배웠어. 하나, 둘을 히도두, 후다두라고 배웠어요. 하하하하!」

'ガギグゲゴ'

'ダヂヅデド'는

'웅아, 웅이, 웅우, 웅에, 웅오'

'따, 띠, 뚜, 떼, 또'였다.

「두마라나이 모노떼수 웅아 또우조.」

「웅악꼬오니 이기마수」

──웅아구고우(ガクコウ)라고 쓰고 웅악꼬오라고 읽는 법이여──

이런 선생 아래서 연실이는 조반을 먹고는 선생의 집을 찾아가곤 하였다. 늦으면 저녁때까지도 그 집에서 놀다 배우다 또 놀다 배우다 하곤 하였다.

5

삼월부터 어학 공부를 시작한 연실이는, 오월쯤엔 제법 히라까나로 적은 《심상소학독본》 삼 권쯤은 읽을 수 있도록 진척되었다. 비교적 기억력이 좋은 연실이요, 그 위에 어서 배워야겠다는 독이 있느니만치 어학력이 놀랍게 진척되었다. 삼 권쯤부터는 선생이 벌써 알지 못하여 쩔쩔 매는 때가 많이 있었지만, 어떤 때는 선생보다 연실이가 뜻을 먼저 알아내곤 하였다.

그 어떤 날이었다.

본시의 얼굴도 깜퇴퇴하거나 아직 피지 않았기 때문에 더욱 반질하게 검게 된 얼굴을 선생의 가슴 앞에 디밀고 앞뒤로 저으면서 독본을 읽고 있던 연실이는, 문득 선생의 숨소리가 괴상하여 가는 것을 들었다.

연실이는 눈을 들어 선생의 얼굴을 쳐다보았다. 아까도 선생이 술 먹은 줄은 몰랐는데, 지금 그의 눈은 시뻘겋게 충혈되어 있었다.

이 점을 연실이가 이상하게 생각하는 순간에, 선생의 얼굴에는 싱거운 미소가 나타나며 팔을 펴서 연실이의 어깨를 끌었다.

연실이는 선생이 요구하는 것이 무엇인지를 순간에 직각하였다. 끄는 대로 끌리었다.

그날 당한 일이 연실이에게 정신상으로는 아무런 충동도 주지 못하였다. 그것은 연실이가 막연히 아는바, 사내와 여인이 하는 노릇으로, 선생은 사내요 자기는 여인이니 당하게 되면 당하는 것이 당연한 일쯤으로 여겼다.

그때 연실이가 좀 발버둥이를 쳐 반항을 한 것은, 오로지 육체적으로 고통을 느끼기 때문이었다. 이런 고통을 받으면서 그 노릇을 하는 것이 여인의 의무라 하는 점이 괴로웠다.

곧 다시 일어나서 아까 하던 공부를 계속하고 있는 양을 사내는 누워서 번번히 바라보고 있었다.

좀 있다가 동무의 동무(이 집 주인 기생)의 방에 건너가서 체경을 보고 그는 비로소 약간 불쾌를 느꼈다. 아침에 물칠하여 곱게 땋아 늘였던 머리의 뒷덜미가 헝클어진 것이었다.

이 사건에 아무런 흥미나 혹은 부끄러움을 느끼지 않는 연실이는, 이튿날도 여전히 공부하러 사내를 찾아갔다. 그날 또 사내가 끌어당길 때에 문득 어제 머리 헝클어졌던 것이 생각이 나서,

「가만 — 베개 내려다 베구요.」

하고 베개를 내려왔다.

그 뒤부터 사내는 생각이 나면 베개를 내려오라고 하곤 하였다. 정 귀찮은 때가 아니면 연실이는 대개 베개를 내려왔다. 공부에 피곤하여 좀 쉬고 싶은 때는 스스로 베개를 내려오는 때도 있었다.

그러나 이것은 단지 사내와 여인이 때때로 하는 일이거니쯤으로밖에 여기지 않는 연실이는, 염증도 나지 않는 대신 감흥도 얻을 수가 없었다. 처음에 느낀바 육체적 고통이 덜하게 되었으므로, 직전에 느끼는 공포의 긴장이 덜하게 된 뿐이었다.

연실이에게 말하라면, 사람이 대소변을 보는 것은 저마다 하는 일이지만, 남에게 보이기는 부끄러워하는 것과 마찬가지로, 이 일은 좀더 대소변보다 비밀히 해야 하는 일이지만, 저마다 하는 일쯤으로 여기었다. 남에게 보이고 더욱이 언젠가 제 아버지와 소실이 하던 꼴대로 추잡히 노는 것은 더러운 일이지만, 비밀히 하는 것은 대소변쯤으로밖에는 보이지 않았다.

연실이는 연하여 그 선생에게 다녔다. 이제는 더 가르칠 만한 것이 그 선생에게는 없었지만, 습관적으로 그냥 다닌 것이었다. 선생은 베개를 내려놓는 맛에 그냥 받았다.

그냥 어학을 배우는 한편으로 집에서는 돈거간의 출입에 늘 주의를 가하고 있던 연실이는, 그 해 가을 어떤 날, 적지 않은 돈이 어머니의 손으로 들어온 것을 기수채었다.

옷이며 짐은 언제라도 떠날 수 있도록 준비해 두었던 연실이는, 그날 밤 큰방에 들어가서 어름어름하다가 어머니가 변소에 간 틈에 농문 안에 허수로이 둔 돈 뭉치를 꺼내어 방망이질하는 가슴을 부둥켜안고 자기 방으로 건너와서, 저녁때 몰래 준비했던 작다란 가

방을 보자기에 싸가지고 발소리를 감추며 집을 나섰다.

한 시간쯤뒤에는 부산으로 가는 직행 열차에 연실이의 작다란 몸이 실리어 있었다.

아무 애수(哀愁)도 느끼지 않았다. 가정에 대하여 아무 애착도 없던 그는, 집을 떠나는 것도 서럽지도 않으며, 어려서부터 남을 의뢰하는 습관이 없이 자란 그는, 낯설고 말 서투른 새 땅에 가는 데도 일호의 두려움도 느끼지 않았다. 선천적으로 그런 성격이었는지 혹은 그의 환경이 그를 그렇게 만들었는지는 모르지만, 인간 만사에 감동과 흥분을 느낄 줄을 모르는 연실이는, 아무 별다른 감상도 없이 평양 정거장을 떠난 것이었다.

'혹은 이것이 영결일지도 모르겠다.'

가정에 대하여 애착이 없고 장차 사 오 년은 넉넉히 지낼 여비를 몸에 지닌 그는 이번 떠나면 장차 영구히 이 땅에는 다시 올 기회가 없을 듯싶어서 도리어 내심 시원하였을 뿐이었다.

6

「아이구, 퍽 곤하겠구나!」

미리 편지도 하였고 하관(연실이는 하관(下關)을 곧 동경으로 알았다)서 전보도 쳐서 알리었던 최명애가 '신바시(新橋)' 정거장까지 나와서 연실이를 맞아 주었다.

연실이는 단지 싱그레 웃었다. 사실 아무런 감상도 없었다. 올 데까지 왔다 하는 생각만이었다. 공상 혹은 상상이라는 세계를 가져 보지 못하고 지금까지 자란 연실이는, 현실에 직면하여서야 비로소 현실을 인식하는 사람이지, 미리 어떨까 하고 생각하여 보지도 않는 사람이었다. 동경도 단지 가정에 있기가 싫어서 온 것이지, 무슨 큰 희망이 있어서 온 바가 아니다. 따라서 동경이 어떤 곳인가 하는 호기심도 없이 덜컥 온 것이었다.

최명애의 인도로 우선 명애의 하숙하고 있는 집에 들었다. 그리고 동경 도착한 지 수일간은 최명애의 앞잡이로 동경 구경도 하며 일변 화복(和服)도 지으며 장래 방침 토론도 하며— 이렇게 보냈다. 그 결과로서 연실이는 금년 겨울은 어학을 더 준비해 가지고 명년새 학기에 어느 여학교에 입학을 하기로 대략 결정하였다. 어학을 연습하기에는 마침 명애의 들어 있는 하숙이 예전 사족(士族) 집 과부 노파 단 혼자의 집이라 주인 노파를 상대로 연습하기로 하였다.

이 해 겨울 연실이는 신체상에 여인으로서의 중대 변화기를 맞았다. 금년 봄부터 철 모르고 사내를 보기는 하였지만, 아직 소녀를 면치 못하였던 연실이는, 이 겨울에야 비로소 여인으로서만이 보는 한 달에 한 번씩의 변화를 보았다.

이 육체상의 변화— 발달은 육체상으로뿐 아니라 정신상으로도 연실이에게 적지 않은 변화를 주었다. 막연한 공포감, 그리움, 애처로움, 꿈 등등, 그가 아직 소녀 시기에 느껴 보지 못한 이상야릇한 감정 때문에, 복습하던 책도 내어던지고 눈이 멍하니 한 시간 두 시간씩을 보내는 일도 간간 있게 되었다.

아직껏 그의 마음에 일어 보지 못한 부모며 동생에게 대한 그리움도 생전 처음으로 그의 마음에 일었다. 선배(先輩) 동무인 명애에게 집에서 연락 부절로 이르는 가족 사진이며 편지 등등이 부러워서 명애가 학교 간 틈에 그의 편지를 몰래 꺼내 보고, 나도 이렇게 편지를 한 번 받아 보았으면 하고 탄식도 하여 보았다.

오랫동안 불순한 가정에서 길러났기 때문에, 한편으로 쫓겨나가 있던 그의 처녀로서의 감정은, 처녀 전환기의 연실이에게 비로소 이르렀다.

이듬해 봄, 그가 명애의 다니는 학교에 입학을 한 때는 그의 비

틀어진 성격도 적지 않게 교정이 된 때였다.

　입학하면서 그는 기숙사에 들어가기로 하였다.

7

　학교에 입학을 하고 기숙사에 든 다음에야 연실이는 '조선 여자 유학생 친목회'에 처음 출석하여 보았다. 이전에도 명애가 몇 번을 끌어 보았지만, 그런 일에 전혀 흥미가 없는 연실이는 한 번도 출석해 보지 않았다. 이번에도 명애가 학교에서,

　「오늘 친목회가 있는데 여전히 안 갈래?」

하고 의향을 물을 때에,

　「이젠 학교에도 들고 했으니까 가볼 테야.」

하면서 미소하였다.

　「그럼 지금까지는 학생이 못 되노라고 안 갔었나?」

　「유학생 친목회에 비(非)학생이 무슨 염치에 가요?」

　「준비 학생은 학생이 아닌가?」

　「하하하하!」

　이리하여 그날 저녁 사감의 허락을 받고 연실이는 처음으로 동경에 와 있는 조선 유학생들과 합석할 기회를 얻었다.

　연실이까지 합계 일곱 명이었다. 이 단 일곱 명 가운데, 회장 부회장이 있고 서기가 있고 회계가 있었다. 아무 벼슬도 하지 못한 사람은 명애와 연실이와 황해도 여학생이라는 이십 살 가량 난 사람뿐이었다.

　이 단 일곱 명의 친목회에서 먼저 서기의 경과 보고가 있고 회계의 회계 보고가 있는 뒤에, 회장의 연설이 있었다.

　──우리는 선각자외다. 조선 이천만 백성 중에 절반을 차지하는 일천만의 여자가 모두 잠자코 현재의 노예 생활에 만족해 있을 때

에, 눈을 먼저 뜬 우리들은 그들을 깨쳐 주고 그들을 노예 생활에서 건져 주기 위해서, 고향과 친척 친지를 등지고 여기까지 와서 고생하는 것이외다. 여성을 자기네의 노예로 하고 있는 현대 포악한 남성의 손에서, 일천만 여성을 구해 낼 사람은 우리밖에 없습니다. 우리는 남성에게 굴복해서는 안됩니다. 배웁시다. 그리고 힘을 기릅시다—

대략 이런 뜻의 말을 책상을 두드리며 부르짖었다.

정신적으로 전혀 불감증(不感症)인 시대를 벗어나서 감정, 감동 등을 막연하나마 느끼기 시작하던 연실이는, 이 말에 적지 않게 감동하였다.

자기가 동경으로 뛰쳐 오고 지금 학교에까지 들어간 것은, 본시의 무슨 중대한 목적이 있는 바가 아니라, 집에 있기가 싫어서 뛰쳐 나온 뿐이었다. 그러나 지금 이 회장의 연설을 듣고 보니, 자기의 등에도 무슨 커다란 것이 지워지는 것 같았다. 조선의 여자가 어떻게 구속되고 어떤 압박을 받고 있는지는 모르지만, 이전에 진명 학교 창립 선생도 그런 말을 하였고, 지금 또 여기서도 그런 말을 하는 것을 보니 그것이 사실인 모양이었다. 그것이 사실일진대 그것을 구해 낼 사람은 남자가 아니요 여자여야 할 것이고, 여자 중에서도 먼저 선진국에 와서 새 문화를 배운 사람이어야 할 것이다. 자기는 이미 여기 와서 배우는 단 일곱 사람의 선각자의 한 사람이니, 일천만 분의 칠이라는—다시 말하면 일백오십만 명에 한 명이라 하는 귀한 존재이다. 소녀다운 감정으로 회장의 연설을 들으며 속으로는 이런 생각을 할 때, 연실이는 큰 바위에라도 깔린 듯이 가슴이 무거워 오는 느낌을 금할 수가 없었다.

「언니, 아까 그 회장 이름이 뭐유?」

회가 끝나고 어두운 길에 나오면서 연실이는 이렇게 명애에게 물었다.

「송안나. 왜?」

「이름두 야릇두 해라. 어느 학교에 다니우?」

「사범 학교에.」

「어디 사람이구?」

「아마 강서(江西)인가, 함종(咸從)인가, 그 근처 사람이지.」

「몇 살이나 났수?」

「왜 이리 끈끈히 묻나? 동성 연애 할려나 봐.」

연애라는 말은 이젠 짐작은 가지만, 연애 위에 무슨 말이 더 붙었으므로 뜻을 똑똑히 못 알아들은 연실이는 눈치로 보아 조롱받은 것 같아서,

「언니두……」

한 뒤에 말을 끊어 버렸다.

그러나 그날 저녁 들은 '선각자'라 하는 말 한마디는 이 처녀의 마음에 꽤 단단히 들어박혔다.

— 선각자가 되리라. 우리 조선 여성을 노예의 처지에서 건져 내리라. 구습에 젖어서 아직 눈뜨지 못하는 조선 여성을 새로운 세계로 끌어내리라 —

이런 새로운 감정으로 그는 '감동 때문에 잠 못 드는 밤'을 생전 처음으로 경험하였다.

8

어떤 날 연실이가 학교에서 기숙사로 들어와서 책들을 정리하고 있을 때에, 그 방장(房長)으로 있는 사학년생 도가와[戶川]라는 처녀가 연실이의 곁으로 와서 앉았다.

「긴상!」

「네?」

「조선 말 퍽 어렵지요?」

「글쎄요, 우린 모르겠어요.」

「영어는?」

「재미있지만 어려워요.」

「외국어란 어려운 것이야. 참 긴상.」

도가와는 좀 어려운 듯이 미소하며 연실이를 보았다.

「아까 하나이 선생—긴상 담임 선생 말씀이야. 하나이 선생님이 그러시는데, 긴상 일본어가 아직 숙련되지 못했다구, 나더러 틈틈이 좀 함께 이야기라도 하라시더군요.」

연실이는 얼굴이 새빨갛게 되었다. 스스로도 모르는 바가 아니었다.

「잘 부탁합니다.」

연실이는 승복지 않을 수가 없었다.

「천만에, 아니에요. 내가 무슨…… 긴상 책을 많이 보세요. 책을 보면 저절로 어학력이 늘어요. 내 책을 빌려 드릴게 책으로 어학을 연습하세요.」

「책이오? 무슨 책?」

도가와는 미리 준비하였던 모양인 책을 연실이에게 한 권 주었다. 등에 《젊은 베르테르의 슬픔—궤테》라 쓰여 있었다.

「재미있어요. 재미있는 바람에 읽노라면 어학력도 늘고—일석이조라는 게 이런 거겠지요.」

도가와는 깔깔 웃었다.

연실이는 즉시로 읽어 보기 시작하였다. 한 페이지, 두 페이지—교과서 이외에 평생 처음으로 독서를 하여 보는 연실이는, 처음 얼마는 몹시도 난삽하여 책을 접어 버리고 싶었다. 그러나 일껏 자기에게 책을 빌려 준 방장의 면도 있고 하여, 세 페이지, 네 페이지, 억지로 내려 읽고 있었다. 저녁 끼니 시간이 되었다. 방장에게

독촉받아 식당에 내려간 연실이는, 자기의 손에 아직 《젊은 베르테르의 슬픔》이 들려 있고, 식당에 앉아서도 그냥 눈을 책에 붙이고 있는 자기를 발견하고 오히려 기이한 느낌을 받았다. 어느덧 그는 책에 열중이 되었던 것이다.

무론 모를 대목도 많이 있었다. 그러나 모를 곳은 모를 대로 그냥 내려 읽노라면 의미는 통하는 것이었다.

밤에 불을 끄는 시간까지 연실이는 그 책만 보고 있었다. 이튿날 새벽에 유난히도 일찍이 깬 연실이는 푸르둥한 새벽 빛에 눈을 비비면서 소설책을 다시 폈다.

아침에 깬 방장이 보고 미소하였다.

「어때요? 재미있어요?」

방장이 이렇게 물을 때에, 연실이는 눈을 책에서 떼지 않고,

「지독히——」

하며 미소하였다.

「모를 곳은 없어요?」

「있지만 뜻은 통하겠어요.」

「다 읽어요. 다 읽으면 이번은 더 재미나는 책을 빌려 드릴게. 어학 연습에는 무엇보다도 다독(多讀)이 좋아요.」

학교에서 책을 끼고 가서 틈틈이 숨어서 읽고 저녁에 읽고 이튿날—— 이리하여 독서의 속력(速力)이 그다지 빠르지 못한 그로도 이튿날 저녁때에는 끝까지 다 읽었다.

다 읽은 책을 베개 아래 넣고 자리에 든 연실이는, 가슴을 무득히 누르는 알지 못할 감정 때문에 좀체 잠을 이루지 못하였다. 그것은 무슨 감정인지 연실이는 알지 못하였다. 이런 감정과 감동을 평생에 처음 겪는 연실이는 이불 속에서 홀로이 헤적였다.

이틀 동안의 수면 부족 때문에 무거운 머리로 이튿날 아침 자리에서 일어나서 다 본 책을 방장에게 돌려주고, 연실이는 그런 재미

있는 책을 또 한 권 빌려 달라고 간청하였다.

「자, 이걸 보세요.」

하면서 방장이 연실에게 준 책은 꽤 두툼한 책이었다. 《에일윈—윗츠 던톤》이라 하였다.

그날이 마침 토요일이라, 오전만 공부하고 오후부터는 연실이는 책에 달려들었다. 그리하여 토요일에서 일요일로, 월, 화, 수, 목, 금—만 일주일간을 잠시도 정신은 이 책에서 떼지 못하고 지냈다. 화요일, 그 소설의 주인공인 에일윈이 사랑하는 처녀 윈니프렛의 종적을 잃어버리고 스노우돈의 산과 골짜기를 헤매다가 윈니의 냄새만 걸핏 감각한 대목에서 학교 시간이 되어 그만 책을 덮었던 연실이는, 윈니의 생각에 안절부절 공부도 어떻게 하였는지 모르고 지냈다.

「윈니 상, 어때요?」

책을 다 보고 방장 도가와에게 돌려주매, 도가와는 또 미소하며 물었다. 그러나 연실이는 한참을 먹먹히 있다가야 대답을 하였다.

「도가와 상, 꿈 같아요.」

「좋지요?」

「좋은지 어떤지—얼떨해요.」

「이 소설을 지은 윗츠 던톤이라는 사람은 이 소설 단 한 편으로 영국 문단에 이름을 올렸다우. 나도 이 소설을 읽은 뒤 한 반달이나 꿈같이 얼떨하니 지냈어요.」

「그게 웬일일까?」

「그게 예술의 힘이에요. 예술의 힘이 사람의 혼을 울려 놓은 때문이에요.」

「예술?」

듣던바 처음이었다.

「네, 예술—예술 가운데는 음악, 미술, 문학 등이 있는데, 문학

에도 또 시며 희곡이며 소설이 있어요. 다른 학문들은 모두 실제
—실용상 쓸 데 있는 것이지만, 예술이라는 것은 사람의 혼과 직
접 교섭이 있는 존귀한 학문이에요.」

문학 소녀라는 칭호를 듣는 도가와는 여러 가지의 말로 예술—
문학의 자랑을 연실이에게 들려주었다. 그러나 연실이로서는 그의
말을 알아듣지 못하였다. 다만 몹시도 귀하고 중한 문학이 예술이
라는 뜻만 막연히 깨달았다. 그리고 단지 책을 읽기 때문에 자기가
이만치 감동되고 취한 것을 보면, 예사 보통의 학문이 아니라 생각
되었다.

「긴상, 조선에 문학이 있어요?」

도가와는 마지막에 이런 말을 물었다.

대체 예술이라는 말, 문학이라는 말이 금시 초문인 위에, 연실이
의 조선에 대한 지식이라는 것은, 조선 말을 할 줄 알고 조선 옷을
입을 줄 아는 것쯤밖에 없는 형편이다. 한 순간 주저하였다. 그러
나 일찍이 조선은 오랜 역사를 가지고 오랜 문화 생활을 하였다는
이야기를 들은 연실이는,

「있기는 있지만……」

쯤으로 막연히 응하여 두었다.

「긴상, 조선의 장래 여류 문학가가 되세요. 나는 일본 여류 문학
가가 될게. 이 우리 학교는 하세가와 시구레라는 여류 문학가를 낳
아서 문학과 인연 깊은 학교예요. 여기서 또 나하고 긴상하고 다
일본과 조선의 여류 문학가가 됩시다.」

문학 소녀 도가와는 스스로 감격하여 눈에 광채를 내며 이런 말
을 하였다.

연실이는 여류 문학가가 무엇인지 문학이 무엇인지는 전혀 모르
는 숫보기였다. 단 두 권의 소설을 읽어 보았을 뿐이었다. 그러나
이즈음 자기는 조선 여자계의 선각자라는 자부심을 품기 시작한 연

실이는, 장차 여류 문학가 노릇을 해서 우매한 조선 여성계를 깨쳐 주어 볼까 하는 희망을 마음 한편 구석에 일으켰다.

단지 선각자라 하여도 무슨 일을 하여 어떻게 조선 여성계를 각성시킬는지 전혀 캄캄하던 연실이는, 여기서 비로소 자기의 진로(進路)를 발견한 것이 아닌가 하는 생각이 들었다. 그리고 장차 배우고 닦고 하여서 도가와만큼 문학이라는 것을 알고, 그것으로써 선각자 노릇을 하리라 막연히나마 이렇게 마음먹었다.

도가와는 다시 연실이에게 스코트의 《아이완호》를 빌려 주었다.

그러나 아닌게아니라, 《에일윈》에서 받은 감격은 그것을 다 읽은 뒤에도 한동안 그의 머리에 뿌리 깊게 남아 있어서, 때때로 정신없이 그 생각을 하다가는 스스로 얼굴을 붉히고 정신을 차리곤 하였다.

《아이완호》는 이삼 일간은 당초에 진척이 되지를 않았다. 몇 줄 읽노라면 그의 생각은 어느덧 다시 《에일윈》으로 뒷걸음치고 뒷걸음치고 하는 것이었다.

── 아무 목표도 없이 동경으로 건너와서 아무 정신도 없이 선각자가 되리라는 자부심을 품었던 연실이는, 이리하여 도가와 모(某)의 덕으로 문학 소녀로 변하여 갔다.

여름 방학에도 연실이는 제 집에 돌아가지 않았다. 돌아갈 그리운 집이 없기 때문이었다. 기숙사에는 북해도에서 온 학생 하나, 대만서 온 학생 하나, 연실이, 이렇게 단 세 사람이 남았다. 도가와는 여름 방학 동안에 보라고 꽤 여러 권의 책을 남겨 두고 갔다. 그러나 이제는 독서 속력도 꽤 늘은 연실이는, 도가와가 남겨 둔 책을 보름 동안에 다 보고, 그 뒤에는 도서관을 찾기 시작하였다.

그 해 가을과 겨울도 지나고 이듬해 봄이 된 때는, 연실이는 동경으로 처음 올 때(겨우 일년 반 전이다)와는 전혀 다른 처녀가 되었다.

우선 자부심이 생겼다. 조선 여성계의 선각자라는 자부심이었다. 선각자가 될 목표도 섰다. 여류 문학가가 되어 우매한 조선 여성을 깨쳐 주리라 하였다. 문학의 정의(定義)도 이젠 짐작이 갔노라 하였다. 문학이란 연애와 불가분(不可分)의 것이었다. 연애를 재미나고 자릿자릿하게 적은 것이 소설이고, 연애를 찬송하여 짧게 쓴 글이 시라 하였다.

일방으로 연애라는 도정을 밟지 않고 결혼하여 일생을 보내는 조선 여성을 해방(?)하여 연애할 줄 아는 사람으로 만드는 것이 선각자에게 짊어지운 커다란 사명의 하나이라 보았다. 그러기 위해서는 문학을 널리 또 빨리 퍼쳐야 할 것이라 보았다.

문학상에 표현된바, 전기와 통하는 것같이 찌르르하였다는 연애와, 재미나는 소설을 읽은 뒤에 한동안 느끼는 감동도 동일한 감정이라 보았다.

즉 연애는 문학이요, 문학은 연애요, 그것은 다시 말하면 인생 전체였다.

'인생의 연애는 예술이요, 남녀간의 예술은 연애니라.'

스스로 창작한 이 금언(金言)을 수신책 첫 페이지에 조선 글로 커다랗게 써두었다.

이런 심경 아래서 문학의 길을 닦기에 여념이 없는 동안, 연실이는 문학과 함께 연애를 사모하는 마음이 나날이 높아 갔다.

소녀 시기의 환경이 환경이었더니만치 연실이는 연애와 성교를 물건으로 여기었다. 소녀 시기에는 연애라는 것은 모르고 성교라는 것이 남녀간에 있는 물건이라고 믿고 있었는데, 지금 연애라는 감정의 존재를 이해하면서부터는, 그의 사상은 일단의 진보를 보여서 '남녀간의 교섭은 연애요, 연애의 현실적 표현은 성교니라' 하는 신념이 들게 되었다.

그런지라, 그가 철 모르는 시절에 무의미하게 잃어버린 처녀성에 대해서도 아깝다든가, 분하다든가 하는 생각보다도, 그때 연애라는 감정을 자기가 이해하였더라면 훨씬 재미나고 좋았을걸 하는 후회뿐이었다.

회상하여 그때의 그 사내를 생각해 보면, 그것은 가장 표준형의 기생 오라범으로, 게으름과 무지와 비열을 합쳐 놓으면 이런 덩어리가 생길까 하는 생각이 들 만한 보잘것없는 사람으로, 연실이에게는 손톱만치도 마음가는 데가 없는 사람이었다. 그러나 문학 즉 연애요, 연애와 성교는 불가분의 것으로 믿는 연실이는 그때 연애적 감정이 없이 그 사내를 가까이한 것이 적지 않게 분하였다. 한번 함께 산보(이것이 초보적 행동이었다)도 못하고 함께 달을 쳐다보며 속살거리지도 못하고— 이렇듯 어리석고 어리던 자기가 저주스러웠다.

그 봄(열일곱 살이었다)에 연실이는 《동경 유학생》이란 잡지에 시를 한 편 지어서 보냈다.

문을 닫아도
들어오는 월광(月光)
사랑은 월광이런가
월광은 사랑이런가
아아, 이팔 처녀(二八處女)의
가슴이 떨리도다

지우고 고치고 다시 쓰고 하여 겨우 이렇게 만들어서, 한 벌은 고이고이 적어서 가방에 간수하고, 한 벌은 잡지사에 보냈다.

봄 방학 때쯤 발행된 그 잡지에는 연실이의 시가 육호 활자로나마 게재가 되었다.

지금 그는 여명기의 조선 여성에게 있어서 한 개 광휘 있는 별이

346

라는 자부심을 넉넉히 갖게 되었다. 그 잡지 십여 권을 사서 자기의 본집과 그 밖 몇몇 동무에게 우편으로 보냈다.

문학의 실체(實體)인 연애를 좀더 알기 위하여 《엘렌 케이》며 구리가와 박사의 저서(著書)도 숙독하였다.

새 학기에는 기숙사에서도 나왔다. 기숙사에서도 학생들끼리 동성의 사랑도 꽤 농후한 자도 있었지만, 연애라는 것은 이성에게라야 가질 것이라는 생각을 갖고 있는 연실이는 그것을 옳게 볼 수가 없고 또는 자기가 몸소 나아가서 연애를 실현하기 위해서는 기숙사는 불편하기 때문이었다.

여자 유학생 친목회에도 자주 나갔다. 작년 입학한 직후 첫 회합에는 단순한 처녀로, 한 얌전한 규수로 참석하였지만, 차차 어느덧 자유 연애와 결혼(이것이 여성 해방이라 보았다)을 가장 맹렬히 주장하는 열렬한 회원으로 변하였다.

이론 방면으로 이만치 진보된 만치 실제로도 또한 연애를 하여 보려고 기회 포착에 노력하였다. 그러나 아직도 동경 유학생 간에는 남녀가 함께 회집할 수 있는 곳은 예수교 예배당밖에 없고, 남학생과 여학생 간에 교제가 그다지 성행치 못하던 때라, 기회 포착이 쉽게 되지 않았다.

여류 문학가가 되어서 선구자가 되기 위해서는 절대로 연애의 필요를 느끼는 연실이는, 이 좀체 포착되지 않는 기회 때문에 초조하게 지냈다.

그러다가 우연한 기회에 평안도 출생의 농과 대학생(農科大學生)과 알게 될 기회를 얻었다.

금년에 들어서 무척도 늘은 조선 여학생 가운데 한 사람을 찾아갔던 연실이는, 거기서 그 여학생의 몇 촌 오라버니가 된다는 농학생을 처음으로 본 것이었다. 나이는 스무 살이라 하나, 여자들 틈에서 몹시도 수줍어하여, 이야기 한마디 변변히 하지를 못하였다.

그날 밤 하숙에 돌아와서 연실이는 여러 가지로 생각하였다. 자기가 지금까지 읽은 소설 가운데서 연애하는 남녀가 처음 만난 장면을 모두 끄집어내어 가지고, 아까 그(이창수라 하였다)가 취한 태도는 어느 것에 해당할까 하고 생각하였다. 그리고 결론으로는 퍽 내심한 청년이 몹시 연애를 느끼기 때문에 그렇게도 수줍어하는 것이라 단정하였다.

자기도 그 청년을 보는 순간 퍽 기뻤다고 생각하고, 기쁜 가운데도 속이 떨렸다고 생각하고, 자기가 다른 곳을 볼 때 그 청년이 자기를 바라보면 자기는 몹시 가슴을 뛰놀리었다고 생각하고, 자기는 가슴이 이상하여 그를 바로 볼 기회도 없었다고 생각하고, 그와 함께 있는 동안은 감전(感電)된 것 같은 찌르르한 느낌을 받았다고 생각하였다.

요컨대 연실이는 어제 처음 만난 순간부터 이창수에게 연애를 느꼈고, 이창수 역시 자기에게 연애를 느낀 것이라 굳게 믿었다.

이튿날 하학한 뒤에 연실이는 이창수를 찾아보기로 하였다. 찾아가려고 제 하숙을 나설 때에 발이 썩 나서지는 못하였지만, 이것이야말로 연애하는 처녀의 당연하고 공통되는 감정으로, 서양 문호(文豪)들도 모두 이 심리를 묘사한 것을 많이 본 연실이는, 이런 수줍은 감정을 극복하고 용감히 나아가는 것이 현대 신여성에게 짊어지운 커다란 사명이며, 더욱이 선각자로서는 마땅히 겪고 극복하여야 할 일로 알았다.

창수는 마침 하숙에 있었다.

연실이는 창수와 함께 산보를 나섰다. 여섯 조의 좁다란 하숙방에서 속살거린다는 것은 옛날 연애지 현대 여성의 연애가 아니었다. 시부야[澁谷] 교외로 나서서 무사시노[武藏野] 숲 위로 떨어지는 낙조(落照)를 보면서 그것을 찬송하며 한숨지우며 하여야 할 것이었다.

시부야의 신개지(新開地)도 지나서 교외로 이 첫사랑하는 남녀는 고요히 고요히 발을 옮겼다. 한 걸음 앞서서 가던 연실이가 머리를 수그린 채 뒤따르는 창수 청년을 보면, 창수는 역시 머리를 수그리고, 무슨 의무라도 이행하는 듯이 먹먹히 따라오고 있는 것이었다.

남녀는 어떤 언덕 마루에 가서 앉았다.

「좀 쉬어요.」

하면서 연실이가 두 사람쯤 앉기 좋은 자리에 한편으로 치우쳐 앉으매, 창수 청년은 연실이에게서 세 걸음쯤 떨어져 있는 조그만 돌멩이 위에 걸터앉았다.

연실이는 고요히 눈을 들었다. 바라보매 시뻘겋게 불붙는 낙조는 바야흐로 무성한 잡초 위로 떨어지려 하고 있다.

「선생님!」

연실이는 매우 부드러운 소리로 창수를 찾았다.

「네?」

「참 아름답지 않아요? 저 낙조 말씀이에요. 저 낙조가 형용하자면 무엇 같을가요?」

「글쎄올시다.」

농학생 이창수에게 있어서는 그 낙조는 함지박에 담긴 붉은 호박 같았을는지도 모른다. 그러나 그런 형용도 좀 멋적어서 글쎄올시다 한 뿐, 눈이 멀찐멀찐히 낙조를 바라보고만 있었다.

「방금 떨어질 듯 도로 솟을 듯 영화(靈火)가 하늘에서 춤을 추는 것 같지 않아요?」

「글쎄올시다.」

그날 저녁 연실이는 창수의 방에서 묵었다. 그 하숙에서 저녁을 함께 먹고 역시 연실이는 적극적으로 창수는 소극적으로 이야기를 주고받고 하다가, 교외 전차가 끊어졌음을 핑계로 연실이는 거기서 밤을 지내기로 한 것이었다. 여기서 묵겠다는 말은 차마 하기가 힘

들었지만, 선각자는 경우에 의지하여서는 온갖 체면이며 예의 등,
인습의 산물은 희생하여야 한다는 신념 아래서,

「아이, 전차가 끊어져서 어쩌나? 선생님 안 쓰는 이부자리 없으
세요?」

하고 말을 던져서, 요행 여름철이라 안 쓰는 두터운 이부자리를 얻
어서 육조 방에 두 자리를 편 것이었다.

자리에 들어서도, 인생 문제며 문학의 존귀성을 이야기하면서,
연실이는 차츰차츰 뒤채고 뒤채는 동안, 창수의 이불 아래로 절반
만치 들어갔다. '그것'까지 실행이 되어야 연애의 성립을 인정할
수 있는 연실이었다.

이튿날 아침 창수가 연실이에게, 자기는 고향에 어려서 결혼한
아내가 있노라고 몹시 미안한 듯이 고백할 때에, 연실이는 즉시로
그 사상을 깨뜨려 주었다.

「그게 무슨 관계가 있어요? 두 사람의 사랑만 굳으면 그만이지,
사랑 없는 본댁이 있으면 어때요?」

명랑히 이렇게 대답할 때는, 연실이는 자기를 완전히 한 명작 소
설의 주인공으로 여기었다.

그 하숙에는 창수 외에도 조선 학생이 두 명이 있었다. 연실이가
돌아간 뒤에 한 하숙의 다른 학생들에게 놀리운 창수는 변명으로
아마,

「뒤집어씌우는 걸 할 수 있나?」

이렇게 대답한 모양이었다. 갑자기 유학생에게 연실이의 이름이
높아지고, 그 위에 뒤집어씌운다 하여 거기서 일전하여 감투 장수
라는 별명이 며칠 가지 않아서 오백 명 유학생 간에 쭉 퍼졌다.

그러나 이런 소문은 있건 말건, 연실이는 환희와 만족의 절정에
올라섰다.

첫째 선각자였다.

둘째 여류 문학가였다.

셋째 자유 연애의 선봉자였다. 문학가가 되고 선각자가 되기에 아직 일말의 부족감을 느끼고 있던 것이 자유 연애까지 획득하여 놓으니 이제는 더없는 구슬이었다.

어디를 내어 놓을지라도——선진국 서양에 갖다 놓을지라도, 축박힐 데가 없는 완전무결한 신여성이요 선각자로다! 연실이는 의심치 않고 믿었다.

아직도 그래도 좀더 희망을 말하자면, 창수가 좀더 적극적이요 정열적이요 '뒤집어쓰는 편'이 아니고 끌어당기는 편이면 하는 것이었다.

이 연애에 승리한 지 얼마 되지 않아서, 연실이는 지금껏 다니던 학교에 퇴학 원서를 제출하였다. 그리고 다른 사립 음악 학교에 입학을 하였다. 음악이 예술인 까닭이었다. 그리고 그 학교가 동경에서 유명한 연애 학교(남녀 공학)인 까닭이었다.

9

음악 학교로 학적을 옮긴 뒤에 연실이는 두 가지로 마음이 매우 기뻤다.

첫째로는 그 학교의 남녀 학생 간에 연애가 매우 많은 점이었다. 연애를 모르는 조선에 태어났기 때문에 연실이는 연애의 형식과 실체(감정이 아니다)를 몰랐다. 그가 읽은 여러 가지의 소설의 달콤한 장면을 보고 연애는 이런 것이거니쯤으로 짐작밖에는 가지 못하였다. 이창수와 몇 번 연애(?)를 하여 보았지만, 창수는 도리어 수동적(受動的)인 편이라, 연실이 자기가 부리는 연애밖에는 구경을 못하였다. 선각자로서 당연히 연애를 알고 또는 실행하여야 할 의무감을 가진 연실이는, 자기가 현재 이창수와 연애를 하면서도, 일찍이 책에서 읽은 바와 상위되는 점을 늘 미흡히 생각하고, 혹은 실제와 소설에는 차이가 있는가 의심하던 차에, 이 학교에서는 눈앞에 소설에서 보는 바와 같은 연애를 수두룩히 보았는지라 이것이 기뻤다.

둘째로는 전문 학생이라는 자기의 지위가 기뻤다. 선각자로 자임하고 어서 선각자로서 조선의 깨지 못한 여성들을 깨치려는 희망은 품었지만, 고등 여학교의 생도인 때는 전도가 감감한 느낌이 없지 않았다. 그런데 이 학교에 입학을 하고 보니, 이제 삼 년만 지나면 자기는 전문 학교의 출신으로, 어디에 내놓을지라도 뻐젓한 숙녀였다.

보랏빛 치마와 화려한 긴 소매와 뒷덜미에 나비 모양으로 맨 리봉과 뾰족한 구두의 이 전문 학생은, 악보(樂譜)를 싼 커다란 책보를 앞으로 받치고 동경 바닥을 활보하였다.

단지 이 처녀에게 있어서 아직도 불만이 있다 하면, 그것은 애인 이창수의 태도가 너무도 소극적인 점이었다. 로미오인 이창수가 쥬리엣인 연실 자기의 창 아래 와서 연가(戀歌)는 못 부를지언정, 적어도 이 근처에 배회하기는 하여야 할 것이었다. 찾아오기가 바쁘면 하다못해 편지라도 해야 할 것이었다. 적어도 소설에 있는 연애하는 청년은 그러하였다.

그럼에도 불구하고 찾아오기는커녕 이편에서 찾아갈지라도 맞받아 나오면서 쓸어안고 키쓰를 하고 해주지조차 못하고 싱그레 웃고마는 것은, 연실이의 마음에 적지 않게 불만하였다.

10

그 해 크리스마스 방학이었다.

연실이는 오래간만에 최명애를 찾아가 보았다. 처음 동경 올 때는 까아만 선배로 동경을 그에게 배우려 한 적이 있었지만, 이제는 자기는 열여덟(눈앞에 아홉을 바라본다)이요 그는 스물하나로, 옛날 진명 학교 시대와 마찬가지인 한낱 동무였다. 그 위에 '그도 연애를 하는가?' 하는 의심점이 있기 때문에, 잘못하면 자기보다도 약간 세상 철이 부족할지도 모르겠다는 자긍심까지도 품고 있는 연실이었다.

「언니!」

여전히 부르기는 이렇게 불렀으나, 이제는 선배 후배가 아니요, 단지 나이가 약간 더 먹은 동무일 따름이었다.

거의 연애라는 것을 '문명한 인종이 반드시 밟아야 할 과정' 쯤으로 믿고 있는 연실이는 그날 서로 시시덕거리며 잡담을 하다가 이런 말을 하였다.

「언니, 참 옛날 여인들은 어떻게 살았겠수?」

「왜?」

「연애 한 번두 못해 보구……」

명애는 여기서 한 번 크게 웃었다.

「하하하하! 저리더냐? 재리더냐?」

「아찔아찔합디다.」

「그것만?」

「오금이 녹아 옵디다.」

「엑기 망할 기집애! 한데 너 뒤집어씌웠다구 소문이 자자하더구나?」

뒤집어씌워? 남녀 학생 간에 소문은 높았던 바지만, 연실이의 귀에까지는 아직 오지 않았던 바라 뜻을 알 수가 없었다.

「그게 무슨 말이우?」

「듣기 싫다!」

「참말…… 그게 무슨 말이우?」

명애는 의아히 잠깐 연실이의 얼굴을 보았다. 그런 뒤에 설명하였다.

「아 네가 능동적이란 말이지. 네가 사내를 ×단 말이지.」

「언니두!」

연애의 과정으로 당연히 밟은 과정이라는 신념은 가지고 있었지만, 이렇듯 지적을 받으매 연실이는 아뜩하였다.

「그런데 애?」

「……」

「내 언제 너 조용히 만나면 이야기할려구 그랬다마는, 청춘 남녀가 연애야 안하겠니마는, 연애를 한대두 신성한 연애를 해라.」

순간적 부끄러움 때문에 머리를 수그렸던 연실이의 귀에도 이 말은 들어갔다. 소설에서 많이 읽은 바였다. 그러나 어떤 것이 신성한 연앤지는 실체를 아직 연실이는 알지 못하였다. 소설에 그런 대목이 나올 때마다, 다시 읽고 다시 읽고 하여 실체를 잡아 보려 노력하였지만, 어떤 것이 신성한 연애인지 알 수가 없었다.

「청년 남녀 누구가 연애를 안하겠니마는 신성한 연애를 해야 한다.」

「언니, 어떤 것이 신성한 연애유?」

연실이는 드디어 물었다.

「애두! 그럼 너 여지껏 뭘 했니? 남녀가 육교를 하지 않고 사랑만 하는 게 신성한 연애지. 말하자면 서로 마음과 마음이 통해서 사랑하고 사랑받고 하는 게 신성한 연애가 아니냐.」

이것은 연실이에게는 새로운 지식인 동시에 이해하기 어려운 일이었다. 만약 명애의 말로서 옳다 할진대, 이창수와 자기와의 것은 무엇으로 해석을 할 것인가? 마음과 마음이 서로 통한다 하면, 자기와 이창수는 전혀 마음이 통치 못하였다.

소설이면 《엘렌 케이》와 구리가와 박사의 말에는 그런 뜻이 있었던 듯싶다. 그러나 사람의 사회에 실제로까지 그런 꿈의 나라가 있으리라고는 연실이에게는 믿어지지 않았다.

그날 명애는 이런 말도 하였다.

「내 애인은 말이다. 지금 W대학 문과에 다니는 사람이야. 본시 송안나— 너도 알지? 그 여자 친목회 회장 말이다. 그 송안나하구 이러구저러구 하던 사람이란다. 그걸 내가 알았지. 첨에는 송안나, 그 담에는 최××, 또 그 담에는 박××, 그걸 내가 알았구나. 말하자면 최후의 승리자지.」

그리고 그 열변과 엄숙한 표정으로 친목회에서 지도자 노릇을 하던 송안나도 연애 찬미자의 한 사람이라는 것이 기이해서, 연실이가 물어 본 때에 그는 이렇게 대답하였다.

「얘, 너두 철이 있느냐, 없느냐? 이 동경 여자 유학생치구 애인 없는 사람이 어디 있다니? 옛날 구식 여자는 모르겠다만, 신여성치구 애인 없이 어떻게 행세를 한단 말이냐?」

누구는 누구가 애인이고 누구는 누구가 애인이고, 한참을 꼽아 대었다.

연실이는 그러려니 하였다. 이 동경까지 와 있는 선각 여성이 자유 연애도 하지 않고 어쩔 것이냐? 사실에 있어서 연실이는 최근엔 단지 이창수뿐 아니라, 음악 학교에 다니는 여러 남학생들과 단 하룻밤씩의 연애를 하고 있었다. 한 사내와만 연애를 한다 하는 것조차, 그에게 있어서는 유치한 감이 없지 않은 것이었다.

11

크리스마스 방학도 끝나고 개학이 된 지 며칠 뒤의 일이었다.

그날은 연애할 대상도 구하지 못해서 하학한 뒤에 곧 집으로 돌아오매, 그의 책상에는 우편물이 하나 놓여 있었다. 잡지였다. 뜯어 보니 동경 유학생의 기관 잡지인 ×××였다.

먼첨 호에 문 틈으로 스며드는 달빛을 노래한 시를 이 잡지에 보내어 채택이 된 연실이는, 그 다음에도 또 한 편 보냈던 것이었다. 그것이 났는지 어떤지를 알아보기 위해서, 연실이는 옷도 갈아입지 않고 즉시 봉을 뜯었다.

무식한 그 잡지의 편집인은 연실이의 시를 몰서하여 버렸다. 그래서 목록의 아래의 이름만 읽어 보아 자기의 이름이 없으므로 불쾌감이 일어나서 책을 접으려 할 때, 제목란(題目欄)에 계집녀(女)자가 걸핏 보이는 듯하므로 다시 주의하여 거기를 보매, 거기에는,

'여자 유학생에게 경고하노라.'

하는 제목이 있었다.

무슨 이야긴가 호기심이 났다. 책으로서는 자기의 명작 시(名作詩)가 발표되지 않았으므로 불쾌하기 짝이 없는 잡지였지만, 그 제목의 페이지를 뒤적여서 펴보았다.

첫 줄에서 연실이의 얼굴은 검붉게 되었다.

'××음악 학교에 다니는 모 양은……' 운운으로 시작한 그 글은, 연실이와 이창수와의 사이의 소위 '뒤집어씌운' 이야기를 폭로시키고, 이런 음탕한 여자가 동경에 와 있기 때문에, 다른 학생들에게도 물들 뿐 아니라, 더욱이 고향에 계신 학부형들은 딸을 동경으로 유학 보내기를 무서워한다는 뜻을 쓰고, 이어서 이런 더러운 학생은 마땅히 매장하여 버리는 것이 유학생의 의무라고 많은 '!'며 '?'를 늘어놓아 가지고 두 페이지나 늘어놓았다.

읽는 동안 연실이의 얼굴은 검게 되었다 붉게 되었다, 찌푸려졌다 찡그려졌다, 별의별 표정이 다 나타났다.

읽으면서 동댕일 치고 싶었다. 그러나 끝까지 다 읽고야 말았다. 다 읽고 나서는 드디어 동댕이쳤다.

무엇이라 형용할 수 없는 감정이었다. 억분하다 할까, 노엽다 할

까, 부끄럽다 할까, 얼굴이며 손발의 근육이 와들와들 떨렸다. 머리로서는 아무것도 생각지를 못하였다.

한 시간, 아마 두 시간도 넘어 지났겠지. 집 주인 마누라가,

「긴상 저녁 안 잡수세요?」

하고 들어올 때야 연실이는 비로소 자기의 이성을 회복하였다. 이성이라 하나 지극히도 흥분된 이성이었다.

「그만둬요.」

저녁이 입에 달지는 않을 것이므로 거절함에 있어서 이런 거절까지 않아도 좋을 것이거늘, 연실이는 이런 악의(惡意) 품은 거절을 한 것이었다.

어떤 노염일까? ××음악 학교에 다니는 조선 여학생은 자기밖에 없다. 그런지라, 누구든 이 글을 읽기만 하면 거기 쓰인 모양이라는 것은 자기를 지적한 것임을 알 것이다.

처녀 십팔 세(새해에 열아홉)는 손톱눈만한 일에라도 부끄러워하는 시절이라 하나, 연실이는 요행 부끄럼에 대한 감수성은 적게 타고난 사람이었다.

그 대신 분하였다. 글자가 표현할 수 있는 가장 악의로 찬 욕을 퍼부은 것이었다. 이것이 분하였다.

어때? 그럼. 이만 뱃심이 없지 않았다. 그 글의 필자가 아직 구사상에 젖은 유치한 녀석이라는 경멸감도 물론 났다. 자유 연애를 이해하지 못하고 이렇듯 어리석은 소리를 홍얼 거리는 숫보기라는 우월감(자기에게 대한)도 섞이어 있었다. 그런지라, 욕먹은 내용—사실에 대해서는 연실이는 천상천하 부끄러운 데가 없었다. 이 정정당당하고 가장 새롭고 가장 선각적인 행동을 욕하는 자의 어리석음이 미웠고, 그런 것에게 욕먹은 것이 분하였다.

두 시간 세 시간 동안을 분한 감정 때문에 몸만 떨고 있던 연실이는, 밤이 차차 들어감에 따라서 얼마만치 머리도 식어 가며, 식

어 가느니만치 대책도 생각났다.

어떻게든 거기 대하여 항의를 하여야 할 것이다.

글로?

말로?

항의문을 그 잡지사에 써 보내서 자기를 욕한 필자의 무식을 응징하나, 혹은 그 사람을 찾아가서 도도한 웅변으로 그의 구식 두뇌를 깨쳐 주나?

자리에 들어서도 그 생각을 하고 또 하고 한 끝에, 연애라 하는 일에 퍽 이해를 가진 최명애를 찾아서 그와 의논하여 어떻게든 결정하리라 하였다.

이튿날 이른 새벽에 연실이는 자리에서 일어났다. 조반도 먹지 않고 하숙집에서 나왔다. 최명애를 찾기 위해서였다.

최명애의 하숙(영업적 하숙이 아니라 사숙이었다)에 들어서서 주인 마누라에게 '오하요'를 부른 다음에, 연실이는 서슴지 않고 명애의 방으로 갔다. 당황히 따라오는 주인 마누라의 눈치도 못 보고——

장지문을 쭉 밀어 열었다.

——?

연실이는 도로 장지문을 닫아 버렸다. 명애 혼자인 줄 알았던 방에 명애는 웬 남학생과 함께 자고 있다가, 이 침입자 때문에 번쩍 눈을 뜨는 것이었다.

「누구?」

방안에서는 명애가 침입자의 정체를 캐면서 일변으로는,

「긴상, 인젠 일어나요. 누구 왔어요.」

하며 연애의 상대자를 흔드는 모양이었다.

연실이는 멍하였다. 자기의 취할 거취를 몰랐다. 돌아가자니 싱거웠다. 들어가자니 어려웠다. 이미 이런 일은 처음 당하는 일이 아닌 연실이라, 부끄럼이라든가 거기 유사한 감정은 느끼지 않았지만, 일전에도 '신성한 연애'를 운운하던 명애의 자리에서 사내를 발견하였는지라 잠시 뚱하였다.

「누구야?」

「나!」

드디어 대답하였다.

「연실이로구나! 긴상, 어서 일어나요. 연실이 조금만 있다가 들어와.」

그런 뒤에는 안에서 일어나서 옷을 가다듬는 듯한 버석거리는 소리가 들렸다. 그러기를 사오 분이나 하고 나서,

「됐어. 들어와.」

하고 청을 하였다.

연실이는 들어갔다. 내어주는 자리에 앉았다.

「새벽에 웬일이야? 응 소개해야겠군. 이 이는 대학에 다니시는 김×× 씨, 이애는 늘 말씀드린 연실이──」

연실이는 가볍게 머리로 숙였다. 김 모라는 학생은 연방 교복 단추를 맞추면서 허리를 굽실하였다.

「헌데 새벽에 웬일이야? 이상(이창수)네 하숙에서 오는 길이냐?」

「아냐.」

연실이는 부인하였다. 부인하며 얼핏 김 모라는 학생을 보았다. 처음은 송안나의 애인, 그 다음은 누구의 애인, 또 그 다음은 누구의 애인, 이리하여 지금은 최명애의 애인이 된 그 학생은, 그의 염복적(艶福的) 눈을 들어 연실이를 보고 있는 것이었다.

그날 김 모는 학교에 가야겠다고 조반 전에 돌아갔다. 사립 여자 전문 학교에 다니는 두 처녀는, 오늘은 학교를 집어치기로 하고 김 모가 돌아간 뒤 (세수도 안하고) 자리에 도로 들어가 누웠다.

연실이가 가지고 온 잡지를 내어 들고, 명애에게 자기의 분함을

하소연하고 그 대책을 의논할 때에, 명애는 그 따위 문제는 애당초 중대시하지도 않았다.

「거기 어디 김연실이라고 이름을 밝히기라도 했니?」

「밝히진 않았어두 ××음악 학교 학생이라면 이십여 유학생 중 나 밖에 어디 있수?」

「긁어 부스럼이니라. 우습지 않니? 김연실이라구 밝히지두 않았는데, 김연실이가 웬 까닭으루 나 욕했소 넘하구 덤벼드느냐 말이다? 애, 수가 있느니라. 이렇게 해라.」

「어떻게?」

「아까 그 긴상 말이야. 긴상두 ××회(유학생회) 감찰부장이란다. 그 긴상이 말야, 내가 요전에 △△학교에 다니는 강상이라는 학생하구 이렇구저렇구 할 때, 뭐 유학생에게 풍기를 문란케 하니 어쩌니 해가지구 매장을 한다 어쩐다 야단이란 말이지. 그래서 그 긴상의 내막을 알아보니, 자기도 그 송안나하고 그 꼴이지. 그래서 말로다, 만일 긴상이 참말루 샌님 같은 사람이면 할 수 없지만, 자기도 그러는 이상에 무슨 낯으로 큰 말이냐 말이다. 그래서 이 여왕께서 찾아가 주었구나. 한 번 비벼대 줄 셈이었지. 그랬더니 '곤냐꾸' 란 말이지. 흐늘흐늘── 지금 애인이 되지 않았니?」

연실이는 멍하니 명애를 보았다. 경이(驚異)라는 것을 모르는 연실이는 놀랄 줄을 모른다. 감동이라는 것을 모르는 연실이는 감동할 줄도 모른다. 그러나 이 이야기는 연실이에게는 다만 예사로운 이야기는 아니었다.

「언니, 그럼 난 어떡하면 좋수?」

「너도 나같이 그──너 욕한 사람 말이다. 그 학생을 찾아 가려무나. 상판때기에 분칠이나 곱게 하구 연지나 찍구 찾아가서, 이건 왜 이러우 하구 한마디만 턱 던지구 생긋 웃어만 보려무나. 그러면 나 잘못했소, 여님! 하구 네 발 아래 꿇어 엎드리지 않으리.」

「그러면?」

「그러면 됐지, 그 뒤가 있을 게 뭐람? 그러면 그 모(某) 도학 청년이 네 애인이 되지.」

「이상은 어쩌구?」

「차버리려무나. 차버리기가 아까우면 애인 두어 개 두구 ─」

「언니, 남자란 여자를 보면 그렇게두 오금을 못 쓰우?」

「맛이 좋거든.」

「맛이 좋단, 어떻게 좋수?」

「그게야 남자가 아니구야 어떻게 알겠니마는, 여자는 또 남자를 보면 그렇지 않더냐? 아유, 홍홍 ─」

명애는 무엇을 생각함인 듯이 힘있게 연실이를 쓸어안고 신음하면서 꺽꺽 힘을 주었다.

「언니, 내 진정으로 말한다면 나는 어디가 좋은지 몰라. 소설에 보면 말도 마음먹은 대로 못하고 애인의 얼굴두 바루 못 본다는둥 별별 신비스러운 이야기가 다 있는데, 나는 아무리 그렇게 마음먹으려 해두 진정으로는 안 그래. 웬일일까? 그게 거짓말인가?」

「그건 모르겠다만, 얘 잠자리 맛이란…… 아유 홍홍. 아유 죽겠다.」

「잠자리 맛이란 것두 따루 있수?」

「아이 망칙해. 우화등선 천하 제일감. 너 것두 아직 모르니?」

「몰라.」

「그럼 이상허구 뒤집어씌기는 어떻게 했느냐?」

「그게야 그럭허는 게니 그랬지.」

「얘두, 그럼 너 불구자로구나?」

단지 사내와 여인─애인끼리 그런 노릇을 해야 하는 것으로 알고 있는 연실이에게는 이 말은 알지 못할 말이요, 겸하여 불안스러운 말이었다.

그는 이날 명애에게서 '성'에 대한 여러 가지의 지식을 알았다. 하늘은 종족의 단멸(斷滅)을 막기 위해서 성교에 특수한 쾌감을 주어, 이 쾌감 때문에 종족이 끊기지 않고 그냥 계속된다는 이야기며, 과부가 수절을 못 하는 것은 이 쾌감을 잊을 수 없어서 그렇게 된다는 이야기 등을 듣고, 그로 미루어 보자면 그것은 상식으로 판단키 힘들 만치 유쾌로운 일인데, 아직 그것도 모르는 자기는 적지 않게 부족된 사람인 듯싶고, 이 때문에 마음도 적지 않게 무거웠다.

명애는 연실이에게 대해서 장차 그 남학생(잡지에서 욕한)을 찾아가는 경우에 그와 대응할 책략을 여러 가지로 가르쳤다. 결코 이렇다저렇다 싸우지 말라 하였다.

「이건 왜 이러세요?」

이 한마디만으로 웃기만 하라 하였다. 손님이 왔으니 과일이라도 사오라고 명령하라 하였다. 그리고 당신과 같은 장차 조선의 지도자가 될 사람이 왜 그리 사상이 낡으냐고, 산보를 청하고 활동 사진 구경을 동반하고―그리고 마지막에는 네 하숙으로 끌고 들어가라 하였다.

그로부터 수일 후, 연실이는 명애의 지휘가 너무도 정확히 들어맞으므로 도리어 놀랐다. 연실이가 찾아왔다는 하숙 하녀의 보고를 들을 때에, 그렇게도 울그럭불그럭하였고 서로 대좌하여서도 눈을 통방울같이 굴리던 그 남학생이,

「이건 왜 이러세요?」

의 한마디에 멋적은 듯이 좀 누그러지고 그 다음에,

「과일이나 부르세요.」

할 때에 하녀를 불러서 과일을 사왔고, 그 다음에는,

「하나 드십시오.」

라는 권고가 그의 입에서 먼저 나왔다. 산보를 청할 때는 얼굴에

희색이 나타났고, 활동 사진을 구경한 뒤에 집에까지 바래다 달라니까 분명히 흥분까지 되었고, 잠깐 들어오기를 청할 때에 열쩍은 듯이 따라 들어왔고, 시간이 늦어서 마지막 전차까지 끊어지매 도리어 저쪽에서 기괴한 뜻을 암시하였고—

이리하여 연실이는 또 한 사내의 애인을 두게 되었다.

새 애인의 이름은 맹호덕(孟浩德)이었다.

연실이가 새 애인을 둔 뒤에 이전보다 기쁨을 느낀 것은, 맹은 이전의 이창수와 같이 소극적이 아니었다.

역시 ××회의 회집이 있을 때마다 단상에 올라서서 조선 청년의 갈 길을 부르짖고 학생계의 나약과 타락을 통탄하고 '우리'의 중대한 임무를 사자후하곤 하였지만, 그러한 적극성이 있느니만치 연실이에게 대해서도 적극적으로 따라다니고 불러 내고 호령하고 명령하곤 하였다.

연실이의 마음은 차차 맹에게로 기울지 않을 수가 없었다.

「이것이 진정한 연애로다.」

연실이는 이것으로써 비로소 자기는 진정한 연애를 하는 사람으로 믿었다. 그리고 이제는 온갖 점이 다 구비된 완전한 조선 여성계의 선구자라 하는 신념을 더욱 굳게 하였다.

'갈 길을 몰라서 헤매는 일천만의 조선 여성에게 광명을 보여 주기로 단단히 결심하였습니다.'

과거 진명 학교 시대의 동무에게 자랑삼아 한 편지 가운데 이런 구절이 있었다.

12

수없는 인명과 수없는 재물(財物)과 수없는 인류의 보화(寶貨)를 삼키고 제일차 세계 대전이 종식되었다.

일본도 이 전쟁에 참가는 하였다. 하나 겨우 동양의 한구석 교주만(膠州灣) 근처에서 퉁탕거려 보고 의식적으로 불란서 전선에 군대를 약간 보내어 본 뿐, 물질적으로 손해가 극히 적었다.

그 대신 이 전쟁 때문에 얻은 이익은 지극히 컸다. 지금껏 온갖 약품이며 기계를 독일서 수입하던 것이, 독일과 국교 단절을 한 관계상, 자작자급(自作自給)을 하지 않을 수 없게 되어서 과학계의 발달이 놀라웠다. 유럽에서는 전쟁으로 덤비느라고 일용품조차 제 나라에서 만들지 못하는 관계상, 미국이며 일본 등에 주문하여다가 쓰게 되니만치 무역상의 이익이 놀랍게 되었다. 해운(海運)으로 굴러 들어온 돈도 막대하였다. 위체(爲替) 관계로 얻은 이익도 막대하였다.

그러나 이런 적지 않은 이익의 반면에는 손해도 또한 없을 수가 없었다.

과도한 자유주의와 사치──이것이 가장 눈에 뛰는 악영향이었다.

서양 문명의 겉물 핥기──이삼 년 전까지만 하더라도 도리우찌〔鳥打帽〕를 쓰는 학생이 없었고, 금단추 이외에는 쓰메에리 양복이 쉽지 않았고, 학생은 세비로를 안 입던 동경이 갑자기 변하여, 십팔구 세만 되면 세비로 한 벌을 장만하고, 여학생들은 새빨간 '하오리'를 휘날리고 여자 양복도 드문드문 보이게 되었다.

서양 문명의 겉물을 핥는, 또 그 겉물을 연실이는 핥았다.

아무 속살도 모르는 단지 겉만 흉내내면서 어제보다는 오늘, 오늘보다는 내일, 이렇게 나날이 변하고 있었다.

그러나 그의 속 알맹이는 그 몇 해 전 '베개를 내려오라' 면 내려오던 그 시절에서 한 걸음도 진척된 바가 없었다.

조선 신문화는 대개 동경 유학생의 힘으로 건설되었고, 문화의 제일 과정은 자유 연애였다.

364

연실이가 장차 조선에 돌아가면 건설하려던 조선 신문학(新文學)은 연실이가 돌아올 때까지 기다리지 못하고 아직 동경 유학할 동안에 싹이 트기 시작하였다. 이고주(李古周)라는 청년 문학도가 혜성과 같이 나타났다. 이 청년 문학도가 문학이라는 무기를 이용하여 처음 부르짖은 것이 자유 연애였다.

이 현상은 연실이로 하여금 더욱더 연애와 문학은 불가분의 것이라는 신념을 굳게 하였다.

이러한 동안에 최명애는 연실이보다 일년 앞서서 졸업을 하고 동경을 떠나게 되었다. 송안나는 최명애보다도 일년 전에 귀국하였다.

명애가 귀국할 날짜가 거의 가까운 어느 날, 연실이는 명애의 하숙을 찾아갔다. 오래간만이었다. 서로 연애에 골몰할 동안은 동무를 찾을 겨를도 과연 없었다.

「아이, 오래간만이구나!」

「언니 졸업턱 받으러 왔어.」

이런 인사로서 둘은 마주앉았다.

여자들끼리 만나면 으레히 나오는 쓸 데 없는 이야기가 한참 돈 뒤에 연실이는 이런 말을 물어 보았다.

「언니, 귀국해선 무얼 하겠어?」

이 질문에 명애는 눈가에 명랑한 미소를 띄우고 잠깐 연실이의 얼굴을 본 뒤에 대답하였다.

「시집 가련다.」

「시집을?」

「그래, 우스우냐?」

「턱은 대었수?」

「글쎄, 누구한테 갈지 갈팡질팡일세. 돈 있는 작자는 시부모가 있구, 단간 살림은 돈이 없구. 너무 잘난 녀석은 휘어잡기 힘들구, 너무 못난 녀석은 셋샤[拙者][6]마음에 안 들구……」

그런 뒤에 명애는 최근 삼사 년간에 졸업하고 귀국한 남학생을 한 오륙십 명 꼽아대었다. 그 가운데 세 사람은 명애하고 특별한 관계가 있던 것을 연실이도 안다. 그로 미루어서 나머지들도 다 그렇고 그런 사람들일 것이다.

「어디 네가 간택을 해봐라. 누가 제일 낫겠니?」

「내가 아우? 아재 간택하는 법두 있수?」

「하하하하! 너 고창범(高昌範)이라구 알지?」

알기뿐이랴. 연실이도 한두 번 명애 몰래 만나 본 일이 있는 W대학 문과 출신의 서울 사람이었다.

「셋샤 마음에는 고창범이가 가장 드는구나.」

싱거운 사내였다. 호인(好人) 이상은 보잘 데가 없는 사람이었다.

「고씨가 지금 어디 있수?」

「Y전문 학교 문과 교수라네.」

「부잔가?」

「저 먹을 게나 있지. 조금 덜난 편이지만……」

「그 사람 어디가 마음에 드우? 난 원 시원치 않소.」

「그렇기에 내 마음에 들지. 네나 내나 시원한 남편 아래서 살 수 있을 것 같으냐? 안될 말이지.」

「난 귀국해서두 시집은 안 가겠수. 사내라는 건 도대체 한 달만 가까이 지내 보면 벌써 부려먹으려 덤벼드는걸. 시집까지 가주면 영 종 노릇 하게?」

「그도 그래. 하긴 그래두 늙으면 자식 생각 난다더라.」

「시집 안 가군 새끼 못 낳수?」

「예끼, 화냥년!」

그때 연실이는 임신 삼 개월이었다. 따져 보아도 누구의 종자인지는 분명치 못하였다. 그래서 때때로 이것을 뉘게다 책임을 지울

까고 생각하고 하던 중이었다.

지금껏 진실한 의미로의 인생을 밟아 보지 못한 이 처녀들은 인생의 근심을 몰랐다. 인생의 가장 중대한 일을 가장 가볍게 여기고, 웃음과 희롱 가운데서 해결하려는 것이었다.

그날 낮에 놀러 갔던 연실이는 밤도 깊어서야 제 하숙으로 돌아왔다. 입덧이 나기 때문에 식성이 까다롭게 된 연실이는, 제 하숙의 낯익은 음식보다 '자루소바' 두 그릇을 참 맛있게 먹었다.

13

그 해 여름부터 가을에 걸쳐서 연실이의 아버지에게서 여러 장의 편지가 왔다.

첫 장은 꼬리표가 다섯이나 붙어서 겨우 연실이의 지금 하숙을 찾아온 것이었다.

수년간을 한 장의 편지도 않던 딸에게 갑자기 뒤따라 편지를 하는 데는 그럴 만한 곡절이 있었다.

연실이에게 시집을 가라는 것이었다. 신랑의 나이는 연실이와 동갑, 소실의 자식이나 사람 똑똑하고 한 삼백 석 내기 물려받은 것도 있고 중학교를 졸업하였다 하는 것이었다.

그때 배가 남산만하게 되어 학교도 쉬고 하숙도 옮기고 있던 연실이는, 첫 편지에는 귀찮아서 자기 주소만 알리고 편지 내용에 대해서는 묵살하는 뜻으로 쓸쓸히 한 자도 언급(言及)치 않았다.

둘째 편지에는 그런 젖비린내 나는 아이에게 시집이 다 뭐냐는 배짱으로 답장도 안하였다.

셋째 편지는 방금 연실이가 몸을 풀은 이튿날 배달되었다. 여전히 회답도 안하였다.

몸을 풀은 지 한 달이 지나서 외출을 할 수 있게 된 때, 연실이는 갓난애(사내애였다)의 아버지 후보자 중의 한 사람 맹호덕이와 함께 어린애를 붙안고 놀러 나갔다. 나갔던 길에 셋(갓난아이까지)의 사진을 찍었다.

며칠 후 사진을 찾아다 보니, 정녕 내외가 아들과 함께 찍은 사진이었다.

「어때요, 맹상?」

이 말에 맹은 서슴지 않고 대답하였다.

「오라범, 누이. 누이의 사생아(私生兒)——」

「예끼!」

「하하하하!」

물론 이 사진은 방에 장식하든가 맹과 자기가 나누어 가지고 기념하든가 하려는 목적으로 찍은 것이 아닌지라, 의리상 맹에게 한 장 주고 자기가 두 장은 맡아 두었다.

공교롭게도 사진을 찾아온 이튿날 고향에서는 또 혼사 의논의 편지가 왔다.

여기 대해서 연실이는 회답 대신으로 사진을 아버지에게 보냈다. 무언(無言)의 거절이었다. 저는 벌써 인처(人妻)요 자식까지 있습니다, 하는 뜻이었다.

과연 이 사진을 보낸 다음부터는 다시 편지 왕래가 끊어졌다.

연실이는 제 이학기 한 학기를 병을 칭탁하고 쉬었다.

제 삼학기부터는 애는 유모 주고 다시 학교에 다녔다. 삼학기 한 학기로 연실이도 '전문 학교 졸업생'이 되는 것이었다.

14

세계 대전쟁의 여파가 온 세계에 가지가지로 일어나는 가운데, 자유주의 나라인 미국이 던진 몇 개가 꽤 세계를 소란케 하였다.

가로되 국제 연맹, 가로되 민족 자결주의, 가로되 무엇, 가로되
무엇—

이 가운데 민족 자결주의라 하는 여파는 조선 반도도 한동안 흔
들어 놓았다.

연실이가 몸을 풀은 뒤에 산후도 깨끗하여 삼학기부터 학교를 가
려고 준비할 때부터, 동경 유학생 간에도 적지 않은 동요가 일었
다. 제 삼학기 초부터는 동요도 꽤 커갔다. 경찰로 붙들려 가는 사
람도 적지 않았다. 연실이의 아기의 가정(假定) 아버지 되는 맹호
덕이도 이런 일에는 참견하기를 좋아하는 사람이라, 끼리끼리서 밤
을 새워 가면서 수군거리며 돌아갔다.

조선의 신문학도(新文學徒)요 겸하여 조선의 연애 교사인 이고주
도, 동경을 건너왔다가 무슨 글을 하나 지어 놓고 재빨리 상해로
달아나고, 남은 사람들은 그 글을 인쇄하여 유학생 간에 돌리고 모
두 사법의 손에 붙들렸다. 독립 선언서였다. 첫 봉화는 동경서 들
리었다.

그러나 그 일은 연실이의 생활이며 감정이며와는 아무 관련이 없
었다. 무슨 일인지도 이해하지 못하였다. 그리고 삼 학기를 시작하
였다.

삼 학기도 끝나고 내일 모레면 졸업식이라 하는 삼월 초하룻날,
온 조선에는 무슨 중대한 일이 폭발된 모양이었다. 그러나 그것이
문학과 관계 없고 연애와 관계 없는 이상에는 역시 연실이의 아랑
곳할 것이 못 되었다.

졸업하고 곧 서울로 돌아가려던 예정이었다.(고향인 평양 따위는
벌써 잊은 지 오랜 연실이었다) 그러나 조선 안이 꽤 소란스러운 듯
하므로, 연실이는 그 음악 학교에서 작곡과(作曲科)를 일년간 더
하고 조선이 좀 안돈된 뒤에 돌아가기로 하였다.

삼월 초하룻날의 소란은 조선에 꽤 커다란 결과를 주었다. 사내

(寺內) 총독의 무단 정치(武斷政治)를 그대로 답습한 장곡천(長谷川) 총독은, 경성 시내에 장곡천정(長谷川町)이라는 정명(町名) 하나를 남겨 놓고 갈려 가고, 재등실(齋藤實)이 새 총독으로 오게 되었다. 그리고 삼월 초하루의 소란은 무단 정치에 대한 반항이라 하여 문화 정치라는 깃발을 내세웠다. 그 덕에 지금껏 탄압하던 출판계가 좀 완화되어 신문잡지 그 밖 서적들이 뒤이어 나타났다. 동시에 신문학의 싹도 차차 완연하여 갔다.

이러한 현상을 바라보는 연실이는 그냥 편안히 동경에 있을 수 없었다. 작곡과 일년간을 황황히 마친 뒤에 연실이는, 행장을 가다듬어 가지고 다시 조선으로 돌아왔다. 어린애는 '사도꼬'로 주었다.

어서 돌아가서 선각자의 자리를 남에게 앗기우지 않아야겠다는 생각 때문에, 어린애 같은 것은 달고 다닐 수가 없었다. 온갖 방면으로 조선 선구녀형(先驅女型)의 표본인 연실이는 자식에게 가질 모성애라는 것도 결핍된 사람이었다.

연실이가 서울로 귀환한 때는 조선에도 두어 파(派)의 젊은 문학도들이 생겨 있었다. 이 문학도들의 전기생(前期生)이요 겸하여 조선 연애 교수인 이고주는, 아직 상해에 피신해 있는 채 돌아오지 않았다.

15

「당추 고추 맵다더니 시집살이 더 맵구나. 언니, 시집살이 재미가 어떻수?」

연실이가 서울로 와서 찾아든 곳은 명애의 집이었다. 명애는 고창범이와 결혼을 하고 이도회 서부 어떤 고지대(高地帶)에 한양(韓洋) 절충식의 문화 주택을 짓고 살고 있었다.

명애의 집에 들어 짐을 대강 정리한 뒤에 연실이는 이렇게 물었다.

「야, 미나리 고쳐야겠더라. 청밀 사탕 달다더니 시집살이 더 달더라구.」

「그렇게 재미나우?」

「그럼! 밤에는 서방 있겠다, 아침엔 귀찮은 서방은 학교에 가구, 나 혼자 편히 할 노릇 다 하겠다. 오후에는——야, 오후엔 우리 집 살롱엔 별별 청년들이 다 모여든다.」

「무슨 청년들이우?」

「너 좋아하는 문학 청년들——」

「고 선생……」

「아서라! 네 입에서 웬 갑작스런 고 선생이야? 고상이지.」

「고상은 너무하니 아재라 해둡시다. 아재 찾아오우?」

「아재는, 나 찾아오지.」

명애에게서 들은 바에 의지하건대, 조선의 새 문학도는 대개 두 파로 나눌 수가 있다. 하나는 《시작》이라는 잡지를 무대로 활약하는 파로, 이를 '시작파'라 한다. 나머지 하나는 《퇴폐》라는 잡지를 무대로 활약하는 파로 이를 '퇴폐파'라 한다.

그런데 시작파와 퇴폐파를 손쉽게 구별하자면, 말하자면 기생네 집 놀러 간다 할지라도 시작파들은 기생방 아랫목에 누워서 기생을 호령하여 술을 부르고 음식을 부르는 데 반하여, 퇴폐파는 꽃다발을 받들고 기생집을 찾아가서 무릎 꿇고 이것을 바치는 사람들이라 하면 짐작이 갈 것이다. 퇴폐파는 그 명칭과 같이 불란서 시 인식의 퇴폐적 기분이 꽤 농후하였다.

명애의 살롱을 찾아오는 사람들은 퇴폐파거나 혹은 그들의 친구들이었다.

「와서는 무엇을 하우?」

「입에 더품7)을 물고 문학이 어떠니 인생이 어떠니 떠들지.」

「그럼 언니는 어떻게 허우?」

명애는 미소하였다. 그리고 목소리를 낮추었다.

「내놓구 말이지, 어디 무슨 소린질 알겠더냐? 그래서 그저 웃고 보고 듣고 있지.」

「오늘두 오우?」

「그럼! 나 없어두 저희들끼리 들어와서 한참씩 덤비다가 가니까 ……」

「나 좀 참가 못할까?」

「왜 못해. 네가 참가하면 모두들 아아 우리의 새 여왕이시여 하면서 손으로 키쓰를 보내리라.」

「이름은 누구 누구유?」

명애는 그들의 이름을 대강 꼽았다. 듣고 보니 신문이나 잡지에서 때때로 듣던 이름이 대부분이었다.

연실이는 매우 흡족하였다. 조선 신문단에서 활약하는 사람의 대부분을 손쉽게 사귈 기회를 얻었다.

이 년간을 동경과 서울——이렇게 만 리를 상격하여 있다가 만난 터이라 서로 바꾸는 뉴쓰는 끝이 없었다. 그 가운데서 연실이가 가장 통쾌하게 들은 것은 송안나에 관한 뉴쓰였다.

송안나의 동경 유학 당시의 가장 마지막 애인은 I라는 사람이었다. 그리고 I와의 애정이 다른 여러 과거의 애정들보다 가장 깊었다. 그런데 송안나가 아직 졸업하기 전에 I는 먼저 졸업하고 고향에 돌아왔다가 병나서 죽었다. 송안나는 I가 죽은 반년 뒤에 졸업하고 돌아왔을 때는, 벌써 새 약혼자가 하나 생겨서 약혼자와 동반하여 돌아왔다.

돌아와서는 곧 결혼식을 거행하였다. 결혼을 하고 신혼 여행으로 간다는 데가 어디냐 하면 죽은 I의 고향이었다. I의 고향에서 송안

나는 신혼한 남편과 함께 죽은 애인의 무덤에 절하고 (사죄라 하는 편이 옳을지) 새 남편의 주머니에서 돈을 꺼내어 I의 무덤에 비석을 해 세워 주었다. —이런 뉴쓰였다.

냉정한 이성(理性)을 가지고 생각하자면 송안나(뿐 아니라 연실이며 멍애며 다 마찬가지다)의 심리며 행동이며는 제 정신 가진 사람의 일이라고는 볼 수가 없었다. 그러나 멍애는 깔깔대며 이 뉴쓰를 여성이 남성에게 대한 대승리라 하여 연실이에게 알렸고 연실이는 손뼉을 두드리며 찬성하였다.

멍애의 소위 살롱이라는 것은 마룻방에 유리창을 달고 '센터테이블'을 가운데로 값싼 의자가 대여섯 대 둘려 놓여 있고, '센터테이블'에는 재떨이 몇 개와 성냥 몇 갑이 놓여 있는 뿐이었다.

오후 세 시쯤 대여섯 명의 무리가 밀려 왔다. 머리를 기르고 토이기(土耳其) 모자를 비뚜로 쓴 청년, 새빨간 노끈을 넥타이 대신으로 쌍코를 내어 맨 청년, 머리를 통 뒤로 젖히고 칼날 같은 코를 때때로 이태리식으로 킁킁 울리는 청년— 동경서 사립 음악 학교를 다닌 연실이에게도 신기(新奇)한 느낌을 주는 사람들이었다.

소설이나 시나 한 번 활자화(活字化)되기만 하면 서로 이름쯤은 기억이 될 만한 단순한 시대라, 더욱이 여자인 김연실의 이름은 그들의 기억에도 있던 바였다. 그 위에 이 집의 여왕 멍애의 입을 통하여서도 누차 들은 일이 있는 이름이었다. 그들은 두 손을 들어 환영하였다.

그 청년 가운데 한 사람은 연실이에게도 약간 기억이 있는 사람이었다. 옷은 별다르게 입지 않았으나 가장 유행형이었다. 구주 전쟁을 겪어 세계적으로 온갖 물자가 결핍하기 때문에, 옷 같은 것도 놀랍게 짧고 좁고 팽팽한 것이 유행되어 그 유행이 아직 해소되지 않은 시절이라, 옷이 좁고 짧은 것은 흠할 것이 아니지만, 이 청년의 것은 유달리 좁고 짧아서 누구가 보든 남의 것을 빌려 입은 것

같았다. 박형(薄型) 나르단제(製)의 금시계와 꽤 커다란 금강석 반지와 밀화 권연[8] 물부리 등으로 부잣집 청년이라는 점이 증명되기에 말이지, 의복만으로 보자면 남의 것을 빌려 입은 듯하였다. 김유봉(金流鳳)이라는 이름이었다. 동경 미술 학교 출신이었다. 이 청년을 연실이는 짐작한다.

김유봉은 평양 사람이다. 김유봉의 증조할아버지는 평양의 전설적 치부가(致富家)였다. 김유봉의 할아버지는 참령(參領)이었다.

이 김유봉의 할아버지가 참령 시대에 연실이의 할아버지는 군정이었다. 옛날 같으면 연실이의 할아버지라도 김유봉의 앞에 감히 앉을 자격도 없고 가까이할 자격도 없는 사람이다.

연실이의 아버지도 이속(吏屬)이 되기 전에는 김강동(강동 군수를 살았다고 김강동이라 한다) 댁에 하인 비슷이 드나들었다. 연실이의 아버지가 영리가 된 뒤에도 김강동에게는 늘 하인같이 문안 다니고 하였다.

이러한 호상 관계가 있는 김유봉과 지금 대등(對等)의 자격으로 마주앉아서 이야기를 할 때에 연실이의 마음에는 일종의 긍지까지 일어나는 것이었다.

그들의 입에서는 동서 고금의 온 예술가들의 이름이 오르내리고 비판과 논란이 오르내렸다.

지금까지 자기를 여류 문학자로 자임하고 선각자로 자부하던 연실이로 하여금 적지 않게 불안을 느끼게 한 것은, 이 청년들이 떠들고 법석하는 이야기를 잘 알아듣기가 힘들 뿐더러 그들의 입에 예사로이 오르내리는 서양 문호의 이름조차도 연실이의 모르는 자가 적지 않은 점이었다. 명애의 말도 '그 작자들의 이야기는 내놓고 말하자면 잘 못 알아듣겠더라', 하더니만 연실이 자기도 그러하였다.

이런 가운데서도 막연히 느끼는 바는 연실이 자기의 학우(學友)

들이던 저곳(일본) 남녀들과 이 청년들이 전혀 마음 가지는 법이 다르다는 점이었다. 저곳 남녀들은 단지 배울 것 배우고 놀 것 놀고 먹을 것 먹는 뿐이었다. 그런데 이 젊은이들의 마음 가짐 가운데는 자기의 배운 것으로 민족을 어떻게 한다 하는 '대 사회'라는 것이 있는 듯하였다.

16

연실이가 명애의 집에 기류하기 시작한 지 며칠이 지나지 않아서 연실이와 명애는 대판 싸움을 하였다.

명애는 자기의 남편되는 고창범이가 세상에 드문 호인인 것을 다행히 여기고 온갖 행동을 자유로 하였다. 그 소위 '온갖 행동'이라는 데는 연애도 포함되어 있었다.

고창범이도 짐작은 한다. 그러나 성격이 덜 났느니만치 호인인 그는, 아내와 싸우기가 싫기도 하고 무섭기도 하고 해서 모른 체하는 모양이었다.

명애의 상대 남자라는 것은 소위 살롱의 문학 청년도 있고, 남편의 친구고 있고 하여 대중이 없었다. 어느 일요일 날, 이 날도 아마 명애는 그 애인 중의 누구를 만나러 나간 모양이었다. 그렇지 않고 놀러 나가려면 연실이를 두고 나갈 까닭이 없었다.

집에는 창범이와 연실이와 하인밖에 없었다. 창범이와 연실이는 같은 방에서, 창범이는 신문을 연실이는 소설을 읽고 있었다.

그 소설에는 마침 어떤 여자(주인공)가 이전 학생 시대에 자기와 관계 있던 남자의 아내(친구끼리다)에게 놀러 간다. 아내는 지금 찾아온 동무와 제 남편이 과거에 그런 일이 있은 줄은 모른다. 아내는 동무를 위하여 과일이라도 사러 가게에 나간다. 과거에 관계 있던 남녀가 단둘이 남는다. 여자가 눈을 들어 사내를 본다. 사내도 마주본다. 서로 싱그레 웃는다. 서로 손을 내민다. 서로 쓸어안는다. 이런 대목이 있었다. 이것을 읽다가 연실이는 뜻하지 않고 고창범이를 건너다보았다. 그러매 고창범이도 연실이가 자기를 보는 기수에 신문을 내리며 마주보았다.

뜻하지 않고 서로 싱그레 웃었다. 수년 전에 마주 서로 보고 싱그레 웃던 일이 생각났다. 연실이가 말을 던져 보았다.

「재미가 꿀 같죠?」

「세상 살기가 귀찮아집니다.」

「꽃 같은 부인에……」

「좀 가까이 와서 옛날과 같이 이야기나 해봅시다.」

고창범이는 손을 길게 뻗쳤다.

「명애한테 큰일 나게—」

「이건 왜 이래!」

창범은 연실이의 옷깃을 잡았다. 옷깃에서 팔목으로 팔목에서 어깨로—서로 나란히 하고 그 뒤에는 어깨를 붙안고 뺨을 비비고 꼴이 차차 우습게 되어 갈 때에 문이 홱 열렸다.

깜짝 놀라서 남녀가 떨어져 앉을 때에 문에 나타난 사람은 이 집의 여왕 명애였다.

명애에게는 너무도 의외인 모양이었다. 잠깐 멍하니 섰다. 서로 떨어진 남녀도 무슨 할말도 없어서 우두머니 앉아 있었다.

드디어 명애에게서 노염이 폭발되었다.

「흥!」

이것이 첫 호령이었다. 다음 순간 화닥닥 뛰쳐들었다. 첫 발길로 제 남편을 걷어찼다. 다음 발길로 연실이를 차려 하였다. 연실이가 몸만 비키지 않았더면 무론 채웠을 것이다.

연실이는 본능적으로 몸을 비켰다. 그 때문에 허공을 찬 명애는 탁 엉덩이를 주저앉았다.

「이놈의 계집애, 손질까지 하는구나!」

악이었다. 달려들어 연실이의 머리채를 휘어잡았다.

여기서 두 여인은 한참을 서로 악담을 퍼부어 가면서 머리채를 맞잡고 싸웠다. 명애의 남편은 어디로 언제 피하였는지 없어져 버렸다.

이 집 하인이 들어와서 간신히 떼어 놓을 때까지, 두 여인은 서로 옷을 찢으며 찢기우며 머리를 뽑히우며 코피를 쏟으며 가장 집물을 부수며 격투를 계속하였다.

하인의 중재로 겨우 떨어진 뒤에 연실이는 도둑년이라 부르짖으며 명애는 화냥년이라 부르짖으며, 각각 하인에게 끌리어 딴 방으로 갈렸다.

제 방으로 돌아온 연실이는 즉시로 얼굴을 닦고 머리를 매만지고 옷을 갈아입고 행장을 수습하여 가지고 명애의 집을 나왔다.

인력거에 몸과 짐을 실은 뒤에 연실이가 인력거꾼에게 가리킨 방향은 패밀리 호텔이었다.

이 패밀리 호텔에는 김유봉(金流鳳)이가 묵고 있었다.

17

연실이가 동경으로 처음 떠날 때에 어머니의 주머니에서 훔쳐 가지고 떠났던 돈은 그가 공부를 끝내고 돌아와 명애의 집에 기류해 있는 동안 다 썼다.

그러나 당시는 일천구백이십 년 전후의 호경기(好景氣) 시대라, 돈이 함부로 굴러 다니던 때니만치 금전은 전혀 문제가 안되었다. 만록총중의 일점홍으로 사천 년 래의 제일 첫 사람인 신시인(新詩人)에게 생활 곤란의 문제가 생길 까닭이 없었다.

한 주일에 한 번씩 내야 하는 이 호텔의 방세는 괴상한 복장의 청년들이 경쟁적으로 순서를 다투며 부담하였다. 매 끼니 끼니는 이 청년 중의 한 사람 혹은 몇 사람씩이 내고 하였다. 일용품들도 연방 갖다 바쳤다. 직접 금전으로도 바쳤다.

그러나 그런 것들이 다 없어진다 할지라도 연실이의 생활은 튼튼히 보장되었다. 김유봉이가 연실이의 파트너가 되었다.

한 호텔에서 한 가지의 취미를 즐기는 젊은 남녀였다. 그 사이가 저절로 그렇게 되었다.

연실이는 연애를 동경한 지 수년, 이 패밀리 호텔에서 비로소·소설에서 읽던 연애를 사실적으로 체험하였다.

가장 유행형인 의복으로 맵시나게 차린 김유봉과 동반하여, 혹은 교외를 산책하고 혹은 밤의 거리를 방황하며, 호텔의 창에서 갈구리 같은 달을 우러르며, 혹은 빗소리에 귀를 기울이며, 일찍이 소설에서 읽은 바와 같은 달콤한 속살거림을 서로 주고받았다.

「연실 씨, 연실 씨의 곁에 가까이 앉기만 해도 가슴이 울렁거립니다그려.」

「아이 참! 김 선생님? 우리가 왜 좀더 일찍이 만나지 못했을까요?」

「그게 참 큰 한입니다. 아아! 이 달밤에 우리 산보나 같이 나가볼까요?」

「네, 참 그러세요.」

그리고는 서로 잡았던 손에 힘을 주고 서로 뺨을 비벼대고 하였다.

싸우고 난 뒤에는 다시 명애를 만나지 않았다. 여자의 친구는 남자일 것이지 여자는 여자의 친구가 되지 못할 것이다. 그날 그 일에 일종의 희망을 붙였는지, 명애의 남편인 고창범은 몇 번 연실이에게 전화를 걸었다. 그러나 그날 우연한 찬스에 다시 한 번 붙안겨 보기는 하였지만, 고창범 같은 남자에게는 일호의 흥미도 느낄

378

수 없는 연실이는 다시 창범을 만나지 않았다.

퇴폐파의 문사며 그 밖 젊은이들도 차차 연실이를 김유봉의 애인으로 인식해 주는 사람이 늘어갔다.

18

김연실이가 친구 최명애의 집에서 뛰쳐 나와서 문학 청년 김유봉이 묵어 있는 패밀리 호텔을 숙소로 한 다음, 한동안은 연실이에게 있어서는 과연 즐거운 세월이었다.

첫째로 김유봉의 연애하는 태도가 격에 맞았다. 아직껏 김연실이라는 한 개 여성을 두고 그 위를 통과한 여러 남성이, 첫째로는 열다섯 살 난 해에 그에게 일어를 가르쳐 주던 측량쟁이에서 시작하여 농학생 이 모며 그 밖 누구 누구 할 것 없이 모두 평범한 연애였다. 연실이가 읽은 많은 소설 가운데 나오는 그런 달콤하고 시적(詩的)인 연애는 불행히 아직 경험하지 못하였다. 여류 문학자로 자임하고, 문학과 연애는 불가분의 것으로 믿고 있는 연실이에게는, 그런 평범한 연애는 그다지 달갑지 않았다. 문학자인 이상에는 연애는 해야 하겠고, 다른 신통한 상대자는 나서지 않아서 부득불 불만족하나마 그 연애로 참아 온 것이지, 결코 만족한 바가 아니었다.

그 유감이 김유봉으로 비로소 만족하게 해결이 된 것이었다. 달밤의 산보, 꽃 아래서의 속살거림, 공손히 바치는 꽃다발, 무수한 '아아'와 '어어'의 감탄사, 그 가운데서 미소로서 그를 굽어보는 자기를 생각할 때는 연실이는 만족감을 금할 수가 없었다.

자기를 에워싸고 모여드는 청년들도 연실이를 만족케 하였다. 청년들이라 하는 것이 죄다 명애의 집에 드나드는 그 무리였지만, 연실이가 명애의 집에 있을 동안은 명애가 여왕이요, 연실이는 한 배

빈[9]에 지나지 못하였는데, 패밀리 호텔에서는 연실이가 유일한 여왕이요, 중심 인물이며, 뭇 청년은 그를 호위하는 기사였다.

조선으로 돌아올 때에 그가 품었던 커다란 포부—첫째로는 연애를 죄악으로 아는 우매한 조선 사람의 사상을 타파하고(연실이는 이것이 문화의 제 일보요, 여성 해방의 실체라 믿었다), 둘째로는 연애의 실체물인 문학을 건설하고, 셋째로는 이리하여서 조선 여자의 수준을 세계적으로 올리려는 이 대이상(大理想)은 착착 진척되는 듯이 믿었다.

이러한 가운데서 때때로 그로 하여금 불안을 느끼게 하고 초조한 생각을 느끼게 하는 것은, 즉 자기 자신의 지식 정도에 대한 의혹이었다.

뭇 청년들이 입에 거품을 물고 논쟁하는 이야기가 연실이에게는 알아듣지 못할 말이 퍽으나 많았다. 토론의 내용, 토론의 의의, 토론의 주지만 이해키 어려운 것이 아니라, 아니 주지 내용에 대해서는 태반이 모를 것뿐이었지만, 심지어 그들이 토론하는 이야기의 말귀도 알 수 없는 것이 많았다. 그들의 이야기 가운데 어떤 것을 무슨 형용사로 알고 듣고 있노라면 사람의 이름인 수도 있고, 낯설은 말을 누구의 이름인 줄 알고 듣고 있노라면 나중에 그것이 무슨 주의(主義)의 외국말인 수도 있고—요컨대 이 나라 말 저 나라 말이며, 학술상의 술어(述語)며 고유 명사를 막 섞어 가면서 토론하는 그들의 이야기는, 연실이에게는 거의가 알아듣기 힘든 것이었다. 같은 선각자로서 더욱이 만록총중의 일점홍으로 이 그룹의 중심이 되는 연실이라, 그 입장으로도 침묵만 지킬 수가 없거니와, 그의 자존심으로도 때때로 말을 끼어 보고 싶고, 더욱이 뭇 청년들은 연실이에게 들기기 위하여 더 기써서 토론을 하는지라, 자연히 연실이는 말을 참견치 않을 수가 없는 경우가 적지 않았다. 그래서 처음 몇 번은 참견을 하여 보았다. 참견하였다가 멋 없이 움쳐진

일이 여러 번 있었다. 공연한 맞장구를 치다가 머쓱해진 적도 적지 않았다. 연실이 자신도 무료해서 딴 말로 돌리고 하였지만, 그들도 민망해서 좌석이 싱겁게 되고 하였다.

그런 일을 누차 겪은 뒤부터는 연실이는 퍽 주의해서 그들이 연실이 모르는 토론들을 할 때에는, 연실이는 편물을 한다든가 독서를 한다든가 그런 시늉을 해서 개입할 기회를 피하고 하였지만, 마음으로는 일말의 불안을 느끼지 않을 수가 없었다. 망신스럽다는 일 자체도 불안하거니와, 조선의 여류 문학가요 선구자로 자신하고 있는 자기가 그렇듯 모르는 말이 많다는 점이 불안스러웠다.

이러한 가운데서 김유봉과 공동 생활의 일년이 지났다. 일년이 지나고는 김유봉과 갈라지게 되었다.

19

갑자기 생긴 일이 아니었다. 그 사이 일년간 쌓이고 쌓인 여러 가지의 원인이 합하여서 연실이가 김유봉과 갈라지게 된 것이다.

공동 생활을 시작하여 석 달 넉 달은 그야말로 꿀과 같고 꿈과 같은 살림이 계속되었다. 유봉은 문학 청년다운 온갖 재롱과 아첨과 애무를 연실이에게 퍼부었다. 영화에서 본 바, 또는 소설에서 읽은 바, 온갖 서양식 연애 재롱과 연애 방법을 다하여 연실이를 애무하였다.

거기 대하여 연실이도 또한 자기의 아는 바 온갖 서양식 연애 기술을 다하여 유봉이에게 갚았다. 외출은 반드시 둘이서 끼고야 하였지만, 어떻게 유봉이 혼자서 나가게 되면 연실이는 들창문을 열고 천백 번의 키쓰를 유봉이에게 던졌다. 돌아올 때는 맞받아 나가서 가슴에 매달려 함부로 얼굴을 비벼대었다. 서양의 걸음걸이와 서양식 몸가짐과 서양식 표정 태도 등을 배우느라고 주의도 많이 하고 애도 퍽 썼다.

「아아, 김 선생님, 보담 더 행복되게, 보담 더 아름답게, 우리들의 라이프를 전개시키기 위해서 베스트를 다합시다요!」

「그렇습니다, 연실 씨! 현재에도 우리는 행복스럽거니와 더 큰 행복을 향해서 매진합시다.」

「아아, 참 저는 김 선생님을 만난 것이 사막에 헤매던 사람이 오아시스를 만난 것 이상으로 환희의 절정이에요. 암흑에서 길을 잃고 갈 바를 모르던 사람에게 천(天)의 일각(一角)에서 한 줄기 성광(聖光)이 비쳐서 길을 인도하는 것과 같아서 가슴이 환해집니다.」

「오오, 하늘에서 명멸하는 무수한 별이여! 그대 어찌 타 꺼질 줄을 모르느뇨!」

「아아, 김 선생님!」

달도 없고 불도 없는 캄캄한 노대(露臺)에서 주고받는 속살거림은 과시 서양식이고, 서양식인지라 연애다운 연애이고 연애다운 연애인지라 문학미(味)가 충일된 것이었다.

이런 생활이 두 달 석 달──넉 달이 계속되었다. 그리고는 차차 주름살이 생기기 시작하였다.

유봉이에게 있어서는 연실이의 무학(無學)과 무식이 차차 눈에 뜨이기 시작한 것이었다. 연애에 달뜬 동안은 그런 흠들이 모두 눈에 안 뜨이거나, 혹은 뜨일지라도 흠으로 보이지 않거나 했던 것이 차차 날짜가 지나서 냄새가 나기 시작하면서는, 이제는 현저히 보인 모양이었다. 평범한 이야기 하나도 변변히 알아듣지 못하여 동문서답이 태반이거니와, 연실이가 가장 문학적 회화를 하노라고 많은 형용사와 조사와 감탄사를 끼어 가지고 아름다운 청과 곡조로 하소연하는 미언여구(美言麗句)가 또한 본뜻과는 적지 않게 거리가 생겨서, 여류 문학가라는 것은 꿈에도 욕심내지 못할 얄은 정도의 것이었다. 연애에 취하였을 때는 눈에 안 뜨이던 이런 흠이 차차 냄새가 나면서는 나날이 더 현저하게 눈에 거슬리며, 그뿐더러, 심상히 보자면 흠잡히지 않을 것까지도 흠으로 보이고, 수효도 늘어가는 한편 흠의 정도도 크게 보여 갔다.

처음에는 모르게 지냈고, 그 뒤에는 실수쯤으로 가볍게 보고, 또 그 뒤는 간간 고쳐 주었고, 또 그 뒤는 핀잔을 주던 것이, 마지막에는 흠잡히지 않을 말까지라도 흠을 잡아 핀잔을 주고, 무식하다 매도하고, 일부러 큰소리로 웃어 주어서 망신을 시키게까지 되었다.

말하자면 유봉이는 연실이에게 이젠 흥미를 잃었기 때문에 흠이 눈에 뜨이고, 대수롭지 않은 흠이 아주 크게 보인 것이었다.

유봉이의 심경이 이렇게 변함과 같은 보조로 연실이의 심경도 변하였다.

유봉이의 태도가 차차 불학 무식한 사람과 같아 갔다. 처음에는 아주 귀공자답게 단아하고 우미하던 유봉이가 날이 갈수록 차차 조야하고 횡포하여 갔다.

처음 여왕을 보호하던 기사와 같던 태도는 차차 사라져 없어지고, 조야한 본성이 드러나면서부터는 그의 예술미까지도 자취를 감추어 버렸다. 연실이에게 대해서 문학을 토론하기를 차차 피하였다. 이것은 토론한댔자 연실이가 잘 알아듣지 못하는— 말하자면 연실이의 실력이 발견된 탓도 있겠지만, 연실이가 알아들을 만한 이야기도 저희들끼리만 토론하였지, 연실이에게 향하는 일이 줄어갔다. 물론 문학적 연애의 가지가지의 재롱도 점점 적어지고 시(詩)도 없어지고, 달도 몰라 가고, 별도 몰라 가고, 꽃도 몰라 가고—연실이가 '문학적 감동'으로 알고 있는 기분이며 정서는 물에 씻기우는 듯이 줄어들었다. 유봉이가 연실이에게 요구하는 성행위(연실이는 성행위와 연애를 같은 물건으로 안다)도 그들이 처음 만났을 때와 같이 우아하고, 시(詩)적이요 문학적인 것이 아니고, 더럽고 추잡하고 무식한——그 옛날 어떤 저녁 연실이의 아버지가 애첩과 지내던 그런 종류의 것이었다. 연실이가 맨 처음 만난 측량쟁이 (연실이에게 어학을 가르친)로부터, 유봉의 직전(直前)까지, 열 손가락을 꼽고도 남는 이성(異性) 가운데서 유봉이와 같이 추잡한 성행위를 요구하는 사람이 없었다. 이야기는커녕 생각만 하여도 얼굴에 모닥불을 놓는 것 같은 느낌을 면할 수 없는 행위를 실천하고 요구하니, 이 너무도 비문학적(非文學的)이요 비시적(非詩的)인 김유봉이가 선각자 연실이의 마음의 애인이 될 수가 물론 없었다. 그 위에 더욱더 그 무지한 본성을 폭로하노라고, 레디에게 대하여 완력 행위까지 하기를 사양하지 않는 것이었다.

이 비문학적인 김유봉이에게 대하여 연실이가 차차 소원하게 되어 가는 것은 당연한 일이었다.

석 달 넉 달이 지나고 반년 열 달이 지나면서부터는 서로 기괴한 사이가 되어서, 극도의 증오와 극도의 배척심을 품고 서로 대하게 되었다.

물론 한 자리에서 잔다. 한 식탁에서 식사를 한다. 그러나 한 번의 미소도 없이 한 가닥의 '자연 찬송사'도 없이 한 마디의 시도 없이 제 각기 제 감정 제 꿈으로 날을 보낸다. 그리고 이튿날도 또 같은 프로그램이 반복되는 뿐이었다. 문학으로 서로 얽혀지고 사랑으로 얽혀졌던 그들에게서 문학에 수준의 균형을 잃고 사랑에 공명점을 잃었으니(애당초부터 사랑이란 것은 존재치도 않았지만) 웃음이 있을 까닭이 없고 기쁨이 있을 까닭이 없었다.

동부인하고 나다니는 일도 없어졌다. 유봉이의 친구들이 모여서 연실이를 중심에 두고 문학론들을 지껄이던 일도 지금은 전과 달라져서, 연실이는 따로 젖혀 놓고 저희들끼리만 지껄였다. 그렇지 않으면 연실이만 호텔에 혼자 남겨 두고 저희끼리 밖으로 나갔다. 연실이가 명애의 집에서 뛰쳐나와 유봉이와 함께 패밀리 호텔에 기류

한 처음 한동안은 명애의 살롱에 모이던 그룹이, 패밀리 호텔을 집합소로 삼고 거기서들 놀았다. 그러던 것도 연실이와 유봉이의 사이가 식어 갈 때는 차차 다른 곳으로 모였다.

연실이는 차차 문학과 떨어졌다. 선구자라는 긍지에 꽤 흔들림이 생겼다. 문학을 호흡하고 문학을 음식하려는 것이 연실이의 이상이요 희망이거늘 결과는 그 반대였다.

패밀리 호텔에서 이런 대중잡지 못할 생활의 일년을 보낸 뒤에 그 생활의 파국이 이르렀다.

파국이랬자 그 이론 방법은 너무도 싱거웠다. 다툼, 하다못해 언쟁 한마디도 없이 사실로는 연실이는 그것이 유봉과는 이별인 줄도 모르고 이 국면을 맞은 것이었다.

어떤 날 유봉은 갑자기 고향 평양에 잠깐 다녀오겠다고 하였다.

「가면 언제쯤 와요?」

연실이는 이렇게 물었다. 이젠 존경사도 서로 약해 버리는 처지였다.

「글쎄, 한 주일 걸릴까, 한 반삭 걸릴까? 혹은 반년이 될지도 모르구……혼자 있기 무서운가? 무서우면 장정이나 하나 시침(侍寢) 시키지.」

농담인지 진담인지도 알 수 없었다. 그리고 용채[10]로 쓰라고 몇백 원 집어 주고 짐은 말끔히 꾸려 가지고 나갔다.

「곧 다녀오면 무슨 짐이 그리 많소?」

하도 시시골골이 제 물건은 다 꺼내어 싸므로 이렇게 물으매, 그는,

「올 때 도로 가져오면 되지.」

하고는 하나도 남김 없이 싸 가지고 떠났다.

연실이는 거기 무슨 의심을 두지 않았다. 며칠을 다녀오려는지 그동안 오래간만에 좀 홀로 지내는 자유를 향락하고 싶었다. 정거

장에나 나가 봐야 할 것이나, 유봉이가 한사코 말리므로 그것 좋다 하고 그만두었다.

그랬는데 그로부터 나흘 뒤 오정쯤, J라는 사람이 호텔로 찾아왔다. J는 어느 민간 신문 기자였다. 성격은 좋게 말하자면 호협 남자요 나쁘게 말하자면 뻔뻔한 사람이었다. 현재는 연실이가 유봉이와 남이 아니고 유봉이는 시골 간 줄 알면서 찾아왔으니 미루어 알 것이다.

「김소사(金召史)!」

칭호부터 괴상하였다. 연실이는 영문 몰라 번번히 쳐다보았다. J는 모자도 쓴 채로 의자 걸상 다 버리고 침대에 덜컥 가서 앉았다. 그리고는 편안한 듯이 두어 번 들석들석 춤을 추어 보고는 지팡이로 침대보를 두드리며,

「사숙(私宿)이구 여관이구 어서 하나 정해야지 않소?」

하며 머리를 기울이고 연실이를 들여다본다. 여전히 알 수 없었다.

「이 호텔은 하루 방세 사 원, 식사까지 하면 칠팔 원 이상이 걸릴 테니 어떻게 방침을 세워야지 않겠소?」

여전히 모를 말 — J는 비로소 유쾌한 듯이 한번 크게 웃었다.

「여보 긴상, 시바이는 그만두고 내 앙천대소할 만한 뉴쓰를 하나 긴상께 알리지. 다른 게 아니라, 유봉이가 시골에 갔다는 건 일장 시바이구, 녀석 ××동에다가 오부득하니 신첩 살림 꾸려 놓고 소꿉질 살림에 정신 빠졌답니다.」

「재미나겠군요.」

연실이는 가볍게 대답하였다. 대포를 잘 놓는 J라 거짓말로 알았다.

연실이가 믿건 말건, J는 여전히 연실이의 얼굴을 들여다보면서 제 말을 계속하였다.

「게다가 이 로맨쓰 유출유기(愈出愈奇)해서 미금앙천대소(未禁仰

386

天大笑)니 즉 소꿉 살림의 마담이 누군가 하면 전(前) Y전문 학교 문과 교수 고창범 씨의 영부인 최명애 여사. 어떻습니까?」

「참 재미나는걸요. 신문 기사는커녕 소설 자료도 될걸요.」

「자, 산보나 나갑시다. 구데기 나겠소이다.」

「오늘은……」

「머리가 아프지요? 두통에는 산보가 제일 약입니다. 자, 어서 ─」

연실이는 웃지 않을 수가 없었다.

「다리가 아파 못 나가겠는걸요.」

「그렇지, 종일 누워 있으니 다리도 저리리다. 운동을 해서 펴야지.」

서두는 바람에 연실이는 하릴없이 따라 나섰다.

J는 연실이를 끌고 걸어서 이리저리 돌아다녔다. 적잖은 길을 걸었다. 그리고 어떤 골목 앞에까지 이르러서 J는 걸음을 느리게 하며 연실이를 돌아보고,

「자, 이 도적놈들 보세요.」

하며 지팡이를 들어서 그 앞집의 문패를 가리켰다.

연실이는 지팡이 끝을 따라 눈을 들었다. 새로 이사 온 집인 양하여 거기는 문패 달렸던 자리만 희게 남고 그 대신 명함이 한 장 붙어 있었다. 보니, '金流鳳(김유봉)'이었다.

연실이는 거기서 넘어지지도 않고 비틀거리지도 않고, 호텔까지 돌아옴에 뉘게 부축받은 기억도 없고, 자동차나 인력거를 탄 기억도 없이 ─ 요컨대 평상과 조금도 다름없이 돌아왔다. 그러나 이상한 것은 돌아온 행보며 노순이며 길에서 보고 들은 것에 대해서는 하나도 기억에 남은 것이 없었다. J와 함께 돌아왔는데 그 기억조차 없었다.

　유봉이를 잃은 것은 아깝지도 않았고, 헤어지게 된 것이 서럽지
도 않았다. 냉정히 생각하자면 이젠 냄새나던 처지라 도리어 시원
한 편이었다. 그러나 너무도 가볍게, 마치 헌신 버리듯 버리운 것
이 분하였다. 자기가 헌신같이 버림받았으면, 자기는 유봉이를 걸
레같이 버렸다 생각하였다.

　이튿날 호텔에서 나왔다. 새로 적당한 주인을 잡기까지 며칠을
자기의 주인집에 있으라는 J의 권고를 따라서 짐을 임시 J의 하숙
에 부렸다.

　정조 관념에는 전연 불감증인 연실이는 J와의 동서(同棲) 생활도
그저 그렇고 그럴 것이라고 꺼려지지도 않는 대신 달갑지도 않았
다. 다만 문학적 생활(연애를 하고 달을 찬송하고 별을 노래하며 꽃
을 사랑하는)에서 꽤 멀리 떨어진 것이 매우 섭섭하였다. 다시 그
생활에 들어갈 기회를 포착하기에 마음썼다. J는 문학미는 전혀 없
는 사람이었다.

　J에게서, 연실이는 김유봉이와 최명애가 이렇게 되기까지의 전
말을 들었다. 그것은 연실이와 유봉이가 갈라지게 된 전말보다도
더 싱거웠다. 유봉이와 명애가 남의 눈을 피하기 시작한 것은 벌써
오래 전부터였다. 그러다가 최근 어떤 날 명애의 남편 고 교수가
학교에서 교수를 끝내고 허덕허덕 집으로 돌아와 보니까 아내가 없
었다. 그 아내는 항용 나다니는 아내라 심상히 여겨서 찾아보지도
않았더니, 그날 밤이 깊어도, 밤이 새고 새 날이 와도 또 다른 새
날이 와도 아내는 돌아오지 않고, 사흘 뒤에 사진 한 장이 우편으
로 배달된 뿐인데, 그것은 김유봉이와 최명애가 내외와 같은 태도
로 찍은 사진이었다. 그것은 마치 연실이가 수년 전 아버지에게서
혼담 편지를 받고 회답 대신으로 연실 자기와 남학생과 갓난애의

세 사람이 찍힌 사진을 보내 버린 것과 마찬가지로 무언의 이혼장이었다.

본시 신경이 둔한 위에, 그때 마침 어떤 신문 여기자와 밀접히 지내던 고 교수는, 지금 받은 사진을 찢어 버리고 그 대신 자기와 여자 기자가 찍힌 다른 사진을 꺼내어 사진틀에 넣고, 사진만 아니라 안방의 주인까지도 그렇게 바꾸었다. 이것이 그 전말이었다.

21

시대의 물레 바퀴는 쉬임 없이 돌아간다. 한 눈 팔기만 하면, 한 걸음 절룩하기만 하면, 시대는 그 위를 용서 없이 타고 넘어서, 정신 차릴 때는 벌써 까마득한 앞에 달려가 있다.

연실이가 패밀리 호텔에서 유봉이와 연애에 골몰한 일년을 지내고, 다시 인간 세계에 나와서 둘러볼 때는(그 사이가 단 일년의 짧은 기간이나마), 조선의 사회도 적지 않게 변하였다.

문사(文士)의 수효가 놀랍게 많아졌다. 한 십여 일 J의 하숙에 몸을 기탁하고 있다가, 성 밖 어느 조용한 늙은 과부의 집에 방 하나를 얻고 자리를 잡자, 유명 무명의 문사들이 육속하여 연실이를 찾았다. 새 총독의 문화 정치의 여덕으로 적잖은 신문 잡지가 발간이 되어서, 지면(紙面)은 많아졌으나 집필자가 부족하여, 무슨 글이든 생기기만 하면 활자화(活字化)되는 문사 대량 산출의 시절이었다.

주판을 던지고 곡괭이를 던지고, 운전 핸들을 던지고, 인력거 채를 던지고, 중학교 제모를 벗어 던지고, 포승을 던지고─모두들 붓을 잡았다. 시, 소설, 수필, 온갖 형식의 문학이 놀라운 수효로 생겨나서 백화난만의 형태였다.

조선 신문학의 초창자인 이고주(李古周)가 문예라는 다분의 선전

력을 가진 무기를 들고 처음 창도(唱道)한 것이 자유 연애 찬송이 었는지라, 신문학도들이 첫번 출발하는 자리는 천편 일률로 '연애' 였다. 연애 소설, 연애 시, 연애 수필, 무릇 옛날에 있어서 '자왈 (子曰)'이 없으면 글이 성립 못 된다는 관념에 대신하여, '연애'가 포함되지 않은 글은 존재할 수 없다는 새 공식이 생겼다.

먼저는 최명애의 집에, 그 뒤를 김유봉의 품에, 이렇듯 감추어서 공개되지 않았던 '다정다한한 여류 작가 김연실'의 공개는 큰 센세 이션을 일으켰다. 마치 저자와 같이 연실이의 집은 늘 청년 문학도 들로 우글우글하였다.

그 어떤 날, 그날도 사오 명의 청년 문학도들이 연실이의 살롱 (그들은 이 집 마루를 살롱이라 불렀다)에 모여서 잡담들을 하던 끝 에, 그 가운데 안경 쓰고 얼굴 창백한 친구가 연실이를 찾았다.

「미쓰 연(그들은 이렇게 연실이를 부른다), 여류 문사 친목회를 조 직해 보시지요?」

「글쎄요.」

연실이는 얼굴에 썩 점잖은 미소를 띠고 대답하였다. 그 표정은 근일 거울과 의논하여 가면서 수득한 것이었다.

「누구 어디 사람이 있어야지요.」

사실 만록총중의 일점홍으로 연실이 자기밖에는 여류 문사가 있 다는 것을 모른다.

이 연실이의 의향에 창백한 청년이 반대의 뜻을 보였다.

「왜요, 많진 못하지만 몇 분 되시지요.」

「누구 누구?」

「저 최명애 씨라구 모르세요? 전 고창범 씨 부인……」

「네, 알기는 알지만……」

알기는 아나 최명애가 문사라는 것은 금시 초문이었다. 연실이는 의아하여 반문하지 않을 수가 없었다.

「뭐 쓴 게 있습니까?」

「예, 아마―있지요.」

그리고 곁의 뚱뚱한 친구를 돌아보았다.

「K군, 최명애 씨가 언젠가 《×××》에 뭘 썼지?」

「그렇지. 아, 아니야. 《×××》이 아니구 《○○》 창간호야.」

「그렇던가?」

「분명히 그래. 〈고향 부노(父老)들은 삼성(三省)하라〉는 제목으로
아마 서너 페이지 넉넉히 돼.」

「응, 나두 생각나는(다른 청년이 끼여들었다). 조리 정연하게 명
문하던걸.」

「그럼, 선각자구말구. 여자층의 지도자지. 또 친목회 하자면 또
있습니다. 송안나 씨라구, 글 쓴 건 못 봤지만 아주 웅변가구 활발
하지. 또 있습니다. ×××씨, ○○○씨― 대여섯 분은 넉넉히
될걸요. 우선 그 몇 분만으로 조직하구 차차 더 입회시키면 여남은
남게 되리라. 그만 했으면 회가 되지 않겠습니까?」

「그러세요. 미쓰 연이 주창하셔서 여류 문사 친목회를 조직하세
요.」

연실이는 솔깃하게 들었다. 첫 순간은 최명애 등등에게 작품이
없이 어찌 문사라고 하려누 생각도 했으나, 그렇게 따지자면 자기
도 이렇다 할 작품이 없기는 일반이었다. 자기에게 작품이 없는 것
은 그런 시간이나 기회가 없었기 때문이지 결코 문사가 아닌 때문
은 아니다. 언제든 찬쓰만 있으면 작품은 얼마든지 나올 것이다.
―연실이는 이렇게 알고 있다.

따라서 명애며 그 밖 지금 말썽된 사람들도 기위 연애를 이해하
고 연애를 사랑하고 자유로운 환경과 새로운 지식 가운데서 사는
사람들이니, 문사의 회원될 자격은 넉넉하리라. 좀 꺼리는 바는 최
명애를 만나기가 열적은 점과, 그보다도 명애를 만나려면 또한 필

연적으로 만나게 될 유봉이를 대하기가 면증한 점이었다.

「미쓰 연, 꼭 조직하세요.」

「글쎄요. 누구가 조직하면 난 회원이나 되지요.」

「그게 될 말씀입니까? 가장 화형이 되실 분이 뒤에 숨어서야 됩니까? 꼭 선두에 나서야 합니다.」

「글쎄올시다.」

이만치 하여 두었다.

그러나 그 밤은 연실이는 많은 공상 때문에 얼른 잠이 못 들었다. 연실이에게는 쉽잖은 경험이었다. 한창 처녀 시절에도 그다지 공상의 세계를 모르고 지낸 그였지만 이 저녁은 공상이 일어났다. 생활 환경 때문에 한동안 문학계에서 떠나 있다가 다시 그 길로 돌아가렴에 임해서, 지기의 전도에 다시금 비치는 찬연한 광휘에 현혹되어 잠이 잘 못 들었다.

그로부터 며칠 뒤에 여류 문사의 친목회가 조직되고 제일회 회장으로는 송안나가 뽑혔다. 멤버는 전부가 과거의 동경 유학생이고, 법률이 보호하는 남편이 없는 사람들이었고, 환경이 지극히 자유로운 사람들로서 나이는 스물다섯을 전후하였다.

회의 집합 일자며 장소도 특별히 없고, 몇 사람이 우연히 모이면 서로 찾아가서 모이게 되고, 모이면 남자 문사들을 찾아 가지고 산보를 간다든가 식사를 한다든가 하는 것이 그 회의 행사였고, 이 회원의 단 한 가지의 특징은 서로 의논해 가면서 빛깔 같은 옷을 입는 것뿐이었다.

이 회 첫 회합에서 오래간만에 명애를 만난 연실이는 열적은 것을 참고,

「김 선생님(유봉)도 안녕하세요?」

하고 물어 보았다. 여기 대하여 명애는,

「너 몹시 보고 싶어하더라.」

하고는 픽 웃어 버렸다. 그리고 이것으로써 이 두 여인의 사이에 막혔던 막은 단숨에 없어져 버렸다. 둘의 교제는 다시 시작되었다.

22

하늘은 인생이라 하는 것을 커다란 키(箕)에 담아 가지고 끊임없이 키질을 한다. 그 키질로서 가라지, 죽데기, 껍질, 먼지 등은 날려 버리고, 알맹이만 따로 추려 낸다.

너무도 급격히 수입된 신문화의 선풍과, 그때 때를 같이하여 전개된 대경기(大景氣)의 덕택으로 생겨났던 가라지며 죽데기는 이 키질에 모두 정리되었다. 세계적으로 이르렀던 대경기의 반동으로 온 세계는 전고미문의 불경기 시대를 현출하였다. 큰 회사 큰 재벌들이 푹푹 넘어지고 파산자가 온 세상에 충일되었다.

불경기는 자숙(自肅)을 낳는다. 한때 경기에 생겨났던 부박한 세태와 경표한 풍조는 한꺼번에 쓸리어 나갔다.

신생 조선 문학도 이 영향을 크게 받았다. 금전의 여유가 있어서 자연 출판계가 흥성하였고, 그 덕에 어중이떠중이가 모두 주판을 던지고 망치를 던지고 붓대를 잡았었는데, 한풀 꺾인 다음에는 그들은 다시 예로 돌아가지 않을 수가 없었다. 백에 하나이 겨우 이 키질에도 자기의 명맥을 보존하였지, 나머지의 대부분은 좀 우(優)한 자는 신문 기자로, 그에 버금한 자는 광고 문안자(廣告文案者)로, 또 그 아래로는 과거 대경기 시대에 몇 번 제 이름이 활자화해 본 것을 연줄로 억지로 그냥 매달려 있는 사람으로— 이렇듯 그냥 붓대를 잡는 사람도 있지만, 대개는 각기 제 재분에 따라서 새 직업을 따라갔다.

그런 가운데서 연실이는 '여류 문사'라는 특별한 지위의 덕으로 그냥 문사의 한 사람으로 남아 있기는 하였다. 조선에서 가장 처음

의 여류 문사로, 연실이의 이름은 하도 크게 알려져 있었기 때문에
한 개의 작품 행동도 없었음에도 불구하고 이 정리통에도 그냥 남
아 있기는 하였다.

그러나 경제상의 압박은 피할 수가 없었다. 연실이는 아직껏 경
제 곤란이라는 것을 전혀 모르고 지냈다. 언제 누구가 어디서 주는
지는 자기로도 기억이 흐리지만, 언제든 주머니에는 여유가 있었
다. 주머니에 여유가 있는 외에, 또 필요한 물건은 어디서 언제 생
기는지 늘 저절로 부족을 모를 만치 준비되어 있었다. 물질상의 곤
란이라는 것이 존재한 줄조차 모르고 살아왔다.

이러다가 갑자기 생전 처음으로 경제 곤란이라는 것에 직면하니,
어찌해야 될지 전혀 도리가 생각나지를 않았다. 온갖 사물에 대해
서 지극히 감수성이 둔한 연실이도 현실의 경제 곤란에 직면해서는
갈팡질팡하였다. 경기 좋은 시절에는 그 살롱에는 늘 청년들이 우
글우글하였고 경제 곤란을 모르고 지냈는데, 불경기 선풍이 불자
살롱이 차차 적막해 갔고, 동시에 연실이의 주머니도 가벼워 갔다.
간간 일 원, 삼 원, 오 원, 등 생기기는 하였지만, 이런 부스럭 돈
으로는 생활비가 되지를 않았다.

주인집의 하숙비를 한 달은 잊어버린 체하고 거저 넘겼다. 매일
대문을 드나들 때마다 채근받는 것 같아서 간이 조막만하게 되고
하였다.

한 달이 지나고 두 달만에 종내 채근을 받았다.

빚 채근이 평생 처음인 연실이는 저녁때 드리마 하고 그냥 나왔
다.

저녁때라도 돈이 생길 까닭이 없었다. 저녁때까지 이 동무 저 동
무네 집에 일도 없이 돌아다니다가 저녁때도 하숙으로 돌아가지 못
하고 어느 동무네 집에서 밤을 지내고, 이튿날 아침은 역시 갈 데
가 없어서 식전 새벽에 명애네 집을 찾아갔다. 명애는 유봉이와 갈

려서 다른 사람과 동서하는 때였다.

꼭두새벽에 침침한 얼굴로 찾아오는 연실이를 명애는 놀라면서 반갑게 맞았다.

「웬일인가? 자, 건넌방으로 들어가세.」

겨우 지금 자리에서 일어나는 모양이었다.

「안녕하세요?」

「응, 안녕할세마는 연실이는 진새벽에 웬일이야?」

연실이는 씩 웃었다. 적당한 대답이 없기 때문이었다.

연실이가 자기의 가슴에 품은 근심을 명애에게 하소연한 것은 점심때도 거의 되어서 명애의 남편(?)이 외출을 한 뒤였다.

「에이, 이 바보야!」

연실이의 하소연을 듣고 명애는 명랑한 웃음을 한 가닥 웃은 뒤에 이렇게 내던졌다.

「상판때기 반질허구 나이두 아직 젊었겠다, 이 좋은 세상에서 돈의 걱정을 한담? 죽어 불여(不如)라. 이생(爾生) 하(何) 쓰리오?」

「그럼 어떡허우?」

「그맛 지혜도 안 나니? 녀석들 가운데 그중 어수룩해 보이는 녀석하구 단둘이서 있을 기회를 타서 한번 장태식(長太息)을 하는 게지. 우리 천사여, 왜 한숨을 짓는 겐가? 아아, 선생님! 인간엔 왜 이다지 고초가 많사외까? 무슨 고초외까, 우리 천사여? 말씀드릴 바가 아니외다. 꼭 말씀—아니—꼭—아니—두세 번 사양을 하다가 마지못해 한숨의 곡절을 설명하려무나. 거기 주머니를 벌리지 않는 녀석은 따귀를 갈길걸세.」

연실이는 탄식하였다.

「그래도 염치에……」

「염치? 뒤집어씌울 땐 언제구 점잔 뽑을 땐 언젠가? 말이나 말아라. 샨노메 쟈시까같으니!」

남의 감정을 생각지 않고 함부로 내던지는 농담에 저절로 찌푸려지려는 눈살을 감추려고 연실이는 외면을 하였다. 물론 명애에게서 무슨 해결을 얻자고 찾은 바는 아니다. 갈 곳도 없고 하도 클클해서 왔던 바였다. 왔다가 말말결에 (가슴에 뭉쳤던 근심이라) 저절로 터져나온 것이었다.

놀랍게 짧은 가을 해가 서편 하늘에서 춤을 출 때에 연실이는 명애의 집을 나섰다. 그냥 있을 수가 없어서 나서기는 하였지만 갈 곳이 없었다. 앞이 딱하였다. 다른 단련은 퍽이나 경험했지만 빚 단련은 처음 겪는 것이다. 집으로 돌아갈 용기는 나지 않았다. 어제 저녁에 갚으마 한 것을 오늘도 빈 손으로 들어갔다가 주인 노파에게 채근받으면 무어라 대답할까? 황혼에서 어둠으로— 각각으로 변하는 하늘 아래서 연실이는 지향 없이 헤매고 있었다. 또 누구의 집을 찾아가서 이 밤을 보낼까? 혹은 눈 딱 감고 집으로 돌아갈까? 이렇게 헤매다가 저편 길 모퉁이에 전당국 간판이 있는 것을 보고 부끄럼을 무릅쓰고 집으로 들어갔다.

팔목에 찼던 시계를 이십 원에 잡혀서 비로소 길게 숨을 내쉬고 주인집으로 향하였다.

23

시계를 잡혀서 간신히 눈앞의 불은 껐다. 그러나 사람이 삶을 경영하는 동안은 언제까지든 의식의 종 노릇을 해야 하는 것이라, 한 개의 불을 껐다고 문제가 아주 해소되는 것이 아니었다. 연실이의 소유물이 차차 줄어 가기 시작하였다. 처음에는 값지고 경편한[11] 물건이 차례로 없어졌다. 그러나 나중에는 물건을 선택할 처지가 못 되었다. 육중하고 값 안 나가는 물건, 내놓기 싫은 기념품까지도 차례로 나갔다.

전당국 출입이 처음에는 부끄럽기도 했고 남의 눈을 피하노라고 돌림길도 해보았지만, 차차 어느덧 비위가 생기고 값을 다투는 재간까지도 터득하였다.

명애는 '녀석의 주머니에서 돈을 따내라'고 권고하였다. 명애며 안나며 그 밖 이전 여류 문사회의 멤버 또는 같은 성질의 여인들은 모두 그 수단으로 삶을 경영한다.

그러나 연실이는 그러기가 좀 어려웠다.

차마 용기가 안 났다. 예전 여류 문학자가 되기 위해서는 그렇게도 용감스럽게 그렇게도 비위 좋게 능동적으로 정복적으로 남자에게 접근하였지만, 금전과 의식을 위해서는 그럴 용기가 당초에 나지 않았다. 저편 쪽에서 먼저 요구하여 오면 피하거나 사양할 연실이가 아니었지만, 이쪽에서 능동적으로 나갈 용기는 없었다.

그런데 저편 쪽에서는 연실이에게 대해서만은 선착수를 피하려는 눈치가 분명하였다. 그 연유는 연실이가 너무도 유명하기 때문이었다. 실정에 있어서는 명애나 안나나 그 무리들의 방종한 행위가 연실이보다 훨씬 더 심했지만, 인간으로서 연실이가 더 유명했기 때문에 소문이 널리 더 퍼지고, 많이 퍼지고, 에누리가 붙고 덤이 붙고 하여, 소문만으로는 연실이에게 걸렸었다가는 큰 코를 다치게 되는 듯이 알려졌으므로, 상종하기를 피하는 사람이 적지 않았다. 무서워까지는 않는 사람일지라도 연실이가 하도 유명한 여인이라, 그와 사귀었다가는 자기도 소문이 높아질 것을 꺼리어서 피하였다. 그렇지 않은 사람은 또 '유명한 김연실'이에게 마음을 두었다가 방을 맞을까 보아 마음도 안 두었다. 이런 관계들로 연실이는 피동적 입장에 서기는 어려운 처지였다.

능동적으로 자기가 못 나서고 피동적으로는 부르는 사람이 없으니, 이 길로는 단념할 밖에는 없었다.

어찌어찌 해서 만나게 되는 사람도 하루 이틀에 그치지 오래 계속되는 사람이 없었다.

연실이의 생활은 차차 참담하여 갔다. 전당잡힐 물건도 이젠 다 잡혀 먹고, 어찌어찌 하다가 요행 얻어 만나는 이성 친구는 오래 계속되어 주는 사람은 없었고, 그의 친구들도 모두 옛날 경기 좋은 세월과 달라서 자기네의 경제 문제 해결에도 허덕이는 판이니 거기 덧붙일 수도 없고──풀 죽은 치마에 굵은 양말, 검정 고무신, 흐트러진 머리칼. 전당질 생활 일년 뒤에는 그의 모양은 초라하기 짝이 없이 되고, 그 위에 수심과 영양 불량으로 안색까지 초췌하고 야위어서 딴 사람같이 되었다. 물론 하숙 생활을 그만두고 밤 껍질만한 셋방 하나를 얻고 자취 생활을 하는지도 오래였으며, 주머니의 시재 결과로서 굶은 끼니도 적지 않았다.

본시부터도 몽상과 공상을 그다지 모르고 지냈지만, 생활고에 부대끼면서부터는 그런 마음의 여유조차 없었다. 이 주머니를 털고는 그 뒤는 무엇으로 먹고 무엇으로 사나──딱 눈앞에 닥쳐 있는 이 문제는 다른 생각(근심까지라도)을 할 겨를을 주지 않았다.

문학? 문학을 박차 버린지는 벌써 오래다. 자신(自信)을 잃은 것이었다. 옛날 자기를 에워싼 청년들과 자기 자신의 사이에 지식의 차이를 인정하면서도, 남자와 여자의 사이에는 그만한 차이는 있어도 될 것이다, 이만치 생각하고 불안 가운데서도 스스로 위로하고 안심하고 지냈는데, 그것은 순전히 그의 그릇된 생각이었다. 조선 여류 문사 제 일기생인 연실이며 최명애, 송안나, 누구 누구, 이 사람들이 밟은 전철(前轍)을 경계삼아 출발한 제 이기생의 걸음걸이는 훨씬 견실하였다.

견실한 것이 더 문학적인지 혹은 방종한 것이 더 문학적인지는 잘 모르겠지만, 견실하니만치 더 이지적(理智的)이요, 이지적이니만치 더 현실적이요, 굳세고 믿음성 있는 것만은 사실이었다.

제1기생들이 '작품 없는 문학 생활'에 골몰할 동안, 제2기생들은 영영공공 습작(習作)에 정력을 기울이고 있는 것이었다.

연애도 잃어버리고 문학도 박차 버린 연실이는 굶주림을 면하기 위하여 갖은 애를 다 썼다.

그러나 잡힐 물건도 이제는 동이 났고, 연애 수입은 몇 푼 되지도 않거니와 대중도 할 수 없고, 장차는 굶거나 동냥을 하거나 둘 가운데 하나의 길밖에는 남지를 않게 되었다. 어느 편을 취하나?

굶을 수도 없다. 동냥도 차마 못 하겠다. 남은 길은 둘밖에 없는데 둘 다 취할 수가 없었다. 그 밖에도 인생의 최후의 길—'죽음'이 남아 있을 뿐이었다.

이 막다른 골에서, 연실이는 비로소 고향 평양에는 부모와 동생이 있다는 일이 생각났다. 음신[12]조차 끊기기 십 년이나 되매, 혹은 그들 중에는 작고한 사람도 있을는지도 모를 일이다. 그러나 다야 작고하였으랴. 남보다 그래도 혈기가 나을 것이다.

며칠 뒤 연실이는 간신히 차비를 마련해 가지고 평양으로 내려갔다.

24

연실이는 평양서 열흘도 못 있고 도로 서울로 올라왔다.

평양에는 아버지, 적모 다 작고하고, 오라비 동생(이복)도 하나만이 아내를 얻어 가지고 순사를 다니고 있었다.

연실이가 행색이라도 좀 나았으면 그래도 좀 대접이 달랐을지도 모르나, 간신히 거지나 면한 듯한 꾀죄죄한 꼴로 들어서고 보니 다시 말할 필요도 없었다.

진실로 불쾌하였다. 전혀 모르는 사람이면 도리어 나을 것이다. 제 손아랫 사람에게 마치 거지 같은 대접을 받으면서 간신히 열흘을 참다가 도로 서울로 올라왔다. 이튿날로 곧 돌아서고 싶었으나 불행히 차비가 없어서 못 떠나고 있다가 길에서 옛날 동무를 만나서 염치를 무릅쓰고 동냥하여 차비를 마련해 가지고 떠나노라는 말도 않고 나와 버렸다. 평양 내려갔던 것이 후회 막급이었다.

동무에게 십 원을 꾸어서 차비를 쓰고, 오류 원 남은 것을 신주와 같이 귀중히 품고 경성에 다시 발을 내려놓을 때는 눈앞이 아득하였다.

어찌하랴?

그 옛날 커다란 포부와 희망을 품고 동경서 이 곳으로 돌아올 때는 얼마나 희망과 기쁨으로 가슴이 뛰었던가! 그 뒤 수년간 조선 유일의 여류 문학자로 이 땅을 활보할 때에, 이 땅은 얼마나 아리땁고 향그러웠던고! 겨우 수삼 년 전의 일이다.

같은 땅 같은 사람이다. 그렇거늘…… 천만의 발이 활기 있게 걸음을 재촉하는 길바닥을 풀이 없이 걸었다.

안잠이라도 자리라. 부엌데기라도 되리라. 동냥만은 결코 안하리라. 더욱이 동기네 집의 신세는 안 지리라.

그 사이 열흘, 오라비네 집에 있으면서 연실이는 쓴 일 단 일 마다하지 않고 다 하였다. 남의 집에서 그만치 시중해 주었으면 치사받기에 겨를이 없을 것이다. 그렇거늘 동생네 집에서는 일에는 공이 없고 받은 신세는 자세가 된다. 그만치 속을 쓰고 마음을 쓰고 몸을 쓰면, 왜 배가 고프고 옷이 남루하랴? 내 배를 내가 채우리라. 내 몸을 내가 장식하리라.

동생네 집 열흘에서 갖은 수모 다 받은 연실이는 다시 상경해서 하인살이를 해서라도 독립하여 살고자 굳게 결심하였다.

우선 셋방 하나를 얻어서 몸둘 곳을 장만하고, 그 뒤 직업(음악 개인 교수나 일어 교수쯤의 좀 고등한 직업에서 안잠자기, 찻집 등의 낮은 직업에 이르기까지 피하지 않고 다 닥치는 대로)을 구하려고 차표를 역부에게 주고 그 뒤는 오류 원의 돈과 몸에 걸친 남루한 옷

한 벌밖에는 아무것도 없는 조촐한 몸을 백만 장안으로 끼여들은 것이었다.

집세가 헐한 ○○동 근처로 찾아갔다. '복덕방'이라는 휘장이 바람에 펄럭이는 것을 들치고 들어서면서 주인을 찾았다.

매달 한 삼 원짜리 삭월세의 방 하나를──이런 경험이 없기 때문에 몹시 서툴렀다. 복덕방 주인은 사십 내외쯤 되는 중늙은이였다. 그는 이 하이칼라 같기도 하고 초라하기도 한 여인을 위아래로 훑어보면서 동저고리 바람으로 나섰다.

연실이는 집주름의 뒤를 따라서 묵묵히 걸었다.

가면서 생각하였다. 중개인이 몹시 낯익었다. 어디서 많이 본 듯하였다.

「방은 한 달에 삼 원이지만 석 달 월세를 깔아야 합니다.」

중개인은 이런 말을 하였다. 그러나 웬 까닭인지 중개인의 뒷모습에 몹시 흥미를 일으키고, 그것이 누구인지 알아내고야 말겠다는 욕구 때문에 그 말을 듣는둥 마는둥 하였다.

방은 보았다. 마음에 드는지 안 드는지도 똑똑히 안 보았다.

그날 밤, 이 초라한 행색을 쉴 곳도 없어서 경성역 대합실에서 밤을 보내다가 연실이는 문득 아까 그 중개인의 정체를 알아내었다.

지금부터 십수 년 전 연실이에게 일어를 가르치던 측량쟁이, 열다섯 살 나는 소녀 연실이에게 처음 '이성'을 알게 한 사나이──그 인물의 십수 년 후의 모양이었다.

연실이는 미소하였다. 노엽지도 않았다. 그렇다고 반갑지도 않았다. 웬일인지 미소가 저절로 떠오른 뿐이었다.

「두마라나이 모노떼수 응아 또우조(변변찮습니다만 좀 드십시오).」

그때 그가 가르치던 괴상 야릇한 발음을 입 속으로 한 번 외어

보고, 작은 소리까지 내어서 웃었다.

　이튿날 다시 복덕방을 찾아갔다. 기회 보아,

　「나 몰라보세요?」

하고 물어 보았다.

　「왜 몰라, 김연실이지.」

　그는 태연히 대답하였다.

　「언제 알아보았수?」

　「어제 진작 알아봤지.」

　「그럼 왜 모른 체하셨어요?」

　「아는 체하면 뭘 하오?」

　딴은 그렇다.

　「그래 벌이는 어떠세요?」

　「그저 굶지나 않지.」

　「댁은 어디세요?」

　「홀아비도 집이 있나?」

　「가엾어라!」

　「임자는 왜 혼자서 집을 얻소? 소박맞았나요?」

　「과부두 소박맞나요?」

　「과부라? 시집은 언제 갔었나요?」

　「아이, 참 처녀……」

　「처녀라? 삼십 처녀……가엾어라!」

　그날도 그만치 해두고 집은 얻는다 안 얻는다 말없이 또 갈리었다.

　또 그 이튿날 연실이는 또 갔다. 그날 이런 말이 있었다.

　「과부 홀아비 한 쌍이로구먼……」

　「그렇구려!」

　「아주 한 쌍 되면 어떨까?」

「것두 무방하지요.」
이리하여 여기서는 한 쌍의 원앙이가 생겨났다.

(《문장》 2호, 1939. 3)

---

1) 기수— '낌새'라는 뜻/ 2) 에누다리— '넋두리'의 사투리/ 3) 얼혼— '혼'
이란 뜻/ 4) 무가내하— '막무가내'라는 뜻/ 5) 생매기— '생무지'라는 뜻/
6) 셋샤— '자기'라는 뜻의 일본어/ 7) 더품— '거품'의 사투리/ 8) 권연—
'궐련'의 원말/ 9) 배빈—陪賓. '주인이 아닌 손'이란 뜻/ 10) 용채— '용돈'
이란 뜻/ 11) 경편한—쓰거나 다루기에 가볍고 간편한/ 12) 음신—먼곳에서
소식을 전하는 편지. '안신'과 같은 말

김동인 연보

1900년   10월 2일, 평안남도 평양시 하수구리 6번지에서 양반부호
            인 김대윤 씨와 부인 옥씨 사이에서 4남매 중 둘째 아들
            로 태어남. 아호(雅號)는 금동(琴童).

1912년   숭덕 소학교 졸업.

1913년   숭실 중학 입학, 중퇴.

1914년   일본에 유학하여 메이지학원 중학부에 입학.

1917년   메이지학원 중학부 졸업.

1918년   가와바다 미술학교 입학. 부친상으로 일단 귀국하여, 4월
            상인의 딸 김혜인과 결혼.

1919년   가와바다 미술학교 중퇴. 2월에 신문학 최초의 동인지
            《창조》를 주요한, 전영택 등과 함께 사재(私財)를 들여 발
            간한 후 귀국. 출판법 위반 혐의로 투옥, 6개월 징역 및
            2년 집행유예 판결을 받고 출감. 《창조》창간호에 처녀작
            인 단편소설 〈약한 자의 슬픔〉을 발표함.

1920년   단편 〈마음이 옅은 자여〉를 《창조》(3~6호)에 발표.

1921년   《창조》 속간 문제로 상경. 방랑과 음주 등 방탕한 생활로
            가산을 탕진. 《창조》에 한국 근대 단편소설의 효시라 할
            수 있는 〈배따라기〉를 발표. 단편 〈목숨〉·〈음악공부(일
            명 유성기)〉·〈전제자(專制者)〉를 발표.

1922년   단편 〈태형〉을 발표.

1923년   단편 〈이 잔을〉·〈눈을 겨우 뜰 때〉를 발표.

1924년   《창조》 후신격인 《영대》 발간. 첫 창작집 《목숨》 출간. 단
            편 〈거칠은 터〉·〈피고〉·〈유서〉 등 발표.

1925년	두 번째 방랑을 시작. 단편 〈X씨〉·〈감자〉·〈명문〉·〈정희〉·〈시골 황 서방〉을 발표.
1926년	관개사업 실패로 파산. 단편 〈원보부처〉 발표.
1927년	아내 김혜인이 딸을 데리고 가출함. 단편 〈명화 리디아〉·〈딸의 업을 이으려〉 발표.
1928년	아우 동평의 영화 〈춘희〉 제작을 동기로, 평양의 긴치요좌, 진남포의 미나도좌, 정주·해주·선천 등지에서 영화 흥행에 힘썼으나 실패함. 《조선지광》에 〈소설 작법〉 집필.
1929년	《동아일보》에 장편 《젊은 그들》 연재 시작. 단편 〈광염 소나타〉·〈태평행〉·〈눈보라〉·〈K박사의 연구〉·〈송동이〉를 발표함. 문학평론 〈조선근대소설고〉 발표.
1930년	다시 상경. 불면증으로 고생함. 1940년 4월, 11세 연하의 재원 김경애와 재혼함. 단편 〈순정〉·〈포플라〉·〈구두〉·〈배회〉·〈여인〉·〈증거〉·〈죄와 벌〉·〈신앙으로〉 등 발표. 《중외일보》에 연재하던 장편 《태평행》 중단됨.
1931년	서울 서대문구 행촌동으로 이사. 생활난을 해결하려 신문·잡지에 소설 등을 쓰지만 생계는 더욱 곤란해짐. 단편 〈추억으로 더듬길〉·〈큰 수수께끼〉·〈거지〉·〈박 첨지의 죽음〉 등 발표.
1932년	《삼천리》지에 단편 〈붉은 산〉·〈적막한 저녁〉을 발표함. 단편 〈발가락이 닮았다〉·〈잡초〉 등도 발표. 《매일신보》에 장편 《해는 지평선에서》 연재. 《동아일보》에 중편 《아기네》 연재.
1933년	《조선일보》 학예부에 40여 일간 근무, 그러나 작가로서의 양심에 맞지 않는다는 이유로 퇴사. 《조선일보》에 장편 《운현궁의 봄》 연재.
1934년	《삼천리》지에 평론 〈춘원 연구〉 연재.

1935년	월간 《야담(野談)》지에 〈원두균에 대한 이야기〉 실림. 이를 계기로 사담(史談)에 손을 대기 시작. 12월, 《야담》지 손수 발간. 《월간중앙》에 장편 《왕부의 낙조》 발표. 단편 〈광화사〉 발표.
1936년	조선서관에서 《이광수·김동인 소설집》 출간.
1937년	6월, 17회를 끝으로 《야담》을 진남포 사람에게 넘김.
1938년	단편 〈가두〉·〈가신 어머님〉·〈태양지(太陽地) 아주머니〉 등 발표.
1939년	6월에 임학수, 박영희의 소위 '북지황군위문'에 협력하여 만주를 방문. 일제가 친일적인 글을 쓸 것을 요구했으나 완강히 거부함. 장편 《제성대》, 단편 〈김연실전〉 발표. 박문서관에서 《김동인 단편집》을 출간함.
1941년	장편 《대수양》 발표. 《매일신보》에 장편 《백마강》 연재.
1942년	'불경죄'란 죄명으로 서대문 형무소에 6개월 수감. 《삼천리》사로 박계주를 찾으러 갔다가 부지중 좌중을 향해 「임전보국단(臨戰報國團)이라는 것이 대체 무엇하는 거야」 하는 한마디를 해서 즉석에 헌병대로 연행, 투옥된 것임.
1945년	좌익을 맹렬히 비판하는 수필을 《대동일보》에 실음.
1946년	단편 〈석방〉·〈반역자〉 등 발표.
1947년	단편 〈망국인기(亡國人記)〉 발표.
1948년	재기를 다지며, 《태양신문》에 장편 《을지문덕》을 연재함. 정신착란증 등 발병으로 135회로 중단.
1950년	늑막염 발발. 식사조차 제대로 하기가 어려울 정도로 불편한 생활을 함.
1951년	1월 5일, 가족이 피난간 사이 중병으로 서울 성동구 홍익동 자택에서 홀로 있다가 사망함.

한국문학대표작선집 13 감자 외

초판 1쇄 ― 1993년 1월 25일
초판 15쇄 ― 2010년 2월 16일

지은이 ― 김 동 인
펴낸이 ― 임 대 현
펴낸곳 ― (주)문학사상사
주 소 ― 서울특별시 송파구 오금동 91번지(138-858)
등 록 ― 1973년 3월 21일 제 1-137호

편집부 ― 3401-8543~4
영업부 ― 3401-8540~2
팩시밀리 ― 3401-8741~2
지로계좌 ― 3006111
홈페이지 ― www.munsa.co.kr
한글도메인 ― 문학사상
E · 메일 ― munsa@munsa.co.kr

잘못 만들어진 책은 구입하신 서점에서 바꾸어 드립니다.

값은 표지 뒷면에 표시되어 있습니다.

ISBN 89-7012-042-4 03810